心毒
Evil Heart
4
Case004：圍剿
初禾
illust.MN

花崇

職務：重案組隊長

人稱「花花」、「花兒」，喜歡喝菊花茶。
七年前曾調至邊境支援反恐任務，
卻只有他一個人活著回來。
結束任務後回到洛城，主動請調至重案組。

柳至秦

職務：訊息戰小組隊員

人稱「小柳哥」。

公安部派至洛城重案組的菁英駭客，電腦技術一流。

似乎在暗中調查花崇？

目錄

楔子

意識在消毒水的刺激氣味中漸漸清晰，眼皮卻重得掀不開，勉強撐開的縫隙中投入幾絲光亮，但視野中依舊只有模糊的光影。

周圍好像有人在說話，夾雜著斷斷續續的腳步聲，鬧哄哄的，聽起來很不真切；喉嚨似乎被什麼堵住了，乾澀得難受。

花崇用力吸了口氣，突然想起自己出了車禍。

摩托車在洛安區寬闊通暢的馬路上行駛，再拐過一個彎，就要上繞城公路了。只要不出現特殊情況，在晚上車潮前，繞城公路絕不會擁堵，順利的話，四十分鐘後就可以回到家。他在後視鏡裡假裝不經意地瞄了柳至秦一眼，柳至秦囑咐他轉彎時要減速。就在馬上駛抵彎道時，一輛中型貨車突然殺出，以極快的速度迎面衝來。

柳至秦大喊一聲「小心」，突然抱緊了他的腰。

天降橫禍，他憑著本能反應轉向，摩托車擦著地面失控飆出去，身體被慣性甩上半空，爾後撞到路邊的隔離板。骨頭、關節傳來斷裂般的痛感，頭不知是不是被撞成了腦震盪，四肢變得不聽使喚，就像不再是自己的……

接著，就聽到一聲撞擊巨響。

回憶在這裡戛然而止。

花崇怔了片刻，恐懼感陡然襲遍全身——被甩出去的不止自己，還有柳至秦！

混沌而麻木的神經好似被浸入冰涼的水中，他猛地睜開眼睛，幾乎撐起身子，大喊道：「小柳哥！柳至秦！柳至秦！」

「花隊、花隊！」張貿連忙按住他正在打點滴的手臂，神情緊張，卻也鬆了口氣，「你醒了！我靠，你別亂動，小心跑針！」

「柳至秦呢？」

他瞪著充血的雙眼，生怕聽到不好的消息，全然不知自己此時的模樣有多嚇人。

「剛才還在，現在去照X光片了。」肖誠心也在病房裡，「花隊你放心，小柳哥沒事，還是他打電話聯繫陳隊的。你撞到頭，暈過去了，但他沒暈，一直很清醒，就是手指好像骨折了。」

花崇胸口起伏，仍是不放心，抬頭看了看吊在床邊的點滴瓶，掀開被子就要下床。

「噯！花隊，你幹嘛？」張貿眼疾手快，一把將他按住，「你摔得很慘，渾身多處軟組織挫傷，還有輕微腦震盪，醫生說你必須休息，哪裡都不能去！」

經過剛才那一動，花崇頓覺頭昏腦脹。

「小柳哥馬上就回來了，他真的沒事，起碼沒像你一樣腦震盪，不過你們倆那身衣服算是報廢了，全都磨破了。」張貿說：「本來一到醫院，小柳哥就該去照X光片了，但他不放心你，一直守著，剛剛才被醫生叫走。」

花崇從張貿和肖誠心的反應，判斷出柳至秦確實沒有大礙，心跳這才漸漸平復下來，問：「肇事的那輛車……」

張貿說：「事故原因還在調查，比較麻煩的是貨車司機已經死了。」

「死了？」花崇蹙眉，想起昏迷前聽到的那聲巨響，「貨車是不是撞上什麼了？」

「撞到了一輛重型貨車！我靠，那畫面跟拍大片一樣！」

張貿說到一半，想起自家隊長差點連命都丟了，立即收斂語氣，正色道：「你一出事，陳隊就著急了，交警那邊馬上調出了監視器。你猜怎麼樣？差點撞到你和小柳哥的那輛貨車，完全沒有剎車或者減速的跡象，直接朝從十字路口開過來的重型貨車撞過去！『匡噹』一下，要不是重型貨車載重大，肯定會被撞翻！那可是重型貨車啊，平時都不能上繞城公路的那種！兩輛車上都是建材，稀裡嘩啦，基本上全砸在中型貨車上，司機被鋼條刺穿，當場就涼了！」

花崇越聽，臉色越冷，「那重型貨車的司機呢？」

「他沒事，就是整個人都嚇傻了。曲副問他話，他舌頭都打不直……」

「車上還有其他人嗎？車主查清楚了沒？」

「花隊，你別激動。」張貿雙手往下壓，「你知道我為什麼守在這裡嗎？因為陳隊下達了任務給我，必須盯著你，讓你心平氣和地養傷！」

這時，柳至秦回來了，穿著病患服，左手無名指纏著繃帶，繃帶裹著夾板，而額頭包著紗布，露在外面的手臂青青紫紫，擦傷不少。

就這一眼，花崇就心痛了。

「你醒了。」

柳至秦走進病房，似乎很平靜，眸光卻比任何時候都深沉。

「過來。」花崇招了招手，「我看看你的手指。」

「不要緊。」柳至秦立在床邊，「過不了多久就好了。倒是你，醫生說你摔得比我慘。」

「我沒骨折。」

「你腦震盪了。」

聽著兩人的對話，張貿差點翻白眼，一看肖誠心，發現肖誠心也是同樣的表情。

「我要看監視器。」花崇說。

張貿苦著臉，「陳隊說……」

「陳隊沒說我不能看監視器吧？」

「這倒是沒有。」

「那就拿來。」

張貿歎氣，從背包裡拿出筆記型電腦，找到檔案，「喏。」

柳至秦已經看過了，便沒有湊得太近。花崇盯著螢幕，先是看到自己和柳至秦騎的摩托車，接著看到超速行駛並且闖紅燈的中型貨車。

影片比當時在現場的感覺更直觀，帶來的視覺衝擊也更大。貨車撞過來的那一瞬，速度快得驚人，他完全是靠本能與超乎常人的反應轉彎，若是慢了哪怕半秒，摩托車就會被貨車直接撞飛。在那種程度的衝擊下，除非有奇跡，摩托車上的人絕對沒有存活的希望。

花崇的手心泛出冷汗，後槽牙咬得極緊，目光變得異常鋒利。

畫面中，失控的摩托車橫著衝向另一邊的車道，他和柳至秦都被甩了出來。這時，壁壘一般的重型貨車出現。重型貨車司機肯定看到了狂奔而來的中型貨車，但已經無法避開。

用炮彈來形容中型貨車都不誇張，它直接撞上重型貨車的中段，看上去就像嵌進去了。慣性作用下，車上的鋼材全部衝向貨車的駕駛座，有幾條直接插了進去，而中型貨車上的水泥板也崩塌般地壓了下去。

即便沒看到中型貨車司機的屍體，也猜得到他的死狀有多慘，大概連全屍都沒有了。

肖誠心自從和重案組一起破了洛觀村的村小案和虛鹿山案，就有事沒事都往重案組跑，儼然把自己當成了重案組的一員。花崇看監視器，他也跟著看，雖然之前已經看過了幾回，還是看得縮了縮脖子，「太驚險了！太他媽嚇人了！花隊，這是你反應快，換作是我，我現在都……」

「換作是我，估計命也沒了，我的反應和花隊差遠了。」張貿後怕地撓撓脖子，「這司機的身分已經查到了，叫黃才華，四十六歲，常年跑建材運輸，以前從來沒出過事。」

「黃才華……」花崇的手指在觸控板上移動，開始慢速重播。

「你還要看啊？」張貿說：「陳隊、曲副還有交警分隊都在查，花隊，你就好好休息吧！」

花崇不為所動，凝神看著影片。

張貿沒轍，只得向柳至秦求助。

柳至秦用「殘了」的左手按住筆記型電腦的螢幕。花崇正想將他的手打開，突然意識到他手指骨折了，動作忽地一頓，就這半秒的時間，筆記型電腦已經被柳至秦闔上了。

花崇抬起頭，「噯，你……」

「不急於這一時。」柳至秦把筆記型電腦還給張貿，但視線一直停留在花崇身上，「餓嗎？我去看看有什麼吃的。」

「吃的哪需要你們操心，當我坐在這裡只是擺設嗎？」張貿兩下就把筆記型電腦收好，「魚片粥和藥膳湯馬上就送來，早就準備好了。」

花崇揉了揉太陽穴。受傷的感覺很不好，哪怕是輕傷，也總是覺得渾身使不上力。

但比起身上的傷，那輛中型貨車為什麼會開成那樣更讓他感到不安。

車輛失控，或者說司機突然發病引起的交通事故並不少見，但如果單單是失控，貨車的速度應該不會快到那個地步，那明顯是司機有意將油門踩到底。

為什麼？是衝著自己來的，或者是衝著柳至秦？

再或者，只是單純的巧合？

經手過那麼多命案，他很快就排除了最後一種可能。

可如果中型貨車是衝著自己或柳至秦而來，司機是受誰的指使？司機本人是否也是受害者？

「花隊！」張貿不滿道：「你是不是在想事情，我一眼就能看出來！你就不能休息一下嗎？曲副和陳隊肯定能查清楚的！」

這時，讓市局食堂做的病患餐送到了，來的不是別人，正是徐戡。

徐戡一邊把保溫壺拿出來，一邊歎氣，「前陣子要照顧你家的狗，現在要照顧你。」

花崇這才想起今天剛把二娃接回來，好在出門之前往碗裡倒了一天份的狗糧，飲用水也夠，讓二娃獨自在家待到明天也餓不到。

「醫生讓我們住院觀察一晚。」柳至秦說：「明天就出院。」

「我知道。」徐戡舀好粥，眼裡有些擔憂，「你們先吃，我出去抽根菸。」

花崇一看他那個表情，就知道他有話要說。

藥膳湯和魚片粥都沒什麼味道，油少鹽少，簡直是再典型不過的病患餐。好在食堂的哥兒們還算有良心，加了一小碟泡豇豆炒肉末，否則這一頓還真難以下嚥。

刑警們受輕傷也不下火線，何況花崇不僅是刑警。他很快就解決完自己的份，一看柳至秦，對方才吃到一半。

柳至秦抬眼，「沒吃飽？」

「飽了飽了。」花崇擺手，發現柳至秦傷到的雖然是左手，但吃飯只能用一隻手，還是不太方便，因此速度才慢下來，於是說：「我幫你拿碗吧。」

柳至秦愣了一下。

「我看你不方便。」花崇伸手，「我已經打完點滴了，兩隻手都能動。」

張貿正在收拾桌子，回頭說：「拿什麼碗啊，直接餵多好。」

病房裡突然安靜下來，氣氛有一點點尷尬。

花崇端著柳至秦的碗，放也不是，不放也不是。

「我去接個電話。」

張貿發現自己又嘴賤了，拿起螢幕都沒亮的手機就溜。

肖誠心之前就走了，張貿又走，病房裡就只剩下花崇和柳至秦了。花崇把碗還給柳至秦，「自己吃。」

柳至秦盯著碗看了幾秒，配著剩下的肉末將清淡的魚片粥喝完。

徐戡回來時，身上並沒有香菸的氣味，眉間卻皺得更深。

「來，搬椅子坐。」花崇靠在床頭，吃過熱食後氣色好了一些，「來送情報給我了？」

徐戡先把病房的門關上才落座，「黃才華——就是那個差點撞到你們的司機，他可能有問題。」

「怎麼說？」

「法醫科已經對他做過初步屍檢，過去的病史我也已經拿到了。他以前沒有患過與心臟、精神有關的疾病，最近一次做全面體檢是半年前，沒查出健康問題。肝腎的病理檢驗顯示出他沒有服過藥，也沒有飲酒。」徐戡神色凝重，「一個沒有發病、沒有酗酒、沒有被藥物控制的人，怎麼會突然加速撞人？花兒、小柳哥，我覺得他是有意識地衝著你們兩人之一而去的。」

花崇與柳至秦對視一眼，顯然都對徐戡的話感到不意外。

「曲值他們還在做黃才華的背景調查。這一塊我瞭解得不多，一切還得等調查結果出來，但我總覺得這個人可能只是被利用而已。」徐戡頓了頓，「真正想報復你的人藏在他身後，他只是個犧牲品，否則不會死得那麼慘。他的腦袋完全被砸爛了，腦漿濺得到處都是，身體還被鋼條刺出了一些洞。這種死法，除了滅口，我想不到別的。」

花崇指了指自己，「你認為他是被人利用，來報復我的？」

「不然呢？當警察的，尤其是你這種重案刑警，哪個身上沒揹著別人的血海深仇？」徐戡說著看了看柳至秦，又道：「小柳哥剛調來還不到一年，恨他的人肯定沒有恨你的多。」

花崇沉默片刻，點頭：「嗯，我知道了。」

「韓隊的人晚點會過來。」徐戡站起來，「我待不了太久，晚上還要值班。」

「特警？」花崇無奈，「不需要，我跟韓隊說一聲，讓……」

「他們都不放心你。」徐戡打斷，「我覺得有必要讓特警的兄弟過來。在這件事查清楚前，還是小心為妙。如果確實是有人要報復你，這次沒得手，一定會有下一次。你和小柳哥都受傷了，萬一有個什麼，你們應付不了。」

花崇清楚韓渠和陳爭的脾氣，知道爭下去沒有意義，而且他們這麼做也確實是因為擔心自己。

「好吧。」他對徐戡笑了笑，「我時刻保持警惕。」

「你警惕什麼？你得休息，都撞成腦震盪了！」

「你們一個個都跟我說腦震盪，腦震盪很稀奇嗎？」

徐戡說：「起碼我腦子沒震盪過。」

柳至秦笑，「我也住在這間病房，我來監督他休息。」

花崇唇角抖了抖，臉上不耐煩，心裡卻又軟又暖。只是現在不是感動和放鬆的時候，稍一想到中型貨車衝來的瞬間，胸腔就猛然發緊。

絕對不是什麼偶然事故，也許連報復都不是。

徐戡離開後沒多久，特警分隊的人果然來了，不過來的都是最近幾年調到市局的新人，和花崇不熟。他們往外面一站，普通病房就成了特殊病房。

張貿提了一袋蘋果回來，先幫花崇削一顆，再幫柳至秦削一顆，剩下的和特警兄弟們分，一出去就懶得回來了。

花崇斷定貨車司機是想殺了自己，這種與死神擦肩而過的感覺對他來講並不陌生，因此也不至於膽顫心驚。可一想到自己差點連累柳至秦，心裡就格外不是滋味。

應該說點什麼，最先開口的卻是柳至秦。

「我們的機車裝報廢了。不過你賠我的毛衣沒事，掉在路邊的綠化帶，被我撿回來了。」

花崇半張開嘴，一想到柳至秦在那種情況下還去綠化帶撿毛衣，就覺得有點……想笑。

心情輕鬆了幾分，花崇按揉著自己的太陽穴，低聲道：「抱歉。」

柳至秦微擰起眉，「為什麼要道歉？」

「對方是衝著我來的。」

「也有可能是我。」

「你有仇家？」

「徐戡剛才不是說了嗎，當警察的，哪個身上不是蓄滿了仇恨值？」

花崇搖頭，「你來洛城才多久，半年而已，經手的案子就那麼幾個，一隻手都數得完。」

「我在訊息戰小組也沒少幹招人恨的事。」柳至秦坐在床沿，側身看著花崇，「這種事啊，難說。沈尋以前還沒調去特別行動隊的時候，跟我聊過他們那裡出的事。一個二十幾歲的巡警下了夜班回家，在完全沒有防備的情況下，被一個六十多歲的老頭從背後捅了十幾刀。你猜原因是什麼？僅僅是因為老頭和鄰居老太太吵架，巡警去調解的時候叫老頭讓讓老太太。就這麼一件小事，老頭氣不過，又覺得自己沒錯，憑什麼要讓老太太，再加上老頭得了癌症，沒多久可以活了，就去捅了巡警。也不知道他是本來就對巡警恨得深，還是只是想在死之前拉個墊背的，要死一起死。」

花崇聽得唏噓，類似的事在洛城其實也發生過。警察似乎天生就招人恨，不管做什麼，不管是盡忠職守，還是瀆職，都會被人記恨。有的仇恨久了就消弭了，有的則要以殺戮來解決，簡直防不勝防，被砍、被捅、一命嗚呼了，大概只能怨自己有點背。

「還是等調查結果吧。」花崇換了話題，「你的手指現在感覺怎麼樣？很痛嗎？」

柳至秦抬起左手，「有點痛，還能忍。」

「那晚上睡得著？」

「我儘量。」

花崇歎氣，「別儘量了，睡不著我陪你。」

「你腦……」

「別讓我再聽到『腦震盪』三個字。」

「是是是，聽長官的話。」柳至秦說著伸出左手，「長官，幫我一個忙行嗎？」

「嗯？」

「幫我把這隻手裹起來，我想去浴室沖個澡。」

花崇拿來張貿早就準備好的塑膠袋、保鮮膜，小心翼翼地往柳至秦左手上纏，邊纏邊問：「弄痛你了嗎？」

「沒。」柳至秦聲音溫溫的，「謝謝。」

浴室傳來水聲時，花崇盯著門看了半天。

柳至秦雖然說司機可能是衝著他們任何一人而來，但他仍然覺得，對方衝著自己來的可能性更大。

要撞死兩個騎摩托車的人很容易，別說是開中型貨車了，隨便開一輛轎車都行。但是要在撞死人的同時，也解決掉中型貨車的司機卻不是那麼容易的事。

那輛重型貨車是偶然出現的嗎？還是說重型貨車的司機也是這起「謀殺」的參與者之一？如果不是，那麼中型貨車司機將以何種方式死亡？貨車裡有遙控炸彈？有別的車會撞過來？還是貨車會徹底失控，撞向隔離板？

花崇輕輕甩了甩頭，謀劃到這種地步，如果只是單純的報復，根本說不通。報復其實是一種走投無路、自暴自棄的行為，就像柳至秦所說的老頭，他們不在乎自己是不是會暴露，或者說不是那麼在乎，這件事的細節顯然不符合這種特徵。

有人隱藏在黑暗中，借別人的手，想要剷除自己。

這不是報復，是滅口！

花崇神經一緊，瞳孔緩慢收攏。

他是重案刑警沒錯，但從警多年，並未掌握、接觸過任何不得了的機密。他知道的事，很多人也知道。

可有一件事，他極想找到真相，並一直不遺餘力地暗查——那就是當年在莎城發生的事。反恐隊裡不乾淨，否則五年前的行動不應該出現那麼大的傷亡。

是躲藏著的黑影，終於注意到自己正在追查這件事了？他們以為自己掌握了什麼線索，所以想要滅口？

花崇頓感不寒而慄。

並非因為被人盯上，而是就在不久前，他還想向柳至秦坦露心跡，甚至請想柳至秦幫忙，一同調查。

幸好沒有這麼做。他垂下頭，抿唇苦笑。

浴室的水聲停歇，他抬起頭，深吸一口氣，右手在臉上抹了一把，好似要把陰霾都抹掉。

短暫的幾分鐘，他已經乾脆俐落地做好決定——這件事絕對不能牽連到柳至秦。

這回是躲過了一劫，下次呢？下下次呢？

浴室的門打開，柳至秦走出來，左手仍舊裹得嚴嚴實實。

「我幫你拆掉。」花崇平靜地說。

柳至秦看著他垂著的眼瞼，看出他正在經歷某種掙紮。

那種掙紮就像在平靜江面下的暗湧，若是不潛入江中，根本察覺不到。

可是一旦察覺到暗湧，想要掙脫就已經來不及了。

「花隊。」柳至秦忽然喚道。

「嗯？」

「你有心事。」

只在醫院住了一夜，花崇和柳至秦就匆匆趕回市局。

張貿委屈地跟陳爭彙報：「陳隊，我真的盡力了。我們老大哪是我攔得住的啊？他非要出院，非說沒事了，腦袋不痛了，我也沒辦法。他是我頂頭上司，我還得在他手下工作呢。」

陳爭忙了一宿，抽了不知道多少根菸，氣色不太好，眼裡都是紅血絲，擺了擺手道：「行了，出院就出院吧，你回去把他和柳至秦給我叫來。」

「好，我這就去！」

「等等。」陳爭又道：「他們吃早飯了沒？」

「這我哪……」

「嘖，我讓你在醫院陪著，你連他們有沒有吃早飯都不知道？」

「我這就去食堂！」

大清早就平白被訓了一頓，張貿揪了揪自己的臉，快步跑去食堂，什麼鮮肉包、雞蛋餅、肉餡餅買了一堆，趕回重案組一看，花崇已經和曲值討論起黃才華了，而柳至秦正坐在花崇的座位上，慢條斯理地吃浸泡在瘦肉粥裡的油條。

油條是一截一截的，而柳至秦的左手無名指骨折了，雖說其他幾個指頭能活動，但似乎不大方便將油條撕成小段，那撕油條的必然是……

張貿看看柳至秦，又看看花崇，再看看瘦肉粥和油條，覺得油條肯定是花崇撕的。

聯想到昨天晚上花崇幫柳至秦端碗，張貿眨了眨眼，心想；花隊對小柳哥簡直太好了，周到得像親生老母親一樣。

花崇轉過身，笑道：「告狀的回來了？陳隊怎麼說？沒讓你把我送回醫院吧？」

張貿扁扁嘴，將食物往桌上一放，「陳隊要我幫你和小柳哥帶點吃的。你們什麼時候去買早餐了？」

「就在你跑去打小報告的時候。」花崇撥了撥塑膠袋，「喲，買得還真多，我和小柳哥吃得完嗎？」

「我來！」曲值拿起一個雞蛋餅就開啃，「我上一次吃飯還是昨天晚上，餓死了。」

張貿說：「誰上一頓飯不是昨天晚上？」

「這倒是。」曲值說著，又拿走一袋包子。

「把早餐讓大家分掉吧，肯定還有人早上什麼都沒吃。」花崇說。

張貿提著袋子吆喝了幾聲，立即有人小跑過來，幾秒就把有內餡的食物瓜分完了，最後只有一個大蔥花卷剩下來。

「我靠！都不吃素嗎？你們這群狼！」張貿一邊抱怨一邊啃，「我自己吃。」

「別噎到了。」花崇拋了一瓶曲值的冰紅茶過去。

張貿接住，鼓著腮幫子說：「花隊，你頭還痛嗎？醫生說腦震盪患者需要……」

花崇一指，「再讓我聽到『腦震盪』，你就別來重案組當擺設了，換個地方待著。」

「我閉嘴！我閉嘴還不行嗎！」張貿捂著嘴說話，甕聲甕氣的，說完還嘀咕：「又不是只有我說你腦震盪。小柳哥昨天不也說你腦震盪了？你怎麼不讓小柳哥換個地方當擺設？什麼道理啊，你腦震盪是事實，腦震盪了還不讓人說嗎？」

花崇眼皮一抬：「嗯？」

「陳隊讓你和小柳哥去他那裡報到！」張貿想起頂頭上司反應快、聽力好，急忙把陳爭搬出來當擋箭牌。

「這就去。」花崇說完看了看柳至秦，見到柳至秦的早餐還剩半碗，改口道：「等等就去。」

柳至秦抬起頭，正好對上他的目光。

兩人隔著一段距離對視，一人背對窗外的光，一人迎著光，彷彿周圍突然安靜了下來。

「我吃飽了。」柳至秦放下勺子。

「吃飽什麼？一根油條你都沒吃完。」花崇說：「不急，陳隊要是急著召見我們，早就打電話給我了。你把碗裡的吃乾淨，浪費糧食可恥。」

柳至秦重新拿起勺子，明顯加快了用餐的速度。

一刻鐘之後，兩人出現在刑偵分隊隊長辦公室。

辦公室窗戶大開，換氣扇正在運作，可仍然聞到一股濃重的菸味，辦公桌上的菸灰缸插滿了菸蒂，都快溢出來了，顯然陳爭抽了不少，不久前才想起要通風散氣。

花崇想，畢竟要照顧自己這個腦震盪病人，陳隊還是挺細心的。

「坐。」

陳爭指了指辦公桌旁的兩張靠椅，上面竟一邊放了一盒純牛奶，還是高鈣低糖的。

花崇唇角一抖，不得不改變想法——陳隊不是挺細心，是非常細心。

柳至秦將純牛奶拿在手裡，笑道：「謝謝陳隊。」

陳爭搖頭，將一份調查報告扔到兩人面前，切入正題，「肇事司機叫黃才華，跑了接近二十年貨運，經驗豐富，以前從來沒出過事，這你們肯定已經知道了。」

花崇「嗯」了一聲，拿過報告，和柳至秦一同翻閱。

「黃才華掛名在餘年貨運公司，但經常接私活。車上的鋼條是建築工地的廢棄建材，來自富康區一個正在修建的社區。對方負責人說，鋼條是要運去城西環城公路外處理的，沒有明確的時間限制，但要求儘快，黃才華兩天前就把這批鋼條載走了。」陳爭說。

「但黃才華不僅沒有立刻把鋼條送到指定地點，還開到了洛安區。城西城南，完全不是同一個方向。」

花崇摸出打火機和菸，正要點，一看陳爭的眼色，只能又收回去。

「這兩天裡，黃才華沒有工作，行蹤不明。出事的那輛中型貨車一直停在離社區三公里遠的貨運停車場，期間無人靠近。」陳爭接著道：「昨天下午，黃才華把貨車開出來，從富康區一路開到洛安區，正常行駛，沒有闖紅燈和超速的記錄。之後，貨車在出事彎道附近的巷口停了兩個多小時，然後突然高速衝向彎道，朝你們的摩托車撞去。」

說到這裡，陳爭一頓，眼神布滿寒意與憤怒，「花兒，這不可能是事故，黃才華是衝著你們去的，有人想要你或者小柳的命。」

柳至秦沒有說話，偏頭看了花崇一眼。

花崇平靜地點頭，「我已經想到了。」

「這個黃才華只是一枚棋子。他的背景我已經查得很清楚，就是一個普通貨運司機，完全沒有襲警的動機。有人利用他對你們下手，然後殺了他滅口。」陳爭不奇怪花崇的淡定，繼續說：「目前還沒有查到他在事發前兩天幹了什麼、與什麼人接觸過，但問題肯定出在這兩天裡。」

「通訊記錄查過了嗎？」柳至秦問。

「查過了，這兩天他沒有使用過手機，手機一直是關機狀態。」

「關機？」

「這一點很奇怪，但放在他身上又不算太奇怪。」陳爭說：「他平時就不怎麼用手機，關機是常事。」

「他一個人住在洛城。」柳至秦繼續翻報告，「家裡沒有其他人。」

「單身漢一個，沒結過婚，也沒孩子，不過鄉下有個七十多歲的老母親。他每年春節會回去一次，平時每月都會匯一千塊人民幣到老人的帳戶。」陳爭起身倒水，放下茶杯後在辦公室裡走來走去，「他的朋友都是貨運司機。據這些人說，他性格不錯，好說話，可能是因為沒有家庭拖累，所以經常幫忙跑車，其他忙也能幫就幫，不怎麼計較報酬，兩百塊、三百塊都接，沒有愛好。」

「沒有愛好？」花崇抱著雙臂靠在椅背上，「人不可能完全沒有愛好。」

「如果跑步健身算愛好的話，那倒是有。」陳爭聳了聳肩，「認識黃才華的人說，他有空就會去江邊跑步，還辦了一張廉價健身卡。打不通他電話的時候去江邊或者健身房找他，八成能找到。」

貨車司機們經常聚在一起打麻將、打撲克牌、下棋、喝酒、唱歌，他從來不參加，頂多和大夥兒一起吃個飯。」

「這……」花崇摸了摸下巴，「我本來以為，黃才華要嘛是賭徒，要嘛是酒鬼，不然就是沉迷於某種網路遊戲。」

陳爭會意過來，「嗯，這一類人最容易被利用和控制。但恰恰相反，黃才華生活非常規律，規律到刻板的地步，身體也很健康。他應該是一個比較自律的人，到現在為止，曲值他們還沒有查到他欠誰錢的記錄。」

「那他是因為什麼原因被『選定』？對方以什麼方式控制了他？」

柳至秦放下報告，攤開的兩頁是屍檢細節圖，黃才華的頭幾乎不存在了，身體成破碎狀，看上去極其淒慘，與黃才華生前的照片形成強烈反差。

餘年貨運公司提供的員工登記照上，黃才華其貌不揚，平頭、國字臉，笑得很憨厚。

陳爭歎氣，「不清楚。能肯定的是，控制他的人不簡單，甚至很有來頭。他們做得相當乾淨，用某種方式操縱黃才華的行為。而且即便沒有那輛突然出現的重型貨車，黃才華也一定會死——按照行車路線，他要嘛會撞擊隔離鋼板，要嘛撞到一棟正在建的工廠，不管是哪一種情況，裝載在後面的鋼條都會因為慣性，瞬間插進駕駛座，黃才華根本躲不掉。」

花崇低著頭，十指交疊在一起。

「花兒，你本來該休息，但既然回來了，我也不會強行把你送去醫院。」陳爭神色凝重，「你認真想一想，對你動手的可能是誰。我和韓渠琢磨了一夜，擬了一串名單，但這些人雖然有除掉你的動機，卻不該『只』除掉你，或者『最先』除掉你。你明白我的意思嗎？」
「明白。」花崇點頭。
「至於小柳。」陳爭看向柳至秦，「你是沈尋的朋友，又是公安部來的人，但坦白說，我對你不算瞭解。你也認真想一想，看找不找得到什麼線索。」
「嗯。」柳至秦說：「我也明白。」
「沒想到會突然出這種事，我本來還想多放你們幾天假，讓你們好好休息一下。」陳爭抹了抹臉，「最近韓渠的人會跟著你們，你們自己也要注意安全。摩托車不准再騎了，出門開我的車。昨天還好你們都戴了安全帽，不然就不止腦震盪這麼簡單了。」
花崇的眼皮直跳，從昨天到現在，每一個見到他的人都要拿「腦震盪」來敲打他。聽了無數次腦震盪，簡直是魔音穿耳，經久不息。
「回去吧。調查的事你們暫時不用管，由我和曲值負責。」陳爭擺手，「想到了什麼就及時跟我彙報，不要隱瞞。」
從陳爭辦公室出來後，花崇往樓梯的扶手上一靠，不大想走路。
柳至秦關心地問：「頭不舒服？」
「沒有，早就沒事了。」
走廊上人來人往，路過的警員不免上前寒暄幾句。
柳至秦說：「我們換個地方？」
花崇有些猶豫，「去哪裡？」

「就隨便走走，露臺、操場、室內射擊館，哪裡都行。」
「我去拿件衣服。」花崇道：「外面風有點大。」
柳至秦獨自下樓，幾分鐘後看到花崇從大樓裡出來，已經披上厚外套，手裡還擰了一件。
「穿著。」花崇把衣服拋過來，「別骨折還沒好，又被風吹到感冒，病上加病。」
柳至秦接過衣服，正要穿上，花崇又說：「等等，你的手……」
「穿衣服沒問題，碰不到。」
「還是我來吧。」
花崇又將衣服拿過來，抖了兩下，幫他穿上。
「謝謝。」
「別老是跟我說謝謝，哪來那麼多客氣。」
柳至秦停下腳步，突然正色道：「是你老是跟我客氣。」
「嗯？」花崇轉身，眉心微皺起來。
「花隊，你心裡在擔心著什麼，卻不願意讓我幫你分擔。」
柳至秦站在原地，語氣似乎和平日沒有什麼分別，卻又有很大的分別。
花崇心口一沉，別開眼，一時想不到該怎麼回應。
他知道柳至秦指的是什麼。
昨天晚上，柳至秦突然問他是不是有心事，他當然不可能把心中所想都說出來，只能隨便閒扯了幾句，敷衍過去，然後關燈睡覺，卻半天都沒睡著。

旁邊的病床上時不時傳來翻身的響動，顯然柳至秦也沒睡著，不知是因為手指疼痛還是什麼原因。他想開燈看看柳至秦的情況，卻又不敢動，怕再次被問是不是有心事。

如此一動也不動地躺著裝睡，過了許久才睡著。但睡著也不停作夢，半夢半醒。一會兒夢到中型貨車撞過來的時候，自己沒能及時避開，摩托車先被貨車撞飛，然後被捲入車底，夢裡似乎感覺不到什麼痛感，他卻知道，自己被輾成了一灘血淋淋的肉醬；一會兒夢到在西北執行反恐任務的時候，自己身邊站著的都是已經逝去的隊友，他們面容清晰，猶是活著時的模樣，可畫面一轉，那些年輕的生命就在硝煙中化為灰燼。

清晨，護理師進來量血壓、體溫、換藥，他被吵醒時，只覺得特別累，像根本沒有睡過。柳至秦似乎也沒有睡好，眼神略顯呆滯。

他心裡有點好笑，因為「呆滯」這種神情還是頭一回出現在柳至秦臉上。

但笑完了，又感到些許心痛。

柳至秦肯定沒睡好，十指連心，手指受傷可得痛上一陣子。

回到市局後，他顧及柳至秦的傷，連忙撕好油條，泡在瘦肉粥裡，叫柳至秦來吃。可見到人家拿起湯匙，心裡又被矛盾填滿。

這樣不對，不能這樣。

自己周圍危機四伏，與柳至秦接觸越多，就越有可能將柳至秦拉入深淵。是自己放不下當年的事，一根筋地想查個水落石出，和柳至秦沒有任何關係。

為無關者著想，當然應該逐漸疏遠，而不是繼續靠近。

即便自己已經對對方動了心。

喜歡這種事，從來不是生命裡的必需品。

「花隊，你又是這種表情。」柳至秦歎氣。

花崇回過神，有些不安，「什麼表情？」

柳至秦看著他，喉結滑動，似乎想說什麼，卻仍在猶豫。

花崇趁機奪回主導權，「你這又是什麼表情？你說我心裡有事，你心裡難道就沒事？」

他說這番話並非質問，也並非將柳至秦的軍，只是想趕緊結束這個莫名其妙的話題。

但柳至秦抿著的唇卻動了動，幾秒後道：「對，我心裡的確有事。」

沒想到會得到這樣的回覆，花崇愣了愣，「你……」

「我昨晚一直沒有睡著，想了很多事，關於你，也關於我。」柳至秦說得很慢：「還關於我們共同認識的人。」

「沈尋和樂然？」

花崇第一時間想到的就是這兩人。

柳至秦搖頭，「不是，其他人。」

誰？花崇想，陳爭、曲值、張貿、徐戡、肖誠心？

似乎都不對。

「我記得你以前問過我——為什麼不好好待在公安部訊息戰小組，偏偏要跑到洛城來。」柳至秦說。

「你說你犯了錯。」

柳至秦直截了當地道：「我騙了你。」

花崇目光一緊，「騙我？」

「不止你一人，我沒有告訴任何人我來洛城的真正原因。」

花崇覺得自己的額角正跳得厲害。

柳至秦很久沒說話，兩人就這麼面對面站著，看在旁人眼裡，就像有什麼解不開的矛盾。

「你的目的是什麼？」

再開口時，花崇的聲音變得有點冷。

柳至秦看了他好一會兒，答非所問：「二娃已經獨自在家待一天了。」

花崇聽出了他的意思——我們回家再說。

從市局回畫景社區，花崇開的是陳爭的車，後面還默默跟著一輛特警分隊的車。

他這次出事，算是把兩邊的隊長都驚動了。

路上，柳至秦罕見地沒有說話，氣氛緊張又帶著幾分尷尬。花崇心中煩悶，好幾次險些超速。

二娃過了一天都沒人理，門一開就衝了出來，興奮地圍著柳至秦轉圈，尾巴搖個不停，完全不把柳至秦當外人。花崇提著袋裝狗糧，把空落落的碗倒滿，又換了飲用水，把一切收拾妥當才轉向柳至秦。

大約是察覺到兩人之間有些不對勁，二娃豎著耳朵左看右看，然後「嗷嗚」一聲，識時務地躲進自己的棉房子裡，只露了一條尾巴出來。
柳至秦道：「我們當了這麼久的鄰居，從來都是我到你家裡來。你還沒有去過我家吧？」
花崇不含糊，拿起放在鞋櫃上的鑰匙，「現在去？」
「你不擔心嗎？」柳至秦問。
「擔心什麼？」花崇反問。
柳至秦似是欲言又止，「沒什麼。不擔心就走吧，我有東西想給你看。」
畫景社區按戶型不同，分成好幾個區塊，柳至秦租住的房子比花崇的稍小一點，裡面打掃得很乾淨，整個客廳除了基礎擺設，沒有一樣多餘的東西。
「坐吧。」柳至秦指了指沙發，「我去燒壺水。」
花崇沒有催，卻也沒有落座，站在客廳靠近廚房的位置，目光沒有從柳至秦身上挪開。
柳至秦接了大半壺水，轉身就看到花崇正在看自己。
「花隊……」
「繼續啊。這是你家，我又不會吃了你。」
柳至秦將透明水壺放在底座上，一按下開關，壺裡的水就開始發出「呼呼」聲響。
這充滿生活氣息的聲音沖淡了彌漫在空氣裡的某種緊繃感。
柳至秦靠在流理台邊，眼神深不見底，終於開口問道：「花隊，當年你去西北莎城反恐，期間是不是發生了什麼？」
花崇表面平靜，「怎麼突然問起這個？」

「陳隊說擬了一個名單，但名單上的人『只』對你、『最先』對你動手的可能性不大。」柳至秦說：「這些人都是你在洛城、函省可能得罪過的人。但西北呢？陳隊不瞭解你在西北時的情況。如果排除名單上的人，想要對你動手的，有沒有可能是你在莎城惹到的人？」

花崇警惕地擰緊眉。

「盤踞在莎城的是恐怖組織，他們有多殘忍，你比我更清楚。監視器裡有個一閃而過的畫面，你肯定注意到了——衝向彎道的時候，黃才華表情猙獰，那絕對不是正常人該有的表情。我覺得，他很有可能是被恐怖組織控制了。」柳至秦壓了壓唇角，停頓片刻，「我其實早就該問你關於莎城的事了，但因為某個顧慮，一直難以開口。經過昨天的事，我想了一晚……」

電熱水壺燒水很快，水沸騰的聲音越來越大，竟將柳至秦的聲音蓋了過去，接著「啪」一聲，水燒好了。

柳至秦拿來兩個杯子，將熱水倒進去。

花崇看著他的背影，「你離開訊息戰小組，是想知道莎城的事？」

柳至秦轉身，「花隊，你還記得安擇嗎？」

花崇的腦子陡然一麻，冷聲問：「你是誰？」

——安擇，就算很多人已經記不得這個名字，花崇也不會忘記。

身披特戰衣的那幾年，他有很多兄弟、很多隊友，但棋逢對手的卻不多，安擇是其中之一。

初識安擇，是在多年前第一次到首都參加全國菁英特警聯訓之時。

那時的他還很年輕，剛從警校畢業，以初生牛犢不怕虎的姿態殺進了洛城選派名單中。安擇與他同歲，也是一個愣頭青，是隔壁焦省鎏城選派的生力軍。大約是因為年紀相仿、能力出眾，兩人在短暫的交鋒後一見如故，惺惺相惜，一個月同甘共苦下來，已是彼此欣賞的兄弟。

聯訓結束後，安擇回到鎏城，花崇也回洛城，各當各的特警，各執行各的任務，平時並未經常聯繫，但在幾次多地聯合反黑禁毒行動裡，他們都巧之又巧地分到了同一個行動小組，配合得還相當有默契，就連當時還沒當上洛城市局特警分隊隊長的韓渠都說——你們太有緣了，天生就是互為搭檔的料。

不久，兩人又一同參加了一次全國特警聯訓。和上一次不同，這次參訓的人員裡還有沒畢業的受邀警校、軍校學生。

報名去西北支援反恐前，花崇難得聯繫了安擇一次。對方在電話裡笑道：『我就知道你會去。放心放心，我也報名了，我們又可以並肩作戰了！那邊肯定比我們這些地方危險，花兒，你得罩著我啊。』

七年前，來自全國各地的菁英特警分批趕往地域極其遼闊的西北。駐守在莎城、庫疆、密罕一線的主要是函省和焦省的特警，花崇與安擇同日抵達，一同被分在莎城總隊援警三中隊。

在西北的日子很苦，生活條件無法和大城市比，還時常面臨生死考驗。恐怖組織窮凶極惡，又與國際武器走私集團、毒販勾結，任何殘忍血腥的事情都做得出來，一旦碰上，就是荷槍實彈，槍林彈雨。但這種危險惡劣的環境，也讓本來不熟悉的各地特警迅速擰成一條繩，那種感情是在警校或者普通警察隊伍裡難以形成的。

安擇是花崇早已結識的兄弟，花崇後來認識的還有周天涯、慕逍、田一開、滿越……大家一同訓練，在一個大盤子裡搶菜，互相幫傷口上藥，幫忙打水洗頭、洗澡，出任務時彼此掩護。扛著兄弟的命，也將自己的命交給兄弟。

慕逍在到莎城一年零三個月的時候犧牲了，是援警三中隊犧牲的第一名特警。告別儀式上，三中隊的隊長含著眼淚說，一定要讓剩下的人平安、完好地回到自己的家鄉。

這個願望最終沒能實現。

他們這一批支援特警的最後一次任務，是清除盤踞在莎城、密罕的恐怖組織「丘賽」。這不算特別危險的任務，因為過去的兩年間，特警們一直在與「丘賽」周旋，其頭目和大部分重要成員已經被擊斃，剩下的是一些殘餘勢力。

行動開始前，安擇還跟大家說笑，一一擁抱對拳，約好離開西北後，一年起碼聚一次，不醉無歸。但十小時後，安擇帶領的六人小隊全軍覆沒，沒有一個人活著回來。

即便看到了安擇鮮血淋漓的遺體，花崇也沒有辦法相信安擇就這麼走了。

總體來講行動是成功的，「丘賽」被掃蕩，這個曾經在莎城興風作浪的組織終於徹底消失了。安擇、田一開、滿越等犧牲的特警被授予烈士稱號，遺體上蓋著莊重的國旗。

半個月後，完成兩年支援任務的特警們相互道別，回到原來的城市。

生活彷彿一夜之間回到了原來的模樣，花崇卻發現自己根本無法釋懷。

既然選擇去支援反恐，就沒有誰會懼怕犧牲，也都做好了犧牲的準備。但他始終覺得，正常情況下的犧牲不該是安擇那樣——

反恐隊裡有人將清剿情報洩露了出去，可能是一個人，也可能是一群人。

不管是一個人還是一群人，他都不願意放過，他要找到害死安擇和其他兄弟的罪魁禍首。

但再次到莎城是不可能的，反恐前線，任何特警都只能去一次。

即便要查，也只能留在洛城查。

但這太難了，洛城離莎城很遠，特警分隊基本上無法接觸到任何有價值的情報。好在當年駐紮在莎城的基本上都是函省和焦省的特警，一直留在警察隊伍裡的話，說不定能查到什麼。

而刑偵分隊重案組，無疑是他在有限的條件下，最有可能得到線索的地方。

有時他覺得自己簡直是瘋了，抱著一個不切實際的念想，想要憑一己之力揪出害死隊友的黑影。偶爾撐不下去時，就會想到安擇犧牲之前的笑容。

不止是安擇，還有一同殞命的那些人。

他們是烈士，而烈士是個光榮的稱號，他們「死而無憾」，他們的犧牲是有價值的。「丘賽」被剷除了，任務成功了，反恐行動中出現犧牲在所難免，悲傷之後，一切必然會回歸平常。

連一些隊友都說，安擇他們只是太不走運了。

但他無法說服自己。那是一群活生生的人，他朝夕與共的兄弟，「烈士」兩字安慰得了別人，安慰不了他。

死亡是最遺憾的事，哪有什麼「死而無憾」。

他想要真相。

「安擇。」柳至秦眼中掠過一絲光亮，「他是我的哥哥。」

花崇剎時瞪大眼，驚得無以復加，「你說什麼？」

「安擇是我哥哥。」柳至秦又說了一遍，然後靜靜地看著花崇。

「不可能。」花崇的聲音帶著輕微顫意，「我不記得他有弟弟，他從來沒有提過家裡的人。」

「我們從小相依為命，除了我，他沒有別的親人可提及。」柳至秦輕聲說：「他從不向外人提起我，只是因為我曾經想進入特種部隊，總是跟他說——哥，我是要當特種兵的人，特種兵的所有資訊都要保密，你可不能隨便說我是你的弟弟。」

花崇撐住額頭，只覺得突然陷入某種無能為力的混亂之中。

片刻後，他搖了搖頭，眼神空蕩蕩的，「我……我不信。」

柳至秦歎了口氣，從他身邊走過，往臥室走去。

放在床頭櫃上的是一個相框，柳至秦拿起來，遞給花崇，「我哥跟我提過你，說你是他非常欣賞的對手。你們很早就認識了，我想，你應該能看出他十八歲時的樣子。他變化不大，畢竟……畢竟他離開的時候還很年輕。站在他旁邊的是我，十幾年了，我的變化比他大得多，能認出來嗎？」

花崇盯著照片，左邊的男人的確是安擇，他不可能認錯，當年第一次與安擇見面，安擇差不多就是這個樣子。而右邊的少年……

他抬起頭，與柳至秦目光交會。

明明是不算遠的距離，卻像隔著一輪又一輪的年歲，連光與影都浮著陳舊的灰塵。

照片上，少年的五官帶著幾分青澀與稚嫩，身形是介於男孩與男人之間的纖細，沒有笑，淺淺皺著眉，看上去比安擇還老成一些。

而眼前的男人成熟挺拔，英氣俊朗，眉眼的線條鋒利，極有侵略性，從眸底泛出來的光卻是溫柔而沉靜的。

就算再眼拙，他也看得出來，柳至秦就是站在安擇身邊的少年。

「我原名不叫柳至秦，這是後來才改的。」柳至秦靠在牆邊，「安岷——才是我本來的名字。」

花崇眼睫輕輕一顫，忽地想起第二次參加聯訓的時候，聽到安擇對一個臉上塗著油彩的軍校生喚了幾聲「民民」。

他一直以為，安擇喊的是「民民」。

當時，他對那個編號為「〇九二」的軍校生有點印象。對方的體力和作戰技能在一幫軍校、警校生中出類拔萃，雖然和正經八百的菁英特警相比，還差一點火候，但看得出是一棵好苗子。

他有心與對方切磋較量——因為當時心高氣傲，有些好為人師，卻始終沒逮到機會。偶然聽到安擇叫人家「民民」，就連忙過去搭話。

但「〇九二」一見到他，就轉身走了。

他便跟安擇打聽，「你認識『〇九二』？」

「不認識。」安擇說。

「不認識你還叫得那麼親熱？」他笑：「那小孩叫『民民』？不是說聯訓只能叫編號嗎？你怎麼連人家的小名都知道？」

「我聽他同學這樣叫的。」安擇問：「怎麼，你對『〇九二』有興趣？」

「我看他挺厲害的，反應靈活，身高也高。」花崇看了看「〇九二」的背影，「不知道是哪個軍校的。」

安擇似乎有些得意，「他啊，最擅長的跟我們不一樣。」

「怎麼不一樣？」

「不一樣就是不一樣。」

「嗳，你這個人，賣什麼關子啊？」

「哈哈哈哈！」

花崇一顫，看向柳至秦的目光陡然多了幾縷探尋，「你以軍校生的身分，受邀參加過全國特警聯訓？」

柳至秦有些意外，眉梢不經意地抖了抖，「你記得我？」

花崇深吸一口氣，「你的編號是多少？」

「〇九二。」柳至秦的眼神在不知不覺間變得熱切，「我是〇九二，我哥的編號是〇一六，你是〇一四。」

花崇的眉心皺起又鬆開，劇烈波動的情緒翻湧在眼中。

他向後退了一步，右手的拇指與中指用力按壓著兩邊太陽穴，努力消化著突然殺到的往事。

三個編號，柳至秦一個都沒有說錯。

參訓人員的編號是對外保密的，除了教官與隊員，不會有別人知道。

難怪他曾經覺得柳至秦似曾相識，原來在那麼多年前，就已經有過一面之緣。
那個時候，自己甚至是欣賞柳至秦的。
「安擇叫你岷岷？」幾分鐘後，花崇心情平復了些許，靠在與柳至秦相對的牆上。
「嗯。」柳至秦點了點頭，眼中分明是懷念，「小時候他就那樣叫我，當我已經成年時，他也老是不記得改口。」
花崇突然覺得喉嚨有些發緊，半晌才道：「你……你來洛城，是為了搞清楚安擇犧牲的真相？」
「是，他是我在這個世界上唯一的親人。去莎城之前，他還好好的，回來的時候，卻只剩下一盒骨灰。」柳至秦的聲音很輕，「我無法接受。」
「安擇說，『〇九二』擅長的東西和我們不一樣，他是指的你擅長電腦操作嗎？」
「他連這個都跟你說過？」
花崇搖頭，「他只是說，你最擅長的不是作戰。」
柳至秦半天沒說話。
「這些年，你一直在查當年的事？」花崇又問：「但你為什麼會到洛城來？直接去莎城不是更好？」
「我去不了那裡。」柳至秦說。
「也對。」
花崇意識到自己問了個毫無意義的問題。
莎城哪是想去就能去的地方，自己不是也無法再去嗎？

「花隊。」柳至秦似乎清了一下嗓子，緩慢道：「我懷疑過你。」

花崇抬眸，沒立即反應過來，「懷疑？我？」

看著柳至秦的眼，他突然覺得很可笑。

五年來，他一直孤單地追尋著，只為了找到安擇和另外五名隊友犧牲的真相，而現在，安擇的親弟卻說——我懷疑過你。

他低下頭，手指插入髮間，一邊搖頭，一邊苦澀地笑了笑，啞聲道：「那你為什麼還要跟我說這些？」

柳至秦索性從頭開始講。

「你們當年在莎城執行的每一項任務都是機密，我只知道我哥犧牲了，卻不知道他犧牲的具體情況。沒有人告訴我當時發生的事，我只能自己暗自調查。」臥室不是抽菸的地方，柳至秦卻點了一根，「在行動開始之後，你們總隊的網路裡存在一個異常資料流程的波動。」

花崇胸腔震動，「什麼意思？」

「有人向外發送了一條，或者數條情報。」柳至秦目光銳利，「我不知道是誰，但我可以確定總隊裡有內鬼，很有可能不止一個。」

「你認為我是那個內鬼？」

花崇呼吸漸緊，卻並不是因為被懷疑。

內心的祕密令他始終活在孤獨中，即便看起來人緣很好，那種孤獨也無法抹去，現在終於有第二個人告訴他總隊裡有內鬼，安擇的死並非那麼簡單的事，這種感覺，就像一個人在瓢潑大雨中走了很久很久，終於看到一個撐著傘的身影。

「我不知道。」柳至秦搖頭，「最開始，我連我哥的隊友有誰都不知道，只能一個一個查。直到去年底，我得到情報——你可能和『丘賽』有關。」

花崇像聽到了一個荒唐的笑話，「我和『丘賽』有關？靠！我他媽唯一和『丘賽』有關的，就是我曾經和我的兄弟一起掀了『丘賽』的老巢！」

「『丘賽』還存在。」柳至秦平靜地說。

花崇瞳孔收緊，「什麼？」

「我哥犧牲的那一次，你們表面上將『丘賽』一網打盡了，其實還有漏網之魚。難說他們是運氣太好而跑掉，還是被總隊的內鬼放走的。」柳至秦一字一頓道：「但『丘賽』並沒有覆滅。」

「你怎麼知道？」花崇難以接受，「你從哪裡得到的消息？」

「不要忘了，我曾經是訊息戰小組的一員。」柳至秦吐出一口氣，「『丘賽』的漏網之魚們曾在函省出沒。你知道嗎？我得知這件事之後，第一個念頭居然是——你就是我找了五年的內鬼。」

「我不是！」花崇指尖發抖，「我也想知道內鬼是誰！」

柳至秦上前幾步，似乎想走到花崇身邊，卻又不敢靠得太近，「花隊，我……」

花崇十指漸漸收緊，握成堅硬的拳頭。

忽然，腦中閃過一片白光，記憶拉回當年在聯訓營時。

臉上塗著油彩的軍校生面容不清，似乎所有人都長同個模樣。「〇九二」站得筆直，像一棵挺拔的小松。花崇和一幫隊友蹲在高處，別人笑嘻嘻地議論底下的小孩，他則一言不發地盯著「〇九二」的背影看了許久。突然，「〇九二」轉過來身來，明亮的眸子筆直地看向他。

目光短暫地交會，就像一場不動聲色的交鋒。

那時他便想，如果「〇九二」把油彩洗掉就好了，認個長相，起碼將來在其他地方見到了，也能認出來。但受邀的軍校生和警校生必須在臉上塗油彩，這是規定。

柳至秦走去對面的書房，花崇猶豫片刻，也跟了過去。一看，心裡不由得驚訝。

這哪是書房，明明是一間機房。

柳至秦未受傷的手撐在桌沿，受傷的手在鍵盤上敲擊，頓時，幾面螢幕「唰唰」地閃出成片的代碼。

花崇哪看得懂，「這是？」

「資料流程向監控、資訊抓取、內容分析處理……」柳至秦轉過身，壓著唇角，「我……監視過你。」

花崇眼皮一抬。

「抱歉。」柳至秦微垂下頭。

花崇盯著那些像天書一樣的代碼——讓他看，他是完全看不懂的。

須臾，他問：「有這些程式在，不管我幹什麼，你都知道？你都能看到？」

柳至秦先是搖頭，又點頭，「只限於網路和通訊。」

花崇自嘲地笑了笑，「我還以為你也入侵我家的鏡頭了。」

柳至秦脖頸的線條一緊。

花崇捕捉到他這細微的反應，「真的入侵了？」

「我沒有打開過。」柳至秦有些難堪，生硬地解釋道：「我有許可權，但我沒有打開過。」

「你們這些駭客……」花崇突然不知道說什麼才好。

得知柳至秦能毫無障礙地窺探他的所有隱私，他並沒有特別生氣或者特別驚慌的感覺，好像這不是什麼不得了的事。細想起來，無非是因為自己能夠理解柳至秦的心情。

不惜一切代價，也要找到隱藏著的黑影。

「對不起。」柳至秦再次道歉。

花崇拖了張靠椅坐下，覺得特別累，心裡也特別空。他不知道自己該說些什麼，面前的男人熟悉又陌生，親密又疏遠，情緒彷彿被兩道相反的力道拉扯到了極限，下一秒就將斷裂。

他抬眼看著柳至秦，柳至秦也看著他，兩道目光相交、試探，誰也沒有別開視線。

花崇咳了一聲，語氣淡淡的，「你告訴我這些，給我看你的『家當』，是因為不再懷疑我了？」

「我其實……一直不願意相信你和『丘賽』有關，但……」柳至秦捂住額頭，頓了一會兒，「我哥每次說到你，用的詞都是『兄弟』。」

花崇閉上眼，又想起了安擇離開前的樣子——一身戎裝，自信地豎起大拇指。

當然是兄弟，是惺惺相惜的兄弟。

「剛到洛城的時候，我時刻都在觀察你。我也不知道是從什麼時候起，自己完全放下了對你的戒備。」柳至秦說了一會兒又停下，「花隊。」

「嗯？」

「你也在查當年的真相，是不是？你心裡一直埋著這件事，是不是？」

「我……」

花崇的眼睫顫抖，喉結滾了好幾下。

時間像突然停下了腳步，一切都陷入靜止。

過了很久，也許沒有很久，花崇輕聲說：「有人能接受他們成為烈士，但總有人無法接受。安擇把我當兄弟，我又何嘗不是？如果五年前犧牲的是我，我想，他也會追查下去，直到找到真相。」

「謝謝。」柳至秦突然說。

花崇抬起頭，「如果沒有昨天的車禍，你是不是還會隱瞞下去？」

柳至秦沒有正面回答，「我昨晚思考了一宿，不想再掙紮了。」

「你相信我？」

「其實這句話應該由我來問你。」

花崇沉默。

「你在明，我在暗。我知道你的一切，而你對我的瞭解，僅限於我們剛才的對話。」柳至秦說：「你相信我？」

花崇緩慢道：「那年我聽到安擇叫你『岷岷』，語氣那麼驕傲。我不懂他在驕傲什麼，現在才知道，他驕傲，是因為你是他的弟弟。故人唯一的親人，我有什麼理由不相信？」

柳至秦眼眶發熱，「花隊……」

花崇笑了笑，驀地覺出幾分苦楚。

自己已經對柳至秦動了心，柳至秦的接近卻另有目的。這份沒有說出口的感情，恐怕再也沒有宣之於口的機會了。

他靠在椅背上，眼神有些疲憊，「你是為了監視我，從我身邊得到情報，才與我走得那麼近？」

柳至秦的唇線繃緊，凝視著花崇，然後搖了搖頭。

「你說對了一半。」

「嗯？」

「另一半，是因為我情不自禁。」

花崇站起身來，胸腔裡的震動一下快過一下。

他滿目詫異地看著柳至秦，重複道：「情不自禁？」

「我沒有想到你還記得我。你剛才問我的編號，是因為記得『〇九二』吧？如果不記得，你也不會這麼問。」柳至秦按捺著心緒，多年來藏在心底的眷念幾乎全部浮現在眸底，「我以為你早就記不得我了，甚至根本沒有留意過我。我、我……」

難得一見地，他竟然語無倫次起來。

花崇掌心發熱，血液流經的每一處，都傳來滾燙的溫度。

「你經常和我哥待在一起。我那時還是軍校生，到聯訓營的時間比你們晚很多天。」柳至秦語速時快時慢，年少時的傾慕與一見鍾情幾乎要聲勢浩大地捲土重來，他深深吸氣，勉強讓自己顯得平靜，「我剛到聯訓營的時候，就注意到你了。我聽說、聽說你和我哥是最厲害的幾名特警之一。你們各有所長，我哥擅長偵查突擊，你的槍法非常厲害。」

花崇立在原地，眼神愣愣的，像在認真消化剛聽到的話。

「我們這些軍校、警校來的學生平常不能和你們一起訓練，沒有名字，只有編號，臉上還要塗上油彩。開營第一次狙擊比武，我們也不能參加，連到內場的機會都沒有，只能遠遠地觀摩，當觀眾。」

柳至秦繼續道：「我跟教官借了一副望遠鏡，本來是想看我哥，但是自從看到你趴在射擊位上，我就再也沒看過別人。你拿了重狙組的第一名，你的隊友衝過去把你抱起來時，我哥跑在最前頭。你戴著墨鏡，我看不到你的眼睛，但這些年來，我一直記得你笑起來的樣子。我後來想，你笑得那麼開懷，當時的眼睛一定非常亮。」

花崇不經意地抬起手，摸了摸唇角。

他的唇角天生有個不算明顯的上揚幅度，笑起來的時候容易給人「開懷」的觀感。過去還在特警分隊的時候，他經常那樣笑。現在卻少了，也許是心理不再明媚，也許是年齡上去了，也許是責任與壓力使然。

柳至秦所說的那場狙擊比武，不過是他特警生涯中最普通的一次小比賽，普通到即便拿了第一名，他也懶得拿出來回味。

對很多出過生死任務的特警來說，再受外界關注的比武，在心裡的分量都算不上重要。獎牌、勳章固然是榮譽的象徵和實力的證明，但自己與隊友在每一次任務裡平安歸來，才是真正的獎勵。

若是柳至秦不說，他已經憶不起當時的情形了；即便說了，他仍是要耗一番功夫，才能勉強想起來。

自己那時戴著墨鏡嗎？在大笑嗎？和很多人擁抱嗎？安擇也在嗎？

他揉了揉眉心，已經沒有什麼印象了。

「也許你早就忘了，畢竟對你來說，那次比武不算什麼。」柳至秦牽起唇角，語氣有幾分懷念，「你也不知道當時我一直看著你。場上場下那麼多人，有的在歡呼，有的在大喊大叫，另一個靶場還有響亮的槍聲，但我每次想起那一幕，都覺得周圍很安靜，安靜到什麼聲音都聽不到。」

說著，柳至秦頓了頓，右手緩緩抬起，手指微彎，輕捂在心臟的位置，「不，也不對。我聽得見自己的心跳聲，怦通怦通，越來越激烈，就像要從胸膛裡跳出來一樣。它從來沒有在面對其他人時，這麼興奮地跳動過。」

花崇眸光閃耀，一如當年。

柳至秦低下頭，笑著歎了口氣，「對我來說，你很特別。當年我還很年輕，虎頭虎腦的學生兵。我想要靠近你，但又害怕靠近你。我只敢偷偷看你訓練、比賽、聽我哥說你的事。有一次我哥叫住我，問我訓練得怎麼樣，我本來有很多話要跟我哥說，但看到你走來，我就立即逃走了。我怕我的心思會被你，還有我哥看出來。」

花崇發覺自己的眼皮正在跳動，一下一下，那麼強烈，幾乎快影響他的視野，幾乎要引起一場天翻地覆。

「我當年不敢承認，後來也不敢承認。」柳至秦說：「尤其是我哥離開之後，我以為我心底只剩下了仇恨。我總是想，有那麼多特警在莎城，為什麼犧牲的偏偏是他呢？別的特警有家人盼著他們平安，我哥就沒有嗎？我懷疑他身邊的所有人。我得到你可能與『丘賽』有關的情報，但是自從來到洛城之後，再次見到你開始，我就情不自禁地想要接近你，和你待在一起。」

花崇抽出一根菸，半天沒點燃。

柳至秦看著他將打火機按得「叮叮」作響，接著說：「年紀小時，總擔心心底的『喜歡』會被人知道，拚命藏著掖著。上了年齡，才知道自己浪費了多少日子。花隊，我現在向你告白，還來得及嗎？」

手中的打火機在最後一次被按響後滑落在地，與木地板接觸的一瞬，撞出一聲悶響。

花崇的手還保持著點火的動作，眼睛卻直直地看著柳至秦。

柳至秦上前幾步，蹲下，將打火機撿起來，視線融進花崇的眸子裡。

花崇向來轉得極快的腦子就像當機了一般，聲音有些茫然，「喜歡？」

柳至秦眉間微皺，鄭重地點頭。認真的眼神裡，竟然也含著緊張與忐忑。

幾秒後，花崇別開臉，狠狠喘了幾口氣，忽然有種身在充滿鮮活氧氣的密林裡，卻嚴重缺氧、呼吸不暢的感覺。

他單手捂住跳動著的眼皮，強迫自己冷靜下來。

光被擋住，世界跌入黑暗。半年裡相處的點滴彙集成海潮，鋪天蓋地地席捲而來。

這個剛剛對他說出「喜歡」兩個字的男人，是他成為刑警之後，遇到最得力的工作夥伴，不僅能很快就理解他的所有想法，還能提出不同卻合理的見解，交流起來完全沒任何障礙。在重案組，甚至是整個刑偵分隊，對他來講，柳至秦都是最特殊、最不可或缺的一個。

「花隊。」柳至秦抬起手，似乎是想要歸還打火機，「在這一切事情都結束之後，你能考慮、考慮和我在一起嗎？」

尾音在輕顫，像一段期待與不安的旋律。

接過打火機的時候，花崇碰到了柳至秦的指尖，只輕輕一下，卻徹底撩起了彼此的心弦。

柳至秦知道自己瀕臨失控，卻毫無辦法。下一秒，他已經牽起花崇的手指，在上面落下一個溫柔卻掠奪感十足的吻。

好似年少時的心情，都澆灌在這個吻裡。

花崇眼中的光就像一朵搖曳的火，左右閃爍，忽明忽暗，最後靜靜佇立。

他意識到，自己居然任憑柳至秦吻著，沒有立刻將手抽回來。

柳至秦抬起頭，捨不得放開手。

空氣裡只剩下多台機器的運行聲，還有錯落的呼吸聲。沒人說話，是因為都不知該說什麼，都不知應該怎麼說。

沉默偶爾會令人尷尬，可有的時候，也讓人安心。

被拉長的安靜結束在一聲輕咳裡。

到底比柳至秦大了三歲，平時兩人之間也許沒有什麼差別，柳至秦還更像照顧人的那一方，可在關鍵時刻，花崇露出了年長而沉穩的一面。

他在最短的時間裡整理好心緒，不至於雲淡風輕，起碼是體面而留有餘地的，「你的手受傷了，做不了家務，到我家來吃飯吧。我會的不多，手藝和你比差遠了，但好歹餓不著你。你要是實在吃不慣，我點外送給你也行。」

簡單的、近乎話家常的一句話，在柳至秦心裡已是千言萬語。

◆

傍晚，正是市局餐廳人滿為患的時間。

曲值站在重案組門口，一手拿著冰紅茶，一手不耐煩地拍門，「我靠，你快點啊，屁事怎麼這麼多？成天忘這個忘那個，丟三落四的，哪天把自己丟了都不知道！」

張貿拿著手機一路小跑，「來了來了！噯，曲副，你別怪我，要怪就怪花隊和小柳哥。昨天真他媽嚇死我了，我到現在還心有餘悸，眼皮直跳，連腦子都不管用了。你說，萬一他們真的出事了要怎麼辦啊……」

「你摸摸良心啊，張小貿！」曲值氣笑了，直往張貿胸口戳，「自己腦子不管用還敢怪花兒，花兒聽到了會打你，信不信？」

「又在說我什麼？動不動就打人，我在你們心中就這麼暴力啊？」

樓梯口傳來熟悉的聲音，張貿和曲值回頭一看，只見花崇和柳至秦一前一後地走來。

「花隊、小柳哥！」張貿驚訝道：「你們怎麼又來了？」

「重案組好像是我的地盤吧？」花崇笑，「允許你們在這裡喝我買的冰紅茶，不允許我和小柳哥回來？」

「不是！」張貿連忙解釋，「你們不是回家休息了嗎？小柳哥手指骨折，你腦……」

花崇一個眼刀甩過去，「腦什麼？來，把後面兩個字也說出來。」

「我不要！」張貿秒退縮，「我不去別的地方當擺設！」

曲值在他後腦上搧了一下，「傻子，我們重案組都是機靈的小夥子，哪裡來的擺設？」

這時，又有幾名組員從辦公室走出來，一見到花崇和柳至秦都說：「喲！回來了？」

「搞得像我不該回來似的。」花崇晃了晃手中的袋子，「別去餐廳吃了，我買了晚餐，拿去分。」

「謝謝花隊！」張貿喜滋滋地跑去接，到手後立刻叫起來：「我靠，這麼重！曲副來幫忙！」

「少了，夠你們吃嗎？」

花崇甩了甩手，手指都被塑膠袋勒到發麻了。柳至秦左手受傷了，只能用右手提，他便拿了重的，從餐廳一路提到局裡，看起來輕鬆，其實耗了不少力氣。

一群人吵吵鬧鬧地回辦公室，爭先恐後地拆外賣盒，門外只剩下花崇和柳至秦。花崇正要跟著進去，手腕突然被握住。

柳至秦站在他斜後方，低聲道：「我看看。」

「唉。」花崇有點無奈，「勒紅了而已，你右手不也紅了嗎？」

「你提得比我多，兩個袋子都比我重。」

柳至秦的指腹在他手指的紅痕上描摹，然後輕輕按了按。

花崇抽回手，「那你快點把手指養好，下次你提重的，我提輕的。」

柳至秦笑了，「其實我們可以讓外送員送過來。像今天這樣自己提，費力不說，還不能幫別人創造就業機會。」

「我點完菜、讓人打包的時候你怎麼不說？你現在這叫事後諸葛亮。」花崇將發熱的手放進衣服口袋裡。

「我那時候專注在碗裡的菜，沒注意到別的事。」柳至秦停了半秒，又說：「碗裡的排骨和肉丸子是你夾給我的。」

花崇斜他一眼。

「走吧，進去工作了。」柳至秦說。

重案刑警們沒一個嗓門小的，晚飯時間，辦公室的聲量已經到了噪音等級，花崇索性直接往休息室走，見到擺在正中央的床，下巴突然繃緊了幾分。

以前不止一次，在困倦得不行時，他曾和柳至秦一同擠在這張床上。

那時他滿腦子案情，其他事都懶得想，如今回頭一看，才覺出幾許不尋常。

白天在柳至秦家裡，他說好要做飯給柳至秦吃，但最後還是柳至秦下廚，用一隻手煮了兩碗番茄雞蛋麵。飯後自然是他洗碗，柳至秦拿了噴壺，去陽臺上澆花。

他跟過去一看，只見花架上都是石斛。

記憶閃現，安擇經常說，石斛泡水明目，狙擊手應該多喝。但石斛嬌氣，不太容易養，安擇弄來好幾窩都養死了，剩下的被隊友們以「不吃，看著它死嗎？」為由吃掉了，氣得安擇追著人打。

柳至秦一邊往葉片上噴水一邊說：「石斛有個別名，叫不死草。」

「不死草……」

「但哪裡有不死的生命呢？」柳至秦搖搖頭，「我種石斛不是因為迷信，是因為……」

「安擇說用它泡水可以明目，安擇喜歡它。」

「你知道？」

他笑著歎息，「我吃過你哥的好多片石斛葉。」

「是嗎？」

柳至秦垂下眼瞼，很久都沒有說話。

「我摘兩片拿去泡水。」他說。

柳至秦連忙放下水壺，抬手欲摘，「好！」

外面還是很吵，但花崇輕而易舉地辨別出柳至秦在他辦公桌翻翻找找的聲音，接著是杯子碰撞在一起的聲音。

不用看，也知道柳至秦在燒水泡茶。

以前只有陳爭給的菊花茶，現在多了剛摘的石斛葉。

從險些丟掉性命到現在，不過一天多的時間，但很多事情都陡然間改變了，懸著的心情也有了著落。

最踏實的並非知道了柳至秦對自己的感情，而是明白，柳至秦和自己在做同一件事。

他無法向柳至秦承諾什麼，同樣，柳至秦也沒有向他承諾什麼。但起碼，往後的路多了一個人。

相互支撐，總好過獨自前行。

腳步聲從外面傳來，他轉過身，接過柳至秦泡好的茶。

「技偵那邊還沒什麼進展。」柳至秦說，「黃才華實名登記下的所有通訊記錄都查過了，什麼異常都沒有。現在最關鍵的，是確定案發前兩天他去了哪裡。監視器最後一次拍到他，是在貨運停車場。他停好車之後離開，看上去一切正常，之後就消失了。」

「貨運停車場周圍的公共攝影機不少，公車、地鐵上也全是攝影機。黃才華沒有私車，也不像動不動就坐計程車的人。他消失得這麼徹底，只有一種解釋。」花崇沒有立即喝茶，捧在手裡取暖，「那就是他離開停車場不久，就被迫或者被引誘上了一輛車。之後的事，他自己都無法控制。」

「那要怎麼解釋他沒有立刻把廢棄鋼條載去指定地點的行為？」休息室面積太小，不適合來回踱步，柳至秦走了幾步，索性靠在窗邊，「初步調查報告裡面有個資訊——他從無拖遝的習慣，任務一旦交到他手上，就會立即完成。那天他從工地接到廢棄鋼條，按理說應該會馬上送去指定地點，這樣不僅能在最短的時間裡拿到錢，還可以迅速接下一個工作。」

花崇撐著下巴，自言自語似的，「他有另一件不得不馬上去做的事，以至於暫時將廢棄鋼條存放在停車場。他沒有隨便找個地方停放，是因為貨運停車場是最安全的地方，不用擔心鋼條被人偷走，這符合他自律、謹慎的性格特徵。而把鋼條放在貨運停車場之後，他沒有通過電話告訴接應方更改時間，說明他認為自己不會離開太久，並且對運送廢棄鋼條來說，自己耽誤的時間可以忽略不計。既然可以忽略不計，那就不可能很長。我估計他做完那件不得不做的事所花的時間，不會超過兩個小時。只是他沒有想到，自己會在這兩個小時裡出事。」

「兩個小時，一個貨車司機不得不做的事……」柳至秦擰著眉，「會是什麼？」

「我暫時想不出來，這得根據他的日常生活來推測，但以我們目前對他的瞭解，還不足以做類似的推測。我們現在把時間和空間範圍都縮小了。」花崇說著搖了搖頭，「不過透過監視器，排查從貨運停車場經過的車還是不太現實。事發之前呢？黃才華去停車場開車前，時間再往前可以追蹤到哪裡？」

「只拍到他從停車場的南門進入停車場。」柳至秦說，「經過清晰化處理，看得到他當時的臉部表情。和兩天前離開停車場的時候相比，他的衣服和髮型都變了，呆滯、無神。不過貨車出入的手續是他自己辦的，和工作人員交流沒有障礙。花隊。」

「嗯？」

「黃才華被人控制是肯定的，但你覺得他是受到某種逼迫，還是精神上已經被操縱了？」

「更像是精神被操縱。」花崇說：「正常的人對死亡有天生的恐懼，這是改變不了的。就算黃才華已經下定決心，要在殺掉我們之後去死，撞向重型貨車的一瞬間，他必然也會有短暫的猶豫。但事實上，他連減速的動作都沒有，直接就撞過去了。貨車本身沒有出現故障，而徐戡說他沒有受到藥物控制，那就很有可能是……」

「被催眠？」

花崇點頭，「精神操縱這一塊，在刑事偵查中一直是個不小的難點，因為在徹底查清真相前，很難估計對方到底做到了哪一步。而操縱的手法也因人而異，難有統一的標準。」

「嗯。」

柳至秦離開窗邊，走到花崇跟前，右手抬起，又很快放下。

花崇不解，「怎麼了？」

「想喝一口你的茶。」

「你自己的呢？」

「在外面。」柳至秦舉起裹著夾板的左手，「一次只能端一杯。」

出去拿茶杯明明只要幾步，半分鐘都用不了，花崇還是將自己的杯子遞到柳至秦手裡。

柳至秦抿了一口，眉心緊緊皺起。

「不好喝？」花崇問。

「你嘗嘗。」柳至秦遞回杯子。

花崇試探著一喝，並沒有什麼怪味。再一抬頭，就對上柳至秦的視線。

「我去技偵組了。」柳至秦笑著說。

◆

秋意漸濃，黃昏的霞光褪去之後，黑夜很快降臨。

但夜晚的到來並不會讓喧鬧的城市冷清下去，相反的，在洛安區的幾個購物中心附近，一天的熱鬧才剛剛開場。

泓岸購物中心附近有整個洛城最大的地鐵站——天洛站，三條連接機場、高鐵站、老火車站、長途客運站、商業中心的線路在這裡交會，早晚尖峰時段的人流量大得驚人，其他時刻，站裡站外也是人滿為患。

如此多的行人，為賣藝者、乞討者帶來了巨大的「客源」。

白天，巡警輪流在天洛站周圍巡邏，除了有合法證件的街頭藝人，其他人無法出來「營業」。但到了晚上就不一樣了，巡警下班，「牛鬼蛇神」盡數出動，乞討者大多是騙子，賣藝者基本上無藝可賣，換其他花樣討錢而已。

尹子喬今年二十三歲，抱著一把吉他在路邊唱走音的歌，面前的掛曆紙上寫著「為尿毒症母親治病」的字樣，幾小時下來，也能賺個三五百塊。

十一點一過，地鐵站關門，他也收攤了，揹著吉他、哼著小調往一條背街的小路走，打算穿過那條小路，去街上的酒吧找美女約炮。

小路很安靜，是尚未拆完的老城的一部分。他戴著耳機，沉靜在賺錢的喜悅裡，全然沒有發現有一個漆黑的身影正漸漸靠近自己。

直到走過小路裡唯一亮著的路燈，他突然看到自己的影子旁邊，還有另一個人的影子。

他摘下耳機，猛地轉身，下一秒，兩眼卻驚恐萬分地睜到最大。

喉管被鋒利的刀鋒割斷時，他連一聲呻吟都沒能發出。

◆

淩晨，昏暗狹窄的小路上，安靜中竟有一絲詭異的祥和。

小路全長一百八十多公尺，一頭連接天洛站和泓岸購物中心，一頭連接洛安區繁華的酒吧夜店街，和數棟高聳雲天的商業大樓。白天，抄近路從小路經過的人不少，尤其是早晨的上班尖峰期。但一到晚上，就鮮有人敢冒險經過——小路旁就是燈火通明的大路，有時還有執勤的流動警車來回巡邏，走起來比陰森的小路安全得多。

不過也有走慣了夜路的人愛往小路鑽，比如已經停止呼吸的尹子喬，再比如剛從「百曉」酒吧離開的服務生李立文。

對李立文來說，今天是特別倒楣的一天。

酒吧來了個肥頭大耳的中年人，看起來像做生意的有錢人，往沙發上一坐，看背影像怪物，看正面更像怪物。那個啤酒肚挺得像會立刻爆炸，說話時口水噴得如同機關槍。李立文去送一次酒，當場就被噴得滿臉臭熏熏的唾沫。

做服務業討生活，最重要的就是脾氣好，受得了委屈。李立文以前脾氣不怎麼樣，一點就炸，但在各種酒吧、餐館、洗腳城幹了好幾年，各種腦殘客人沒見過一萬，也有八千，性格早就被磨得差不多了，任由臉上掛著口水，仍笑咪咪地對「啤酒肚」鞠了個躬，轉身之後臉才垮下來。

酒吧裡的聲音很吵，李立文跟駐唱歌手借了一支香精味濃鬱得驚人的洗面乳，在浴室一邊洗臉一邊跟同事吐槽，眉眼間的嫌惡都要化成水淌出來了。

「你說這種人活著幹什麼？他的任務就是製造排泄物然後裝屎嗎？你看他那個雄偉的肚子，我靠，也不知道裡面裝了他媽的幾公斤的屎！說話不停噴口水，全他媽衝著老子這張臉來。我受不了了，我要是不在這裡幹了，我他媽現在就出去找根棍子，把他打得滿地找屎！」

同事聽得哈哈大笑，「你啊，嘴怎麼這麼毒啊？張口閉口都是什麼屎啊尿的，我一個男的都聽不下去了。你說你這樣怎麼找得到女朋友？誰要是惹到你，怕是祖宗十八代都會被你問候一遍！」

李立文哼了兩聲，不以為恥，反以為榮。

「老子生來就這樣，粗俗，沒素質，和你們這些都市人不一樣。傻子們最好別惹我，真的把我惹毛了，老子一刀就捅上去，別的不管，捅死再說！」

「哎喲，你厲害你厲害！」同事笑完，提醒道：「不過你還是小心點，這些話跟我們說說就好了，千萬別讓客人聽到了。這些有錢人，心眼比屁眼還小，要是聽到你在背後罵他們，肯定會找老闆理論，最後吃虧的還是你自己。」

「嘖，我心裡有數。」李立文不以為意，「那傻子正在喝酒呢，哪聽得到。」

然而十分鐘後，李立文被經理按著腦袋，向「啤酒肚」鞠躬道歉，差點被按到跪下，之後還被罰了一周的薪水——原因是「啤酒肚」的朋友去廁所解放，剛好聽到李立文那些惡毒又骯髒的話。

酒吧平時要營業到淩晨四點，但李立文惹了麻煩，心情差到極點，乾脆跟經理請了假，提早回家。經理也是從服務生幹起的，早年沒少在背地裡罵客人，倒也理解李立文，讓他回去好好睡一覺，今後有怨氣要抒發就來找自己，千萬別在廁所那種地方破口大罵。

李立文完全沒有被安慰到，滿腦子都是那個讓他被扣錢的「啤酒肚」，氣得兩眼發紅，差點掉眼淚。剛才在廁所，他也就是把話說得厲害一些，什麼「惹毛了就一刀捅上去，捅死再說」，其實他心裡清楚得很，自己哪敢殺人，說得再厲害也不過是打嘴炮而已。

離開酒吧，李立文垂頭喪氣地往小路走去。小路的另一頭有個夜班車公車站，自助投幣，一趟只需要兩塊。但夜班公車很少，錯過一趟就得等一個小時，慢慢搖個七八站回家，很是辛苦。

其實在酒吧門口的馬路上就能攔到車，有時他實在不想等夜班公車，就會「奢侈」一回，坐計程車回家，不過今天顯然不是能「奢侈」一回的時候。

想到被扣掉的一週薪水，李立文咬了咬牙，快步走進小路裡。

這條小路他已經走習慣了。和別人不同，他走小路不是為了抄近路，而是在小路裡穿行時，隱隱能體會到一種難得的歸屬感。

他不是當地人，老家在函省一個經濟條件落後的小鎮，鎮上全是老房子，自家住的巷子就和這條小路差不多。洛安區太繁華，連夜晚也是璀璨的，令人嚮往卻又陌生冷漠，唯有這條等待拆遷的小路老舊破敗，有家鄉的氣息。

平時從小路經過時，他的心情都相當舒暢，畢竟結束了一天勞累的工作，回到租住的小屋後，就可以什麼都不想，酣睡到中午。但今天實在太不走運了，他煩躁到了極點，快步在小路裡穿行，臉色陰沉得像真的要去殺人似的。

但進入小路沒多久，他就一腳踢到了一個東西，低頭一看，是一個長方形物體。

他停下腳步，蹲下來湊近看了看，是錢包！一個塞得鼓脹的大錢包！

對一個剛被扣錢的人來說，在空無一人的巷道撿到錢包，無異於天降之喜。他連忙將錢包撿起來，打開一看，驚喜突然變成了失望。

錢包雖然被撐得很鼓，但裡面幾乎全是一塊、五塊的零錢，最大面額的鈔票也才二十塊。

「我靠，有病嗎？沒錢裝有錢？」

他一肚子氣，蹲在地上數錢。數了三遍才數完，一共三百三十七塊。

他繼續翻錢包，找到幾張卡和身分證，發現失主叫尹子喬，才二十三歲，和自己差不多大。

「我去你媽！」

歎了口氣，他將身分證塞回去，接著把錢包放進自己口袋裡，自我安慰道——三百塊就三百塊吧，有總比沒有強。

有了這三百塊「補償」，李立文的心情總算愉快了一些，繼續往前走。途中瞥到牆根的陰影裡趴著一個人，地上似乎還有一灘汙跡，但光線太暗了，分不清是什麼汙跡。若是以往，他說不定會跑去觀察對方的情況，如今卻懶得這麼做，只遠遠瞥了一眼，就繼續往前走去。

躺在這巷子裡的人他見多了，全是喝醉吐了一地的人，管他們還討不到好處，不管他們的話，過不了多久他們酒醒了，就會自己拍拍屁股走了。

再說，這些來酒吧混的也沒幾個好東西，像「啤酒肚」那樣的大有人在，不把服務生當人，跟天王老子似的，喝死了也他媽活該！

李立文絲毫沒有愧疚感，加快腳步，快到巷口時甚至跑了起來，完全不知道當自己經過時，那個躺在黑暗中，剛咽下氣的人正睜著被恐懼定格的雙眼，直勾勾地看著自己。

第二章　暗巷裡的刀

「天洛站旁邊的小路裡有人被割喉！」

上午剛到上班時間，重案組就接到洛安區分局發來的案情通報。

花崇晚上沒睡好，腦袋暈暈沉沉的，眼皮半垂著，還在想黃才華的事。

查了一天多也沒有查出有價值的線索，黃才華出事前兩天的行蹤仍舊成謎。

曲值叫苦道：「哎喲，怎麼回事啊？惡質的案子一個接一個來，老子沒有三頭六臂啊！」

「我去現場看看。」花崇被吼醒了，抬手拍了拍曲值的肩，「你繼續查貨車相關的線索，洛安區那邊由我和小柳哥負責。」

「唉！」曲值歎氣，煩躁地抓頭髮，「你們的傷還沒好呢。如果不是特別麻煩的案子，就交給刑偵一隊或者二隊吧。」

「嗯。」花崇看看時間，皺眉道：「現在是上班尖峰時段，天洛站附近人特別多，就怕現場被嚴重破壞了。」

「不止不止！」曲值打了個顫，「花兒，你忘了洛安區刑偵中隊的隊長是誰了？他比現場被破壞可怕多了，反正我是不想再和他合作了，簡直是噩夢，上次跟他一起辦案，被『傳染』了他那個毛病，我糾正了一周才他媽糾正回來。」

花崇無奈，想了想只好說：「這次不一定是他去現場。」

「肯定是他。」曲值說：「他最勤奮了，轄區內出事，他哪次不是跑得最快的一個？」

這時，柳至秦提著兩袋早餐回來，肩上還揹了一個包包，一副隨時準備出發的架勢。

他一進辦公室，花崇就朝他看去，見他在辦公室走來走去，「殘」著一隻手煮水。以前都會把滾水倒進兩個茶杯裡，這次直接灌進了一個大號的深紅色保溫壺，散了一會兒氣後蓋好蓋子，放進背包的側袋裡。

「花隊？」曲值晃了晃手，「你看什麼呢？」

花崇收回目光，此地無銀三百兩地道：「嗯？沒看什麼。走了，局裡有什麼事及時和我聯繫。」說完立刻往辦公室外走去，柳至秦已經在那裡等了。

「花隊。」

「嗯？」

「你剛才是不是在看我？」

花崇停下腳步，拒絕承認，「你剛才在哪裡我都不知道。」

「難道是我感覺出現偏差了？但我的感覺一向很准啊。」柳至秦遞出一袋雞蛋餅和熱豆漿，笑道：「剛才我買完早餐，回來煮水，總感覺身後有一道熟悉的目光。」

花崇淡定地說：「喔，那肯定是曲值，他在看你的手好了沒。」

柳至秦「信了」，抬起左手說：「還得休養一陣子，不過已經不痛了。」

花崇瞄到側袋裡的保溫壺，想不起柳至秦以前有這個玩意兒，隨口問：「這個是哪裡來的？」

「我買的。」

「你什麼時候買的？」

柳至秦偏過頭，抿著唇笑。

花崇被他笑傻了，「你這表情有點怪啊。」

「是嗎？」柳至秦摸了摸下巴，「我就是覺得，我們剛才的對話挺有趣。」

花崇不解，「哪裡有趣？」

柳至秦笑而不答，加快步伐往樓下走去。

花崇直到上車還在琢磨哪裡有趣。「這個是哪裡來的？」「我買的。」「你什麼時候買的？」——簡單又普通的三句話，有趣在哪裡？

去現場的路上，徐戡一邊刷微博一邊說，「屍體照都已經被人傳到網路上了，你們看這張，還拍了細節呢。」

花崇正在吃雞蛋餅，聞言看了一眼，繼續吃。

而一旁的張貿並沒有在吃東西，看過之後連忙開窗透氣。

李訓拍著張貿的背，苦口婆心地說：「做重案刑警呢，就要像我們花隊一樣，屍體陳於前而繼續吃飯。你這樣哪行，不如來我們檢驗科算了。」

張貿回頭，「說得好像你們檢驗科就不用看屍體一樣。」

「屍體怎麼了？屍體又沒錯。」李訓說：「錯的是將活人變成屍體的人。我們刑警的職責呢，就是將這些做錯事的人找出來，讓他們受到應有的懲罰。」

「你說得好像很有道理。」

「是吧，所以來我們檢驗科混吧？」

「不。」張貿這次回答得特別堅定，「重案組是我家。」

徐戡悠悠道：「花兒是你爸爸。」

車廂裡突然安靜下來，徐戡抬頭看了看，發現花崇正在冷笑，連忙擺手：「你們聽錯了，我什麼都沒說。」

天洛站像往日一樣熱鬧，但小路兩頭的封鎖線卻為這種熱鬧增添了幾絲不同尋常的緊張感。在附近上班的白領族們已經匆匆趕往辦公大樓，可封鎖線外仍站了不少人，他們好奇地往小路裡張望，有的還舉著手機，不過能不能拍到什麼卻是另一回事。

花崇一行人從靠天洛站的路口進入，洛安區分局的刑偵中隊長曹瀚連忙揮手，「花隊兒！你來了啊！」

分局的痕檢員已在工作，李訓連忙加入，徐戡戴好手套與鞋套之後，蹲在屍體旁進行初步查看。

花崇掃一眼周圍的環境，眉心微蹙，「這裡早上有很多人經過吧？」

「誰說不是咧？」

曹瀚三十多歲，是洛城警界，乃至整個函省警界出了名的大帥哥，長得絕對一表人才，濃眉大眼，身材挺壯，很多男人一眼看見他，都會忍不住誇一句「我靠，真帥」。但他從小在偏遠鄉村裡長大，雖然成年後就離家上警校，但一口古怪的鄉音無論如何都改不掉，張嘴就是「嘛咧唷」，平時也沒什麼帥哥包袱，穿衣沒品味不說，表情也特別誇張，性格是與長相完全不符的憨厚。分局有不少女警剛入職時都一秒成為他的顏粉，可相處不到幾天，就全成了他的表情包粉。

他業務能力挺強，人也踏實，能爬到分局刑偵中隊長的位置完全是靠自己。但花崇不太喜歡和他合作，因為明明是很嚴肅的場合，他一句話說出來，一個表情擠出來，空氣都會突然變安靜。

聽到那個「咧」，張貿轉過身，捂著嘴忍笑。柳至秦頭一次見到曹瀚，倒是沒被對方的鄉音和表情逗笑，卻有些在意那句「花隊兒」。

這也太難聽了……

花崇簡直不想看到曹瀚的臉，只盯著幾步遠的屍體，「當時是什麼情況？」

「花隊兒，你看這兩邊嘛。」曹瀚一本正經地指著兩邊路口，「那邊是地鐵站出入口嘛，這邊是辦公大樓嘛，幾百家大公司、小公司擠在那些辦公大樓裡唷。很多人為了趕時間咧，下了地鐵就往小路鑽。早上派出所接到了幾十通電話唷，全是報警說發現小路裡有死人咧。我趕到的時候，哎唷唷，裡裡外外都是人唷！」

花崇想像得到那個場面，只是聽曹瀚「嘛咧唷」地描述一通，眼皮就開始瘋狂地跳。

曲值與曹瀚合作之後會被「傳染」，說了一周「嘛咧唷」不是沒有原因的。

「受害者身上沒手機、錢包等貴重物品，也沒有證件嘛，我已經派人去核實他的身分了唷。」曹瀚工作時非常認真，絲毫沒有注意到自己一會兒挑左邊眉毛，一會兒挑右邊眉毛的樣子很好笑，繼續說：「相信很快就能確定屍源了唷。花隊兒，你臉色怎麼這麼難看咧？要不要休息一下唷？」

這次，連柳至秦都有點想笑了。

花崇擺擺手，不想跟曹瀚說話了，走到屍體旁邊，無聲無息地彎下腰。

受害者是個年輕男子，頭髮較長，沒有燙染，穿著黑色的連帽衛衣、深灰色收束運動褲，腳上是一雙白色板鞋。他的頸部有一道完全撕開的傷口，深及頸骨，一看就是慘遭割喉。衣服上有大量血痕，周圍的地面亦是血跡斑斑。一把廉價的吉他被扔在一旁，一根弦斷了，琴上有多處刮痕。從血跡來看，男子目前所躺的地方，差不多就是遇害的地方，凶手只是將他的身體往牆根處挪了一小截距離。

花崇抬起頭，看向矗立在小路旁的路燈。

最近的一個路燈離屍體只有不到三公尺遠，男子等於是在路燈下被割喉的。

柳至秦走過來，似乎明白他在想什麼，說：「像這種小路，晚上的路燈不一定會亮，有一盞燈亮著都算不錯了。」

花崇點頭，叫來李訓，讓他去查小路上有哪些燈壞了，哪些燈能開。

曹瀚聽到了，連忙大聲道：「這個我已經查過了唷！就這一盞是好的咧，其他全部是壞的咧！」

花崇自動忽視掉魔音般的「咧」和「唷」，說：「一條接近兩百公尺的小路，凶手偏偏挑了最亮的地方下手？」

「可能對凶手來說，這裡是最佳行凶位置。但這似乎不太符合常理，如果我是凶手，我寧願選擇更暗的地方。」柳至秦說。

花崇退後幾步，觀察之後說：「小路裡沒有攝影機。」

「外面有嘛。」曹瀚說，「路口兩邊的馬路上都有攝影機咧，已經去調監視器了唷，很快就能看到唷！」

柳至秦第一次與曹瀚接觸，十分不適應，花崇能自動忽略「嘛咧唷」，他卻暫時無法做到，那效果就如早晨好端端地走在路上，突然聽到一家沿街店鋪放著節奏歡快的洗腦神曲，便會不由自主地在腦中迴圈一天，直到夜深入眠才停止。

花崇碰了碰柳至秦的手臂，「等等去看監視器。」

柳至秦「嗯」了一聲，脫口而出：「明白唷。」

花崇一顫，手臂上起了一層雞皮疙瘩，瞪著眼道：「你剛才說什麼？」

柳至秦這才發現自己中了曹瀚的「毒」，甩了甩頭，「我說我明白了。」

花崇幾乎要翻白眼，將柳至秦拉到一邊，低聲道：「每一個剛認識曹瀚的人都會被他帶歪，我以為你會是一個例外，沒想到你也中招了。」

柳至秦剛才還有些尷尬，聽花崇如此一說，立即釋懷了，「你也被他帶歪過？」

花崇想了想自己當時的樣子，擺手道：「不提了，不提了！」

柳至秦追問：「當時你是怎麼說的？」

「回頭再說。」花崇眼尾一抬，「專注於案子，有空再跟你講。」

這時，徐戡站了起來，「致命傷是頸部的銳器傷，喉管被徹底割斷，動脈被割裂。創口平整，沒有多餘的割痕。受害人身上沒有打鬥痕跡，也沒有束縛痕跡，凶手是一擊得手，並且在作案時處於比較穩定的情緒中，初步可以排除衝動殺人的可能。我剛才在受害人的指甲裡提取到一些皮屑組織，一會兒拿回去做檢驗。」

「割喉看起來簡單，其實沒那麼容易。」柳至秦低下頭，「凶手能一刀了結一個成年男子的性命，從創口來看毫無拖泥帶水的痕跡，這……」

花崇說：「像有經驗的人所為。」

徐戡摘下手套，「受害人有沒有服藥、身上有沒有其他重要傷口，這些要做了屍檢才知道。」

「死亡時間呢？」花崇問。

「昨天晚上十一點到十二點之間。」徐戡說著往路口看了看，「外面的攝影機應該能拍到他。」

「先帶回去做屍檢，儘快確定屍源。」花崇說完對曹瀚招了招手，「調昨天晚上十點半之後的監視器。」

◆

李立文租住的小屋在洛安區和富康區交界的地方，名義上屬於洛安區，看上去卻是富康區的風格——老舊、潮濕、採光差，周圍非常嘈雜，治安也不怎麼好。

晚上回到家，李立文本想倒頭就睡，結果想起在酒吧受的氣就翻來覆去睡不著，索性打開燈，把錢包裡的錢又數了一遍，然而不管怎麼數，都只有三百塊。

「媽的！」

他將錢包和錢全都扔在地上，強迫自己不再去想晚上碰到的倒楣事，拿被子蒙住腦袋，數了一個多小時「一塊、兩塊、三塊」才終於睡著。

然而似乎沒睡多久，門外就傳來一陣急促的敲門聲。

「你們搞錯了！我昨天晚上只是從那個小路裡路過，我什麼都沒有做啊！」李立文頂著一頭雞窩般的頭髮，滿臉驚懼，剛說兩句話就激動得想要站起來，「我在那邊的酒吧上班，半夜經常從那條小路經過，不能裡面死了個人，就賴在我身上吧？」

「賴？」花崇冷眼打量著他。

小路靠天洛站一側的攝影機拍到被害人於十一點十四分進入小路，其後再未從任何一側出來。十一點三十一分，李立文從酒吧街一側的入口進入小路，在裡面停留了二十四分鐘，直到十一點五十五分，才從另一側跑步離開。

一個不到兩百公尺的小路，正常行走的話，怎麼可能花二十四分鐘？

最重要的是，張貿在李立文的租屋處發現了一個錢包，還有散落一地的零錢，錢包裡夾著數張銀行卡和一枚身分證。目前屍檢結果和ＤＮＡ比對結果還沒出來，但身分證的主人——尹子喬，大概就是慘遭割喉的被害人。

但這個李立文展現出來的慌張也太真實了，如果是演出來的，這演技哪還用在酒吧當服務生？可如果不是演出來的，那很顯然，李立文不符合「冷靜割喉者」的側寫。

現在問題就在於，徐戡確定被害人的死亡時間在十一點到十二點之間，而被害人進入小路之後到十二點，攝影機只拍到了李立文。並且李立文在裡面待了二十四分鐘，進去時神情猙獰，出來時一路快跑。如果李立文不是凶手，他在裡面是否看到了被害人的屍體？看到了為什麼不報警，還耽誤那麼多時間？

這說不通。

「我沒有埋怨你們警察的意思。」李立文滿額頭的汗，拚命搓著手，「你們辦案也挺辛苦的。我就是、我就是……唉！我就是冤枉啊，我發誓我沒有殺人，我昨天真的就是從那裡經過而已。不信你們可以去我上班的酒吧調查，我平時都是淩晨四點才下班，昨天得罪了一個傻……一個客人，被罰了錢，心情不好，才請假中途離開。如果沒有被扣錢的事，十一點多我根本不會出現在那條小路裡，怎麼殺人啊？」

花崇看了旁邊的柳至秦一眼，柳至秦低聲道：「我馬上去安排。」

「你為什麼會有被害人的錢包？」花崇問。

李立文瞪大眼，半天才反應過來，臉色瞬間一白，聲音發抖，「那、那個錢包……是、是……」

「你不知道？」

「我知道還會撿嗎？」李立文恐懼地抱住頭，用力抓扯自己的頭髮，眼睛都急紅了，「警察，警官先生，警察叔叔，你相信我啊，我只是撿到了錢包，別的我什麼都沒有做！我、我平時也不會隨便撿錢包的，是因為昨天被罰了錢，我一時鬼迷心竅啊！」

「你在哪裡撿的？」花崇說完，不等李立文回答又補充道：「說具體位置，還有準確時間。」

「就在剛進小路的地方！」李立文抬起手，用衣袖擦拭額上、臉上的汗，「我進小路後沒走幾步，可能、可能不到十公尺遠吧，那裡很黑，路燈本來就暗，而且只有一盞亮著，路口根本照不到光。」

花崇想了想小路的結構，又問：「你撿錢包花了二十分鐘？」

「啊？」李立文不解，「什麼二十分鐘？」

「那條小路只有一百八十幾公尺，你從進入到走出來，花了二十四分鐘。」花崇說：「你在裡面幹什麼？」

「我、我在數錢！」

「數錢？」

「我不是撿到錢包了嗎？那錢包外觀看起來特別鼓，我以為自己要發財了，結果打開一看，全他媽……全是零錢！」李立文不安地在偵訊椅上扭動，「我想知道自己到底撿了多少錢，就蹲在地上數。那裡不是很黑嗎？我心裡又氣憤，來回數了好幾遍才數清楚，這才、這才耽誤了時間。」

「三百多塊。」花崇已經知道了錢包裡的零錢總額。

李立文立刻說：「對對，就是三百多塊！」

花崇暫時沒有說話，只是目光鋒利地盯著李立文。李立文哪受得了，幾秒就別開眼，不敢與他對視。

「既然你經常從小路經過，那應該很熟悉小路裡的情況。」花崇又問：「昨天晚上你經過的時候，發現小路有什麼異常嗎？」

李立文不停抿唇，鼻樑一皺一皺的，正在猶豫的模樣。

花崇冷哼一聲，「知道嗎？就我們目前掌握的線索，你是最有作案嫌疑的人。」

「可是我真的沒有殺人啊！」李立文更慌了，不敢再猶豫，支吾道：「我昨天經過時，看、看到離亮著的路燈不遠的地方，趴、趴了一個人。」

花崇皺眉，「你看到了被害人？」

李立文眼珠都快瞪出來了，「死、死的就是他？天哪！我以為那就是個喝醉暈倒的人！那條小路裡偶爾會有人醉倒，吐得滿地都是！我嫌髒，還刻意靠另一邊牆根跑走呢！」

花崇懷疑道：「你認為地上那一灘是他的嘔吐物？他離路燈不遠，你看不出來那是一灘血？還有，嘔吐物和血的氣味你分辨不出來？」

「不是！」李立文急得雙手摳住桌沿，「到了晚上，你們去小路裡看看就懂了！那裡特別暗，說是有盞路燈，其實就是勉強照個明而已，亮度很低。他躺的那個位置基本上是在陰影裡，我瞥了一眼就走了，沒有仔細看，也沒有刻意去聞，屏住呼吸就跑了。我真的以為那就是個喝醉的人，這種人管不得，管了就會惹得一身腥……」

◆

徐戡帶著屍檢報告來找花崇的時候，花崇正獨自坐在偵訊室，冷靜地理著已知的線索，手中的筆一下一下地點著記事本。

被害人十一點十四分進入小路，李立文十一點三十一分進入，五十五分離開。被害人比李立文先到小路，中間有十七分鐘的時間差，但這並不能說明李立文無辜——被害人可能因為某種原因，在小路裡等李立文。在被害人的死亡時間範圍裡，李立文是唯一一個被攝影機捕捉到的人，並且神情和動作有些不正常。

他的嫌疑很大，蹲在地上數錢的說法聽起來也很荒唐，但他接受審訊時，雖然緊張到發抖、結巴的地步，說的話卻沒有前後矛盾的地方。

這一點很重要，很可能說明他沒有撒謊。

如果他沒有撒謊，凶手必然另有其人，會是誰？

小路兩邊的攝影機都存在死角，凶手如果對現場很熟悉，要避開攝影機不是不可能。而小路裡並非完全沒有遮擋物，並且照李立文的說法，路燈非常昏暗。那麼凶手可能在躲開監視器後，事先藏在小路裡的某一處，等待被害人出現。

至於李立文為什麼會撿到被害人的錢包、證件，這說不定是凶手故意安排的。

人都有好奇心和貪欲，況且深更半夜從那條昏暗、危險小路經過的人，大概是經濟條件不那麼寬裕的人，見到地上有錢包，下意識就會撿起來，可能會拿走裡面的錢，扔下錢包，也可能連錢包一同拿走。即便最後什麼也沒有拿，將錢包放回原地，也會在錢包上留下指紋。

凶手不僅冷靜，並且非常精明。

花崇籲了一口氣，扔下筆，才發現徐戡靠在門邊。

「來了怎麼不叫一聲？」他從椅子上起來，斜倚在桌沿，目光落在徐戡手上的文件上，「屍檢報告出來了？」

徐戡點點頭，「一看就知道你在想案子，不敢打擾你。小柳哥呢？怎麼沒跟你在一起？」

聽到「小柳哥」三個字，花崇眼睫很輕地顫了一下。

以前大家也老是在他面前提「小柳哥」。找柳至秦有事，一時找不到時，就會跑到他面前問「花隊，小柳哥呢？」，好像他在哪裡，柳至秦就該在哪裡，即便柳至秦沒和他在一起，他也「有義務」知道柳至秦在哪裡。

過去沒覺得被問「小柳哥呢？」有什麼，現在品起來，卻有種奇妙而特殊的感覺。

自己不在的時候，其他人是不是也逮到柳至秦就問——小柳哥，花隊呢？

如此一想，唇角竟不由自主地向上牽了牽。

注意到徐戡的目光，他咳了一聲，說：「小柳哥去查李立文了。報告給我，屍檢和初步檢查有什麼出入嗎？」

徐戡將報告往前一遞，「致命傷是脖頸上的銳器傷，這沒有疑問。從創口的長度、深度來看，兇器排除一般的折疊水果刀，是刃長十公分左右、刃寬四公分左右的高硬度直刀，加上手柄，刀的總長在二十三公分以上。這種刀基本上都是戶外軍工刀，能夠俐落地割斷喉管、動脈。如果刀的硬度和鋒利度不夠，不可能造成被害人身上的那種創口。」

花崇一邊聽一邊看報告。

「被害人的DNA資訊在庫，比對結果已經出來了。」徐戡繼續道：「他叫尹子喬，二十三歲，洛城轄內溫茗鎮人。什麼職業、家庭狀況、人際關係，這些就要靠你們去調查了。」

花崇點頭，「尹子喬胸部、背部、頸部、左邊上手臂和手肘、右腿都有瘀傷？是怎麼造成的？」

「擊打。」徐戡說：「從皮下出血點的形態看，尹子喬在生前被鈍器毆打過——但不是昨晚，傷得也不嚴重。我判斷，這些鈍器傷是在一周之前形成的。另外，他有吸食大麻的習慣。」

「癮君子？」花崇抬起頭，眼神暗了幾分，「一個癮君子被割喉，數日前還因故被人毆打，看來這案子必須由我們來查了……對了，尹子喬指甲裡的皮屑組織能查出來自誰嗎？」

「是一名男性，但比對不出結果。」

「DNA資訊未被錄入？」花崇想了想，合上屍檢報告，「好，辛苦了，剩下的交給我們。」

說完，朝門口走去。

徐戡轉身，「花兒。」

「嗯？」

「你……」

花崇笑，「想到什麼就說，婆婆媽媽不是你的風格。」

徐戡壓下唇角，搖了搖頭，「沒什麼大事，就有點擔心你。」

花崇指了指自己的頭，「這裡？放心，不痛不燒，早就沒事了。」

「不是。」徐戡憂心忡忡，「曲值那邊現在還沒查出黃才華為什麼要撞你，你現在成天在外面查案子，我怕……」

「我會小心。」花崇正色道：「我和小柳哥都會注意，而且韓隊的人也跟著我們。現在誰想對我動手，純屬自投羅網。」

「但他們在暗，你在明。」徐戡說：「我可能比較悲觀吧，我覺得這世界上很多事，都是防不勝防。」

「所以過度擔心也沒有用，不是嗎？」花崇走回幾步，在徐戡肩上拍了拍，「有人衝著我來，但我得衝著案子去，不能因為有人在暗中盯著我，我就不盯著案子了吧？」

「話是這麼說。」

「謝謝你，徐老師。」花崇牽起唇角，右手握成拳，在胸口捶了捶，「我記著。」

徐戡苦笑，「我只會在這裡說幾句廢話，也不能像韓隊那樣派人保護你們，你們要是真的有事，我……」

「不是廢話。」花崇溫聲說：「關心也是一種力量，眼睛看不見，但心感受得到。放心，我們不會躺在你的工作臺上，增加你的工作量。」

「我靠！」徐戡一抖，「小柳哥不在，你就亂說話嗎？」

「小柳哥不在？」

花崇額角輕輕一跳，正經八百地思考起來。

——柳至秦在的時候，我說話不像現在這樣？

「算了，不跟你扯了，你啊，工作狂一個，不會照顧自己，開玩笑也沒限度。」徐戡擺擺手，「還好你們重案組現在多了個小柳哥，我看你還開始喝石斛葉了。是小柳哥幫你泡的吧？你記不記得小柳哥來之前，你懶得煮水，就乾啃陳隊給你的菊花茶？」

當然記得。花崇短暫地沉入回憶裡，卻很快就回神，揮手道：「走了，工作時間，閒話下次再聊。」

下午臨近晚上尖峰時段時，小路仍處於封鎖中。提前下班的白領族匆匆離開辦公大樓，有的直接由大路奔向天洛站，有的習慣性地往小路走，另一些人則是好奇，想看看小路裡的屍體還在不在。

柳至秦和另外幾名刑警從李立文工作的酒吧出來，正想打電話給花崇，就見到花崇站在靠近小路的地方，對自己招了招手。

「痕檢過來做二次勘察，我也跟著來了。」花崇解釋道，「等晚上天黑了，我想看看路燈打開之後到底是什麼情況。酒吧查得怎麼樣？」

「李立文昨天確實和客人起了衝突，被扣了一周的工資，所以才提早下班休息，這說明他十一點多出現在小路裡是偶然事件。酒吧有監視器，他離開的時候是晚上十一點二十五分，花六分鐘時間走到路口很正常。」柳至秦說著，一頓，「不過我還瞭解到一些事。」

「嗯？」

「李立文的一些同事說，李立文性格不怎麼好，素質低下，愛貪小便宜，也愛在背地裡罵人，嘴特別『髒』，髒話層出不窮。」柳至秦說：「而且他多次說過，如果有誰真的惹到他，他會一刀捅過去，捅死了再說。」

花崇蹙眉，來回走了幾步，「服務業的從業者，受氣是最常見的事。李立文在酒吧工作，說不定經常遇到不講理的客人。他心頭有怨氣，動不動就把『捅人』掛在嘴邊，但這並不能說明他真的會殺人。」

「嗯。」柳至秦點頭，「如果李立文是凶手，我們起碼要找到他動手的動機。目前這個情況，李立文只有作案時間，沒有作案動機。」

這時，曹瀚不知從哪裡跑出來，大喊道：「花隊兒！」

花崇和柳至秦同時一愣。

「噯！」花崇應了一聲，回頭問柳至秦，「他下午一直在這裡？」

「在，這次是分局和我們一起行動。」柳至秦說：「曹隊的工作能力其實很好，就是口音有一點……」

「人無完人啊。」花崇說著，抬手向曹瀚示意自己這就過來，「反正我現在已經適應他那個口音了，你剛認識他，別被他帶歪就好。曲值定力不夠，和他合作之後說了一周『嘛咧唷』。」

柳至秦忍笑，「我盡力。」

曹瀚查案查得紅光滿臉——大概是太熱了。

「我找到一個李立文的同鄉咧，也在這一片當服務生咧。他說唷，李立文平時身上經常帶著一把戶外刀！」

恰在此時，李訓打電話來，『花隊，我們在李立文的租屋處找到七把管制刀具。其中一把經魯米諾測試，確定曾大面積沾過血。但要提取經清洗的血跡DNA、確定是否新鮮，需要不少時間。』

花崇冷靜道：「把李立文帶到現場來。在這件命案裡，他要嘛是凶手，要嘛就是重要證人。我要看看他在現場的反應。」

夜幕降臨，小路裡的唯一一盞路燈亮起來了。

花崇站在路燈下，抬頭看了好一會兒。

如李立文所說，路燈的光非常暗。尹子喬屍體所在的位置離路燈不遠，但是確實處於陰影中。路過的人如果不認真看，的確無法辨別那是個醉倒的活人，還是一具屍體。

「我就是在這裡撿到錢包的。」李立文忐忑地蹲在地上，做了個撿東西的動作，「時間也都浪費在這裡了。我沒有撒謊，這裡這麼黑，讓你們數錢，你們也不一定每張都看得清楚吧？」

他說得很小心，但也帶著幾絲憤怒。花崇見多了案件相關者，對他這種反應非常熟悉——小心又憤怒的情緒，多出現在並未作案卻因為各種原因，成為嫌疑人的人身上。

李立文站起來，一邊回憶一邊往前走，「我昨天大概就是這個速度，瞥見那邊有個人趴著，根本沒有正眼看過。如果知道那是個死人，我肯定會報警，也不會拿他的錢。那是『死人財』啊，我再窮也不會去貪那種錢！我最後跑那幾步是因為夜班公車一小時一班，我算算差不多了，才放開腳步跑。」

「你有收藏刀具的習慣？」柳至秦問。

李立文的表情略微一變，「這個、這個犯法嗎？」

花崇瞇眼看著他。

「我只有這一個愛好，喜歡買點便宜的仿製軍刀、戶外刀。我、我知道管制刀具不能帶上地鐵什麼的，平時就放在包包裡，基本上沒有拿出來過。」李立文很慌張，「我真的沒有殺人啊。」

花崇拿出一個證物袋，裝在裡面的正是對魯米諾測試有反應的那一把戶外刀，「你最近使用過這把刀？」

李立文瞳孔一縮，本能地想要搶過來。

柳至秦單手一擋，「你想幹什麼？」

「不是，不是，不是！」李立文急促地喘氣，「那只是一把刀！是我在網路上買的！不信你們可以上網看，這種刀多的是！」

這種刀的確多的是，但經過技術建模，已經能夠確定，這把刀能造成尹子喬脖頸上的致命傷。但既然檢驗科還沒成功提取到ＤＮＡ，就不能草草給一個人定罪。花崇收起證物袋，說：「回答我剛才的問題，你最近使用過這把戶外刀？」

李立文茫然地搖頭，咬了咬牙，「我沒有！」

「你以為用水把上面的血洗掉，就萬事大吉了？」花崇表情冷了下去，「都到現在這個地步了，你還不肯說實話？」

「我沒有！」李立文渾身發抖，嘴唇都成了烏紫色。

「你這小夥子唷！強辯什麼咧？」曹瀚吼道：「你說你沒殺人嘛，但又不配合我們辦案，這對你有什麼好處咧？我告訴你唷，我他媽從來沒冤枉過好人，也沒有放過一個壞人咧。你不配合嘛，吃虧的是你自己唷！」

李立文還是不說話，只是眼裡的恐懼逐漸變得更加明顯。

柳至秦回頭，「花隊？」

「帶回去，拘著。」花崇說。

「李立文對刀的反應很古怪。」回市局的路上有點塞，花崇一手握著方向盤一手在身側摸索，「那把刀肯定有問題。」

柳至秦問：「你在找什麼？」

「水。」花崇說：「我記得這裡有一瓶礦泉水。跑去哪裡了？」

「口渴啊？」

「有點。」

「我有。」

柳至秦說著，拿過放在後座的背包，抽出那個深紅色的保溫壺，扭開瓶蓋。

「你這水……」花崇說：「是今天早上裝的吧？都十幾個小時了。」

「我換過，現在的是剛剛在派出所裝的，早上裝的我早就喝完了。」柳至秦把熱騰騰的水倒在瓶蓋裡，這時車流正好因為紅燈而徹底堵住了，他便往左邊一遞，「給你。」

花崇接過，喝完一杯還要第二杯。

柳至秦倒的時候笑了一聲。

「笑什麼？」花崇斜瞪他，「喝兩杯很好笑？」

「不是。」柳至秦說：「原來我的感覺沒有錯。」

花崇眉心抖了抖，「嗯？」

「早上我說有感覺到你在看我，你不承認。但如果你沒有看我，剛才為什麼說水壺裡的水是我早上裝的？」

花崇偏過頭，內心有幾絲尷尬，但沒顯露在臉上，點評道：「嗯，邏輯嚴密，把這麼嚴密的邏輯運用在犯罪推理上就好了。」

這時，紅燈變成綠燈，車流開始往前挪，花崇將瓶蓋裡的溫水喝完，隨手把蓋子還給柳至秦。

柳至秦收好保溫壺，說：「花隊，記不記得我們上午討論過這個壺是哪裡來的？」

「記得啊，你說是你買的。」花崇向前開，「還說我們的對話有趣。」

也不知道哪裡有趣。

「當然有趣。」柳至秦笑道：「『這個是哪裡來的？』、『你什麼時候買的？』除了審問嫌疑人，你從來不會問其他人這麼細緻的問題。」

花崇反應過來了，耳根忍不住熱了一下，哼笑：「你把自己當成嫌疑人了？」

是「嫌疑人」還是「特別的人」，兩人心裡清楚，彼此點到為止，誰都沒有刻意說出來。

柳至秦看向前方的滾滾車流，突然想起一件事，「花隊。」

「又想說什麼？」

「花，隊兒！」

「靠！」花崇笑罵：「別學曹瀚，以後改不回來看你怎麼辦。」

「你曾被他帶成什麼樣子？」柳至秦側過身，「我想聽聽。」

「真的想聽？」

「真的。」

「很尷尬啊。」花崇有些無奈，卻並不排斥。

「上午我都說給你聽了。」柳至秦把上午的話重複了一遍，「——明白唷！」

「那你聽著。」花崇清清嗓子，本來想直接說出來，又覺得還是得解釋一下前因，「我當時知道自己被曹瀚帶歪了，平時都比較注意，沒說溜過嘴。但後來沒過多久，不知道吃了什麼東西，把肚子吃壞了，一直往廁所跑。其中有一次，廁所裡沒衛生紙，我只好打電話給曲值，讓他送點衛生紙來。那時我有點急，一急就疏忽了，說——我在廁所唷，媽的沒紙唷，趕緊拿一卷來給我唷！」

柳至秦忍笑，「你這一連串三個『唷』，聽起來真像在唱山歌。」

「隔壁間的人也這麼說。」花崇歎氣，「後來被笑了好一陣子。有一段時間，刑偵分隊裡誰蹲廁所沒衛生紙，都要唱上一段。」

駛過最擁堵的路段，前面終於暢通無阻，車速漸漸拉起來，柳至秦說：「不要超速唷，耐心駕駛唷！」

花崇眼尾輕輕彎起，聲音帶著笑意，「小柳哥，成熟點。一回局裡就要開會，你再學下去，等等張口就是『我有個猜測唷』，重案組的下一個笑料就是你。」

「好。」柳至秦正色道：「長官教育得對。」

經過整個白天的摸排調查，警方掌握了越來越多被害人尹子喬的資訊。

「尹子喬十八歲高中畢業後，就從溫茗鎮來到洛城，到現在已經有五年。期間，他在餐館、酒吧、便利商店等服務場合打過工，還送過快遞和外賣。」張貿彙報道：「他的風評很差，與他共事過的人基本上都說，他人品有問題，做事不可靠。雖然每一份工作都是他自己主動辭職，但實際上是他表現太糟糕，又懶又愛貪小便宜，被同事和老闆排擠，才不得不離開。」

會議室的投影幕布上，輪流放著尹子喬生前的照片和屍檢細節照。單論外表，尹子喬長得不錯，個頭雖然算不上高，但五官立體深邃，臉比較小，身材比例出眾，頭髮在後腦揪成一個頗有街頭藝術感的小馬尾。

袁昊小聲說：「小白臉啊。」

張貿繼續道：「尹子喬的最後一份工作是送快遞，因為多次偷小物品而被勸退，之後就再也沒有工作過。最早從去年九月開始，他在各個交通樞紐、商場等人流量大的地方『賣藝』。『賣藝』的理由換過好幾個——最初是家中妹妹罹癌，後來是父親工傷癱瘓，現在是母親得了尿毒症。但經過核實，他根本沒有妹妹，父親在他童年時就工傷去世，母親已經另組家庭，身體沒有問題。他來到洛城之後，沒有再回過溫茗鎮，和老家的親戚已經斷了聯繫。案發之前，尹子喬在天洛站附近唱歌，十一點收攤，之後進入小路，很可能是想去酒吧——他是那裡的常客。」

「手機定位找到了嗎？」花崇問。

「無法定位。」袁昊說，「不過尹子喬的通訊記錄已經調出來了。昨天他一共打了六通電話，最後一通打給了一個叫穆茜的女人。穆茜今年三十歲，在天洛站附近開了個餐館，專門做辦公大樓白領們的生意。和尹子喬一樣，她也是酒吧街的常客。」

◆

「死的果然是他。昨天我一到酒吧，就聽說對面的小路裡死了個揹吉他的男人，死得有點慘，脖子都被扭斷了，嘖嘖嘖！我當時就想，揹吉他的男人？說不定是尹子喬啊。他打電話給我，約出來玩，但一整晚都沒到。他這種人啊，會爽女人的約只有一種可能——那就是遇到了麻煩。唉，以前他遇到什麼麻煩，頂多被揍個半死不活，這次直接涼了。」
濃妝豔抹的女人坐在偵訊室的靠椅上，廉價的皮草大衣散發出刺鼻的氣味，與她身上的香水、菸味混雜在一起，在並不寬敞的空間裡異常熏人。
面對警察，穆茜的神情與動作不見絲毫緊張，似乎已經與警察打慣了交道，知道對方不會對自己怎麼樣，但她這副姿態看在花崇眼中卻有幾分可笑。
有人從容，是因為心底磊落坦蕩。
有人狀似從容，卻是因為「死豬不怕開水燙」。
「妳和尹子喬是什麼關係？」花崇玩著一根未點燃的菸，不鹹不淡地問。
「關係？嗯……」穆茜看向右上角，過了幾秒說：「『炮友』是你們警察承認的關係嗎？」
坐在一旁的曹瀚拍桌：「妳這女人唷！」
花崇抬手，示意曹瀚閉嘴。
穆茜盯著曹瀚看了好幾眼，頗有幾分眼波婉轉的媚態。
花崇曲起食指，在桌上敲了兩下，「『炮友』關係也行。他昨晚打給妳，是找妳『辦事』？」
「不然呢？難道還找我看星星、看月亮？」穆茜呵呵直笑，「不過我得說，我不賣，不是你們的『掃黃』對象。我呢，講究你情我願，大家各取所需，爽一把就行，沒有金錢交易。」
曹瀚聽得皺眉皺眼，花崇卻依然是一副公事公辦、無所謂的樣子，「妳對尹子喬瞭解多少？」
穆茜打太極，「不多，也不少。」
花崇冷笑，「穆女士，每個人或多或少都有些不願意讓別人知道的祕密。既然我把妳請到這裡來，就是需要妳配合。當然妳不想配合也行，那我就只好自己去查。至於查到什麼程度、是否會觸及妳的祕密，那就不好說了。」

穆茜神色一變，擠出一個有些勉強的笑容，視線掃向下方，「我能有什麼祕密？」

「沒有最好。」花崇說：「不過如果妳有，只要妳不惹事，我對妳的祕密也沒興趣，我只對案件有興趣。穆女士，現在有什麼事想告訴我嗎？」

穆茜塗著橘紅色口紅的唇抿了又抿，似乎這才意識到，這回面對的警察不像過去一樣好應付。猶豫半分鐘後，她只得開口：「我認識尹子喬三年多，第一次見面是在他當時工作的酒吧。他那時還很小，未滿二十歲吧，好像。喝了幾杯酒之後，他就約我去他家，我們就是從那時候開始『炮友』關係的。前兩年約得比較勤，他年輕，技巧也不錯，我還挺喜歡跟他上床的。」

曹瀚聽不慣「炮友」這種詞，聽到一半就咳了起來。

穆茜詫異地看向曹瀚，花崇淡淡地提醒道：「繼續說。」

「嗯。」穆茜頓了頓，「但今年我們差不多斷了，已經很久沒有約過了，前天他突然找我，我還有點奇怪。」

「為什麼斷了？」

「他……他濫交。」穆茜說著笑了笑，「我自己不是什麼清純的女人，和他也不是戀人關係，他要睡多少人都沒問題，但前提是要戴套，我可不希望自己在享受之後染病。其實以前他就經常在酒吧約人，不過今年他開始吸大麻。毒癮和性欲一同上腦，鬼知道他還記不記得戴套。而且我雖然沒什麼文化涵養，還是明白近墨者黑這個道理。他自己吸大麻，我如果繼續跟他睡，說不定哪天也會被他帶著一起吸。毒品我不想碰，最基礎的也不想碰，我還想多瀟灑幾年呢。」

「妳知道是誰向他售賣大麻嗎？」花崇問。

「這我真的不知道。」穆茜猶豫了一會兒，說：「不過我知道他跟一些長期在酒吧街混的人走得比較近。他是從一個什麼鎮來的，沒有父母管，以前有工作時還有一些錢，沒工作了就去街上騙錢，還跟那些人借。我自己也在這一帶玩，明白那些人不能惹。對了，今年初他因為還不了錢被打過一次，說什麼都不去醫院，還是我買了一堆藥去看他。」

花崇將記事本往前一推，「把妳記得的名字寫下來。」

穆茜握著筆，有些不安，「這……」

「放心，我們會保護證人的安全。」花崇說。

穆茜點點頭，寫下四個名字。

花崇拿回記事本，掃了一眼，遞給曹瀚，曹瀚將那一頁撕下來就起身離開。

「這個人妳有印象嗎？」

花崇從手機裡找出李立文的照片，擺在桌上。

穆茜拿起來一看，「這不是那個……那個……」

「他認識他？」

「一時想不起名字了。」穆茜皺眉思索，「他挺出名的，喜歡在背後罵人，嘴特別髒，但人很膽小，有人幫他取了個外號，叫什麼『爛嘴屌』。」

「尹子喬和他接觸過嗎？」

「你們懷疑他和尹子喬的死有關？」

花崇不答，看著穆茜化著煙熏妝的眼睛。

穆茜很快就避開，「尹子喬應該知道他，畢竟他嘴爛，只要經常在酒吧街混，或多或少都聽過他的名字，但他認不認識尹子喬，這我就不清楚了。」

「穆茜沒有作案時間，而且應該沒有說謊。尹子喬上一次打電話給她是兩個月前，兩人的聯繫確實比較少。前天晚上十點四十分，穆茜進入一家酒吧後就沒有再離開過，直到凌晨兩點。酒吧的監視器拍到了她。」

柳至秦右手托著筆記本，上面疊著三個飯盒，最上面居然還放了一碗盛得滿滿的番茄牛肉湯。

「你這是在表演雜技嗎？」

花崇連忙接過，將碗和飯盒一一擺好、打開。三個飯盒裡有兩個內容一樣，都是一半米飯、一半肉末茄子加香菜丸子，另一個裝著黃豆燒排骨，都是熱的。

這配置顯然是雙人套餐，米飯各吃各，排骨和牛肉湯是「共有食物」。

「這不是沒有灑出來嗎？」

柳至秦笑了笑，從上衣口袋裡摸出兩雙用紙包著的筷子，遞給花崇一雙，甩了甩有點麻的右手，準備掰開筷子。

花崇一看就笑了，「蓮花指翹得還挺像那麼一回事。」

柳至秦的左手無名指動不了，掰筷子只能用拇指和食指，其餘三根指頭往外面翹起，看起來和蓮花指沒兩樣。

「那你幫我掰開。」柳至秦索性把自己的筷子也遞給花崇。

「又沒笑你翹蓮花指。」花崇掰好，隨口問：「還痛不痛？」

「不痛，但平時做什麼都不方便。」柳至秦把黃豆燒排骨推到花崇面前，自己往飯盒裡舀了些番茄湯，「以前敲鍵盤有兩隻手，現在只能用一隻手，麻煩。」

「我看看。」

花崇放下筷子，牽住他的左手，在夾板上很輕地按了一下。

「吃飯。」柳至秦把手抽回來，往花崇碗裡夾牛肉和排骨，「案子要趁熱破，飯也要趁熱吃。」

花崇的吃飯速度，整個重案組沒人比得上，滿滿一盒，幾分鐘就搞定了。

「尹子喬看樣子得罪的人不少。私生活混亂，沒有朋友，收入不穩定，抽大麻的錢說不定是跟人借的。」

「他身體上的傷，可能就是因為還不了錢而挨揍造成。」柳至秦也吃完了，「不過如果我是他的債主，他找我借了錢，長時間不還，我頂多會威脅他，找人揍他就是其中一個方式，但不至於直接把他脖子砍了。這對我有什麼好處？揹上一條人命不說，也拿不回錢。」

「嗯，我也覺得這一點比較可疑。」花崇本來想抽菸，在口袋裡摸了一會兒，只摸到幾枚糖，於是自己剝了一枚，拋了兩枚給柳至秦，「小流氓起爭執太常見了，什麼鬥毆、剁手指、打斷肋骨、拿菸蒂燙才是他們常用的招數。上來就割喉，還割得那麼俐落，這不太正常。現場給我一種感覺——凶手不是圖財，也不是洩憤，當然更不是因為什麼爭執而衝動殺人。凶手完全不在乎『儀式感』，只是想要尹子喬的命而已。這要嘛是心理變態、殺人上癮，要嘛是為了滅口。」

「我傾向於後一種可能。」柳至秦沒吃糖，拿在手裡玩，「尹子喬染毒，大麻雖然只是最初級的毒品，但終歸也是毒品。凡事一旦涉及毒品，就可能牽涉到犯罪。尹子喬會不會在無意間知道了什麼不該知道的事，才引來殺身之禍？」

「有可能。」花崇點頭，「他的人際關係比較複雜，排查需要的時間不少。對了，他的家人什麼時候到洛城？」

柳至秦將飯盒、筷子等收進袋子裡，「他母親不願意來。說是早就沒這個兒子了，還說希望我們別去打擾她的生活。」

「連親生母親都不願意來看他最後一眼。」花崇感歎道：「認識的人對他被殺害這件事也無動於衷，最想找到凶手的是我們這些陌生人。從某種程度上講，他這一生，過得也挺……」

挺慘？挺落魄？挺不值？

花崇沒有往下說，因為一時想不到一個合適的詞，似乎沒有一個詞能完美概括尹子喬的這一輩子。

但細細想來，卻不是找不到合適的詞，是外人根本無法對一個死去之人的人生下任何定論。

尹子喬慘不慘，落不落魄，這二十三年過得值不值得，只有尹子喬自己知道。

◆

曹瀚的辦事效率奇高，又在洛安區深紮了多年，自有一套找人的方法，中午剛過，就把穆茜寫在紙上的四個人一個不落地帶來了。

外號「螃蟹」的龐谷友是四人裡的老大，平時在酒吧街橫著走，仗著會一點拳腳功夫，又出社會得早，經常惹是生非，看不慣誰就找誰的麻煩，像個「低配版」的地頭蛇。

前幾年洛城全力掃黑，有規模的涉黑集團都銷聲匿跡，能跑的都跑了，不能跑的現在還在牢裡蹲著，剩下的都是龐谷友這些不成氣候，卻踐得二五八萬的小流氓。這些人就像蒼蠅一樣，寄生在城市的各個角落，看上去很容易剷除，實際上卻比掃掉正經八百的涉黑集團還難。

他們平時天不怕地不怕，唯一怕的就是警察。

此時，龐谷友縮著肩膀坐在偵訊椅上，不再像橫行霸道的螃蟹，反倒像一隻被草繩綁得結結實實的螃蟹。

他賊眉鼠眼地瞥了瞥花崇，舔了半天嘴唇，「我、我最近什麼都沒做啊，老、老實得很。」

花崇不與他廢話，「前天晚上天洛站旁邊死了個人，你知道吧？」

「知道。」

龐谷友咽著口水，頭上的黃毛大概是抹太多定型液了，看起來不僅不酷，還髒兮兮的。

「知道是誰嗎？」花崇又問。

「不知道。」龐谷友捏緊手，「只、只知道死的是一個經常在附近唱歌的男、男的。」

花崇將打火機「啪」一聲扔在桌子上，「那男的叫尹子喬，今年年初被你和你的好兄弟揍過一次。怎麼，這麼快就沒印象了？」

龐谷友嚇出一臉的汗，那聲打火機掉在桌上的響動聽在他耳朵裡像驚堂木，他打了個顫，還沒反應過來就招了，「我也不是故意不讓他好過的，他、他欠我錢！」

「欠多少？他和你借錢，是拿去幹什麼？」花崇問：「還有，你和他是怎麼認識的？」

「三千多。」龐谷友擦掉額頭的汗，聲音越來越小，「我在酒吧街也有做點自己的生意，尹子喬跟我混過一段時間。」

小流氓口中的「生意」，基本上都是收保護費。這種事勞煩不到重案組，花崇繼續問：「他既然跟著你混，你肯定知道他抽的大麻是從哪裡來的。是不是你介紹給他的賣家？你先借給他錢，他用這筆錢去買大麻，你再從賣家那裡提成？」

龐谷友煞白著一張臉，驚慌失措，「是他自己想抽，關我什麼事啊？」

「這三千多塊，他最後還給你了嗎？」

花崇沒有按照應有的邏輯順序提問，而是故意東問一句，西問一句。

「還得了就有鬼了。他根本沒錢，一到晚上就提著一把破吉他出去騙人，運氣好時討個兩百塊，運氣差會被加班的巡警逮住，還得倒貼錢。」龐谷友說著，往自己胸口捶了一拳，「我也只找人揍了他兩次，年初那次揍得比較狠，聽說他好像在家裡躺了好幾天。還有就是上周揍了一次。說實話，我知道他還不了錢，上周揍他就是出個氣，揍完這三千塊我就不要了，就當餵了狗。他被人殺了真的不關我的事，我就是討個生活，需要為了三千錢殺人嗎？」

花崇其實並不確定尹子喬身上的傷是被誰揍出來的，但龐谷友在緊張之下一詐就承認了，那便不會有錯。

這些小流氓慣於施暴，但下手有輕重，尹子喬的傷不重，看得出他們確實沒有下狠手。揍尹子喬多半不僅是為了出氣，還是為了找樂子。

「除了你，尹子喬還跟誰借過錢？」花崇問。

「他只跟我借過錢。」龐谷友這回回答得很肯定。

花崇有些意外，「你很清楚他的交友狀況？」

「嘖！他有個雞……」龐谷友說到一半連忙打住，改口道：「他剛到這邊時就跟我混，酒吧街也有酒吧街的規矩，他跟了我，就不會去跟別人，他要借錢都找我，就算向別人借，別人也不會借給他。」

「那你再回憶一下，他有沒有惹到什麼人？」

「說真的，警察大哥，你這問題我昨天和我兄弟已經討論一天了。」龐谷友愁眉苦臉，「聽說他莫名其妙就被人殺了，我們沒一個人想得通。他這個人吧，又賤又窮，不討人喜歡，但也不至於招恨到被殺的地步。他買大麻……」

反正都說出來了，龐谷友索性不再隱瞞，繼續道：「他在街口那家酒吧跟人買大麻的錢是我給的，他不欠人家錢。」

「你倒是老實。」花崇笑了笑，「那前天晚上十一點到十二點，你在哪裡？」

「警察大哥啊，我真的沒有殺他，怎麼又扯到我頭上來了？」

「例行詢問。」

龐谷友歎氣，「我和幾個兄弟在『金盛ＫＴＶ』唱歌，那裡有很多攝影機，肯定拍到我們了。」

「最後一個問題，在酒吧街販售大麻的是誰？」

「『金盛』的老闆樊斌。KTV和酒吧都是他開的，但大麻只有酒吧才有。」

這時，偵訊室外傳來一陣急促的腳步聲。李訓在門口邊敲門邊喊：「花隊，花隊！」

花崇跟曹瀚交代了幾句，起身開門。

李訓說：「李立文那把刀上的DNA提取到了！」

出人意料，留存在李立文戶外刀上的大面積已清洗血跡，經過精密提取與檢驗，確認屬於一位名叫肖潮剛的三十三歲男子，而該男子已經失蹤半年。

花崇不得不召集人手緊急開會。

「是我們區的失蹤案唷。」曹瀚手裡拿著一個記事本，卻沒有翻開，「肖潮剛是一家手機APP領域創業公司的合夥人嘛。今年四月，他的妻子和父母到派出所報警，說他的手機一直關機咧，也沒有去公司上班咧，怎麼都聯繫不上，懷疑失蹤唷。」

「肖潮剛失蹤之前，最後一次出現是在哪裡？」花崇問。

「他的公司咧。」曹瀚幾乎記得過目案件的所有細節，「四月三號下午，他正常下班嘛，當天晚上就沒有回家唷。但他妻子以為他在公司加班——他那種創業公司嘛，通宵加班是常態唷，於是他妻子也沒有在意唷。直到第三天早上發現他又徹夜未歸，才打電話給他嘛，當時手機已經是關機狀態咧。派出所是當天晚上接到報警咧，不過因為沒有任何傷害跡象，也沒有財產丟失，屬於無故失蹤嘛，所以沒有立即立案唷。」

花崇皺著眉，「後來呢？」

「後來當然立案了唷，但一直沒有查到有價值的線索嘛。」曹瀚頓了片刻，繼續說道：「這類失蹤案咧，沒有第一現場嘛，失蹤者又是無故離開嘛，實在難以著手唷。不過關於肖潮剛這個人咧，我們隊員經過密集走訪，還是瞭解到一些他的事唷。」

肖潮剛與妻子龔小帆結婚七年，看上去感情和睦，卻一直沒有生養孩子。龔小帆最初不願意跟警察坦白，後來才說，自己當初與肖潮剛結婚，其實是被騙婚。肖潮剛是個雙性戀，但比起女人，更鍾情於男人。結婚之前，龔小帆並不知道，婚後半年，才漸漸察覺到異常。不過，在發現肖潮剛與不少男人保持著「床伴」關係後，龔小帆並沒有激動憤慨地提出離婚，而是心平氣和地與肖潮剛談了一次。從此，兩人成了「表面夫妻」，肖潮剛繼續在外面飄彩旗，龔小帆花著他的錢，享受自己的生活，如此竟然也過了七年「相敬如賓」的生活。

這也是肖潮剛第一天沒回家時，龔小帆沒立即打電話詢問的原因——他們的感情早就破裂了，繼續生活在一起，無非是為了避開來自社會和各自家人的閒言碎語。

據龔小帆和肖潮剛的一些朋友說，肖潮剛有去酒吧找樂子的習慣，但因為公司還在發展階段，實在太忙了，所以這一兩年去酒吧的次數很少。立案之後，警員去肖潮剛曾去的酒吧、夜店走訪過，該調的監視器也調了，只有寥寥幾人對他有印象，但大家都說他是個很安靜的客人，一個人坐在吧檯喝酒，沒什麼存在感。而僅有的幾段影片裡，也沒有任何形跡可疑的人靠近肖潮剛。

他的失蹤，看起來就像一場主動離開的惡作劇。

但現在，對命案極其敏感的重案刑警們明白，他很有可能已經遇害了。李立文那把沾血的刀，也許就是兇器。

◆

聽到「肖潮剛」三個字時，李立文怔了片刻，然後像突然驚醒一般，雙目幾乎瞪到最大。

可花崇從他眼中看到的，卻是不應有的恐懼與害怕。

那種恐懼與作案之後擔心被抓捕的恐懼不同，這種恐懼隱藏著顯而易見的暴戾，而李立文流露出來的恐懼，卻帶著幾分懦弱與無助感。

柳至秦點出肖潮剛的照片，「你認識他，對嗎？」

李立文近乎本能地搖頭。

「今年三月二十五號，他去過你工作的酒吧。」柳至秦說：「那天你沒有排休，從晚上八點一直工作到淩晨四點。你見過他吧？」

「沒有！」李立文聲音顫抖，「我沒有見過他！我不認識他！店、店裡每天都有很多客人，三月接待的客人，我、我怎麼可能還記得？」

柳至秦卻像沒有聽到他的解釋一般，又問：「之後幾天，肖潮剛找過你——但不是在酒吧。你記不記得他在什麼地方攔住你，對你說了什麼話？」

李立文臉色越來越難看，右手用力撐住額頭，「我不知道你在說什麼！我都說了我不認識他！他、他……不是什麼好人。你們要調查他，就去找其他人！」

「既然不認識他，為什麼說他不是好人？」花崇半眯著眼，「昨天我們在你住的地方找到七把刀，其中一把對魯米諾測試有反應。我當時就問過你，是不是覺得用水把刀上的血跡清洗掉就萬事大吉了。你既不肯承認最近使用過它，也不肯承認它沾過血，但現在，我們已經在刀上提取到一個人的DNA了，你猜是誰？」

李立文的瞳孔驟然緊縮，「肖、肖潮剛？」

「原來不是認不得嘛。」花崇單手搭在桌沿，視線停在李立文臉上，「他在半年前失蹤了，你知道嗎？」

李立文已是滿臉的汗，惶恐地點頭，「派出所的人來調查過，但、但是沒有問過我。」

「你刀上的血跡並非新鮮血跡。」花崇說：「你對他做了什麼？他現在在哪裡？」

「我不知道！」李立文抱住了雙臂，但很快就放開，「我只是自衛，我沒有傷害他！他失蹤不關我的事！」

「自衛？」

「他強迫我！」

李立文想是回憶起了什麼痛苦的往事，肩背不停抖動。

「慢慢說。」柳至秦聲音輕輕的，「你把事情交代清楚，我們才好去調查。」

李立文用力吞咽口水，瞪大的雙眼死死盯著桌面，「他……肖潮剛只來過我們店一次。幫他送酒的不是我，我根本沒有靠近過他，天知道他怎麼就盯上我了！那天我下班之後，他在店後面叫住我，讓、讓我陪他。」

酒吧街的夜店個個裝修得別具一格，正面光彩照人，背面卻很不講究，堆著垃圾，淌著髒水，真實詮釋著什麼叫「光明背後的黑暗」。

花崇不久前才從那裡經過，想像得出肖潮剛叫住李立文時的情形。

「我在這一行也幹好幾年了，像他這樣的客人不是沒有見過，我知道他是什麼意思。」李立文吸了吸鼻子，「他就是想跟我睡。但我又不是Gay，為了錢也不能答應他啊。兩個男的做那種事，太噁心了！」

柳至秦輕咳了一聲，花崇倒是無所謂，接著問：「後來你和他起了衝突？」

「他是客人，我怎麼敢和他起衝突。」李立文猛地抬起眼，接觸到花崇的目光後立刻又別開，「後來幾天，他經常來纏著我，還、還威脅我。」

「威脅你什麼？」

「還能有什麼？他們這些人，不就是看我們這些當服務生的好欺負嗎？他要是去店裡找我的麻煩，我馬上就會丟了工作。事情如果鬧大，我在其他店也找不到工作。」李立文又急又氣，「我被他纏得受不了，答應用、用手和、和嘴幫他做一次。」

「就是他失蹤的那天嗎？」花崇問。

李立文深吸一口氣，「是。但我不知道他後來失蹤了，我只是、只是割了他一刀！」

「在哪裡？」

「富康區的一個賓館。」

「富康區？肖潮剛帶你去賓館？」

「他說那種地方比較安全。」李立文捂住大半張臉，「飯店什麼的，監視器太多，身分證也查得很嚴。」

花崇小幅度地抬起下巴，「既然已經說好了，你為什麼還會割他一刀？你特意帶著刀？」

「不是特意！我有在包包裡放刀的習慣！我沒有故意捅他！」

「『捅』和『割』是兩個完全不同的動作。」花崇手指交疊，「到底是『捅』，還是『割』？捅了哪裡？割了哪裡？」

柳至秦丟了一包紙巾到桌上，「擦擦汗。」

李立文連忙扯出幾張，「是說好了，但肖潮剛在中途反悔！我已經幫他那個了，還不止一次，他卻不滿意，強迫我跟他做。我受不了他們那些Gay的玩法，跟他吵起來，他還搧了我幾個耳光，罵我這樣的人就是天生命賤，就該伺候他。他還說……算了，他那些話太髒了，我不想重複。他比我高，也比我強壯，要比力氣的話，我根本打不過他。」

「但你有刀。」花崇說。

李立文半天沒說話，接著竟然抽泣起來，浸滿汗水的紙巾被捂在眼睛上，偵訊室響起低沉又壓抑的哭聲。

柳至秦偏頭看向花崇，花崇卻仍舊面不改色，「後來發生了什麼？」

「我捅……」李立文一邊吸氣一邊說：「我割傷了他的手臂，刀上的血就是那時候沾上的。不過那時候我們在浴室，我很害怕，他跑掉後，我就將地上、牆上的血清洗乾淨，把刀也洗乾淨了。」

花崇不大相信，「肖潮剛在被你割傷手臂之後，『跑掉』了？」

李立文用力點頭，「後面的事我就真的不知道了。我沒有割到他的動脈，他不可能因為那一刀死掉！」

「你割他的時候，不擔心他會到酒吧找你麻煩？」

「我哪還想得到那麼多啊？咬了他的那個，我已經噁心得受不了了，他還想上我，我只能和他拚命！」

花崇歎了口氣，「他『跑掉』之後，再也沒有來找過你？」

「沒有了。但我一直很害怕，擔心他突然出現。不過過了一段時間，派出所的人來我們店裡，我才知道他失蹤了。」

「那你有什麼想法？」柳至秦問。

又是一陣沉默，李立文低著頭緩慢道：「我希望他再也不要出現，死、死了最好。」

離開偵訊室，花崇沉著一張臉，快步走到走廊盡頭，有些粗暴地把門推開。

這幾天降溫降得厲害，哪間辦公室都開著暖氣，又悶又熱，連續開會、審人，幾小時下來簡直頭昏腦漲，太陽穴痛得比剛出車禍那天晚上還嚴重。

柳至秦跟著來到露臺上，順手關上門。吹一陣涼風，抽半根菸，腦子果然清晰了一些。

「李立文也許沒有撒謊，但他肯定還隱瞞了一些事。」花崇穿了件有兜帽的外套，雙手抄在口袋裡，不停在欄杆邊踱步，「他給我的感覺很奇怪，肖潮剛的失蹤肯定和他有關。」

「一個手臂被割傷的男人，半夜離開賓館，會去哪裡？」

柳至秦走到花崇身邊，抬起右手，拉住了花崇的兜帽。

頭被柔軟厚實的兜帽罩住時，花崇愣了一下，思緒突然一斷，直勾勾地看著柳至秦。

「別這樣看我。」柳至秦為他整理了一下兜帽，順勢拍了兩下，「我會走神，注意力都在你身上，無法專注於案子。」

花崇略一低頭，兜帽沿幾乎遮住眼睛，半秒後他伸出手，想把兜帽扯下去。

「這裡風大。」柳至秦目光柔軟，阻止道：「你才受過傷，吹久了不好。」

花崇籲了口氣，語氣帶著幾分無可奈何，「那你也別這樣看我。」

「嗯？」

「我也會走神。」

柳至秦眼中的光一定，唇角幾乎瞬間揚了起來。

花崇當然注意到了，卻收斂心思，話歸正題，「重案組處理不了這麼多案子，既然刀上的血不屬於尹子喬，那李立文和割喉案的關係就有限。一會兒跟曹瀚說一聲，讓他分點人手繼續查肖潮剛失蹤案，我們這邊盯割喉案。」

大麻屬於毒品，而涉及毒品的案子會由緝毒分隊負責。洛安區酒吧街涉毒的消息，花崇已經第一時間跟陳爭報告了，陳爭又與緝毒分隊隊長緊急溝通。緝毒分隊迅速出擊，以最快速度控制了十幾名重要毒販。

不過，這算不上大規模的緝毒行動，查繳的毒品僅有數量不多的大麻、搖頭丸，沒有高純度冰毒、海洛因這類極難戒斷的毒品。

洛城並非毒品氾濫的城市，上一次全市規模的掃黑行動伴隨著緝毒行動，冰毒這一條線被徹底打掉了。這幾年，洛城的緝毒工作做得不錯，但漏網之魚仍舊存在，「金盛」酒吧的老闆樊斌就是其中之一。

在被帶到花崇面前之前，樊斌就已經交代了與同省大麻製銷集團合作的經過，供出了不少躲藏在小城市的販毒者。

在大麻供銷鏈上，他只是微不足道的一個小單位，販賣大麻也不是他的主業。順道發財，卻把自己「順」進了警察局。

坐在偵訊椅上，樊斌垂頭喪氣，如同遭受到一場巨大的挫敗。

「這個人在你手上『拿』了多少次大麻？」

花崇將尹子喬的照片放在桌上，冷厲地看著樊斌。

對販毒的人，他向來沒有好臉色，不管對方賣的是相對不易成癮的大麻還是毒品之王海洛因。每一年，都有很多緝毒警察倒在禁毒前線，他沒有參與過緝毒行動，卻明白緝毒不比反恐輕鬆，犧牲的緝毒警察也不比反恐特警少。

正是這些毒販和吸毒者，讓無數個家庭變得不再完整。

死去的人是英雄，是烈士，他們得到的是功勳，留給家人的卻是遺憾。

「沒多少次。他是『螃蟹』介紹來的，今年才從我這裡拿貨。」樊斌已經知道自己為什麼會被抓了，「我做夜店生意，偶爾會賣點『藥丸』，只有熟悉的人介紹才會給大麻，不多，我也怕出事。這次被逮住，我沒有話說。我做的，我認了，該判多少年、該收繳多少財產，我都認。不過殺這個人的不是我，他買大麻的錢『螃蟹』都結清了，我和他只見過幾次，沒過節，沒金錢糾紛，我要是對他動手，就純粹是沒事找事了。」

花崇觀察著面前的中年發福男人，心中有種空落落的感覺。

樊斌顯然已經破罐子破摔了，那頹喪的表情看不出一絲撒謊的樣子。

那到底是誰殺了尹子喬？

「『螃蟹』害我。」樊斌突然木然地笑起來，「跟我說什麼可以騙這小子一筆，我他媽就不該聽他的，小畜生！」

花崇索性問：「那你認為，龐谷友有可能對尹子喬動手嗎？」

「嘖，他害我，但我懶得咒他。」樊斌說：「殺人？不可能，他沒那個膽子，也沒有必要。」

此時，偵訊室的門被敲響，曹瀚探進半個身子，「花隊兒，尹子喬的家人來了唷。」

◆

說是不願意被打擾，尹子喬的母親周麗娟還是從另一座城市趕來了，陪伴著她的是她的丈夫祁俊。

「我只是來幫他辦理後事的。」周麗娟的神色不見太多悲傷，眼中流露的責任似乎多於親情，「他沒有別的親人，我和他也多年沒有聯繫了，不過我想，我應該送他最後一程，也算盡最後一次身為母親的職責。」

祁俊問：「我們能領走子喬的遺體嗎？」

花崇搖頭，「抱歉，命案還沒有偵破。」

周麗娟皺眉，「案子沒有偵破，和我們幫他辦後事有什麼衝突？我有自己的生活，不能一直在洛城等啊。」

花崇反問：「您不想知道誰是殺害您兒子的凶手嗎？」

辦公室裡安靜了幾秒鐘，周麗娟苦笑，「我只是生了他，基本上沒有養過他。我對他沒有感情，同樣，他也不認我這個母親……不，不僅是不認，他大概老早就在詛咒我去死了吧。」

「麗娟，別這麼說。」祁俊拍了拍妻子的肩。

花崇注意到，周麗娟雖然說得淡定，但肩膀正在輕輕顫抖。

柳至秦對花崇遞了個眼色，然後將祁俊引去休息室。

與同齡的婦女相比，周麗娟保養得好一些，看上去比較有氣質。她低頭坐在椅子上，沉默了一會兒，問：「你是想從我這裡瞭解尹子喬的事嗎？」

花崇說：「如果您知道的話。」

周麗娟小幅度地搖頭，「我不瞭解他。我和他父親的婚姻是一場災難，說得難聽一些，他父親走得早，對我來說是一種解脫。他不像我，一舉一動都像那個男人，暴戾又懦弱，和怪物沒什麼分別。」

「您是從什麼時候開始不再與他一同生活的？」

「十幾年前吧，差不多是他小學念到高年級的時候。他看不慣我，我也不想看到他，索性就分開生活。之後，我認識了現在的丈夫，搬到現在定居的城市。」

「那他在學校發生的事……」

「我不知道。我沒去開過家長會，在他十六歲之前，我都每半年匯一次生活費、學費給他。」

周麗娟說話時理著鬢髮，「他十六歲生日那天，第一次打電話給我，叫我別再匯錢給他，他嫌髒。從此，我沒有再匯過一分錢給他。也是從那時起，我們沒有再聯繫過。」

七年時間，足以讓不睦的親人成為徹頭徹尾的陌生人。

但花崇卻突然想到了黃才華。這個獨自在洛城開貨車討生活的男人，雖然每年只回老家一次，卻記得每月匯錢給母親。

匯錢？花崇眼神一深。

「黃才華放下手裡的工作，將貨車臨時停在貨運停車場，是為了匯生活費給母親？」送走周麗娟和祁俊之後，柳至秦端著咖啡，英氣鋒利的眉微擰，「他平時是幾號匯錢回家的？」

「月底。」花崇翻著曲值拿來的帳單記錄，「這個月還沒有匯。」

「那這倒是有可能。」柳至秦拿過帳單，一眼掃過，「他匯款的時間最早是二十一號，最晚二十九號，跨度比較大。他失蹤那天是二十五號，不算晚。他在急什麼？急到放下工作去匯款？他母親近期並沒有打電話給他，能排除急需用錢的可能。」

「那他希望在這一天讓他母親收到錢呢？」花崇說。

「這一天是什麼特殊的日子嗎？」柳至秦喝了一口咖啡，發現忘了加糖，連忙放下，眼睛卻是一亮，「虛鹿山那個案子，我們在紅房子遇到鄒鳴。他在自己已是嫌疑人的情況下冒險去紅房子，只因當天是他哥的農曆生日。」

花崇立即打電話給曲值，卻被告知黃才華母親的生日在三月。

「看來是我想錯了。」花崇拿著手機戳了戳自己額角，語氣有幾分疲憊，「最近案子太多，黃才華、尹子喬、李立文，現在又來個失蹤半年的肖潮剛，我這裡有點不夠用了。」

柳至秦將手捂在嘴邊，看上去像呵了一口氣。

花崇問：「手指又不舒服了？我瞧瞧。」

「沒有。」

柳至秦放開手，走近花崇坐著的靠椅後，被呼熱的食指和中指突然貼在花崇的太陽穴上。

花崇僵住了，連目光都有了一剎那的凝固。

同樣的事，在洛觀村的時候，他差一點就對柳至秦做了。那時候柳至秦說想案子想得頭疼，他的手都本能地抬了起來，後來還是覺得不妥，收了回去。

而現在，柳至秦正按揉著他的太陽穴，似乎一點都不覺得不妥。

太陽穴很熱，也不知道是柳至秦指尖的溫度，還是自己心尖陣陣發癢帶來的溫度。

「小……」

他正想說話，忽聽見柳至秦叫了他的名字。

「花隊，這樣有沒有好一點？」

被指尖溫柔按壓著的太陽穴似乎正在「突突」跳動，花崇愣神片刻，索性閉上眼，好歹將眼中醞釀的情緒關住。

可視線被阻斷之後，感覺變得更加敏銳，他這才發現，柳至秦不僅揉著他的太陽穴，手掌還半攏著他的耳廓，拇指似有似無地蹭著耳根。

這種感覺簡直「糟糕」透頂。

他儘量讓繃緊的肌肉放鬆，狀似閒散地靠在椅背上，沒意識到自己的眼睫正在小幅度地顫動，只擔心自己耳尖那如同燒起來的溫度，悄悄傳到柳至秦手心。

柳至秦揉得很有技巧，指腹上因為常年敲擊鍵盤而長出來的薄繭極有存在感，壓在皮膚上帶來很輕的刺癢，刺癢又漸漸變成觸電般的酥麻。花崇不經意地抿緊唇，也不知道自己是在享受，還是在受折磨。

須臾，太陽穴上的觸感消失了，但那酥麻的感覺似乎還在。花崇睜開眼，明明覺得自己應該鬆一口氣，心頭似乎又有些捨不得，倏地抬起手摸了摸額頭，方覺得剛才擾人心煩的悶痛已經在不知不覺間消退了，頭腦一片清明。

「謝了。」

他抬眸看柳至秦一眼，正要站起來，卻見到柳至秦忽然繞到他面前，俯下身子，雙手撐在靠椅的扶手上。

這個動作本身，就帶著顯而易見的壓迫感。

高大的陰影陡然間罩了下來，花崇微垂的眼尾揚起，心跳毫無徵兆地快了幾分。

「我……」

柳至秦說話的同時舔了一下唇，脖頸的線條微微收緊，喉結有一個上下滾動的動作，似乎想說什麼，卻在半途將餘下的話咽了回去。

花崇從下方看著他，將他喉結的滾動看得一清二楚，心口突然不合時宜地癢了起來。

以前好像沒有從這個角度看過柳至秦，他第一次發現，這傢夥的脖頸生得格外對自己胃口，修長而充滿力量感，喉結的大小恰到好處，那個突起的形狀十分誘人。

看得入了神，甚至想伸手摸一摸，但男人的喉結哪能隨便摸。

花崇代入自己想了想，不禁覺得好笑——誰要是手賤碰他的喉結，他或許一腳就踹過去了。

這麼一想，心裡忽地輕鬆了幾分，唇邊溢出一個不深的笑，「怎麼？想說什麼？」

柳至秦眉心微擰，眼神認真裡透著幾許忐忑。

那忐忑似乎與期待有關。

花崇饒有興致地分析著柳至秦的微表情，卻不明白他在期待什麼。

「我……」

柳至秦的聲音低沉溫柔，好像比平時沙啞，又說了一個字就打住，聽得人著急。

花崇的耐心都耗在案子上了，眼睛眯了一下，問：「『你』什麼？」

柳至秦的喉結再一次上下起伏，過了幾秒，輕聲說：「我突然很想親你一下。」

花崇的肩膀一緊，心臟彷彿漏跳了一拍。

他定定地看著柳至秦，目光像鋒利的冰錐。但這些冰錐在傷害到柳至秦前，就已經紛紛融化灑落。

柳至秦眉間的紋痕深了幾分，言不由衷地補充：「可以嗎？」

花崇忽然發覺，「果斷」這個重案刑警必備的素質已經從自己的身體抽離了，否則怎麼會半天都說不出拒絕的話。

「可以嗎？」

柳至秦的聲音很輕，充滿蠱惑，花崇懷疑他把平時對付嫌疑人的那一套，都放到了自己身上。

應該拒絕，畢竟還沒有真正在一起，也沒有互相承諾過什麼，可是肢體的動作卻忽略了大腦給出的「拒絕」信號。

他的後背從椅背上離開，朝柳至秦半揚起臉，目光溫熱，像不熱情卻也毫不冷漠的邀約。

下一秒，下巴就被手指勾住。

說不上柔軟的唇貼了上來，蠻橫卻也知情識趣，帶著些許菸草和糖的味道。

花崇原以為只是個淺嘗輒止的吻，但當柳至秦的舌試探著在他唇間舔舐時，他胸中陣陣發麻，思緒跌入短暫的，五光十色的空白中。他主動地吮住了柳至秦的舌尖，閉上眼，任由對方侵入自己的領地。

唇舌交纏的奇妙感剎那間湧向全身，撩得每一個細胞都開始躁動。柳至秦的吻極具侵略性，花崇在片刻的招架後，突然抬起雙手，環住了柳至秦的脖子。

單方面的侵略，變成了勢均力敵的交鋒。

花崇幾乎是閉著眼的，但從撐開的一道縫中，窺得見一線世界。

柳至秦就在他的世界中。

眼前的柳至秦早已是成熟男人的模樣，某些時候甚至比自己多一份冷靜，但腦海中卻沒由來地閃現柳至秦當年在聯訓營時的樣子——臉上抹著辨不清面目的油彩，身高很高，站得像一棵松柏，可身材還有些單薄，即便穿著迷彩服，仍是青澀大男孩的模樣。

一晃這麼多年，單薄的男孩，已經長成周身盈滿壓迫氣場的男人了。

好在大多數時候，柳至秦都將這份氣場好好地收斂著，表露在外的只有溫和與耐心。

走神的片刻，花崇發現自己又「失勢」了，想奪回主導權大約得費不少工夫，索性不再掙紮，任由柳至秦侵略，大度地迎合，甚至不時發出一聲滿足的低吟。

分開的時候，柳至秦猶是不捨地在他的下唇吻了一下，眼裡沉甸甸的都是沉迷。

一時間，兩人彼此注視，卻誰都沒有說話。

打破沉默的依舊是花崇——大約是年長那麼幾歲，就該更加理智。

他撐著扶手站起來，手指在濕潤的唇角抹了一下，咳了兩聲，剛想將柳至秦推到一邊，卻忽然覺得膝蓋有些酸軟。

柳至秦眼中的眷戀尚未消退，目光黏在他身上不願撤去。他走到飲水機旁倒了杯涼水，一飲而盡，才將心頭的那團火澆去大半，腦子也漸漸清醒過來。

他靠在飲水機旁的牆上，對柳至秦抬了抬下巴，有些「殘酷」地發問：「尹子喬這個案子，你有什麼想法嗎？」

柳至秦在臉上抹了一把，手掌遮住上半張臉時，唇角明顯是牽起的。

花崇看到了，清了清嗓子算是提醒。

放開手時，柳至秦的眼神已經恢復如常，連語氣也靜了下來，好像剛才那個激烈的吻只是存在於腦中的幻覺。

「尹子喬身邊的人沒有一個愛他，連關心他死活的人都沒有。」柳至秦說，「但要說恨他、畏懼他到要殺死他的人，似乎也沒有。沒有明確動機、沒有邏輯的凶殺案不少，但尹子喬的遺體及凶案現場呈現出的細節，卻說明凶手是個絕對冷靜、思維縝密的人，必然有明確的動機。現在找不到動機，唯一的可能就是我們對尹子喬瞭解得還不深，那個痛恨他或懼怕他的人還躲藏在我們看不見的地方。」

「尹子喬的成長環境相當糟糕。」花崇一手撐著額頭，一手轉著一支筆，「周麗娟說他暴戾又懦弱，但這種性格很有可能不是與生俱來的，而是家庭賦予的。尹子喬這種人，很容易被別人瞧不起，甚至是欺負——龐谷友那一群人就將他當做玩物、出氣筒。但另一方面，他也容易去踩踏比他更弱的人，將在別的地方受的氣，發洩在這些人身上。」

柳至秦雙手插在口袋裡，「人際關係排查到現在，我還沒有發現這樣的人。尹子喬在網路上的言行也中規中矩，偶爾會發一下自己唱歌的影片，幾乎沒人看。」

花崇長吐出一口氣，抹了把臉，「坦白說，我之前還覺得這案子不難偵破。但查來查去，居然連凶手的作案動機都無法明確。」

「凶手抹脖子的操作太熟練了，會不會是有案底的人？」柳至秦說。

花崇沉思，緩慢說：「如果凶手的目標不止尹子喬一人，那必然會再次作案，或者此前就作過案，只是因為各種原因，案子沒有報到我們這裡來。」

柳至秦立刻想到了失蹤的肖潮剛。

花崇看懂了他的眼神，「肖潮剛的失蹤如果和殺害尹子喬的凶手有關，那李立文在其中扮演什麼角色？知情者？還是幫凶？」

柳至秦來回走了幾步，「也許這只是兩個相互獨立的案子。」

「嗯。」花崇丟下筆，「暫時還是分開查。線索太多攪在一起，反而對破案沒有幫助。」

「割喉這件事的影響比較大。」柳至秦說，「網路上的討論度很高，鬧得人心惶惶的。其實大家會擔心也很正常，割喉性質太惡劣了，而且找到凶手前，我們也沒辦法保證凶手不會再次作案。花隊，要不要提醒各個分局多注意一下？」

「陳隊已經向上面彙報了。」花崇說：「肯定會在夜間加派流動警務車。」

◆

天洛站旁邊有年輕男子被割喉的消息，一日之間傳遍了整個洛城。即便血腥照片被一刪再刪，但仍有不少「無碼照」在小範圍傳播。在大城市裡，殺人也許不算什麼特別受關注的新聞，但割喉卻一定算。

割喉是最有效，也最便利的殺人方式，而且帶給受害者的痛苦極大。單是「割喉」這兩個字，似乎就自帶駭人效果。幾乎所有看到現場照片的人，都會不自覺地舉起手，摸一摸自己的脖子。

呂可是洛城第七人民醫院的婦產科護理師，二十九歲，深夜下班是常事，因為已經在醫院工作了多年，倒不是很害怕看到血腥照片，但得知被割喉的男子是晚上獨自走在無人的背街小巷時被殺害後，還是本能地膽怯起來。

警方還沒有公佈抓到凶手的消息，護理師們一邊值著夜班，一邊小聲談論等等下班怎麼回家。

有人說最近不太平，凶手割了一人的脖子，說不定就會割第二人、第三人的脖子。

有人說自己平時回家都是坐夜班公車，但下了車得走很長一截夜路，覺得很可怕，今後還是攔車回去好了。

有人說攔車其實也不安全，萬一遇到圖謀不軌的司機呢？沒看到最近發生了不少司機騷擾女乘客的事件嗎？那真是叫天天不應。

有人笑，說妳有老公來接，橫豎不用操心自己的安全，簡直是站著說話不腰疼。

呂可在一旁安靜地聽著，沒有說話，心裡卻隱隱有些不安。

「小可呢？打算怎麼回家？」一名護理師突然問：「噯，怎麼在發愣？害怕啊？」

「小可膽子小，不是被嚇到了吧？」另一人笑嘻嘻地說：「我們也就是隨便聊聊。現在治安這麼好，路上還有流動警務車來回執勤呢，不用怕不用怕，我們又沒幹過壞事，抹脖子的事輪不到我們，哈！」

呂可笑了笑，「我不怕啊，就是今天有點累，睏得很。妳們聊，我聽就好。」

「被十四床那個病人鬧的吧？她啊，唉，也是可憐，年紀輕輕就患上這種病，接連做化療，都不成人形了。以前剛住進來時多漂亮啊，一頭濃密的長髮，真可惜。」年長一些的護理師說：「有時看著她，我就覺得凡事都是命，得認命。她確實很會鬧，但可能也沒多少日子能活了，我就、就再對她好一點，啊？」

話音剛落，護理師就察覺到不對勁，順著其他人異樣的目光望去，才看到一個骨瘦如柴，臉白似鬼的女人正靜靜地站在自己身後，嘴唇乾裂沒有血色，近乎乾枯的眼中皆是怨毒，明明才剛滿二十歲，就已是將死之態。

正是十四床的病人藍靖！

護理師頓感不寒而慄。

蒼白的女人喉嚨裡發出一聲尖細的輕哼，而後轉過身，推著輸液架，蹣跚地往中庭上方的迴廊走去。

她的腳步很輕，幾乎聽不見，地板上只有點滴架的滑輪滾動的聲響。她的背影就像一隻生氣全無，漸行漸遠的女鬼。而中庭，就像她即將長眠的墓場。

曾經有來住過院的病人開玩笑，說你們醫院不該把住院部修成這個樣子，中間留那麼大一個天井幹什麼？住院部就該好好地一樓一樓修，幹嘛搞個中庭？像個看不見的棺槨。

院方的解釋是，中間空出來，四邊都是迴廊，病人們可以繞著迴廊散步，保持心情舒暢，比傳統的住院部更加人性化。

護理師們收回目光，你看看我，我看看你，似乎都有些害怕。

片刻，呂可才小聲說：「我們以後千萬別再聊病人了，被聽到不好。」

「就是就是！」年紀最小的護理師連忙附和，「說不定還會投訴呢！」

被藍靖那對陰森的眸子盯了好幾秒的護理師仍驚魂未定的模樣，木木地點頭，「再也不說了，再也不說了。嚇死我了，就剛才她看我的那一下子，都覺得自己背脊涼了。」

「真的嗎？」剛才還說再也不聊病人，卻總是有人好奇心過剩，追問道：「難不成是因為命不長的人眼裡自帶陰氣？她、她不會就這幾天了吧？」

「說不定啊。我昨天聽到邱醫生和她爸爸聊過，說家屬要做好心理準備了。」
「唉，真的可憐，才二十歲啊，如花似玉的年紀。」
呂可提醒道：「真的別說了，病人的事，不是我們該討論的。」
「我們也沒有惡意啊，說幾句怎麼了？又沒說她的壞話，不都是在為她惋惜嗎？」
「但在背後說別人總是不好的。」
「這回聽小可的。」一位護理師拍了拍手，「都別說了，好好做事，真的為她惋惜啊，就為她留一份尊嚴與體面……」
話音未落，中庭方向突然傳來一聲悶響，接著是如驚雷一般炸開的尖叫。
護理師們面面相覷，呂可最先反應過來，「糟了！出事了！」
「跳樓了！有人跳樓了！啊！醫生！醫生呢！」
向來安靜的外科住院大樓頓時響起雜亂而密集的腳步聲和呼救聲，醫生、護理師、病人、病人親友、看護如潮水般湧向中庭上方的迴廊。
他們的目光彙集在一樓中庭的空地上，那裡，有一個穿病患服的瘦弱病人正在抽搐，而她光著的頭已經凹陷了一半，濃血、腦漿正在從她身體裡淌出。
她沒有閉眼，在生命的最後一刻，仍死死看著這個世界上的喧嘩與熱鬧。
這屬於她，卻又不再屬於她的熱鬧。
呂可牢牢抓著迴廊的欄杆，肩膀不停顫抖。
住院大樓一共有九層，而婦產科位於第六層，藍靖悄無聲息地從這裡一躍而下，頭部著地，已經沒有活下去的可能。
呂可倒吸一口涼氣，而之前被藍靖盯過的那名護理師已經腿腳一軟，跌坐在地上。
癌症末期病人跳樓自殺，死在住院部這種事並不少見，但每一次發生，都會讓醫院陷入兵荒馬亂。藍靖的遺體很快就被抬走，派出所巡警聞訊趕到，藍靖母親哭得暈了過去，父親不停自責——是我沒有看好她。
婦產科值班的護理師和醫生暫時不能離開，一一做筆錄，每個人看上去都很緊張。
做完筆錄時，呂可的手掌心已經全是冷汗，腳也冷得像踩在冰上。
她對巡警撒了謊，自稱沒注意到藍靖有任何異常——其他護理師也是這樣告訴警方的。
病人跳樓，醫院當然有責任，但攤到每一個人身上時，再重的責任都顯得輕飄飄的。
巡警說，做完筆錄的人可以離開了。呂可看了看時間，已經是淩晨三點。
醫院不存在「朝九晚五」，呂可回到護理站，翻開排班表，確定自己早上和下午都沒班，這才收拾好東西，往樓下走去。
七院在富康區東部，她住的地方離醫院有四站，平時下了夜班，她都是先走上一段路，再搭公車，下車後走五百多公尺就能到家。
但今天她只想趕緊回到家，恰好那位有老公接的護理師也做完了筆錄，一見到她就對她招手，「小可，上來，載妳一程。」
呂可不習慣麻煩人，可今天的確被嚇到了，坐同事的車總是踏實一些。
回到家，她餵了撿來的橘貓，連忙縮進被窩裡。

而一個漆黑的影子，如鬼魅般從無人注意到的巷道裡離開。

橘貓像受到了驚嚇一般，發出一聲淒厲的叫喊。呂可連忙打開燈，將豎起一身毛和尾巴的橘貓抱進懷裡，驚慌地說：「怎麼了？怎麼了？」

橘貓不會說話，一雙玻璃珠般的眼睛警惕地盯著她，又像正穿過她，盯著其他什麼東西。

她雙手一僵，渾身發冷，猛然想到了自殺前的藍靖。

窗戶沒有關，冷風掀起窗簾，從窗外灌了進來。她嚇出一身冷汗，後背又冷又麻。

橘貓的眼珠子轉了轉，越過她的頭頂，看向她的身後。她嚇得不敢動彈，想回頭看一看，脖子卻像無法動彈。

腦海裡，全是藍靖骷髏般的身體、陰寒怨毒的目光，還有摔出腦漿的凹陷頭顱。

一瞬間，她感到自己彷彿置身於最可怕的恐怖片中，一回頭就會對上一張血流如注、沒有五官的臉。

恐懼感達到巔峰時，抓著的橘貓突然叫了一聲「喵」，不淒厲，也不詭異，就和平時撒嬌時一樣，一身的毛也軟了下去，開始趴在床上舔爪子。

呂可的胸口大幅起伏，花了十幾分鐘才勉強鎮定下來，鼓起勇氣轉身一看，背後什麼都沒有。她掀開被子，不安地走到窗戶邊，往外面看了兩眼，然後關窗上鎖，把窗簾也一併拉上。

做完這一切，橘貓已經團在被窩裡，一動也不動地裝睡了。

她卻再也沒有睡意，將家裡所有燈都打開，接著拿過筆記型電腦，開始看最近熱播的電視劇。這一看就看到了早晨，播放記錄裡有好幾集，她卻連一集的內容都回憶不起來。

天將亮未亮，樓下已經有人出門上班了。她疲倦地闔上筆記型電腦，剛將被子拉上，就聽到客廳傳來砸門聲。

她害怕得近乎呼吸一滯，幾秒後，才聽門外一個男聲道：「抱歉，上錯樓層了。」

她睜大雙眼，盯著虛掩的臥室門，不知過了多久才回過神。而回神之後想起的第一句話是：平時不做虧心事，夜半敲門心不驚。

她曲起雙腿，用力捂住耳朵，卻聽到心中一個聲音道：可是妳做過虧心事啊。

朝陽的光透過窗簾灑進臥室，呂可呆坐在床上，很久沒有動彈。

忽然，放在床頭的手機震動起來，嚇得她的心臟又是一陣猛跳。

螢幕上閃著一個名字，是晚上送她回家的那位護理師。

這時候接到同事的電話，也許是要加班。平常，她最恨加班，但今天卻盼望被叫去加班。醫院人多，雜事也多，忙起來才不會胡思亂想。

然而電話接通，聽到的卻不是加班消息。

同事語速很快，『小可！又有人被割喉了！就在我們社區！』

◆

發生命案的「創匯家園」位於洛安區東北部，靠近東邊明洛區，是個建了接近二十年的老社區，曾經是洛城最有名的高檔社區之一。十幾年前，能在「創匯家園」買一套房子，必然是做生意的有錢人——這是老洛城人的固有認知。

不過最近十年，越來越多高檔住宅在主城五區修建起來，連經濟條件最不發達的富康區都推倒了一批承載歷史的磚瓦老房，開建大樓。和這些設施完善、環境一流的新建社區比，「創匯家園」頓時成了過氣的「老人」。它最遭人詬病的是停車位少和安保不力，這也是絕大部分二十年老社區共有的問題。停車位緊缺，導致每天早晨和傍晚，私家車在社區內外堵得水泄不通，多次出現刮蹭糾紛；居民安全也得不到什麼保障，門禁系統雖然已經更換為較新的設備，但是物業、監視器等等跟不上；大樓的老舊化也令人厭煩，一棟樓才兩台電梯，一台經常「罷工」，不「罷工」的那一台抖得像要從電梯井摔下去一樣。

如今，當年的富人們早已購置了新的房產，「創匯家園」的房子要嘛作為二手屋，低價賣掉，要嘛經過仲介，租給暫時買不起房的人。現在的「創匯家園」早已不是當年的樣子，既不是財富的象徵，也不是舒適生活的象徵，一些房子被二房東轉租，竟然搞成了安全隱患極大的群租房。

上一個體系相對完善的物業公司深知「創匯家園」存在的各種問題，在合約到期之後撤出，新來的物業公司剛成立不久，保全、清潔人員幾乎全是趕鴨子上架。

三十七歲的羅行善就是保全之一。

他是國中畢業，在住宅社區、商業辦公大樓都幹過保全。上一份工作是在銀行當保全，然而沒幹多久，就被「關係戶」頂替了。失業後，他四處物色新的工作，剛好聽說一家物業公司在招人，工作地點還是久負盛名的「創匯家園」，便連忙前去應聘，順利入職。

「創匯家園」一共有三個出入口，其中兩個為大門，供人和車輛通行，西邊那個是小門，位置偏僻，外面有一連串木質階梯，僅能供人步行通過，羅行善就長期在西邊小門內的崗亭裡值夜班。

然而清晨，從小門經過，前往附近公車站的年輕人們發現，向來站在崗亭裡笑臉相迎的老羅不見了，崗亭裡空空蕩蕩，門和燈都開著，暖風扇因為運行太久，而發出一縷縷焦味。

但早上時間緊迫，沒人有工夫在意一個保全去哪裡了，全都行色匆匆地離開。

到了早上八點多，天徹底亮了，崗亭對面的林子不再被黑暗覆蓋，這時從各自大樓走出來的住戶們才注意到，林子的邊緣趴著一個穿物業大衣的男人。

「老羅！老羅！那不是老羅嗎？怎麼趴在那裡？」

有人跑過去，以為羅行善只是生病暈倒，一邊將對方翻過來一邊招呼旁邊的人打求救電話。

然而，就在羅行善被翻過來的一瞬，所有在場的人都露出震驚而恐懼的神情，抱著他的那一位更是嚇得無法動彈。

只見羅行善睜著雙眼，掙紮與痛苦定格在散開的瞳孔中，脖頸上布滿血痕，物業大衣的前襟幾乎被血浸透。

他竟然是被割了喉！

「啊啊啊啊啊啊！」

終於有人尖叫出聲，現場頓時陷入難以招架的混亂。

「又是割喉。」

前往「創匯家園」的路上，警車裡的氣氛有些壓抑，花崇坐在副駕駛座，手肘撐著窗沿，手指頻繁地摩挲著下巴。

「李立文還在局裡拘留。」徐戡邊開車邊說，「這次他沒有嫌疑。」

「不會是出現『模仿犯案』了吧？」張貿從後座伸了個腦袋過來，神色擔憂，「現在網路這麼發達，人人都知道天洛街那邊有人被割喉。潛在的犯罪者會不會突然得到啟發，覺得割喉好，割喉方便，於是自己也去割一把？頂風作案雖然很冒險，但有機會嫁禍給上一個兇手啊！我靠，我最怕『模仿犯案』了。如果大規模模仿起來，那還得了。」

「現場都還沒看到，還不能隨便下定論。」柳至秦說，「也有可能是兇手第二次作案。」

徐戡看了看後視鏡，「你們排除李立文的嫌疑了？」

「沒有。」花崇搖搖頭，「不過我和小柳哥都覺得，他的行為不符合我們對割喉案兇手所做的側寫。」

「那就是他仍然有嫌疑。」徐戡皺著眉，「他這個人不簡單，我總覺得他哪裡不對勁，但又說不出是哪裡不對勁。」

「他的戶外刀上有大量血跡，這不會有錯。他收藏那麼多把管制刀具本來就很有問題，肖潮剛的失蹤他脫不了關係。而且我覺得一個人犯過一次案，後面繼續犯案的可能性更大。」

李訓不懂變通，一邊聽眾人討論，一邊整理自己的勘察箱。

花崇「嗯」了一聲，「先看看現場再說吧。」

警車停在「創匯家園」的西邊小門外，那裡已經拉起封鎖線，又是洛安區分局的刑警先趕到。

花崇戴上手套，拉開封鎖線鑽進去，問：「你們曹隊呢？」

「去物業辦公室調監視器了。」

一名刑警指著山坡上的一個兩層建築說。

花崇向李訓和徐戡打了聲招呼，又朝柳至秦招手，「小柳哥。」

柳至秦快步跟上，「來了。」

還沒走進物業辦公室，花崇就聽到曹瀚的聲音，「沒有監視器咧？連出入口都沒有監視器，你們物業是白收管理費咧？」

柳至秦眼色暗了幾分，「這種社區怎麼會沒有監視器？又不是富康區那些老工廠家屬社區。」

花崇歎氣，「我剛才看了一眼，這社區連消防通道都不怎麼合法規，你還指望它監視器齊全？走吧，去看看情況。」

辦公室裡，幾名工作人員和值班經理已經焦頭爛額。

今年上半年，他們才從上一個物業公司那邊接到「創匯家園」這個爛攤子，哪知道才半年，就發生了員工深夜值班時被割喉這種事，簡直是血光之災。

「怎麼回事？」花崇問，「社區出入口安裝監控攝影機是規矩，你們沒有按規定執行？」

「執行了，執行了！」經理急道：「出入口有監視器的，不信你們看！但是崗亭裡沒有安裝攝影機，那個破林子裡也沒有。我們哪能想到……唉！」

「我看看。」

花崇對操作臺抬了抬下巴，示意工作人員把昨天晚上出入口的監視器調出來。

「這個攝影機覆蓋的範圍太窄了，拍不到崗亭裡面，只拍到被害人羅行善從崗亭裡出來。」

曹瀚說著就自己上前，把時間調到淩晨一點零七分，指著螢幕說：

「看，就是這裡。他裹著大衣離開崗亭，往崗亭右邊走，走十幾步，攝影機就拍不到他了。這個時間以前和以後的監視器我都看過了，沒有形跡可疑的人經過。凶手應該不是從小門進來的，如果是走小門，那肯定是白天就進來了，一直藏在某個地方。」

「羅行善是在這次離開崗亭之後被殺害。從現場的血跡來看，崗亭對面的林子就是第一現場，凶手很有可能事先埋伏在那裡了。」花崇說著，轉向經理，「林子旁的路燈晚上會開嗎？」

經理窘迫地搖頭，「路燈早就壞了，燈泡都沒裝上去，那裡一到晚上就漆黑一片。不過平時也沒有人會去林子裡，我們、我們就……」

「你們就抱著僥倖心理，偷工減料唷！」曹瀚氣不打一處來，「還有出入口這種攝影機嘛，早就該淘汰了，他們不知道唷？」

「知道，知道。」經理擦著汗，「我們是個成立不久的小公司，還在、還在逐步完善社區裡的設施。」

柳至秦突然說：「羅行善離開崗亭之前，正在用手機看電視劇，沒有接到電話，也沒有接收任何資訊。看樣子，他是主動離開崗亭，目的地正是崗亭對面的林子。他會不會只是想去上廁所？」

一名工作人員道：「對對！崗亭就那麼窄一塊，裡面沒有廁所，想上廁所的話得走一段路，到我們這裡來。白天值班的保全肯定不會去林子裡方便，會被人看到，但晚上就說不準了。尤其是現在天氣冷，誰也不願意爬個山坡來上廁所，在路上吹風也難受。反正晚上林子裡黑，去上個廁所也沒人看得見。」

「凶手熟悉羅行善的習慣，也熟悉『創匯家園』的結構、監控，甚至是路燈。」花崇說，「有一種可能……」

柳至秦道：「他住在，或者曾經住在這裡。」

這時，辦公室外傳來一陣嚎啕大哭，一個衣著普通、相貌普通的女人推開工作人員闖了進來，邊哭邊喊：「我家老羅好好上著班，怎麼就被人殺了？你們總得給我一個說法吧！我家孩子才十二歲，老羅一走，我們孤兒寡母怎麼活啊！」

經理杵在一旁手足無措，倒是曹瀚上前一步，扶住女人，似乎想開口安慰，卻又不知道該說什麼才好。

花崇低聲道：「安排人際關係排查，儘量往深處、細處查。尹子喬那邊暫時沒挖出凶手的作案動機，這邊必須給我挖出來。」

女人還在哭喊，「你們給我一個說法啊！我家老羅為什麼會被人殺害？是不是你們這裡的住戶害他？他那麼好一個人，為什麼是他啊！你們要是不幫他討回公道，我、我就自己為他討回公道！」

花崇眉梢一挑，「妳想怎麼為羅行善討回公道？」

他沒有穿警服，看起來不像警察。女人瞪著他，紅著一雙眼，渾身發抖：「誰殺了老羅，我就殺了誰！我這輩子沒依靠了，同歸於盡我也不怕！」

◆

「從頸部的創口來看，殺害羅行善和殺害尹子喬的凶手不像是同一個人。」徐戡從法醫工作室裡出來，「尹子喬脖頸上的創口非常俐落、平整，一刀致命。但羅行善的創口粗糙得多，顯然不是一刀形成。切斷動脈的那兩刀力度不均，深淺不一，其中一刀有來回切割的動作，創口呈拉扯、撕裂狀，很不平整。第一，這說明刀的硬度和鋒利度不夠，不是專業戶外刀或軍工刀，第二，說明凶手很緊張，並且很不熟練，力氣也不一定夠。凶手不知道自己有沒有刺傷羅行善的要害，所以不僅補了一刀，還重複切割。另外，雖然羅行善脖頸上的傷是致命傷，但凶手並不是靠『割喉』制服他。」

花崇問：「羅行善身上還有其他傷？頭部遭受重擊？」

徐戡搖搖頭，「他的頸部有電流斑，凶手是將他電暈之後，再對他進行割喉。」

「這就和尹子喬的案子完全不一樣了。」柳至秦說，「殺害尹子喬的凶手是個善於用刀，並且冷靜鎮定，力量到位，對自己極有自信的人，而殺害羅行善的凶手不確定自己能不能制服羅行善，所以使用了電擊工具。前者幾乎可以肯定是男性——當然，女性也不是不可能，但機率小很多，畢竟普通女性不會有那麼大的力氣，一下子制服一個成年男子；但後者就難說了，尤其凶手使用了電擊工具進行偷襲，男女都可以做到。」

花崇點頭，又問：「羅行善的肝腎情況呢？」

「已經做過藥物檢驗，沒有異常。」徐戡說：「他身體比較健康，心臟、腦部也沒有問題。就屍檢結果來看，我認為這是兩起完全獨立的案子。」

柳至秦翻看著屍檢報告和細節圖，「羅行善的脖子被割得一塌糊塗。」

「是啊，除了割斷喉管、動脈的那幾刀，另有十九刀都是『無用功』。」徐戡說，「凶手簡直是亂割一通。」

「凶手很忐忑，害怕沒能徹底殺死羅行善。」柳至秦眉間皺了一下，抬眼道：「但也有另一種可能，凶手在洩憤。凶手知道羅行善已經死了，但恨不得將他千刀萬剮，不過當時的情況不允許凶手分屍，凶手也明白做得越多，越容易暴露自己的資訊，所以只是不斷用刀切割羅行善的脖子。」

「洩憤和確認死亡，這兩者或許兼而有之。」花崇說：「洩憤這一點，是尹子喬的案子裡沒有的。既然凶手殺掉羅行善是為了洩憤，那凶手必然與羅行善有某種矛盾。」

「這麼說來，這個案子比上一個案子好查？」徐戡問。

花崇揉了揉眼眶，「希望如此。」

「羅行善就是個普通保全唷！」

曹瀚風塵僕僕的，冷天裡還出了一身汗，一看就是已經忙碌了一天。

花崇一邊看筆錄，一邊聽他用魔性的口音講羅行善人際關係裡的疑點。

羅行善算得上是保全專門戶，一直在這一行混飯吃，早年經人介紹，和做家政服務的毛珠萍結婚，不久後生下一個兒子。一家三口到現在也買不起房，在城北長陸區租了一室一廳，兒子睡在臥室，夫妻倆住客廳。生活雖然拮据，但並非過不下去。

據鄰裡反應，羅家家庭和睦，羅行善和毛珠萍都是好人。

對已經辭世的人，人們大多寬容，有句俗話叫做「人死為大」，花崇無數次在調查案子時聽到「他／她是個好人」，也無數次聽到人們咒罵活著的人——「他／她怎麼不去死」。

保全的工作不穩定，羅行善過一兩年就要換一次工作，在不停換工作的過程中，認識了不少同行與居民。這些人對羅行善有統一的印象，覺得他善良、熱心、勤勞、肯吃苦。

別的保全在崗位上一坐能坐一天，看電影、打遊戲，混時間了事。羅行善也愛看電視劇，但是只要有居民經過，他就會站起來微笑問好，老人腿腳不便、婦女提太多東西，只要有空，他都會幫一把，執勤也從來不馬虎，外來人員想進入社區，必須打電話給住戶，讓住戶來接，否則絕對不讓人進來。

「現在很多社區的出入口，保全都是睜一隻眼閉一隻眼，簽名登個記就算過了，連身分證都不查。」柳至秦說：「像羅行善這樣，說不定惹過什麼麻煩。」

「你說對了唷！」曹瀚道：「羅行善在『創滙家園』幹了半年，就和至少五人因為門禁的事產生過矛盾咧。」

花崇繼續翻調查記錄，看到了曹瀚所說的事。

今年五月十九號，六十八歲的男性住戶劉企國帶著一幫外地親戚，欲從西邊小門經過，因為沒有帶門禁卡，也不願意登記姓名以及居住的大樓，被入職不久的羅行善攔下。劉企國和親戚毆打羅行善，用攜帶的水果砸羅行善，直到趕來的物業人員報警才消停。

五月三十號，五十七歲的女性屋主周素夢忘帶門禁卡，強行要求進入，羅行善阻止，被周素夢用拐棍擊打小腿，造成中度挫傷。

六月二十五號、七月十二號，類似的事再度發生。

九月二十二號，一名業主的朋友，六十一歲的男性訪客陳孔因為不願意配合登記查證，被羅行善攔住，盛怒之下將提著的酸蘿蔔老鴨湯扣在羅行善身上，所幸湯汁溫度不高，未造成燙傷。但潑湯的過程被幾名年輕人用手機記錄了下來，並上傳到網路上。一時間，網路上出現了不少聲討五六十歲低素質人群的文章，陳孔頓時站上風口浪尖。

要說報復，這些人都有可能因為一時想不開，而報復羅行善。

——忍一時海闊天空，忍不了提刀殺人。

「這些人你親自接觸過了嗎？」花崇問。

「劉企國一直沒找到人咧，他的子女都在外地嘛，目前一個人住，今天一天都不在社區裡唷。一號大門的監視器拍到他早上六點零三分離開，不知所蹤唷。」曹瀚說：「他的行蹤由我們負責追蹤唷，陳孔我這邊的人已經去接了，估計馬上就到咧。」

陳孔是個乾瘦的老頭，穿著老舊的棉衣，露在外面的手粗糙、布滿皺紋，生了一雙三角眼，眼角嚴重下垂，看人的時候神情刻薄而警惕。

「你們抓我幹什麼？」陳孔兩眼一瞪，表情有些猙獰，「快到年底了，你們警察完成不了任務就胡亂抓人充數？」

花崇將羅行善的照片放在桌上，「對這個人還有印象嗎？」

陳孔瞅了一眼，蔑視道：「這個死人！」

柳至秦有些驚訝，「死人？」

「我說他該死！」陳孔喉嚨像漏風一樣，每說一句話都發出令人不悅的嘶聲，「不准我進門，非要我登什麼記！我登個鳥記！他一個伺候人的保全，不過是條看門狗，還真的把自己當成一回事了！跟我槓，我當時就該燙死他！哼，我話撂在這裡，他這種狗將來肯定會被人踹死！踹死活該，我放鞭炮慶祝！」

花崇與柳至秦對視了一眼，柳至秦問：「昨天晚上十二點之後，你在哪裡？」

「麻將館打牌！」

「哪個麻將館？」

陳孔臉一皺，「你們問這個幹什麼？我打五毛錢，不犯法！」

花崇還想繼續問，忽聽耳機傳來一陣信號聲。

「什麼事？」他問。

『毛珠萍跑了！』張貿說：『她一個下午都在說自己知道是誰殺了羅善行，要去幫他報仇！』

花崇頓感頭痛，「毛珠萍一個婦女，你都看不住？」

『她不是嫌疑人啊，我、我不能限制她的人身自由。』張貿很著急，『況且她要去上廁所，我又不能跟著去！』

「行了！」花崇打斷，「通知技偵，立即查她的行蹤。還有，她認為是誰殺了羅善行？」

『劉企國！她說群毆事件後，劉企國還找過羅善行幾次麻煩，羅善行都忍了，沒想到劉企國居然下殺手！』張貿吸了口氣，『劉企國清晨離開後就再也沒回來過，而且看上去很著急，確實很可疑啊！』

◆

絕症病人在住院部中庭跳樓自殺的事，在七院像瘟疫一般傳開，幾乎所有人都議論紛紛。呂可不敢待在家裡，不到換班時間就趕到醫院，整個晚上都渾渾噩噩，好幾次都差點幫病人用錯藥。

她實在無法集中精力做事，一會兒想著鬧得沸沸揚揚的割喉事件，一會兒想起藍靖那雙森寒的眼睛，一會兒又想起昨天半夜獨自在家時，那種險些被魘住的恐怖感覺，寒意不斷在周身彌漫。

家裡的橘貓為什麼會發出那種叫聲？為什麼會那樣看著自己？她越想心裡越發毛，撐在病房外的扶杆上喘氣，抬頭時瞥見一個男人與自己擦肩而過。

她沒能看清男人的長相，但身體裡的寒意突然變得更加濃重。她猛地轉過身，卻見到對方的背影消失在轉角處。

太像了，背影太像了……

她擦掉臉上的冷汗，雙腳像被釘在地上一般無法動彈。

但不可能是他！她用力搖頭，試圖將腦子裡越來越清晰的臉趕走，可越不想想起那張臉，那張臉就越加清晰。

她看得清清楚楚，那是一張和氣，甚至可以說有些帥氣的臉。但不過分秒，那張臉上的血色褪去，漸漸變得慘白，接著是烏青，就像、就像那些躺在太平間的死人！

她大口吸氣，以極低的聲音自言自語，「他已經死了！他已經死了！不可能是他！不要想了！」

突然，肩膀被人輕輕一拍，她驚恐地轉身，一副驚魂未定的模樣。

小護理師見她一臉中邪的神色，也嚇了一跳，結結巴巴地說：「小可姊，妳、妳怎麼了？」

「沒事，沒事……」她勉強擠出一個笑容，卻完全不是放鬆的樣子，「怎麼了？找我有什麼事嗎？」

「十四床病人叫妳。」小護理師說。

呂可腦中「嗡」一聲。

十四床病人不、不就是藍靖嗎？她不是已經……死了嗎？

◆

趕在出人命之前，張貿靠著手機定位，在離「創匯家園」三站的街口將毛珠萍攔截下來。

彼時，毛珠萍手裡正拿著一把菜刀，眼神狂亂而驚懼，渾身顫抖，精神已經不太正常。她穿著灰黑色的單薄外套，神經質地護著菜刀，目光不停從路人臉上掃過，一看到六十幾歲的乾瘦男性，就幾步追上去拽住對方的衣服，確定不是劉企國才放下菜刀。

張貿嚇出一身冷汗，從毛珠萍手中奪過菜刀才堪堪鬆了一口氣。

被帶回市局後，毛珠萍情緒近乎崩潰，在偵訊室裡痛哭流涕，嘶聲大罵，隔著一條長長的走廊都聽得到她的哭聲。與此同時，她想要追殺的目標——劉企國也被洛安區分局的隊員找到，並帶了回來。

「花隊，你猜曹隊的人是在哪裡逮到劉企國的？」

柳至秦推開重案組的門，神色有些無奈。

花崇剛向陳爭彙報完情況，腦子處於短暫的放空中，聞言問：「哪裡？」

「專做低收入男性生意的『特色』按摩店。」柳至秦歎了口氣，「說得直白些，就是低價賣淫場所。」

花崇眼皮跳了跳，「他一大清早出門，還行色匆忙，就是去那種地方？」

「嗯，而且為了不被認識的人打擾，他連手機都沒有帶，以至於我們無法對他定位追蹤。」柳至秦說：「還是曹隊經驗豐富，常規思路找不到人，就派了幾名隊員去附近的按摩店一一調查，居然真的找到劉企國了。」

花崇看看時間，「劉企國在按摩店待了一天？」

「對。曹隊已經把按摩店裡涉嫌賣淫、買淫的人都抓起來了，管事的人說，劉企國是個『老淫棍』，需求旺盛，但年紀大了，那方面的『能力』很差。每次都要求『盡興』，所以就只能用藥、用酒，事後站都站不起來，只能開個房間，在裡面躺上一天，直到第二天早晨。」柳至秦摸了摸鼻樑，似乎有些尷尬，「他很早去，是因為只有早晨，他才能、嗯……懂吧？」

花崇「嘖」了一聲，「小柳哥，我們現在在分析案子，你害哪門子的臊？還『懂吧』，懂什麼？我要是不懂，你是不是就不往下彙報了？」

柳至秦抿著唇角，喉嚨發出一個近似「唔」的聲音。

「劉企國一大清早出門買淫，證據確鑿的話，今天一天的行蹤看來能確定了。」花崇完全不受尷尬氣氛的影響，「那他昨天淩晨在哪裡？在幹什麼？他交待了嗎？」

「在『創匯家園』的一戶群租房裡。」

「群租房？他在『創匯家園』不是有自己的房子嗎？去群租房幹什麼？」

「那戶群租房的二房東……也是個從事色情服務的。整套房子被隔成好幾間，床有十幾張。」柳至秦點了根菸，以掩飾不得不說這種事的難堪，「劉企國是那裡的常客，屋裡的監視器證實他晚上確實在那裡。至於幹了什麼，二房東說他『不行』，只是花二十塊，叫了個四十多歲的婦女陪他純睡覺。我估計劉企國正是因為昨天晚上什麼都沒做成，今天清晨才會那麼心急火燎地去按摩店。」

花崇抬起手，示意柳至秦停下來，「也就是說，昨天晚上劉企國沒有作案時間，不可能是殺害羅行善的凶手。」

「對。」

「那就趕緊把人弄走，交給分局掃黃組的去處理。洛安區怎麼回事？群租房裡集體賣淫這種事都搞得出來！」花崇拿起扔在桌上的菸盒，一時找不到打火機，抬眸看柳至秦，「小柳哥，借個火。」

柳至秦走近，幫他點上，手指不小心碰到了他的下巴。

男人的下巴不可能有多光滑，鬍渣即便看不到，也摸得到。

柳至秦收回手，有些眷戀指尖的觸感，拇指和中指合在一起，悄悄摩娑了幾下。
花崇吐出一陣白氣，右手突然往前一撈。柳至秦反應不及，手腕被抓了個正著。
花崇掌心溫熱，還有一些槍繭，而人手腕處的皮膚格外地薄又細，兩相貼合，觸感極其鮮明。
柳至秦反射性地縮了一下，以為自己剛才的小動作被發現了。
「躲什麼？」花崇說：「我看看而已。還痛不痛？」
柳至秦很輕地籲了口氣，聲音溫溫的，「花隊。」
「嗯？」
「這問題你問過好幾次了，早就不痛了，只有點不舒服的感覺。」
「是嗎？」花崇眼尾一勾，鬆開手，狀似無意道：「我這不是擔心你嗎？你看你，殘著一根手指頭，馬上就要翹蓮花指了。」
柳至秦根本沒有翹任何一根指頭，更別說翹蓮花指了，但他還是被花崇說得下意識看了看自己的左手。
花崇偏過頭笑。
「花隊……」柳至秦歎氣。
「不逗你了。」花崇走開幾步，「毛珠萍和羅行善的兒子來了，我去看看。」
和不停哭喊的毛珠萍相比，十二歲的羅尉安靜得就像一塊木頭。他低垂著頭，一動也不動地坐在椅子上，下巴瘦削，肩膀單薄，似乎還沒有從父親被人殺害的震驚中回過神來。

花崇坐在他對面，看了他許久，才開口道：「你父親……」

「他沒有害過人。」羅尉突然冷冷地說：「他很善良，也一直教育我做人要善良。我知道他被很多人記恨，但他是為了社區的安全著想，才不准沒有門禁卡的人隨便進入社區。他做錯了嗎？為什麼善良的人沒有好報？」

看著少年單純而悲傷的眼，花崇竟然難得語塞。

調查了一天，羅行善的人際關係已經漸漸清晰明朗。他只是一名普通的保全，沒有一技之長，也沒有任何背景。他身上所有招人恨、招人怨的地方都在於他嚴格按照規則辦事，不給破壞規則、素質低下的人行方便。別的保全睜一隻眼閉一隻眼，對待工作得過且過，力求不得罪住戶，他卻在自己的崗位上盡忠職守，眼中容不了一粒沙子。

他做錯了嗎？當然沒錯。既然沒錯，為什麼做了善事還沒有好報？

為什麼會被人恨？被人害？

該如何告訴少年，那是因為在這個社會上，有太多不遵守規則、良知缺失，卻還認為自己受到了迫害的「失德者」。

跟這些人，幾乎可以說是沒有任何道理可講。

他們活了幾十年，惡劣的習性沾了一身，萬事以自己為中心，稍有不順就抱怨、大鬧，認為別人都要害自己，全世界都對不起自己。

花崇揉著眉心，見少年仍舊目光炙熱地看著自己，心頭頓時湧起幾分酸楚。

羅行善的案子必破，但重案組能做的也只是將凶手抓獲歸案，讓其得到應有的懲罰，不能還給少年一個活著的、健全的父親。

人死了，便是徹底從親人的未來裡離開，再也不會回來。凶手在羅行善脖子上割的二十多刀，輕而易舉地奪走了一個家庭最普通的幸福與寧靜。

警察無能為力，無法讓死去的人重新活過來。

羅尉安站了起來，深深彎腰鞠躬，幾滴眼淚在桌上濺開。他鞠躬十分用力，以至於整片背脊都繃了起來。

少年的背脊那麼單薄，從此以後，卻不得不扛起生活給予的重擔。

花崇看到他正在發抖，也看得出他正在拚命克制。

「請你們一定要找到殺害我爸爸的凶手。」少年方才冷硬的聲音已經帶上了哭腔，似是終於承受不住，嗚咽了起來，「我爸爸不該死！他沒有做錯事，他是個好人！」

越來越多的眼淚掉在桌上，幾乎聚集成一彎小小的水窪。

花崇正要起身，忽見柳至秦走了過去，輕扶住少年顫抖的肩背。

「我向你保證。」柳至秦溫聲說：「我們一定會找到凶手。」

花崇緊擰的眉稍稍鬆開，待少年情緒穩定了一些才說：「多陪陪你的母親，你現在是她的依靠。我們只能靠強硬的手段控制她，只有你才能讓她感到些許安慰。做得到嗎？」

少年抹掉眼淚，用力點頭。

花崇頓了頓，手指在桌上點了一下，覺得自己很殘忍，卻仍不得不說：「回去後多回憶一下，如果想到什麼可疑的人或者在意的事，立刻告訴我，好嗎？」

少年再次點頭，「我會好好照顧我媽，也會把想到的事全部告訴你們，只要、只要你們能抓到凶手！」

◆

因為精神有問題，並伴有暴力傷害他人的傾向，毛珠萍暫時被送到附近的四院接受治療。

一則流言在患者中不脛而走——七院有個罹癌的瘋女人在住院部跳樓自殺了，那住院部的中庭與迴廊，組合起來像個棺槨，陰森得很，邪門得很，女人偏偏選在那裡自殺，是為了化成厲鬼，報復社會。

毫無科學依據的謠言，有人當做閒話聽聽就忘了，有人卻信以為真，還信誓旦旦地說：活人會報復社會，死人就不會了嗎？沒見過現在很多得了絕症的人報復社會嗎？我要是年紀輕輕得了癌，我也會想不開啊，憑什麼別人都有美好的人生，我卻沒有？憑什麼死的不是別人，偏偏是我？我做錯了什麼嗎？我上輩子造了什麼孽？這他媽的不公平啊！要我死，可以，但我就算死了，也得抓幾個人來陪葬，這才不虧……

張貿剛將毛珠萍安頓好，回頭就聽到這些話，頓時不寒而慄，連忙找了個相熟的醫生打聽，這才得知七院昨天晚上發生的事。

「末期癌症病人自殺」顯然和重案組正在查的兩樁案子毫無關聯，患者自殺在全國各地時有發生。得了重病之後，受不了治療的痛苦、活著沒有希望、連累家人、無錢醫治……任何理由都可能成為病人輕生的理由。

但張貿莫名就覺得不對勁，心頭悶得發慌，好像即將發生什麼事。

醫生朋友工作時一本正經，可閒下來也喜歡聽閒話，沒注意到張貿的神情有些奇怪，接著道：「我們這邊的護理師還說，那病人自殺之前陰森森地瞪過幾名護理師。嘖，都被嚇得不輕。」

張貿說：「我靠，你一個科學工作者，這些迷信的話你也信？」

「我說我信了嗎？」醫生朋友道：「你自己八卦心作祟，找我打聽七院的事，我就把我聽到的事告訴你而已，怎麼就變成我迷信了？」

張貿理虧，訕訕道：「我還以為你信了。」

「我有病嗎？」醫生朋友聳聳肩，「不過信的人還不少，上了年紀的老太太就不說了，簡直是受謠言侵蝕的重災區。還有一些年紀輕輕的男女生也信了，還跑去七院住院部看熱鬧。馬上就年底了，我說你們這些當警察的，年底不該只是掃黃掃黑，還該多進行一下『宣傳科學，破除迷信』的活動……噯，貿兒你別走啊，聽我說完啊！」

重案組事務繁多，張貿知道自己應該馬上趕回去，卻對七院發生的事相當在意，索性驅車前往七院，路上不停告訴自己——我只去看一眼，絕對不耽誤正事。

此時已是深夜，的確沒有什麼正事可以耽誤，被耽誤的頂多是自己的睡眠時間。這麼想著，就安心了不少。

七院的門診大樓燈火通明，但一旁的外科住院部就沒這麼亮了。張貿徑直往住院部走去，中途被警衛攔了下來。

他連忙找出證件，警衛看了看，狐疑道：「昨天你們不是來調查過了嗎？」

他知道警衛將自己當做派出所的巡警了，索性順著說：「所裡怕出事，讓我再過來看看。今天沒發生什麼事吧？」

警衛愛聊天，立即打開話匣子，「是沒發生什麼，就是基本上所有人都在議論那跳樓的病人，一會兒什麼『棺槨』，一會兒什麼『化鬼』，搞得人心惶惶的。我聽說婦產科有幾個出事時值班的護理師都請假了，說是情緒不對。她們好像都被那位病人瞪過呢！」

張貿往裡面看了看，一眼就瞧到中庭，又問：「患者家屬呢？有沒有受到什麼影響？」

「這家人挺講道理，知識分子家庭就是不一樣。可惜女兒不長命！治這個病把家底都耗光了，女兒還是沒救回來，簡直是人財兩空！我將來要是得了什麼病，乾脆就衝到馬路上讓車撞死，不會給家人添負擔，還能『賺』點賠償金，嘿嘿嘿！」

警衛感歎兩句，被冷風吹得一顫，笑道：「跳樓這種事我不是第一回見到，每次都要風言風語傳上好一陣子。沒事，過段時間就沒人討論了。回去吧，天氣真冷……」

張貿聽得心不在焉，想去住院部裡看看，又擔心自己是反應過度。權衡再三，還是跟警衛道了別，獨自往停車的地方走去。

回到車上，他拍了拍自己的臉，反省了一會兒，確定是自己想太多了，並且是因為好奇心作祟而想太多了。

自責片刻後，他將車發動，準備回市局。

車的後視鏡裡，一個穿駝色格子大衣和毛線長裙的女人正神色憂慮地從醫院大門走出。

張貿下意識往後視鏡裡看了一眼，入眼不入心，腦子裡仍舊想著案子和在兩個醫院聽到的事。曲值說過，在重案組待久的人，有時會「嗅到」案件的味道。他儘量客觀地想了想，覺得自己還是太「嫩」了，並沒有「修煉」到曲值說的地步。剛才會覺得七院的事有異，不過是因為長時間辦案，導致精神過度緊張而已。

「走了。」他拍了拍自己的臉，自言自語道：「專注於案子，別成天胡思亂想！」

就在張貿趕到七院之前，住院部的交班時間到了，呂可疲憊不堪，換好衣服後在休息室坐了好一陣子，直到大家都走了，房間裡只剩下她一個人。

她剛才鬧了個大笑話，以為十四床的病人是藍靖。

實際上，十四床已經來了新的病人——婦產科床位緊缺，一張床空出來，馬上就有排著隊的病人補上去。有人自殺去世確實不吉利，但焦急地等床位的病人已經顧不上吉利還是不吉利了。

她精神恍惚，一聽到十四床病人叫自己，就嚇得眼前發黑，把小護理師也嚇了一跳。

護理長見她有些萎靡不振，讓她去護理站休息。在那裡，她又一次看到了那個與自己擦肩而過的男人。

這一次，她看清了對方的臉，頓時長舒一口氣。

不是他。雖然背影很像，但不是他。

已經凌晨了，呂可從座椅上站起來，披好今年入秋才買的駝色格子大衣，忐忑不安地往電梯間走去。

路上，又情不自禁地想到了藍靖。

經過一天時間，藍靖的死被傳得越來越邪門，有些人甚至說，藍靖會選擇在住院部中庭自殺，是希望在死後化為厲鬼，報復那些和她患上同樣的病，卻因為及時治療而活下去的人，或許還有醫生和護理師。

還有一個臉上布滿皺紋的老太婆說著不知道哪個鄉裡的土話，信誓旦旦地說，這個中庭是聚陰之地。

呂可不禁打了一個寒顫。

這時，電梯到了，她魂不守舍地走進去，愣了一會兒，才按了「一樓」，但是就在門合上的一瞬，廂內的燈突然閃爍起來。

心頭的恐懼一下子竄起，她心驚膽戰地撐住廂壁，冷汗直下，雙眼一眨也不眨地盯著門。

梯廂內有三面牆，一面鏡子，門能倒映出人影。大約是恐懼造成眼花，她竟然看到自己身後還模模糊糊地站了一個人。

但電梯裡明明只有她一人！

她猛地轉身，在看到梯門對面牆壁上的鏡子時，整個身子都僵住了。

鏡子裡，有一張她不曾忘記的臉！

燈在閃爍許久後徹底熄滅，梯廂被黑暗籠罩，她一動也不敢動，頓感周圍的空氣變得無比黏膩。

「啪！」燈又突然亮了起來，卻仍舊不停閃爍。

她不敢再看鏡子，渾身的每一根神經都繃了起來。

「叮！」

就在此時，電梯停在二樓，莫名閃爍的燈恢復正常，門打開，走進兩個面容憔悴的中年人，還有一個坐在輪椅上的老人。

呂可本該往裡面退，卻不敢靠近後面的鏡子。

中年婦女沒好氣道：「讓讓行嗎？」

呂可這才往後挪了幾步，餘光往鏡子上一掃，那張熟悉的臉已經不見了。

電梯很快下到一樓，從梯廂裡出來時，她下意識又看了看鏡子。

除了自己，什麼都沒有。

她鬆了口氣，閉上眼，蹲在地上緩了好一陣子。

肯定是最近太忙了，精神壓力也大，才會出現幻覺，看到早就不存在於這個世上的人。

定了定神，她強打起精神站起來，但趕走了一個荒謬的念頭，另一個荒謬的念頭又趁虛而入。

上班時聽到的那些關於藍靖的閒話，不停在腦子裡迴盪，「聚陰地」、「化鬼」這些她從來都當做笑話的詞像針一般往神經上紮。

她停下腳步，甩了甩頭，自言自語道：「我是不是該請假休息幾天？」

只過幾秒，她就打消了這個想法。醫院一年四季都很忙，尤其是住院部，根本不能缺人手，請假之後，自己的位置自然會有人頂上，這太危險了。

亂七八糟地想著，她已經從一輛停在醫院門口的警車旁經過，走到了公車站。

攔車還是坐公車，這是個兩難抉擇。坐公車下車之後要走一條陰森的小路，而攔車的話，萬一遇到圖謀不軌的司機怎麼辦？

她想，那就看是公車先到，還是計程車先到吧。

一分鐘之後，夜班公車進站，她歎了口氣，刷卡上車，找了個位置坐下。

乘坐夜班公車的人不少，座位幾乎坐得滿滿當當——因為各行各業裡，都有許多不得不工作到深夜，又買不起車、捨不得攔車的人。

和這些人擠在一起，呂可體會到一種歸屬感。

到站後，她下了車，那種歸屬感忽地隨著襲來的冷風消逝。她看著公車漸行漸遠，這才往家的方向走去。

那是一條燈光昏暗的小路。想起最近發生的「割喉事件」，她心跳陣陣加速，不由得加快了腳步。

不知是因為緊張還是什麼，她隱隱聽到，周圍除了自己的腳步聲，還有另一個越來越近的腳步聲。

她停下來，僵硬地轉過身。

◆

清晨，重案組的警車在深秋的濃霧中飛馳，警笛的尖嘯將冷空氣撕出一道鋒利的裂口。

「她、她、她是我的鄰居！就、就住在我家樓、樓下！我、我也不知道是誰殺了她啊！我今天一走進巷道裡，就看到、看到她、她躺在那裡，死、死了！天哪！」

報警者名叫宋學輝，二十五歲，在一家新媒體任職。會一大清早就出門，是因為得趕去公司發每天早上七點前必須上線的第一波新聞稿。

站在派出所的走廊上，接連喝了好幾口水，宋學輝也沒能鎮定下來，仍是結巴得厲害，說話時不時破一兩個音，像是不久前看到的恐怖景象在腦中揮之不去。

——身著駝色格子大衣的女人躺在巷道中央，毛線長裙裹著一雙毫無生氣的腿，一隻腳裸著，另一隻腳上半掛著黑色平底鞋，手包掉在一公尺遠的地方，已經沾上了灰塵。她的脖子完全暴露在外，上面布滿暗紅色的血痕，散開的圍巾浸滿從傷口處噴溢出來的血，已經看不出原本的顏色。

她的臉龐蒼白如紙，眼睛驚恐萬分地瞪著斜上方的天空，眼珠幾欲炸裂，不敢相信自己的脖頸已經被利刃劃開。在生命的最後時刻，她似乎曾試圖捂住自己的脖子，讓鮮血流得慢一些，再慢一些。但這一切都是徒勞，她無力的雙手擋不住突然降臨的死亡，就像萬千螻蟻。

她倒在從自己身體裡湧出的血中，在目睹了那麼多病人的死亡後，終於切身體會到死亡是什麼滋味。

數日之內，主城竟然連續發生了三起惡質割喉案，堪稱一波未平一波又起。陳爭壓力極大，不得不命花崇親自去派出所。

此時，站在宋學輝對面的正是花崇。

因為睡眠時間被極度壓縮，花崇眼中的紅血絲有點多，加上他陰沉著臉，看上去像個不通人情，手段兇狠，甚至擅於行刑逼供的惡警。

宋學輝本就受到了巨大的驚嚇，一與他對上視線，結巴得更厲害，半天才吐出幾個含糊不清的字：「她叫什麼可，在、在醫院上班，我、我聽說她是個、護、護理師……」

剛趕到派出所，還來不及看屍體一眼的張貿腳步一頓，驚聲道：「護理師？被害者是護理師？」

花崇回頭，有些奇怪，「你這是什麼表情？」

張貿心跳頓時加快，在原地怔了半天。

花崇一眼就看出他心裡有事，手往旁邊的辦公室一指，「進去好好想想，想清楚了自己來找我說。」

這時，徐戡大步走來，神色凝重，額頭上有不少汗。

「怎麼樣？」花崇問。

「屍體看過了，現在馬上帶回去解剖。」徐戡喘了兩口氣，「但我得提前跟你說一聲，這次的凶手和殺害羅行善的可能是同一個人！」

花崇瞳光收緊，「創口相似？」

「對！」徐戡說：「他們頸部都被割得亂七八糟，創口淩亂、不平整，有反覆切割、拉扯的痕跡，兇器都不算鋒利，尤其是硬度不足，刃長不超過八公分，凶手持刀的手都是右手。初步推算，這名女被害者的死亡時間在今天淩晨一點到兩點之間。」

花崇點點頭，掃了站在角落的宋學輝一眼，回頭低聲問：「死者身上是不是有消毒水的味道？」

徐戡一愣，「你怎麼知道？」

「報案人說是名護理師。很多護理師在下班離開醫院之前，都會用消毒水洗手。不過這次現場和尹子喬那次一樣，沒有能夠證明被害者身分的東西，她是誰、職業是什麼還得繼續查。」
「確定屍源應該比較容易，但……」徐戡抬手在花崇肩上一拍，眉間皺得很緊，面色也很沉，「這次很麻煩——撇開尹子喬，另外這兩樁案子的凶手八成是同一個人，這就變成連續凶殺案了。凶手肯定還會動手，說不定之前就已經殺過人了。」
花崇往旁邊看了看，發現宋學輝正伸著脖子往這邊張望，立即抬手示意徐戡別說了，「儘快把詳細的屍檢報告給我。現場勘查完，我馬上回去。」
徐戡離開後，花崇又把宋學輝叫了過來，「你確定她是護理師？」
「確、確定！」宋學輝說，「她經常很晚才回家，我的工作是『三班制』，有幾次半夜回來，還在樓梯間裡遇過她。大家都是鄰居，隨便一聊，她就說她是護理師。」
「那她有沒有說過，她在哪所醫院工作？」
「說過的。我、我想想……」宋學輝低下頭，片刻後抓著耳根道：「好像是七院，我也不知道有沒有記錯。」
花崇忽感一陣風從自己身邊掠過，竟是張貿衝了過來。
「七院？」張貿雙眼圓瞪，「你說被害者是七院的護理師？」
「七院怎、怎麼了？」
宋學輝縮著肩膀，不明白這個「便衣警察」怎麼突然瞪著自己。
「花隊。」張貿轉過身，語氣焦躁，「我、我有事要跟你說！」

「被害者身分已經確認了。」柳至秦從法醫科回來，「呂可，二十九歲，函省興城人，七院婦產科住院部的護理師。她目前是獨自生活，房子是五年前買的二手屋，家人不在洛城。致命傷位於頸部，且有電擊造成的電流斑，身體沒有別的傷痕，但有明顯的掙紮跡象。電流斑、掙紮痕跡、創口這三點和羅行善類似，凶手為了制服他們，都使用了電擊工具。此外，呂可是女性，所以還進行了與性相關的檢查。她的處女膜陳舊性破裂，生前並未遭受性侵，身上也未檢出精液，她被害與性沒有關係。徐老師的意思是，這個案子可以和羅行善的案子併案調查。」

花崇靠在椅背上，眉間籠著一層疲憊的陰影，接過屍檢報告，迅速瀏覽了一遍，「剛才張貿跑來跟我說了件事。」

「和被害者有關？」柳至秦拉開一張椅子坐下。

「和她任職的醫院有關。」花崇往眼裡滴了幾滴眼藥水，眼睛看上去更紅了，「羅行善遇害的晚上，七院有個叫『藍靖』的二十歲女性患者跳樓自殺。現在七院，還有其他醫院已經傳瘋了，說藍靖死在住院部，是為了變成鬼『報復社會』。」

柳至秦感到難以理解，「今年是西元多少年？」

花崇撇下唇角，「我也覺得很不可思議，但謠言已經徹底傳開了。過不了多久，呂可遇害的消息就會傳到七院，你說這謠言會被傳成什麼樣子？」

「難以想像。」

「是啊……」花崇撐著額角，過了幾秒說：「張貿昨天晚上安頓好毛珠萍後去過一趟七院。」

「去那裡幹什麼？」

「他說他好奇。」

「……」

花崇撥弄著打火機，說：「離開七院的時候，他看到呂可了。那個時間點，呂可應該是下了夜班正準備回家。」

柳至秦皺起眉，「也就是說，張貿正好在呂可遇害前不久，與呂可打過照面？」

「他在車上，呂可從車邊路過。應該是他看到了呂可，但呂可並沒有注意到他。」花崇歎氣，「他說他隱約有種不好的感覺，卻還是忽略了，沒跟我商量，也沒能救下被害者。他很自責，覺得呂可遇害，責任在他。現在正一個人窩在檢驗科的小辦公室裡，不肯出來。」

「和他完全沒有關係。」柳至秦搖了搖頭，斜倚在桌邊，冷靜得與冷酷無異，「他只是碰巧在案發前遇到了被害人而已，他並不知道對方會遭遇不測。」

「話是這麼說，不過他畢竟是個年輕，又沒什麼經驗的警察，來重案組的時間也不長。」花崇說：「他這個年紀的人，最容易血氣方剛，遇到事情就往肩上扛，扛了就不放，明明不是自己的責任卻捨不得放。」

柳至秦側過身子，眼中的光忽然閃爍了一下。

花崇抬起頭，「怎麼了？」

「你其實也一樣。」

柳至秦垂眸看著他，目光像一層浸滿溫度的薄紗，將他輕輕包裹起來。

花崇看著柳至秦眼底的自己，竟是愣了片刻才別開視線，笑道：「我跟他同年紀時還差不多。」

還有，上次不是說過嗎？別用這種眼神看我。」

「當初我遇見你的時候，你差不多就是他那個年紀吧？」柳至秦自動忽略了最後一句話，目光依舊柔軟深邃。

說話間，他靠近了些，仍然是斜倚在桌沿，不過現在這個距離，抬手就能摸到花崇的臉。

花崇倒也不躲，半揚著臉，「那時候你還是個軍校沒畢業的小孩。」

柳至秦彎著唇角，「不至於吧，我當時已經比你高了。」

「你確定？」

「確定啊，我後來沒有再長過了。」

花崇想起那時看到的柳至秦，的確很高，就是太瘦了，單薄的少年一個，身材遠不如現在。

現在……

走神的時候，視線不經意地往下，滑到柳至秦的腹部。那裡有一片線條分明的腹肌，花崇想，夏天在特警分隊的格鬥訓練館切磋時，自己還有意無意地摸過幾回。

當時並不知道會與柳至秦發展成現在這種關係，甚至連自己的心意都沒有琢磨清楚。

「花隊。」

「嗯？」

花崇剛抬眼，唇畔就被吻了一下。和上次不同，這個吻幾乎沒有什麼存在感，一碰即分，在他反應過來之前就結束了。

柳至秦站直，臉上不見「使壞」之後的表情，坦坦蕩蕩的，像剛才什麼都沒有做。

花崇下意識抿住唇，接著又鬆開，「我們剛才說到哪裡了？」

「張貿晚上在七院看到被害人呂可，現在揹上了沉重的心理負擔。」柳至秦親是親到了，大腦還難得保持著清醒，「還有醫院裡盛傳的迷信謠言。」

花崇撐著一邊臉頰，想了一會兒，「三起割喉案，假設殺害尹子喬的凶手是Ａ，殺害羅行善和呂可的凶手是Ｂ。那麼在凶手Ｂ犯下的凶殺案中，羅行善是已知的第一名受害者，呂可是第二名，但難說凶手Ｂ以前沒有殺過人。去安排一下，把過去三年間的失蹤案整理出來，先重點查最近半年的失蹤者。」

「我這就去。」

「等我說完。」花崇又道：「你別親自去查，交給其他人去做，你得跟我一起調查呂可和羅行善。兩名被害人的頸部都被割了二十多刀，創口明顯帶有洩憤情緒，凶手肯定是因為某個原因向他們實施報復。他們有一個共同點，只要找到這個共同點，我們就能摸清凶手的作案動機。」

◆

呂可死了，深夜下班後被割喉，慘死在離家僅有一百多公尺遠的巷道裡——消息一傳到七院，整個婦產科就幾乎炸開來了。

誰都知道，藍靖跳樓自殺的時候，呂可正好值班，並且是藍靖的護理師。藍靖入院接受治療後，她似乎是與藍靖接觸最頻繁的護理師。

那天晚上發生的事一傳十、十傳百，傳到刑警們耳裡，已經徹底變了樣。

「呂可做事很細心，在我們科幹了好幾年，從來沒有犯過錯。」一名護理師說：「十四床……就那個自殺的藍靖，性格古怪，可能也是因為接受不了自己年紀輕輕就罹癌吧，對護理師、看護誰都沒個好臉色。我聽說她還罵過呂可，怪呂可換留置針時把她弄痛了。呂可脾氣好，沒有和她起過什麼爭執，總是安慰她、勸她。她跳樓那天，正好輪到呂可值班，當然還有其他人啦。大家都說，她瞪了呂可，瞪了很久。」

「藍靖瞪的不止是呂可，主要瞪的也不是呂可，是王姊。當時我們聚在一起聊天，王姊正好說到她的病情，被她聽到了。後來她瞪完王姊之後，也瞪了我們幾個人。」藍靖出事時在場的一名護理師說，「我們也不知道她是什麼意思，都沒放在心上，沒過多久她就從迴廊上跳下去了。這件事怎麼說，還是挺邪門的，我想起來心裡都有點毛。藍靖自殺之後，我覺得呂可情緒一直不對，像在害怕什麼一樣。昨天晚上的班我也在，她以前從來不會犯錯，昨晚卻差點把病人的藥拿錯了，這還得了？」

「小、小可姊昨天晚上很奇怪。」剛入職不久的小護理師說：「十四床來了新的病人，病人家屬要找負責護理師，我就去叫她。她、她居然以為在十四床上睡著的還是藍靖，還說、說什麼『她不是死了嗎』……小可姊當時的那個表情就跟見了鬼一樣，臉色白得嚇人，眼睛瞪得老大，我總覺得她沒有在看我，看的是我後面，嚇死我了！後來她才說是太累了，沒有休息好，精神狀態太差，還跟我道了歉。現在住院部很多人都說、都說……」

眼看小護理師說不下去了，花崇不得不提醒，「都說什麼？」

小護理師快哭了，眼中流露出驚恐的神色，「大家都說，藍靖真的變成那個什麼來、來報復社會了，第一個報復的就是小可姊，誰讓小可姊是藍靖的護理師呢！藍靖說不定還會、還會殺人！」

花崇擰著眉，明白這必然是無稽之談。但無稽之談能讓一個接受過現代教育、初入社會的年輕人一本正經地說出來，那就只有兩個可能：第一，謠言在醫院傳播得太厲害了，三人成虎，即便不信，思想上也會受到潛移默化的影響；第二，呂可當時的反應非常可疑，恐懼到了極點，就像真的被什麼東西纏上了一般。

問題是，呂可為什麼會那麼害怕？

呂可不是剛工作的職場新人，她已經當了多年護理師，生老病死早已見慣，如果藍靖的事與她毫無關係，她會驚恐到嚇壞小護理師的程度？

這不合邏輯，根本不可能發生。

小護理師搓著衣角，「其實藍靖剛自殺的時候，就有人開始傳什麼『變鬼』報復社會，但那時我根本不相信，其他同事姊姊也都只聽一聽，應該沒放在心上。不過現在小可姊出事了，我、我真的很害怕。」

「昨晚妳和呂可一同值班，應該是差不多同一時間下班的吧？她那時有沒有什麼異常舉動？」花崇問。

小護理師想了一會兒，「她昨晚狀態很差，護理長讓她去護理站休息一會兒，應由她做的事很多都是我做的。唔，交班的時候，我們本來一起在休息室換衣服，但收拾完了之後，她說有點累，還想再坐一會兒，我幫她倒了一杯水就走了，沒想到、沒想到……」

小護理師哭了起來，而這時，花崇的耳機響了。

『花隊，淩晨的監視器調出來了。』柳至秦說：『你趕緊過來看看，我覺得呂可很不對勁！』

正在播放的是住院部五號電梯的影片，呂可穿著遇害時所穿的衣服走進電梯。電梯裡沒有其他人，她站在中間靠右的位置，沒有立即按樓層鍵，直到梯門正要關上，才迅速按了個「一」。

「她在走神。」柳至秦說：「正常情況下，人進入電梯後第一個動作就是按樓層鍵，但很顯然她忘了，而門關閉提醒了她。」

花崇沒說話，認真盯著螢幕。

門關閉之後，梯廂內的燈突然開始閃爍，沒有完全熄滅，類似接觸不良、電壓不穩的情況。

「怎麼回事？」花崇問。

「正常現象。」負責調監視器的醫院人員說：「五號電梯的燈有點小問題，偶爾會閃兩下，但不影響什麼，我們也沒換。」

但影片裡的呂可，卻因為忽明忽暗的燈光，嚇得面目猙獰。

花崇敲了暫停，然後慢速重播，眉心越皺越緊，「她這是什麼反應？搭電梯遇到照明問題，怎麼會嚇成這樣？」

工作人員說：「唉，還不是因為那個自殺的病人，她被嚇到了吧，以為見到了鬼。」

「她這表情和動作，的確像是見到了鬼。」花崇指著螢幕，「她先盯著門，門上可能反射出了什麼，她才突然往後轉，然後看到鏡子上有東西。」

「嗯，我剛才看監控時也這麼想。」柳至秦已經看了很多遍，右手撐著下巴，「但事實上，通過畫面精細化處理，不管是門還是對面的鏡子，都毫無異常。她根本沒有看到任何東西。」

「鬼又拍不下來！」工作人員是個外地人，說話有鄉音，很不講究的樣子，「要是沒看到鬼，她會嚇成這樣？」

花崇輕聲道：「可是世界上，根本就沒有鬼。」

如果她真的看到了鬼，那只可能是她心裡的鬼！

「呂可精神有問題。」柳至秦說著拿出菸盒，分了三根給工作人員，將對方打發走，「我剛看到電梯裡的影片時，本來以為梯門和鏡子上確實有什麼——有人故意嚇唬她。但現在我確定，她只是產生了幻覺，而且完全是因為她自己的心理作用，和藥物無關。我剛才已經向徐老師確認過，她的藥理、毒理檢驗都沒有異常。」

「她害怕的不是藍靖，但是藍靖自殺，加上之後醫院裡瘋傳的那些話，激起了她心裡的某種恐懼。」花崇一手撐在桌沿，一手握著滑鼠，目不轉睛，「電梯停在二樓，有坐輪椅的老人進來，她卻沒有立即向後退。她害怕靠近後面的鏡子。」

「還有另一個影片。」柳至秦調出一樓電梯外的監控紀錄，「呂可最後一個從電梯裡出來，站在門外，又往裡面看了看，走出幾步之後突然蹲下，她這一系列的舉動沒有一個正常。」

「嗯。」花崇點頭，「她的同事也說，藍靖出事以後，她的反應就很奇怪。」

柳至秦踱步，低聲自語道：「她心裡的鬼是什麼？」

花崇怔了一瞬，看向柳至秦。

柳至秦回視，目光有些不解，「嗯？」

「我們想的一樣。」花崇說：「呂可心裡有鬼，她懼怕的事或者人，可能就是她遇害的原因。」

「她是護理師。護理師這個職業其實很特殊。」柳至秦說：「雖然不像醫生一樣站在醫患關係的風口浪尖，但也是容易被傷害的群體。」

「你的意思是，凶手可能是某個患者，或者患者家屬？」花崇問。

「我認為更有可能是患者家屬。」柳至秦再次點開影片，「呂可害怕的是什麼？為什麼在藍靖去世之後才反應失常？我有個沒有太多根據的猜測——以前，她照顧過一個病人，這個病人與她發生過不快、誤會、糾紛。這個病人後來離世，可能和她有關係，也可能沒有關係。我傾向於有關係，這也就是她心中的『鬼』。

她認為自己對這位病人的死有責任，她在電梯裡產生幻覺，說不定『看到』的就是這個死去的病人，這讓她恐懼到了極點。而殺害她的則是病人身邊的人，可能是親人，也可能是重要的朋友，這個得調查了才知道。」

花崇聽完，正想說話，就見到張貿匆匆跑來。

不久前還把自己關在檢驗科辦公室裡的年輕刑警，已經化自責為動力，將一份資料遞到花崇手中，「呂可在五年前才來七院工作，以前她在市立婦幼保健醫院任職。當年，她所在的科室出了一起嚴重的醫療事故！」

充斥著流言蜚語的七院，門診大樓仍人滿為患，外科住院部亦不斷有新的病人辦理住院手續。

衣著、外形毫無特色的年輕男人雙手放在外套口袋裡，哼著歌走進住院部，站在中庭中心，緩慢地抬起頭。

這一圈圈迴廊與摔死過人的中庭，組合在一起還真像一個巨大的棺槨。

須臾，他的唇角勾起一抹冷漠的嘲笑。

第四章　颱風夜的意外

「聽說沒，七院有個護理師被割喉了！嘖嘖嘖，這一天天的，哪裡都不太平啊！」

上班尖峰時段早就過了，臨近中午，計程車的生意一般。

四十歲的計程車司機豐學民起得早，運氣也不錯，一個早上載了好幾個併單，還沒被塞在路上，一趟收三個人的錢，一個多小時就賺夠了每天必須上繳給公司的錢，接下來就是淨賺，賺多少都進自己的腰包。

他心情不錯，手機架在控制台上，掐菸的左手握著方向盤，右手時不時在螢幕上點幾下，粗著嗓門和群組裡的司機們胡吹海侃。

「最近出多少事了？你們說，警察是不是特別沒用啊？老子真是服了這幫廢物，白花我們納稅人的錢呢，個個在辦公室坐著，那個什麼？就他媽會出來往車上貼罰單、衝業績，比賣房賣安利的還『厲害』！該他媽抓犯人了呢，就一個比一個膽小，一個比一個蠢，半天都抓不到凶手！」

豐學民越說越起勁，「這幫傻子也就是靠家裡有點關係，爹厲害，才混到一身警服穿穿，工作什麼的，不都靠我們納稅人的錢養嗎？你們聽好，我豐學民話先放在這裡，這幫傻子沒本事破案，過陣子肯定會抓幾個替死鬼！兄弟們都小心點啊，千萬別被抓去當替死鬼，行刑逼供會玩死你！」

群組裡有一些人附和，另一些人吐槽：『豐哥，你上個月才賺多少啊？繳個屁稅！我這個真納稅人都還沒說話呢，你這假冒偽劣的嚷嚷什麼？』

豐學民這個人喜歡逞威風，但也沒膽，沒人嗆他的時候，他說著說著能把自己拱到天上去，可一旦有人拆他的台，他會立刻縮起來，既不敢槓也不敢生悶氣，順著對方扯幾句，話題就算結束。

一聽自己的收入被吐槽，豐學民心中一陣痛罵，臉上卻掛著勉強擠出來的笑，「老子就要嚷，這叫窮開心，人活著嘛，心態就要……哎喲，我靠！」

一聲刺耳的剎車聲，接著是一聲悶響，豐學民的車撞上路邊的欄杆，一輛小型貨車堪堪停在離他車頭不到半公尺遠的地方。

豐學民驚魂未定，不停地撫著胸口，冷汗直下，小聲道：「嚇死我了！媽的，嚇死我了！」

「你他媽會不會開車？」小貨車的司機摔門而下，怒氣沖沖地踹向計程車的車門，「開到老子的路上來，是聾子還是智障？聽不到喇叭聲？你他媽開車玩手機？」

豐學民的腦子還愣著，半天沒反應過來，「我……我……」

「出來！」小貨車司機又往車門上踹了一腳，「你躲什麼？你他媽躲得掉嗎？」

◆

「那邊是怎麼回事？」警車從交流道上駛過，花崇放下車窗，往下面看去，「計程車和小貨車撞上了？」

「要是真的撞上，計程車司機就凶多吉少了，哪能站在路邊和小貨車司機理論對錯？」柳至秦也往下面看。他的位置比花崇好，看得也更清晰，「計程車撞到欄杆了，還好小貨車剎車及時。」

「計程車開錯道了吧？」花崇說。

「嗯，司機可能不專心，邊開車邊玩手機。」柳至秦道：「這種情況挺多的，我有一次坐車，見到司機架著三個手機聊天。」

「你沒提醒他？」

「怎麼會。」柳至秦笑：「我還是很在意自己的人身安全的。不過……」

花崇挑眉，「還有『不過』？他不聽？」

「那倒不是。他把三個手機的聊天軟體都關了，然後和我聊。」

坐在駕駛座上的張貿「噗哧」笑了一聲。

「好好開你的車。」花崇拍了拍椅背。

「喔。」

張貿只好老實開車。

「計程車司機都很會聊，不過內容有點討厭。」柳至秦說：「罵了警察一路，一會兒說警察沒用，都是靠關係、拚家世，一會兒又說警察對不起納稅人。下車之後，我滿腦子都是『納稅人』，還真的想了半天我是不是對不起納稅人。」

「唉！」張貿歎氣，「這種事我也遇過！當個警察，就像欠了全國人民錢似的！那犧牲了的警察怎麼說？納稅人欠他們命嗎？」

「吃警察這碗飯，或早或晚都會遇到這些事，別放在心上就好。」花崇往前面看了看，「下了交流道後往左，市立婦幼保健醫院就在左邊路口。」

「呂可以前的確是我們醫院的員工。」

市立婦幼保健醫院的規模不如七院，住院部比較老舊，但管理還是相當嚴格，一名值班的護理長神色不悅地倒了幾杯茶水，將一疊文件放在桌子上。

不久前，上頭的長官將她叫去辦公室，說市局的警察因為最近發生的命案，要來瞭解當年的醫療事故，讓她去接待、配合調查，一切不必隱瞞，照實說就好。

醫療事故放在任何一個醫院，都是傷疤、醜聞一般的存在，她本能地反感提到這件事，卻又不得不按長官交待的去做，畢竟呂可——那個曾經在這裡工作的小女生被人殺了。

花崇拿過文件，翻了幾頁，直截了當地問：「醫療事故是怎麼回事？」

護理長歎氣，「醫療事故其實和呂可沒有什麼關係，是我們醫院的責任。」

五年前，市立婦幼保健醫院住進了一位高齡產婦，懷孕前期就狀況不斷，身體比較糟糕，到了懷孕後期，身體的各項指標都出現嚴重問題。高齡產婦分娩是一件比較危險的事，當時產科一致決定為其進行剖腹產，但產婦和家屬受到傳統觀念影響，堅持要順產，認為順產的孩子才聰明，順產的母親才有為人母的擔當。

選擇要剖腹產還是順產，醫院只有建議權、勸導權，不能替產婦和產婦家屬做主。既然產婦堅持順產，院方也只能照做。

分娩途中，產婦出現多重器官衰竭，血壓持續不穩，並伴有大量出血現象，緊急手術也沒能挽救她的性命。而勉強誕生的孩子狀態也非常糟糕，雖然保住了一條命，卻一出生就被送進重症監護病房。

產婦家屬要求院方必須保住孩子，而產科確實盡了最大的努力。

呂可是重症醫護組的一員，連日忙碌之後，因為疲勞暈倒而被臨時撤離，代替她的是產科另一名經驗豐富的護理師陳娟。但這名從未犯過錯的護理師卻出了紕漏，導致嬰孩死亡。

此事在洛城醫療界鬧得沸沸揚揚，陳娟在屍檢結果出來之後自殺身亡，院方雖然給了產婦家屬巨額賠償並道歉，但家屬仍不肯接受，聲稱必須讓涉案護理師得到懲罰。

可涉案護理師已經自殺了。

院方、派出所不斷派人安撫家屬，家屬卻從旁打聽到，涉案護理師陳娟是臨時調來的，本該照顧孩子的護理師是呂可，於是要求院方把呂可交出來。

「這就完全沒有道理了。」花崇說：「雖然現在醫患關係緊張，醫院為了息事寧人，就算有理，也會滿足患者的一些要求。但呂可與此事完全沒有關係，院方有什麼理由把她推到風口浪尖上？」

護理長連忙擺手，「不是這樣的，不是這樣的！我們沒有把呂可推出來。確實如你所說，醫院有時候不得不息事寧人，但把自己的員工拋出來當替罪羔羊，我們做不出來。那一家人成天來醫院鬧，產科為了保護呂可，就讓她有薪停職。」

「也就是說，呂可並沒有和產婦家屬產生正面衝突？」柳至秦問。

「沒有。那家人其實就是想要錢，鬧得越大，賠償的錢就越多。」護理長說：「差不多花了一個多月吧，我們在原賠償金的基礎上，又加了一筆，他們就停了。這件事平息之後，呂可才回來上班。」

花崇略感不解，「他們沒有再繼續向醫院要求什麼？」

護理長搖頭，「沒有了。」

「那呂可為什麼辭職？」

「這件事對她的影響還是不小，再加上那段時間，新聞裡不是經常報導哪裡哪裡的醫生、護理師又被病人砍了嗎？」護理長露出失望的表情，「她回來沒多久就跟我說，想辭職。我問她今後打算做什麼，她說先休息一段時間，說不定會換一個行業。護理師要走，我們是留不住的。她想換個行業，我們也都祝福她，還幫她開了個歡送會，但她、她不該騙我們。」

「騙？」柳至秦問：「她騙了你們什麼？」

「她根本不是想換一個行業，她是想換一間醫院！」護理長說得激動起來，「她辭職沒多久，就去七院工作了。你們這些小夥子可能不知道，七院婦產科算是我們市裡最好的婦產科，在全省都有名。唉，水往低處流，人往高處走。她要跳槽，和我們說，我們也不會阻止她啊，她真的沒有必要這樣瞞著我們所有人。況且醫療事故那件事，醫院真的沒有讓她受半點委屈，她該拿的工資一分都不少，後來還給了她一筆額外的精神損失費，她這樣把我們當外人，真是叫人寒心……」

「產婦家屬的聯繫方式，麻煩您給我一份。」

花崇打斷護理長的絮叨，食指在桌上敲了敲。

「這……」

護理長露出為難的神色——長官只讓她來向市局的警察講述當年的醫療事故，並沒說可以透露患者家屬的資料。

「我得去請示一下。」

花崇點頭，朝張貿遞了個眼色，「跟著去。」

護理長和張貿離開後，接待室就只剩下花崇和柳至秦兩人。

花崇重新翻開檔案，邊看邊問：「你怎麼看？」

「剛得知呂可與醫療事故有關的時候，我第一反應就是患者家屬尋仇。不過現在看來……」柳至秦停頓片刻，「如果剛才護理長沒有歪曲事實，那家屬尋仇的可能性就不大。第一，呂可本人和醫療事故其實沒有關係。第二，家屬已經在錢財上得到了超過預期的賠償。第三，事情已經過去五年，他們即便想報復，也不至於等到五年之後再報復吧？五年已經能讓一個普通家庭開始新生活了。」

「造成醫療事故的不是她，她沒有害死過人，那她在害怕什麼？」花崇說：「她在電梯裡的那種反應，明顯是問心有愧，極度恐懼。」

柳至秦站起來，走了兩步，「不，她『害死』過人。」

花崇抬頭，「嗯？」

「那個頂替她的護理師，陳娟。」柳至秦說：「我們不要站在旁觀者的角度想這件事，得帶入她自己——醫療事故發生之後，她本來還有一絲慶幸，認為還好犯錯的不是自己，但陳娟因愧自殺之後，她開始恐慌，認為自己也有一份責任，如果不是自己身體出了狀況，那麼當時照顧嬰孩的就是自己。自己絕對不會失誤，那麼嬰孩就不會死，陳娟也不會自殺。這些年她始終活在自責裡，而藍靖的死對她是個不小的刺激，晚上她在電梯裡『看到』的人，可能正是陳娟。」

花崇沉默許久，輕微搖頭，「有道理，但我還是覺得比較牽強。」

「是嗎？」柳至秦抱起雙臂，「但對於一些人來說很牽強的原因，對另一些人來說卻是無論怎麼努力也走不出來的陷阱。」

花崇道：「那呂可遇害這件事該怎麼解釋？她認為自己對陳娟的自殺有責任，陳娟的家人也這麼認為？所以殺害呂可的是陳娟的家人？呂可案和羅行善案目前是併案處理，兩個案子的凶手是同一個人，陳娟的家人難道和羅行善也有仇？」

柳至秦蹙眉，「我還沒想到羅行善那邊。」

這時，張貿回來了，手裡拿著醫療事故中家屬的聯繫方式。

花崇說：「再跑一趟，問問陳娟的家庭情況。」

張貿有些愣住，「啊？」

「別『啊』了，快去。」

張貿只能又去找護理長，柳至秦輕笑：「就算覺得牽強，也不輕易放過？」

「你說得沒錯，牽不牽強，每個人都有不同的理解。我覺得牽強的事，對受害者來說可能就是『心魔』，對凶手來說可能就是作案理由。」花崇說：「你我都不是呂可，就算站在她的角度思考問題，也不可能與她的想法完全一致。而且人的很多行為連自己都無法解釋，有偶然性，也有隨機性。既然你想到了這種可能，我就不能隨意擱置。我得為案子負責，也得為自己的隊員負責。」

柳至秦瞇起眼。

花崇斜他一眼，「你是不是在『翻譯』我剛才說的話？」

「這都被你看出來了。」柳至秦的笑容中多了一分狡黠，「那你說，我『翻譯』成什麼了？」

花崇毫不忸怩，「我得對你負責。」

柳至秦沒想到他會回答得這麼乾脆，反倒啞口無言了。

花崇臉上雲淡風輕的，心跳卻以快半拍的速度跳了好幾個來回。

張貿回來得很是時候，前面的話沒聽到，只聽到一句「我得對你負責」。

我靠！

看到傻在門口的張貿，花崇咳了一聲，「這麼快？辦事效率不錯啊，小張同志。」

聽到「同志」兩字，又結合剛才的語境，張貿眼皮跳了幾下，心裡默默道：我才不是同志，我是直的！

嘴上卻不得不老實彙報：「陳娟不是本地人，父母在國外，有一個弟弟叫陳辰，目前沒有親戚在函省，不過具體情況還需核實。」

「核實的事你去辦，讓袁昊派幾個人給你。」花崇說完又補充道：「不要拖，儘快查清楚，盡量在今晚之前向我彙報。」

「是！」

「我們去見見這個紀成亮。」花崇彈了彈手中的紙，朝柳至秦一揚下巴，「走。」

◆

計程車與小貨車險些相撞，路邊護欄被撞壞，本就擁擠的繁華路段頓時堵起長龍。交警趕到現場後，事故責任的鑑定很快就出爐——計程車違規行駛，負全責。

豐學民垂頭喪氣，頓覺自己倒了大黴。

群組裡的司機得知他出了車禍之後，不久前還與他開玩笑的人幾乎都不再吭聲，倒是平時不怎麼說話的人關心了幾句。

「呸！一群沒良心的混帳東西！」

車開不成了，豐學民坐在路邊抽菸，越想心裡越不平衡，又不敢大肆發作，只得一邊猛吸菸，一邊小聲咒罵。

當了十幾年計程車司機，他也算看清了，司機之間頂多算酒肉朋友，沒事互相涮一涮，真的有事了，誰都不會拉一把。這倒也不能怪人家，畢竟都是競爭對手，你今天多賺一百塊，我就得少吃一頓肉。今天這個情況，怪誰？不就怪自己有點倒楣嗎！

豐學民抽完一根菸又點一根，眼睛被煙熏得發痛，一睜一閉，居然想起了那個年輕人。

那個人叫什麼？記不得了。

「嘖！」

豐學民搖搖頭，用力回憶一番，還是想不起那個人的名字，只記得是個挺熱心的小夥子。

對，就是熱心。

難怪會突然想起來，不就是因為人家心腸溫暖嗎？

如果那個年輕人還在，豐學民心想，自己今天出這麼大的事，他肯定會在群組裡問：『豐哥，怎麼了，豐哥？有什麼需要我幫忙的，你儘管說，別客氣啊！』

可惜啊，心腸好的人多半沒有好報。

有句話叫什麼？多管閒事。

「嘖嘖嘖！」豐學民將菸蒂彈掉，還彈得很遠，又坐了好一陣子才站起身，自言自語道：「沒事管什麼閒事呢？把自己的命都賠進去了，劃不劃得來啊？」

車已經被拖去修理——估計修不好了，豐學民拍拍褲子，往公車站走去。

當他的背影越來越小，幾乎融入斑馬線上的如織人流時，一個五十多歲，衣著考究的男人來到他不久前坐過的地方，目光冰涼地看著他，直到他徹底消失在對街的路口。

◆

紀成亮是洛城一中的後勤工友，四十五歲，五年前失去妻子焦薇和尚未取名的女兒，如今已經與一名離異的、有孩子的女人組成了家庭。

警察的突然造訪讓他很緊張，一聽到「市立婦幼保健醫院」，更是臉色一白，連忙解釋：「當時法醫有給鑑定書，是醫院的護理師照顧不當，導致我的孩子死亡的。我可沒有搞什麼醫鬧！我是在合法合理的情況下，向醫院爭取賠償！」

花崇示意他稍安勿躁，「事情已經過去五年了，我今天不是來調查醫鬧不醫鬧的問題。」

「那你們想瞭解什麼？」紀成亮不解，「是醫院讓你們來的？要我退換賠償金？這不行！他們害死了我的孩子，我……」

「別激動。」柳至秦問：「呂可這個名字，你還有印象嗎？」

「呂可？」

紀成亮皺起雙眉。

他並非長相不錯的男人，笑起來時給人一種假惺惺的感覺，皺眉時顯得猙獰而兇狠。

片刻，他茫然地搖搖頭，「記不得了。是我們學校的學生或者老師嗎？」

「是當年照顧過你孩子的護理師。」花崇說。

紀成亮目光一緊，「是她？」

「你記不得了？」

「是那個請假休息的護理師？」

柳至秦點頭，「對，就是她。陳娟自殺後——陳娟這個名字你肯定記得——你和你的家人要院方交出呂可，有沒有這回事？」

紀成亮別開眼，神情很不自在，「嗯，我、我就是想當面問問她，我孩子出事的時候，她在幹什麼。」

「但事實上，你心裡清楚，你孩子的死與她沒有半分關係。」柳至秦邊說邊觀察紀成亮，緩慢道：「所以五年之後，你連她的名字都已經記不得了。」

「我……」紀成亮咬了咬牙，「我老實告訴你們吧，我那時候要醫院把她交出來，不為別的，就是為了多拿一些賠償金！我老婆、孩子都死在醫院，醫院總不能隨隨便便就打發我吧？我老婆他們搶救不了，怪我們不剖腹產！難道他們醫院就沒有一丁點過錯？好吧，我老婆的事我不追究，但我孩子的事總不能算了，是不是？他們必須賠！」

聽到這裡，花崇已經確定，不可能是紀成亮殺害了呂可，他沒有那麼強烈的恨，並且如今生活安穩，沒有作案動機。

不過柳至秦還是問了個關鍵問題，「昨天晚上十二點之後，你在哪裡？」

「十二點？」紀成亮想了一會兒，「早就睡了。你問這個幹什麼？」

「沒什麼，順便瞭解一下。」柳至秦又問，「這幾年你和焦薇的家人還有聯繫嗎？」

「早就斷了。」紀成亮擺擺手，「她是從農村來的，父母兄弟都在鄉下。城裡的墓地貴，她走得又太突然，我根本來不及準備……後來，她家人把她帶回鄉安葬。我再婚之後，與他們就沒有來往了。」

時間不早了，洛城一中的食堂已經開始供應晚餐，花崇本著不能餓肚子辦案的原則，找學生借飯卡，刷了二十多塊的餐，然後給了對方三十塊。

看著滿滿一桌用外帶盒裝著的菜，柳至秦笑道：「還是學校食堂便宜。」

「快吃，等等回去還得開會。」花崇想到他的手還不方便，提前幫他分好了筷子，「紀成亮不可能是兇手，他對他去世的妻兒並沒有多少感情，這條線可以排除了。」

「嗯。」柳至秦說：「紀成亮和羅行善也不認識。」

花崇在外帶盒裡挑挑揀揀，「我有種感覺——呂可辭職這件事不像我們瞭解的那麼簡單。她想換一個環境，而想換環境的原因並不是之前發生的醫療事故。她換工作是在五年前，搬家也是五年前。換工作可以理解為想換個環境發展，那搬家呢？是什麼事讓她不僅換了工作，也換了住處？」

柳至秦夾著一塊排骨，半天沒送到嘴裡。

花崇正要提醒他別顧著想案子，忽聽遠處傳來一聲鍋碗瓢盆掉在地上的聲響。抬眼一看，一個男生在窗戶旁摔倒了，一名五十幾歲、教師模樣的中年男人正在幫他收拾滿地的碗筷。

柳至秦也轉身看了看，那男生已經站起來了，身高很高，臉都紅了，正忙不迭地說：「謝謝申老師，謝謝申老師！」

被叫做「申老師」的男人似乎搖了搖頭，叮囑了幾句，從背對座位的門離開。

「這老師真好。」柳至秦轉回來，再次夾起排骨，「升學高中的老師都挺關心學生。」

「怎麼？」花崇問：「聽你這語氣，以前受過老師的氣？」

「受氣倒是不至於。不過我念國中的時候，有一次因為打籃球錯過了吃飯時間，去食堂一看，已經沒有菜了，只能吃麵。」柳至秦說：「我就讓師傅煮了一碗麵，結果手抖，腳也滑了一下，把麵翻倒了，就跟剛才那個小孩差不多。」

花崇說：「也有個老師從你身邊經過？」

「對啊。」柳至秦歎氣，「他非但不幫我收拾一下碗筷、安慰我幾句，還站在一旁大笑，笑得特別誇張，我現在還記得。」

花崇：「噗！」

柳至秦：「你也笑？」

花崇放下筷子，手擋住半張臉，「因為真的很好笑啊。你想想那場景──端著麵，心急火燎地想吃麵，然後啪一下摔倒，哈哈哈！」

「花隊。」柳至秦故作嚴肅，「長官要有長官的風度。」

花崇指著他的碗，聲音有點抖，「你快吃，還剩這麼多，別耽誤時間了。」

「那你呢？」

「我、我再笑一會兒。」

◆

「陳娟家裡的情況我和技偵組已經核實過了。」

花崇和柳至秦剛回到重案組，張貿就跑了過來，「她的父母的確在國外，最近四年沒有回國記錄，但她的弟弟陳辰目前下落不明。」

「下落不明？」花崇停住腳步。

「嗯！」張貿在平板裡找出一張照片，「他就是陳辰，今年二十五歲。陳娟自殺時，他在L國念大學。陳娟的葬禮他趕回來參加了，並且沒有立即返回校園。三個月後，他才去L國，但不是為了上學，而是辦理退學手續。之後，他在欽省，也就是他們老家所在省分的一所大學繼續學業。因為耽誤了時間，陳辰直到去年，二十四歲才大學畢業，在這之後就突然行蹤不明，沒人知道他去了哪裡。」

花崇問：「那就等於是失蹤了？」

「欽省那邊去年底就已經立案。但花隊你最清楚，無故失蹤的案子很難查，欽省雖然早就立案了，但直到現在也沒有查到任何線索。」

「有點可疑。」柳至秦說，「無故失蹤超過半年，通常只有兩種可能：第一，失蹤者已經遇害，第二，失蹤者因為某個目的，故意避開了所有人的視線。」

「陳辰有可能故意失蹤，從欽省來到我們洛城，目的是殺害呂可，為陳娟報仇？」

張貿最初不明白花崇為什麼要讓自己查陳娟家人的現狀，幾小時忙碌下來，漸漸理清了其中的邏輯——雖然在無關者看來，陳娟自殺純屬畏罪、愧疚，與呂可毫無關係，但悲慟至極的陳娟家人說不定會產生極端的想法，他們也許會恨死去的嬰孩，也許會恨請假的呂可，也許會恨任何人，因為他們不可能去恨自己已經死去的親人，而悲憤、不甘終究需要一個發洩的管道。

「現在還不能下這種結論。」花崇搖頭，「太先入為主了。而且這條線雖然得查，但我主觀上還是認為比較牽強。」

柳至秦也道：「對，說不定陳辰的失蹤是第一種情況。」

「已經遇害了？」張貿有些驚訝，「可是為什麼啊？他在大學好好念著書，沒有理由一畢業就遇害啊。」

「誰知道？」花崇說，「如果是第一種情況，那就與我們正在查的案子沒有關係了。對了，聯繫上呂可的家人了嗎？」

「聯繫上了，呂可的母親已經去世，來的是她的父親，估計半夜才能趕到。」張貿說完一拍腦門，「噢！藍靖的父親藍佑軍剛才聯繫過我們，我忘了。」

「我想為我女兒，還有我們一家討一個公道！」

藍佑軍捂著免洗紙杯的雙手正在顫抖，眼中紅血絲密佈，整個人彷彿沉溺在喪女的悲傷中。

花崇沒有將他安排到偵訊室，而是找了間沒人的會議室，還讓柳至秦泡了壺紅茶。

「我女兒不幸患上難以醫治的病，查出來就是末期。我不怨醫院，醫生和護理師已經盡力了，要怪只能怪靖靖命不好。」

藍佑軍五十多歲，在全市升學中學，洛城一中教書，言談舉止不卑不亢，即便極度疲憊悲痛，也儘量克制著情緒，「主治醫生前幾天已經委婉地告訴過我，靖靖的情況非常糟糕，如果再次昏迷，可能就救不回來了。我和她母親已經接受了這個現實，最後一段時間，我們只想陪她安靜地度過。我們誰都沒想到，她會提前結束自己的生命，我……」

藍佑軍低下頭，哽咽起來，眼角濕了，卻沒有眼淚落下。

幾秒後，他深呼吸一口，聲音變得沙啞，「是我和她的母親沒有看好她，和護理師沒有任何關係。靖靖那麼做，給醫院添了麻煩，我也感到很內疚，但是那些流言是對靖靖、對我們全家的中傷！我不能接受靖靖去世後，還要受到那種侮辱！什麼『化鬼』、『報復社會』，靖靖去世當天，我和她母親就聽到這些話了。今天傳得更厲害，醫院裡的人都說，那名死去的護理師是靖靖害的，這、這怎麼可能？」

說到這裡，藍佑軍終於顫抖起來，似乎已經壓抑不住憤怒與痛楚。

花崇從來不信任何怪力亂神的理論，並且早上一排查，就知道藍靖的父母、其他親戚沒有作案時間，藍家與呂可的死毫無關聯。

但令人無奈的是，在真相尚未查明之前，無數無知的群眾已經將「報復社會」的帽子扣在了因病辭世的不幸女孩身上。有一些人是真的相信，而更多的人只是說好玩的，當做無所事事時的話題罷了。

毫無根據、充滿惡意的流言讓這一對剛失去愛女的夫婦痛上加痛。看得出來，藍佑軍是實在無法承受，才向警方尋求幫助的。

重案組其實不用理會這種請求，也不可能分出人手去查是誰在散播流言。但花崇還是站起來向藍佑軍保證，流言不會繼續發酵。

藍佑軍抬起手，捂住一雙眼，過了許久才用力點頭，「麻煩你們了。」

送走藍佑軍，花崇把情況反應給陳爭。

陳爭沉默了一會兒，說：「我去處理，你專心查案子。」

既然來了，花崇順道問：「黃才華的事調查得怎麼樣了？」

陳爭搖頭，「所有和他有關係的人都調查過了，曲值還帶人去了一趟他老家，都沒有線索。我現在比較肯定，他的確是被『選中』了，而在被『選中』之前，他自己都不知道。麻煩的是對方徹底避開了監視器，也從來沒有使用通訊工具與黃才華聯繫。黃才華等於是一件一次性武器，用完就扔。」

花崇又問：「那我周圍最近有什麼異常嗎？」

「這倒沒有。」陳爭說：「韓渠的人一天到晚都盯著你，對方如果還敢接近，那純屬找死。」

「那好。」花崇轉過身，一揚右手，「被你們保護得這麼好，我再不努力工作就說不過去了。走了。」

燈火通明的夜，各人有各人的忙碌。

午夜十二點，本該是計程車生意的另一波高峰，下夜班的打工族、在夜店玩到上半場準備回家的年輕人，都站在路邊忍著寒風等車。

但沒了車的豐學民卻賺不到這筆錢。沒車可開，他乾脆換個方式「賺錢」，但麻將從傍晚搓到半夜，非但沒賺到錢，反而輸了幾百塊。

幾百塊對他來說可不是小錢，從麻將館離開時，他嘔得捶胸頓足，又不敢馬上回家。家裡有隻「母老虎」，每天點他的錢，哪天賺得多便喜笑顏開，哪天賺得少就甩臉色給他看。而他怕慣了，在外面不敢嗆嘲笑自己的人，在家裡更不敢跟老婆說重話。

今天開車撞上了護欄，他哪說得出口，只說同事有事請假，晚上自己要幫人家代開一班。老婆笑了，讓他多載一些人，趁機多賺幾百塊。

「嘖，還多賺，最後一張鈔票都輸了！」

他想到老婆在電話裡的語氣，自嘲地笑了一聲，點了根菸，一邊在夜色裡漫無目的地走，一邊心情煩躁地哼著走調的老歌。

家暫時是回不去了，一回去就會露餡，半夜吵架很煩人。

但賓館也住不起，幾十百塊一晚，得跑個長途才賺得回來，特別浪費。

豐學民想著想著就往路上一蹲，菸蒂猛地點在手臂上。

「嘶！」疼痛刺激著頭腦，他連忙丟掉菸蒂，看看被燒破的手臂，自言自語地罵道：「有病！」還真是有病，大半夜不回家，蹲在路邊燙自己的手臂。

麻將館開在比較偏僻的地方，小路上幾乎沒有什麼車輛，陰森森的，也沒個行人。豐學民甩了甩灼痛的手臂，撐著大腿站起來，前後看了看，朝路燈更亮的地方走去。

這幾天主城裡發生三起殺人案了，計程車司機的消息最靈通，群組裡整天都在討論，口才好的司機還像說相聲似的講得繪聲繪色。

豐學民摸了摸自己的脖子，莫名有些膽寒。

他倒不認為自己會成為凶手的目標——被殺的人是天生倒楣，而他，生來就比大多數人幸運。

小時候下河游泳被捲入暗湧，救自己的叔叔死了，自己倒活了下來。

在工廠裡當工人時，遇到生產事故，在場的同事全被化學藥劑燒傷，自己則因為拉肚子而逃過一劫。

後來當了計程車司機，好幾次與車禍擦肩而過。他「嘿嘿」笑了兩聲，心想自己這輩子能拿出來說的，大概也只有「運氣好」了。

所以被抹脖子這種事，絕對不會發生在自己身上。

但剛才那陣古怪的膽寒是怎麼回事？

他狐疑地轉過身，往後面看了看，周圍都是陰影——樓房的陰影、樹木的陰影。他看了幾秒，覺得要是誰藏在那些陰影裡，自己也辨別不出來，索性加快腳步，往有人的地方走。

有人的地方安全——從小，他就有這個認知。但和別人不同，他並不是認為人多力量大，遇到危險大家可以同心協力化解。他想的是，在人多的地方，災禍會降臨在別人身上，倒楣蛋橫豎不會是我。

這一次，他的感覺倒是很准，身後的那片陰影裡的確藏著一個人。在他跑過馬路時，那個人從陰影裡走了出來，左手插在大衣口袋裡，右手握著一把沒有彈出刃的刀。

燈光傾瀉在那個人身上，在水泥地上投下一個沒有溫度的黑影。

同一時刻，花祟站在呂可倒下的地方，目光深邃地觀察著周圍的環境。

晚上和白天，這裡給人的感覺完全不同。

天光大亮的時候，即便地上還有尚未來得及清理的血跡，仍舊不會給人太可怕的感覺。但到了淩晨，趨近於命案發生的時間，氣氛就變得凝滯而陰森。

花祟能想像到一天之前的這個時候，剛在醫院電梯被嚇到驚慌失措的呂可從夜班公車上下來，獨自走在這條小路上。晚上的風很涼，她裹緊了大衣和圍巾，微垂著頭，滿心惶惑地快步往大樓走去。

突然，她聽到一陣陌生、低沉的腳步聲從身後傳來，她下意識地放慢腳步，想要回頭看一看是誰在後面，卻又非常害怕。

腳步聲似乎越來越近，她想要跑起來，卻明白那個人如果是衝著自己而來，自己就算跑，大概也逃不過。

她強迫自己冷靜，並慢慢轉過身。

就在她看清那個人的面目時，身體驟然發麻。她還不知道這一瞬間發生了什麼，那個人手中的刀就已經劃向她的脖頸。

「凶手是尾隨呂可而來，在她轉身的時候突然襲擊。」花崇說著，緩慢地倒在地上，將手抵在自己的喉嚨旁，「只有這樣，她才會以這種姿勢倒下。」

「這段路沒有監視器，凶手看準了這一點。」柳至秦伸出右手，將花崇拉了起來，「凶手可以躲在任一處視線盲區，當呂可走進來就尾隨其後。如果只有一把刀，不一定能立即制服呂可，但凶手還有電擊工具。對女性來說，這基本上就沒有抵抗的能力了。」

「嗯。」花崇拍掉衣服上的灰塵，「去她家裡看看。」

大樓是老式的，沒有電梯，好幾層的燈壞了，其中就包括呂可所住的四樓。

「她養了貓。」花崇在呂可家中走了一圈，拿起一袋貓糧瞧了瞧，「但現在貓已經不見了。」

「窗戶沒有關。」

柳至秦倚在窗邊，探出半個身子往外看了看，深夜的住宅區相當安靜，唯有枯黃的樹葉在寒風中簌簌搖動。

「外面掛架比較多，夠讓貓跳下去。」

「痕檢已經來勘察過，屋裡沒有外人的痕跡，門鎖也沒有被破壞過。」花崇觀察著臥室裡的擺設，「大樓出入口有兩個攝影機，沒有拍到可疑的人，凶手應該沒有上過樓。不過肯定跟蹤過呂可一段時間，知道呂可下夜班是什麼時候，也熟悉這個住宅區的監視器情況。凶手會選擇在前面那條小路裡動手，是確定當時除了呂可，不會有其他人從那裡經過。不過凶手拿走呂可證件、手機的舉動倒是有些稀奇，呂可是護理師，ＤＮＡ資訊肯定在庫，凶手不至於會認為拿走證件和手機，我們就查不出呂可的身分吧？」

「有可能只是想擾亂我們的思路。」柳至秦蹲在地上，看了看空蕩蕩的貓糧碗，問：「貓為什麼會突然離開？」

「也許是察覺到了危險。」花崇說：「貓是很警覺的動物。有人在盯著這個家，呂可感覺不到，但貓可能早就發現了。說不定牠還試著提醒過呂可，但呂可並不知道牠想表達什麼。牠突然離開，也許只是認為這裡太危險，不想繼續待了而已。貓和狗不同，狗在大多數情況下會等主人回來，但貓難說。」

「這個住宅區有年頭了吧。」柳至秦說：「看上去比『創匯家園』還老舊，位置也比較偏僻，交通不便。呂可五年前貸款買房，選擇這裡有點奇怪。」

「這裡的房價相對便宜。不過可能還有一個原因，這裡可以很快入住。」花崇抱起雙臂，「還是我們討論過的那個問題，她迫切地想要離開曾經住過的地方。」

「『金蘭花園』。」柳至秦將不停灌風進來的窗戶關上，「五年前，她還在市立婦幼保健醫院工作時，住的社區叫『金蘭花園』，居住條件、物業都比這裡好。如果是我，我可能不會在搬離『金蘭花園』後，買下這裡的二手屋。」

「便宜也不買？」花崇問。

「便宜也不買。」柳至秦說。

「因為你沒有迫切的搬離欲望。」花崇眉心忽然一動，「羅行善在很多社區當過保全，等等查一查，看羅行善有沒有在『金蘭花園』工作過。如果有，這顯然就是他們兩名被害人之間的一個重要交集！」

◆

呂可的父親呂建元半夜才趕到洛城。

花崇本以為會見到一個如藍佑軍一般悲傷的父親，但呂建元對女兒的離世顯得相當平靜。

「她是我和前妻的孩子，很小就不和我一起生活了。」呂建元喝了一口熱水，以陌生人的口吻提起呂可，「這些年她一個人在洛城生活，我們本來已經斷了聯繫，還是前幾年她母親去世，我們才再次聯繫上。老實說，我不瞭解她，對她也沒有盡過什麼身為父親的責任。我今天來這一趟，只是想見她最後一面，可能無法配合你們調查。」

花崇打量著呂建元，看出對方應該是個中產階級，至於具體工作是什麼，這倒不重要。

「呂可的母親是哪一年去世的？」花崇問。

「哪一年……」呂建元別開目光，想了一會兒，「差不多有七年了。我記得那時小可剛從學校畢業。」

「那這七年裡，你和呂可一直有聯繫？」

「嗯，但聯繫不多，逢年過節時會通個電話。」呂建元說完補充道：「我和我現在的太太感情不錯，也有孩子。」

花崇眼神一深，「五年前，呂可有沒有向你借過一筆錢？」

呂建元神色微變，像是在思考該怎麼回答。

「呂可五年前從以前工作的醫院辭職，還搬離了一直居住的『金蘭花園』，貸款買了現在的房子。」花崇道：「我只是想知道，她買房時有沒有向你借過錢。因為按照她的收入情況，要湊齊頭期款似乎不太容易。」

呂建元皺著眉，似乎不太願意回答。

「呂可急於買房的行為有些蹊蹺，說不定和她這次遇害有什麼關係。」花崇眯了眯眼，「呂先生？」

沉默了大約半分鐘，呂建元點頭，「她找我借十萬，說一直租房太不踏實，想在洛城有一個家。十萬塊對我來說不算什麼，我生了她，卻幾乎沒養過她，她想買房，這十萬塊我該出。不過……」

「不過你不想讓你太太知道？」

「嗯。她跟我說了借錢的事後，我以工作的名義來過洛城一趟，沒有轉帳，是直接把現金存在她卡裡。」呂建元歎氣，「我也有自己的難處。」

「她那時有沒有什麼讓你覺得不對的地方？」花崇問：「或者說，她向你傾訴過什麼？」

「我們沒有那麼親。」呂建元苦笑，「她能開口向我借錢已經不容易了，怎麼會向我傾訴……不過要說不對的地方，在我印象裡，她一直是個溫柔、安靜的女孩，但那一次她好像很急。對了，你剛才說她住在『金蘭花園』，嗯，她確實在『金蘭花園』住過很長一段時間，不過我到洛城給她錢的時候，她好像已經不住在那裡了。」

花崇聽出了問題，「在搬到現在的住處前，她就沒住在『金蘭花園』了？」

「好像是一個短期公寓，我記不得了。我還提醒過她短期公寓不安全，她說看中的那套房子裝修、傢俱齊全，拎包就可入住，只要過戶了，馬上就能搬進去。」呂建元有些侷促，「我知道的確實不多，她的交友情況、工作情況都不知道，更不清楚她和什麼人結過怨。」

花崇看向呂建元的眼睛，明白他已經知無不言，但仍感到一絲唏噓。

呂可比尹子喬幸運，起碼有一個肯為自己花錢的父親。但是這位父親，願意付出的其實也只有錢，他不願意與女兒有過多牽扯，除了金錢，其他一切都吝於給予。

說到底，他是擔心自己的人生被呂可影響。對他來講，呂可是他不得不盡父親之責的一個人，就像現在他深夜趕來洛城，也只是走過場，見呂可最後一面。

人的情緒在某些條件下無法作假，尤其是在死亡面前。

花崇送走呂建元後，沉沉地吐出一口氣，心情有些低落。不過要說收穫，倒也不是沒有。

呂可向呂建元借錢，必然是被「逼」到了不得不借的地步，在有新的住處前，她甚至住進了短期公寓。

「金蘭花園」必然發生過什麼！

回到重案組，花崇還來不及歇一口氣，就見到柳至秦朝自己走來。

「查出什麼了？」他問。

「羅行善確實在『金蘭花園』工作過。」柳至秦說：「而且時間正好與呂可住在『金蘭花園』的時間對得上！」

花崇眼睛一亮。

柳至秦又道：「羅行善在『金蘭花園』工作的時間不短，呂可搬離『金蘭花園』後半年，他才離開『金蘭花園』，去一家商場當保全。不過在查『金蘭花園』時，我意外發現了一件事。」

「什麼？」

「五年前，在呂可買下現在這套房子之前，『金蘭花園』發生了一起嚴重的高空墜落事故。」

◆

「金蘭花園」在長陸區，屬於中等社區，配套設施說不上太好，但也不差，位置有點偏僻，前幾年附近還沒有修建地鐵站，只有一個公車站，交通不便，所以社區裡的房子賣是賣了，入住的人卻不多，大部分的屋主都是把房子買下來當投資，要嘛租出去，要嘛等升值，真正住在裡面的多是租客。

最近兩年，延伸到「金蘭花園」的地鐵七號線修好了，受地鐵之惠，社區的入住率越來越高，房屋買賣和租賃價格也不斷看漲。最初的買家見樓市大好，紛紛提價將房子賣了出去。如今的「金蘭花園」雖然已經不算新社區了，但各個大樓仍然能見到喜氣洋洋地裝修「新房」的屋主。

洛城內位於交通便利地區的二手屋，向來都比新房好賣，價格也相對更高。因為新房還需等待一年左右才能接手，而二手屋過戶之後就能立即著手裝修。

住戶多了之後，「金蘭花園」的車位也漸漸緊張起來，車庫裡全是私人車位，外來的、暫時沒有買到車位的車只能停在路邊。

白色車牌的警車停在一眾私人車、小貨車之間，立即引來不少住戶的目光。

剛搬來的住戶不覺得稀奇，看了兩眼就要離開，倒是在「金蘭花園」生活多年的老住戶們愣了片刻，紛紛議論起來。

「怎麼會有警車停在這裡？有警察來嗎？不會又出什麼事了吧？」有人驚訝道。

「看起來不像出事的樣子啊。」另一人東張西望，「我剛買菜回來，還跟二號門的保全聊了幾句，沒聽他說出事了啊。要是真的有什麼，他那張大嘴巴早就『廣播』到大半個社區都知道了！」

「這倒是，那警察來幹嘛？」

「例行檢查吧，說不定只是公車私用？說不定我們社區住著警察呢？」

「哈哈哈，有可能。開自己的車還得繳費，開公務車不用繳費呢！」

見老住戶們聊得開心，一名路過的新住戶也湊了過去，問：「聽你們的意思是，我們社區以前出過事？」

「嘿！你不知道啊？買房子的時候沒打聽打聽？」

新住戶搖搖頭，一邊抱怨一邊得意道：「唉，現在房子太難買了，看中一套就得馬上出手，一猶豫就會被別人吃了，哪有閒工夫瞭解那麼多！跟我說說吧，是什麼事啊？」

「跟我們住戶沒關係。」一人說：「你聽了也別害怕，你看我在這裡住了這麼久，都完全不害怕。」

「嗯嗯，你說。」

「就是幾年前啊，東區一棟樓的玻璃從十幾樓高的地方掉下來，下面剛好站了個人！」

「喔！」新住戶驚道：「那不就被砸死了？」

「是被砸死了啊！可嚇人了，現場那個血淋淋的，簡直比恐怖片還恐怖！看過的人都好幾晚睡不著覺！」

「喲！你去現場看過了？」

「大半夜的，我哪敢，我是第二天聽別人說的。那一晚下了一夜的雨，我白天去看的時候，地上啥都沒有了。不過來了很多警察，調查這調查哪的。可你說調查那麼多有什麼用呢？人都死了！」

新住戶越聽，興趣越濃厚，「弄掉玻璃的那家人會賠死吧？一條命呢，這怕是傾家蕩產，把房子賣掉都賠不起吧！砸死的是誰啊？」

老住戶擺擺手，「那是公共區域的玻璃，幸好不是哪家住戶的窗戶，不然真的會愁死人。砸死的那個不是我們社區的人，是從外面溜進來的，進來幹嘛我忘了。你要是感興趣啊，可以去東區看看，就五號樓。以前那樓的公共區域搞得可好看了，玻璃大廳呢！出事之後就全換掉了。」

「難怪，我就說我怎麼沒見過什麼玻璃大廳。」新住戶往東區方向看了看，被冷風吹得打了個寒顫，「嘖，被從十幾樓掉下來的玻璃砸死，那有多疼啊！」

「我聽說那個玻璃本來就有缺損，從天上掉下來時，就跟一把砍頭的刀一樣！《包青天》你看過吧？就那裡面的砍頭刀，太嚇人了！」老住戶頗有講故事的天賦，一邊講一邊比劃，手臂一揮，差點砍在新住戶的後頸，「嘩一下，把人直接劈成兩半了！」

新住戶摸了摸自己的後頸，「這麼嚇人？」

「當然！碎掉的玻璃片紮在身體裡，血像噴泉似的往外冒，體無完膚啊！」

「我靠！以後我再也不走在玻璃牆下面了！」

「嘿嘿，小心一點好，不過我們社區現在安全得很，經常進行建築安全檢查，你在這裡買房算是買對了！」老住戶說：「畢竟當年那件事，物業、建商都賠了不少錢呢……」

物業辦公室，值班經理盧非一副很是為難的模樣，一雙手不停地搓著。

「五年前的事故，我、我們和建商已經妥善解決了。該賠的錢一分都沒有少，也一直雇人照顧受害者生病的母親，直到她前年病故。我敢說，在這件事的處理上，沒人能做得比我們更好了。」

花崇放下免洗紙杯，裡面的茶水還冒著熱氣，「我想瞭解事故發生的經過，越詳細越好。」

「這個……」盧非緊皺著眉，「當時派出所來調查過很多次，我們都被叫去做了筆錄的，您想瞭解事故經過的話，去派出所查不是更好？」

花崇輕而易舉地讀出了他話裡的意思——都過五年了，你們警察又來為難我們，這算什麼？

「派出所也要去。」花崇淡笑，「現場也得跑。希望你們這個『責任方』能多多配合我們的工作。」

「一定配合，一定配合。」

知道面前這位是市局的人，不是派出所的普通巡警，盧非只得勉強附和。

花崇說：「我初步瞭解過，『金蘭花園』現在的物業員工裡，從五年前就在這裡工作的只有你和另外三位，你是目前職位最高的一人。」

「是，是。」盧非擠出一個虛偽的笑，片刻後像突然反應過來似的，立即擺手：「不過我和事故完全沒有關係，出事的時候不是我值班，玻璃掉下來也不是我的責任！」

「你不用這麼緊張。」花崇指了指對面的沙發，「坐下吧，我們聊一聊。」

盧非侷促地坐在沙發邊，花崇注意到他胸口狠狠起伏了幾下。

住宅社區的值班經理，雖然名義上是「經理」，但和大型公司裡的經理還是有諸多不同，他們基本上都是從基層升上來的老員工，勤勞肯幹，本身沒有多少氣場，怕惹麻煩，一遇到事就容易慌張。

花崇觀察盧非一會兒，挑了個切入點，「那面玻璃是因為什麼原因墜落下來？」

「那段時間經常颳風下雨，我當時只是個巡邏的保全，還沒有做管理工作，平時主要在西區活動，玻璃掉下來的地方在東區。」盧非開口就把自己撇得乾乾淨淨，「東區五號樓的十四層有個玻璃大廳，看起來美觀，但確實有些安全隱患，所以其實每隔一段時間就會有人上去檢查。出事之前，那塊玻璃就被發現有問題，建材公司的建議是進行整體更換。」

「你們沒有立即更換？」花崇問。

「還來不及啊，建材公司找上我們物業，我們還得和建商商量，怎麼換、換哪種，這不是一天兩天就能解決的事。」盧非說：「安全起見，玻璃大廳當時已經不允許住戶經過了，下方也在顯眼位置立了告示牌，拉了安全警示帶。不止是東區，就連我們西區的各個大樓電梯裡都貼了告示，提醒大家暫時不要去五號樓的玻璃大廳下方。

五年前，住在這裡的居民遠沒有現在這麼多，您別看我們現在很熱鬧，以前根本不是這麼一回事。尤其是東區，一層樓一共八戶，有的樓層一戶都沒有住，晚上整棟樓都沒多少窗戶亮著燈。西區先修好，居民稍微多了一些。唉，我們都通知到了，住戶知道玻璃大廳那裡有危險，平時根本沒有人會去那裡，哪知道……」

花崇聽了半天，打斷道：「說白了，問題還是在於你們雖然及時發現了問題，卻沒能及時解決問題。」

事後的一切理由，其實都是為自己脫罪的藉口。

盧非臉色一白，脫口而出：「反正不是我的責任，我那時只是一個保全，換不換玻璃輪不到我做主。」

花崇的目光有點冷，盧非咽了咽唾沫，明白自己剛才很失態，他調整語氣繼續說：「出事的時候是晚上，狂風暴雨的，那塊有問題的玻璃被刮下來了，下面正好有人，就……就是那個受害者，叫滿、滿什麼的。」

時隔五年，受害者的名字都已經被淡忘了。

花崇來之前，看過柳至秦查到的資訊，提醒道：「滿瀟成，二十六歲，計程車司機。」

「對，對，滿、滿瀟成。」盧非尷尬地笑了兩聲，「當時不是我值班，我和一些同事在東區打牌，聽見一聲巨響，一開始還沒反應過來是怎麼回事，過了大概半分鐘吧，才有人說——糟了！肯定是五號樓的玻璃掉下來了！」

盧非停頓片刻，臉上的肌肉不停聳動，顯然不大願意想起那血腥的一幕。

花崇點了根菸，「你們沒有想到，玻璃砸到了人。」

「那時已經半夜兩點多了啊，又下著那麼大的雨！白天那一塊都沒人經過，晚上怎麼可能會有人過去？」盧非直歎息，「我和幾個同事馬上趕過去查看情況，另一些人聯繫長官和建材公司、建商。唉！到了五號樓，我們才看到……那個人已經被砸得不像人了！一地的碎玻璃，到處都是血，那麼大的雨都沖不掉血腥味！最慘的是，他好像還有一口氣，還在叫喚，可能、可能是想呼救吧。我們馬上叫了救護車，他、他是在醫院走的。」

「你們不是拉了安全警示帶嗎？照理說，只要看到警示帶，正常人都會繞路走。」

「拉是拉了，但是風太大了啊。以前也會下雨，但沒刮過這麼厲害的風，安全警示帶全都被吹散了。我估計那個小夥子走過去的時候，根本沒有看到警示帶。他是從西區的一號門進來的，如果不進來，根本不會發生這樣的事！」

對於這場事故，媒體當年曾經報導過，但內容單一，且重點集中在高空墜物本身，加上「金蘭家園」的建商財大氣粗，以廣告投放作為威脅，硬是將報導規模壓到了最小。

當時花崇剛從西北回來，沒有立即返回崗位，依稀記得哪個社區的確發生了高空墜物，砸死人的事，但印象並不深刻，直到現在，才對事故有了大致瞭解。

去派出所當然也能查到事故的細節，但他更想先聽聽目擊者的聲音。至於派出所那邊，自有柳至秦負責。

「滿瀟成不住在『金蘭家園』，為什麼會在半夜兩點出現在五號樓下面？」花崇問。

盧非這次猶豫了很久，「你是警察，我才說，要是換個人，我肯定不說！」

花崇點點頭。

「這個計程車司機心地很善良，但善良的人往往沒有好報啊！」盧非一臉惋惜，「他是好心送我們這裡的一名住戶回來，才遇到了這種事！」

花崇近乎本能地警惕起來，問：「這名住戶叫什麼名字？」

「這我得去查一查，是個年輕女生。當時派出所的人來調查，我還見過她。」盧非說著，站起身，打開放滿文件的櫃子。

花崇將菸按滅，盯著盧非的背影，思索片刻，突然問：「那個女生是不是姓呂，叫呂可，是一名護理師？」

盧非的表情從疑惑轉為驚訝，張著嘴，半天才出聲：「對，就叫呂可。巡警來的時候，她哭得不成樣，說都是自己害死了那個小夥子。」

花崇閉上眼，一團迷霧驀地消散，零散斷裂的線索漸漸在腦中織成一張網。

呂可心裡埋藏著很深的恐懼，她心中有愧，亦有鬼。但在被殺害前，她有穩定且體面的工作，是個「白衣天使」，生活看起來和別人沒有什麼兩樣。這說明至少在檯面上，她沒有做過任何違法亂紀的事，她是個擁有合法權益的公民。

那她的恐懼與愧疚從何而來？
她為什麼在電梯裡會怕成那樣？
自殺的護理師陳娟，會讓她害怕到精神失常的地步？
不，不應該是陳娟。
那個答案，已經漸漸有了眉目，越來越清晰，就像從平靜湖面中衝出來的怪物。
呂可在鏡子中看到的，也許是滿瀟成鮮血直流，被紮滿玻璃片的屍體。
「您怎麼了？」盧非忐忑地問。
花崇回過神，正要說話，放在口袋裡的手機響了起來。
『花隊。』柳至秦說：『我調出當年的調查記錄了，你現在過來嗎？』
「我再……」
『我想你最好現在就過來。高空墜物事件裡的受害者，當天正是因為送呂可回家，才會出現在「金蘭家園」。』
「嗯，我知道。」花崇說著，走到窗邊。
『另外，羅行善與這起事故也有關係。』柳至秦說：『出事的時候，羅行善正在「金蘭家園」的東區一號門值班，呂可和滿瀟成從一號門經過時，與他發生了接近十分鐘的爭執！』

◆

琴台派出所的副所長叫華勇貴，老當益壯，是個在基層幹了一輩子，即將退休的老警察。

「這件事你們來問我，算是問對人了。」華勇貴看上去精氣神俱佳，連案卷都懶得翻，手上端著一個滿是茶垢的杯子，說話鏗鏘有力，「這起事故是我帶人去處理的，前因後果沒人比我清楚。」

花崇遞了根菸，「您講。」

「呂可的筆錄是我做的，這個小女生啊，從頭哭到尾，眼淚就沒停過。」華勇貴接過菸，卻沒有立刻抽，往耳背上一別，就講了起來，「她說——出事那天晚上，她一點多才下班，平時都是坐公車回家，那天遇到了有些麻煩的病人，實在太累了，身心俱疲，就攔了個車，司機就是受害者滿瀟成。上車的時候還沒下雨，只是風有點大，到了『金蘭家園』時，就變成瓢潑大雨了。她本想衝進雨裡，回去洗個熱水澡就好，但滿瀟成拿出一把傘，執意要送她到樓下……」

華勇貴嗓門很大，嗓音卻有些乾澀，帶著幾分上了年紀的沙啞感。

花崇隨著他的講述，漸漸在腦中描繪出了當時的畫面。

車裡只有一把傘，而滿瀟成並不認識呂可，送人一把傘倒是沒什麼，但如果雨一直不停，自己需要用傘的時候怎麼辦？

於是他說：「我送妳到妳家樓下吧，這麼大的雨，妳就算以百米衝刺的速度跑回去，也渾身濕透了。」

呂可有些猶豫，畢竟這熱心的司機是個陌生男人。

但一看對方臉上的笑容，想想乘車時短暫而愉快的陪伴，她放下了戒備，「那就謝謝你了。」

兩人從計程車裡出來，往東區的一號門跑去。

在那裡，最負責，甚至可以說最刻板的保全羅行善正在值夜班。

到了門禁處，呂可才發現本來串在鑰匙上的門禁卡不知道什麼時候丟了。如果換成別的保全，這麼大的雨，肯定問兩句就讓呂可和滿瀟成進去了。可羅行善卻不通融，一定要呂可拿出身分證，再說出住在幾樓幾號。

呂可有些著急，告知樓號和門牌後，羅行善神情一變，「妳不是這裡的屋主。」

「我在這裡租房子！」呂可很著急。

「那妳先聯繫戶主。」羅行善將身分證還給她，「妳沒有門禁卡，我不能隨便讓妳進去，尤其現在深更半夜，我得為全社區的安全負責。」

「你也知道現在深更半夜了？戶主是位老先生，我怎麼可能現在打電話打擾他？」

「規章制度，請妳遵守。」羅行善半分不讓。

呂可沒辦法，只能打了通電話給戶主，還忙不迭地道歉，直到戶主也在電話裡登記了身分證，羅行善才打開門禁閘，以公事公辦的口吻道：「進去吧，明天白天記得去物業辦公室補辦門禁卡。」

這一折騰，就耽誤了十幾分鐘。

呂可所住的東區三號樓離五號樓很近，從一號門到三號樓，中間會經過五號樓的區域。呂可帶著滿瀟成繞了一截路，道別的時候，卻忘了告訴滿瀟成不要往五號樓走，只說原路返回就好。

而對「金蘭家園」極不熟悉的滿瀟成，大約是認為剛才繞得太遠，一見五號樓玻璃大廳下方的空地，就覺得自己可以抄個近路。

悲劇就在他舉著寬大的黑傘，跑到玻璃迴廊下方時發生了。

呼嘯的狂風終於將遲遲未修理的玻璃吹離了原來的地方，一聲轟然巨響，便宣告了一個年輕生命的終結。

華勇貴不知什麼時候已經點燃了菸，辦公室煙霧繚繞，氣氛異常凝重，「呂可當時在這裡一直說，她有責任，她不該讓滿瀟成送自己。但實際上，事故的責任劃分劃不到她那裡去，也劃分不到保全羅行善頭上去。羅行善嚴查門禁卡的確耽誤了時間，如果不耽誤這十來分鐘，玻璃掉下來的時候，滿瀟成已經離開『金蘭家園』了，不可能被玻璃砸中。但這都不是事故發生的原因，我們當警察的，不能隨便把無關群眾拋出去對吧？所以除了我這裡的筆錄，你們哪裡都查不到他們和這件事的關聯。」

「高空墜物的責任劃分，通常是使用者、管理者、所有者。」花崇說：「墜落的玻璃屬於公共區域，確實不該由呂可和羅行善擔責。」

「是啊。建商和物業的處理，在我看來還算不錯。該賠的錢沒少，後續關懷也沒有落下，就是使壞，不讓媒體報導這一點挺噁心的。不過商人嘛，也能理解。」華勇貴咂舌，又討了兩根菸，接著點上，「我這裡還有受害人滿瀟成家屬當時來做的筆錄，他的情況，我也調查得很清楚。」

放在花崇面前的是滿瀟成生前的照片，小夥子看上去相當有精神，頭髮剪得很短，正對著鏡頭開懷大笑，而站在他旁邊的，是一名面容憔悴的婦女，和一個其貌不揚的男人。

「這兩位是他的父母，滿國俊和向雲芳。」華勇貴食指在桌上點了點，「他們不是主城戶口，以前一直住在溫茗鎮，是向雲芳患了心血管方面的病，需要到主城來治療，一家人才搬到主城。」

「溫茗鎮？」

花崇突然想起，另一名被害人尹子喬也來自溫茗鎮。

「尹子喬今年二十三歲，滿瀟成遇害時二十六歲，今年三十一歲。」顯然，柳至秦也想到了尹子喬，「他們之間差了八歲。」

華勇貴不解，「你們在說什麼？尹子喬是誰？」

「沒什麼，您繼續說。」

花崇拿起照片，視線停留在滿國俊臉上。

這個男人，會不會就是凶手？

凶手在羅行善和呂可的脖頸上均劃了二十多刀，洩憤意圖明顯。而從凶手準備了電擊工具等情況來看，凶手不一定是個年富力強的男人，既有可能是女性，也可能是中老年男性。

滿國俊的年齡是符合的。至於他是從什麼途徑得知呂可和羅行善在事故中扮演的角色，這其實不算難。

警方沒有對外公佈呂、羅的名字，是因為在法律法規上，他們不用為滿瀟成的死承擔責任，但滿國俊和向雲芳作為滿瀟成的至親，肯定已經在配合調查的過程中知曉了來龍去脈。

花崇放下照片，目光幽深。

滿國俊有嫌疑！

「滿瀟成是個計程車司機，算是他們家經濟上的樑柱。」華勇貴沒讀懂花崇的眼神，索性往下說：「他母親治病的錢都靠他，建商賠了一筆錢後，還長期雇人在醫院照顧他母親，治療費用全部由建商承擔。他父親，就這個滿國俊，很少到醫院去。聽說就是葬禮的時候，撈了一筆錢。」

花崇頓覺奇怪，問：「他們家庭關係不睦？」

「也不能這麼說。」華勇貴搖頭，「不過滿國俊和向雲芳對於滿瀟成的意外去世，反應倒是引人尋味。向雲芳哭得死去活來，直接被送進了重症監護病房。她那個病啊，本來就氣不得、悲不得。兒子走了，還走得那麼慘，白髮人送黑髮人，不就是人生最大的悲嗎？能撐過來也算是奇跡。和她相比，滿國俊就……怎麼說，冷漠一些吧。當時我們所裡有個剛派來的小孩說，那是因為男人的情緒不像女人一樣外露，父愛如山。我不信，我自己就是當父親的，懂一個父親極度悲傷起來是什麼樣子。看得出來滿國俊是挺難過的，但我覺得，我個人主觀覺得啊，他那個難過特別淡。」

花崇看向柳至秦，見柳至秦正在垂眸沉思，似乎也感到奇怪。

華勇貴站起身來，伸了個懶腰，「你們還想知道什麼？最近發生的案子，與五年前的那場事故有關？」

雖然都是警察機關的同事，花崇也不能將話說得太明，而華勇貴是個老警察了，懂的規矩比花崇還多，笑出滿臉的皺褶，「沒關係，我能幫上忙就好了。」

花崇感激地笑了笑，「您知道滿國俊的近況嗎？」

離開琴台派出所後，花崇和柳至秦立即驅車趕往市局。

「呂可和羅行善的聯繫已經找到，兇手的作案動機現在算是比較明確了——肯定是為滿瀟成報仇。但兇手到底是不是滿國俊，這一點我暫時還沒辦法判斷。」一路上塞得有點嚴重，花崇不耐煩地拍著方向盤，「兇手相當偏激，思維也和正常人不一樣，想殺的肯定不止呂可、羅行善兩人。而且兇手兩個晚上就連續殺了兩人，作案頻率非常高，現在必然已經盯上新的目標了。」

柳至秦腿上放著筆記型電腦，螢幕上亮著三個程式框——華勇貴不知道滿國俊的近況，派出所也查不到，效率起見，他只好自己動手了。聞言，他頭也不抬地道：「兇手盯上的，應該都是不用為滿瀟成的死承擔責任的人。」

「沒錯！」警車龜速往前挪，花崇說：「在兇手看來，如果呂可不讓滿瀟成送自己進社區，如果羅行善不耽誤那十來分鐘，滿瀟成就不會出事。滿瀟成死在極大的痛苦中，建商、物業，甚至是建材公司都承擔了相應的賠償、撫恤責任，但其他將滿瀟成推向死亡的人，卻安穩無事地活著，派出所甚至想方設法保護他們。憑什麼？兇手一定會想，難道這些人就不用為滿瀟成的死負責嗎？在法律法規上沒有責任，在道義人倫上就沒有責任嗎？一命賠一命，他們必須償命！」

柳至秦停下敲擊鍵盤的動作，側過臉看花崇，溫聲提醒：「開車的時候，不要沉浸在兇手的心理裡。」

花崇這才發現，自己握方向盤握得太用力了，骨節泛白，手背上顯現出青筋，表情說不定都有些猙獰。

以前也是這樣，一直以來都是這樣，只要開始進行犯罪心理分析，就會情不自禁地全情投入，進入嫌疑人的角色中。但他好像沒有被人如此提醒過，起碼沒有被柳至秦這麼不容反駁地提醒過。

柳至秦過去其實表達過類似的意思，但絕對沒有帶著命令的語氣，讓他「要」怎樣，「不要」怎樣，這種話聽起來就像柳至秦在跟他說——不准。

花崇腦中像竄過一道微弱的電，暫時放下案子，順著車流往前方滑去，自問道：我剛才是被命令了嗎？被要求了嗎？被管束了嗎？

如此一想，就不由得往右邊瞥一眼。

柳至秦迎著他的眼神，「嗯？」

「沒什麼。」

他搖搖頭，目視前方，右手空出來，假裝不在意地摸了摸下巴。

柳至秦沒有轉回去，實質般的目光仍然停在他臉上。

他感到右邊臉頰就跟被火烘著一樣，有些發燙。

正想揚手幫柳至秦將臉轉回去，再說上一句「認真做你的事，看電腦，別看我」，就聽到柳至秦說：「花隊，有沒有坐你副駕的人跟你說過，你這個動作很帥？」

花崇還沒伸出去的手頓住了，維持著摸下巴的姿勢，不過這個姿勢維持得有些僵硬。

「對，就是這個動作。」柳至秦笑，「開車的時候，一邊沉思，一邊下意識摸下巴。」

花崇連忙放下手，唇角止不住地往上揚，笑意從微垂的眼尾流露，像滑過了一道光，嘴上言不由衷地說：「帥什麼帥？開車摸下巴，違反交通規則，還帥。」

「有哪條交通規則說開車不能摸下巴？」柳至秦身子一傾，靠近了些。

花崇居然被問倒了。

他在特警分隊開過戰車，在西北開過彪悍的軍車，車技沒話說，也熟悉一些常見的交通規則，但「開車能不能摸下巴」這一條，他還真的不知道。

「駕駛員摸下巴屬於分神行為，有可能釀成事故。」柳至秦輕聲說，「如果被發現，會被罰款兩百元，扣四分。」

花崇「嘖嘖」兩聲，「我信了你的邪，再往下編啊。」

「駕駛不能分神摸下巴。」

柳至秦說著伸出右手，趁前面路況不錯，火速在花崇下巴上揩了一把。

花崇：「……」

「但駕駛特別想摸下巴的時候，副駕可以幫駕駛摸下巴。」柳至秦說。

花崇有一瞬間的走神，喉結上下一滾，然後右手抬起，一下子掐住柳至秦的後頸，急著扳回氣勢，「騷擾駕駛，扣十二分，罰款六百元，重新學習！」

柳至秦佯裝震驚，「這是哪條法規？」

「我訂的法規。」花崇收回手，不給柳至秦駁斥的機會，正色道：「別鬧了小柳哥，時間緊迫，剛才說到哪裡了？」

柳至秦將車窗滑下一半，在冷風中瞇起眼，過了十來秒才說，「剛才在分析凶手的動機，和下一個目標。」

花崇臉色略微一沉，「凶手給我們出了一道難題。」

「嗯。」柳至秦點頭，嫌冷，又把車窗關上，「呂可和羅行善已經遇害了，我們等於是從答案倒推出了問題，這才瞭解到凶手的作案動機。凶手的思維很極端，且匪夷所思，現在要站在凶手的角度猜下一個目標是誰，這太困難了。

凶手對呂可和羅行善的恨意，在邏輯上雖然成立，但這個邏輯其實非常荒唐，輻射面也很廣。照凶手的邏輯，造成滿瀟成死亡的人沒有一千，也有八百！呂可接受滿瀟成的好意，導致滿瀟成死亡；羅行善耽誤時間，導致滿瀟成死亡，那前一個客人的目的地在市立婦幼保健醫院附近，滿瀟成送完這名客人，轉頭就接到呂可，這名客人是不是也該死？當然該死，如果客人不去市立婦幼保健醫院，滿瀟成就不會往那裡開，更不會遇上呂可。

往更遠處推，滿瀟成車上有一把傘，如果沒有這把傘，滿瀟成就不會去送呂可，就不會死，這把傘是誰給滿瀟成的，這個人該不該死？也該死。還有，呂可曾經告訴華勇貴，當天晚上她之所以不搭公車，而是選擇叫車，是因為遇上了難纏的病人，感覺特別累，這名患者該不該死？在凶手看來，當然也該死。」

「這就是個邏輯黑洞，其中的每個『理』都是『歪理』。」花崇說：「但對身在其中的人來說，卻是『正確的道理』，越想，就會陷得越深，越容易被說服。凶手認為自己現在所做的一切都是合理的，完全被自己說服了，而殺人帶來的報復快感，驅使凶手繼續作案，旁人與滿瀟成之間隨便一點細微的聯繫，都可能成為兇手動手的依據。」

柳至秦食指曲起，抵著額角，「必須儘快找到滿國俊——不管他是不是兇手。」

「滿國俊是個關鍵人物。滿瀟成沒有結婚，母親向雲芳已經去世，要說作案動機，滿國俊是最有動機的人。」花崇在紅綠燈處轉彎，「如果他不是兇手，找到他，可能也能得到一些重要線索。」

回到市局，花崇立刻把重案組、法醫科的成員叫到會議室，言簡意賅地告知了在金蘭花園、琴台派出所瞭解到的情況。

張貿聽得咋舌，「這……這……如果為滿瀟成報仇就是兇手的動機，那兇手也太變態了吧？是個瘋子嗎？既然已經有了明確的事故責任劃分，為什麼不去找建商？不去找物業？殺害呂可和羅行善算什麼？

在暴雨夜，被檢查出問題的玻璃從高空墜落，砸死了從下面經過的行人，這是典型的天災人禍啊！天災先放一邊，人禍擺明瞭是三方不作為造成，和呂可、羅行善有什麼關係？他們什麼都沒有做錯，羅行善雖然固執了一些，但也是依照規章制度辦事，兇手有什麼理由殺害他們？」

「對一個連環殺手來說，『理由』只需要說服自己，不需要讓旁人理解。」花崇的視線在會議室裡一掃，語氣突變，「但我們必須儘量去『理解』，因為如果不能站在兇手的角度去思考，趕在兇手再次動手之前從兇手的思維出發，擬出目標，就肯定還會有人遇害。現在我叫你們來開這個會，就是想讓大家集思廣益，分析兇手的心理。」

張貿說得沒錯，兇手就是個變態，就是個瘋子，兇手選中呂可和羅行善，原因是什麼？是因為凶手認為他們與滿瀟成的死有關，卻沒有得到懲罰。凶手為什麼不找真正有責任的人？第一，因為那些人已經付出了代價，第二，凶手暫時沒有能力對他們動手。」

徐戡皺著眉，「這種分析不容易進行，凶手對滿瀟成的瞭解遠超於我們，熟悉他身邊的人和事，五年之後才開始實施報復，說不定是用了五年時間來鎖定目標，我們可能只能追著凶手跑。」

花崇「啪」一聲放下筆，「那就從滿瀟成當初任職的計程車公司查起。」

「計程車公司？」張貿問：「花隊，你憑什麼確定凶手的下一個目標在計程車公司？」

「我不確定。」花崇搖頭，「但一個普通人的生活軌跡，無非圍繞著家庭和工作單位。凶手下一個目標是誰，根本說不清楚，隨機性很大。但與滿瀟成接觸最多的除了家人，肯定是同事……」

說到這裡，花崇突然一頓，揉了揉眉心，糾正道：「不，還有醫院。向雲芳當初住在四院，四院也要去詳細查一下。我個人判斷，凶手現在盯著的人，不是滿瀟成以前的同事，就是滿瀟成在四院接觸過的醫護人員。以凶手的邏輯，這些人做的任何一件小事，都可能導致滿瀟成出現在金蘭家園的玻璃大廳下。」

「蝴蝶效應嗎？」徐戡說。

「不。」花崇搖頭，「是扭曲的殺手理論。」

「那滿國俊呢？」徐戡又問：「我們現在這種找法和大海撈針差不多，如果能找到滿國俊……」

話音未落，會議室的門被推開。

柳至秦大步走進來，彎腰伏在花崇耳邊道：「發現滿國俊了，他沒有離開洛城，目前住在一所養老院裡。」

滿國俊今年才六十二歲，卻在兩年前住進了位於明洛區的一所高級養老院。養老院濱湖而建，綠化搞得堪比森林公園，配套設施一流，入住的費用也高得離譜，能住進來的老人，家境都相當殷實。

滿國俊已經很久沒做過像樣的工作了，以前在溫茗鎮的時候，靠幫人顧電玩中心、錄影廳、檯球室賺一些錢，後來到了洛城，又去餐館打工，賺的都是微不足道的小錢，勉強維持生計還行，要住高級養老院是想都不敢想的事。

但唯一的兒子滿瀟成在一場高空墜物事故中慘死，社區賠了一筆對他來說堪稱「天文數字」的鉅款，並且承諾承擔妻子向雲芳的全部治療、護理費用。一夜之間，他有了享受舒適生活的資本。

「這所養老院很注意保護客戶們的隱私，對富有的老年人來說，等於一個世外桃源。」在養老院的接待處完成一系列交涉，柳至秦轉身對花崇說：「我查到滿國俊在前年，也就是向雲芳去世那年就住進來了。難怪華勇貴不知道他的行蹤，還以為他已經回溫茗鎮了。」

「他倒是瀟灑。」離開接待處，花崇拉開警車的門，「滿瀟成去世之後，滿國俊沒有為向雲芳的病出過一分錢，如今卻花著向雲芳的喪葬禮，和滿瀟成的賠償金在這裡『安度晚年』。上車，去會會他。」

從接待處出發，警車沿著安靜的林蔭小路行駛了十幾分鐘，才在一所白色的西式小樓前停下。小樓前的花園裡有個白髮蒼蒼的男人正拿著噴壺，幫花園裡的花草澆水，聽見響動，他立即望向花園外的小路。

正是滿國俊。

他的氣色看起來比照片上好了許多，穿著打扮也顯出幾分貴氣，似乎過得相當安逸。

花崇從車裡下來，本打算就在這裡跟他聊聊，但看他一派閒散的模樣，突然改變了注意，將他「請」到了市局偵訊室。

滿國俊很茫然，並不清明的雙眼左右轉動，極其不安的樣子，「你們什麼意思啊？抓我一個老頭子幹什麼？」

柳至秦正在調取養老院及其周邊的監視器畫面，花崇便略過了「案發時你在哪裡」的問題，問道：「呂可和羅行善被人殺害的事，你聽說了嗎？」

聞言，滿國俊似乎更加茫然了，嘴唇動了幾下，才問：「這和我有、有什麼關係嗎？」

花崇湊近幾分，「你還記得這兩個人嗎？」

滿國俊搖頭，「我不認識他們。」

花崇擺出兩張照片，推到滿國俊面前，「五年前，滿瀟成出事的時候，他們一人住在金蘭家園，一人在『金蘭家園』當保全。想起來了嗎？」

滿國俊眉頭深鎖，盯著照片看了許久，喃喃道：「是他們……」

「你見過他們。」花崇放緩語氣，「是在哪裡？派出所還是金蘭家園？」

滿國俊惶惑地抬起頭，手指放在呂可的照片上，「我兒子是因為送她回家，才會被玻璃砸中。」

「誰告訴你的？」

「我在派出所聽到的。」滿國俊手指發抖，「她、她自己說的。」

「那你恨她嗎？」花崇問，「既然你知道滿瀟成是因為送她回家才出事，也該知道他們在進入社區時，被保全羅行善阻攔了十多分鐘。」

滿國俊緩慢地點頭，不知是有意還是無意地忽視了前面一個問題，低聲說：「知道，都知道。」

花崇看著他的眼睛，重複道：「那你恨他們嗎？」

滿國俊臉上的皺紋抽動起來，「我恨他們做什麼？」

花崇順著凶手的理論說：「他們的行為間接害死了你的兒子滿瀟成。」

滿國俊看起來很困惑，頓了大約半分鐘才說：「但玻璃砸下來，不是他們的錯啊。那塊玻璃來自公共區域，況且、況且……」

「況且你已經得到了一筆賠償金。」花崇幫他說完，「在你心裡，這件事已經圓滿解決了？」

滿國俊似乎有些尷尬，眼皮垂著，目光不斷往下方掃，「人已經走了，我除了爭取賠償金，還能做什麼？我去恨呂可和這個保全，能讓瀟成活過來嗎？他已經走了啊。」

花崇靠上椅背，抱起雙臂，仍舊盯著滿國俊，心頭卻多了一絲疑惑。

滿國俊的反應有些出乎他的意料，但這種偏差並不明顯，一時半會，他也判斷不出是哪裡不對勁。

「你們今天抓我來，是懷疑我殺了那兩個人？」滿國俊扯了扯唇角，擠出一個難看的笑，搖著頭說：「我一把年紀了，就算心裡真的有恨，也沒有能力殺人啊。」

論殺人的能力，滿國俊不缺，這一點毋庸置疑。花崇更在意的是，他似乎沒有特別強烈的復仇欲。可除了他，還有誰會那麼瘋狂地為滿瀟成殺人？

花崇感到眼前是一片濃霧，吹散一重還有一重，層層疊疊地將真相包裹在其中。

只要有耐心，毫無疑問能找到真相，但這個案子卻不能拖。

花崇迅速改變思路，又問：「你們一家以前在溫茗鎮生活，是因為你妻子向雲芳被查出身患重疾，才不得不到洛城接受醫治？」

滿國俊抬起手，在額頭上摸了摸，沒有與花崇對視，「算是吧。」

「算是？還有別的原因？」

「我們……」滿國俊好像很不願意說起過去的事，在座椅上動了一會兒，意識到這裡是市局，才不得已地開口，「我們早晚得離開溫茗鎮。」

花崇直覺此事與滿瀟成有關，「為什麼？」

滿國俊開始頻繁地撓脖子和後腦，「瀟成想到主城找工作，說主城的就業機會比溫茗鎮多，也更公平。」

在小鎮裡長大的年輕人嚮往大城市，這很正常，但讓滿國俊難以啟齒的原因是什麼？

花崇冷靜地梳理著思路，試探道：「和溫茗鎮相比，主城的確有更大的發展空間，但你好像不願意讓滿瀟成到主城？」

滿國俊連忙搖頭，「我有什麼不願意的，他那麼大一個人了，我難道還能管他？」

「但你剛才表現出來的，就是『不願意』這種情緒。」花崇悠悠道。

滿國俊啞然，「沒、沒有的事！」

「在你們全家來洛城前，發生了一件事。」花崇說：「因為這件事，你們不得不離開溫茗鎮？」

偵訊室陷入沉默，滿國俊低著頭，眼珠轉得很快，花崇淺淺的指甲敲擊著桌沿，發出如精確秒針一般的聲響。

滿國俊吸了口氣，說：「瀟成念過大學，讀的是師範，剛畢業的時候在鎮裡當過老師，教、教數學。」

花崇凝眸，「數學老師？那為什麼會離職，去當計程車司機？」

計程車司機的教育水平普遍不高，這是客觀的行業現狀，當然也不乏特殊情況。但特殊情況意味著背後有特殊的原因，下崗工人努力再就業，考取駕照之後成為計程車司機不是新聞，而企業高管放棄令人羨慕的工作，成為計程車司機就是新聞。

老師的工資也許比不上企業高管，但人民教師的社會地位不低。一個受過高等教育，又當過教師的人突然離職、去開計程車，理由是什麼？

「當老師辛苦，尤其是當中學老師。」

滿國俊給的理由顯然無法讓人信服，他自己似乎也知道這一點，所以一直垂眸盯著桌子。

花崇在心裡記下這個疑點，「你在洛城生活多少年了？」

「七年。」滿國俊這次回答得乾脆。

「也就是說，滿瀟成在洛城跑了兩年計程車？」

「不，剛到洛城來的時候，他在一家公司工作，是後來才去開計程車。」

花崇問：「什麼公司？」

「我不清楚。」滿國俊語氣生硬，「他從來不和我說工作上的事。」

「照你的意思，你們父子兩人的關係比較一般？」

滿國俊身子先是向前一傾，接著很快縮了回去，眉心皺緊又鬆開，像是不知該怎麼回答這個問題。他分秒間的小動作落在花崇眼中，立即有瞭解釋——他的第一反應是否定，第二反應是不該否定。

為什麼會有這麼矛盾的反應？花崇半瞇起眼，認真地琢磨起來。

「他和他母親比較親。」滿國俊說，「兒子不都是更親近母親嗎？」

耳機裡傳來「沙沙」的聲音，花崇站起來，走到門邊，低聲道：「有什麼發現？」

「呂可和羅行善遇害的時候，滿國俊都不在養老院。」柳至秦說：「最近一個月裡，監視器拍到滿國俊有六次在下午離開養老院，徹夜不歸，直到第二天早晨才回到養老院。」

「徹夜不歸？」

「嗯！徹夜不歸！」柳至秦猶豫了片刻，說：「我其實有點意外。在看到這些監視器之前，我一直覺得，滿國俊雖然有作案動機，但和我們做的犯罪側寫有差距，他不像是一個會為兒子復仇的人。但監視器推翻了我的一些想法，他一個住在養老院的孤寡老人，為什麼會徹夜不歸？這沒辦法解釋。」

花崇回過頭，對上滿國俊的目光。

那一刻，他突然覺得自己好像抓住了什麼。

滿國俊迅速移開眼，縮著肩背，一副事不關己卻又忐忑不安的模樣。

花崇回到座位上，聲音冷了幾分，「你獨自離開養老院之後，去了哪裡？」

「嗯？」滿國俊就像根本不理解這個問題，「什麼去了哪裡？」

花崇摘下耳機，扔在桌上，「別跟我來這一套。你在那所養老院裡住了兩年，不會不知道院裡的監控設施很完善吧？最近一個月，你數次夜不歸宿，原因是什麼？」

滿國俊這才變了臉色。

「前天晚上、大前天晚上，你在哪裡？」

滿國俊閉口不言。

花崇道：「你去幫滿瀟成報仇了？」

「沒有。」滿國俊鬆弛的臉部皮膚忽然開始抖動，聲音也帶著一絲顫意，「我只是出門走走而已。」

「出門走走，能走一整夜？你剛才還說你是上了年紀的老人家，沒有殺人的能力，但散步一整夜的能力，你倒是有？」

滿國俊說：「我沒有殺人。我已經拿到了應得的補償，現在活得很好，不會去殺人！你們不要冤枉好人！」

從偵訊室離開後，花崇立即趕到技偵組，「讓我看看監控畫面！」

柳至秦讓開一步，「現在的情況是，滿國俊既有作案時間，也有作案動機。目前還沒在其他公共監視器中找到他。」

花崇快速拖動進度條，一邊看一邊吩咐，「滿國俊透露了一件事，在來洛城之前，滿瀟成是溫茗鎮一所中學的數學老師。滿國俊不肯說滿瀟成為什麼辭職，去查一下，我懷疑滿瀟成在溫茗鎮發生過什麼事。還有，滿瀟成在洛城一個公司上過班，看看是哪一家公司。」

他說得很快，一旁的技偵組隊員沒聽懂，柳至秦卻點頭道：「我馬上著手。」

此時，樓梯上傳來一陣腳步聲，張貿「啪」一聲拍在門上。

「花隊！年哥他們剛才在穹宇計程車公司得到消息，有個叫豐學民的司機昨天出了車禍，今天本來該到公司報到，但一直聯繫不上，懷疑失蹤！」

◆

「豐學民是我們的員工，他在這裡幹了六年，從來沒有發生過事故。我聽說他以前也開了很多年的車，在正規公司待過，也開過黑車，反正經驗和技術是沒話說的。」

穹宇計程車公司的後勤負責人叫康林鋒，四十歲出頭，挺著啤酒肚，頭髮稀疏，面相憨厚，一邊往免洗紙杯裡倒水、放茶包，一邊憂心忡忡地說：「昨天上午，他開車時拿手機和人聊天，注意力不集中，開錯了路，在茂山路差點與一輛小型貨車相撞，所幸反應及時，沒真的撞上。不過這一閃避，就撞到了路邊的護欄。處理事故時我也去了，唉，小型貨車沒有責任，由豐學民負全責。」

花崇一聽出事的地點，就想起在交流道上看到的車禍。

交流道下，正是東西貫通的茂山路。

張貿也道：「花隊，這個豐學民不會就是我們昨天看到的那位吧？」

花崇說：「聯繫交警分隊，調事故處理時的執法影片和沿途影片。還有，馬上找到小型貨車的司機，帶到局裡去，查對方的背景，詳細調查這起事故。」

「是！」

康林鋒經常因為公司的司機陷入交通事故而被叫去現場，與交警打交道的次數不少，但刑警還是頭一次面對，一時有些緊張，將紙杯放在桌上時動作過大，茶水灑了幾滴出來。

花崇沒有動紙杯，卻抽出紙巾，將灑出來的茶水擦乾淨。

康林鋒感激地笑了笑，接著道：「豐學民開的那輛車經過這一撞，車前頭嚴重受損，估計得報廢，他的收入肯定會受到一些影響。昨天下午他心情不好，沒和我一起回公司，說想回家和老婆商量一下，我就讓他回去了。後來到了下午快下班的時候，我不太放心，就打電話給他。他手機開著，但沒接。我又在群組裡喊了幾聲，他也沒動靜。大家都知道他撞到了護欄，但沒人知道他去哪裡了。我也沒繼續問，猜他今天總該來報到了，賠償、處罰這些事還得當面商量。但他人遲遲不出現，倒是早上他老婆打了個電話來，說他幫同事上夜班，怎麼上到白天了還不回家，手機也關機了。我們才知道，他一整晚都沒回家，到現在也找不到人。你說一個人好端端的，怎麼說不見就不見了呢？」

花崇有種強烈的感覺——這個豐學民與滿瀟成當初的事故有關。

「豐學民的老婆來公司鬧，要我們把人還給她，但我們也不清楚豐學民在哪裡啊。」康林鋒直搖頭，「我聽說成年人失蹤了，要四十八小時才能報案，豐學民才失蹤半天，我正在猶豫要怎麼處理這件事，你們就來了。豐學民不會是真的出事了吧？這幾天大家老是在說什麼割喉不割喉的，難道豐學民也遇上這種事了？不應該啊，他運氣一向好得出奇……」

花祟本想立即打聽豐學民和滿瀟成的關係，卻突然十分在意康林鋒這句「他運氣一向好得出奇」。

都是同一家計程車公司的司機，如果說豐學民是運氣好得出奇，那承受無妄之災的滿瀟成就是運氣壞得出奇了。

「豐學民運氣好？怎麼個好法？」花祟問。

「我們這些開計程車的，只要在路上跑的時間長了，或多或少都會遇上一些事故，不至於斷手斷腿，但擦刮啊、糾紛啊是少不了的，還容易遇到奇葩客人，動不動就投訴。」康林鋒道：「但豐學民開車這麼多年，沒遇過事故不說，還一次都沒有被客人投訴，這相當難得，在我們公司是『唯一一個』。不過，如果他這次突然失蹤是因為發生了什麼不好的事，那大概就是他的運氣耗盡了。」

花祟發現康林鋒說起豐學民的運氣時，臉上露出了極其感慨的表情。與那樣的表情相比，康林鋒舉出的例子似乎不至於讓人感慨到那種地步。

「還有呢？」花祟問，「豐學民身邊有沒有發生過什麼劫後餘生的事？」

聞言，康林鋒的神情出現些微變化，像是想到了什麼，卻不知道應不應該說出來。

「豐學民現在失蹤了，難說是否已經遭遇不測。」花祟肅聲道：「不要隱瞞你知道的事。」

康林鋒對上花祟的視線，身子立刻緊繃起來，聲調也高了幾分，「這件事我不知道該說是他運氣太好，還是另一個司機運氣太差，可能、可能就是他們各自的命吧。」

花崇的瞳光微微一收，抓到了一縷線索，「另一個司機是誰？」

「他、他已經去世了，這小子實在太倒楣，跑夜班，結果遇到了高空墜物事故，死得太慘了。」

灰黑色的濃霧被刺入一道光亮，線索與線索節節相連，花崇說：「這個小夥子是滿瀟成？」

聽見陌生又熟悉的名字，康林鋒手指一顫，眼神複雜地看著花崇，半晌才後知後覺地道：「你們今天是來調查五年前的事故？」

「我是來瞭解滿瀟成當初在這裡工作時的情況。」話說到這個份上，花崇不再拐彎抹角，「你說滿瀟成和豐學民一個運氣太差，一個運氣太好，滿瀟成出事那天，與豐學民有過什麼交集？」

康林鋒垂下眼，沉默了大約半分鐘，點頭道：「如果不是幫豐學民的忙，其實滿瀟成可以躲過那次事故。」

「滿瀟成是因為豐學民才出事？」

「也不能這麼說，但總有些因果關係吧。那天晚上，滿瀟成沒有排班，十點之後，他就該回家休息了。」康林鋒盯著紙杯，語氣很是惋惜，「該出夜班的是豐學民，但豐學民說家裡有急事，老婆生病了，必須馬上去醫院，問有沒有人願意幫他上一輪夜班。沒人願意，除了滿瀟成。」

花崇抿緊雙唇，右手成拳。

康林鋒接著道：「滿瀟成這孩子啊，就是心好，人也善良，年紀輕輕的，熱心得不得了，能幫的忙都幫。他母親當時身患重病，住在醫院，每天的醫藥費開銷就是一筆數額不小的錢，這可能也是滿瀟成不得不拚命工作，經常幫其他司機上夜班的原因吧。夜班不好跑，累不說，賺的錢還沒有白天多，也就他急需用錢，有時間就接工作。」

頓了一會兒，康林鋒點起一根菸，「他就是人太好了，加上缺錢，才會幫豐學民上那晚的班。如果他拒絕了，那個什麼社區的玻璃掉下來時，他要嘛在醫院陪他母親，要嘛在家睡覺，哪會……唉！都是命，要怪也怪不得誰。後來我才知道，豐學民老婆根本沒生病，他那天跟滿瀟成換班，是牌癮犯了，急著趕去打麻將。」

花崇緊蹙著眉，心中像壓著一塊沉甸甸的巨石。

無數個巧合，一步一步將滿瀟成推向了死亡。

照凶手的邏輯，毫無疑問，豐學民是造成滿瀟成慘死的「罪魁禍首」之一，他的突然失蹤絕不是失蹤那麼簡單。

重案組可能還是遲了一步。

「運氣這種事真是不好說。」康林鋒擺擺手，「如果沒有換班，滿瀟成不會出事，豐學民也不一定會把車開到那裡去，兩個人都平安無事。不過話又說回來，可能是滿瀟成命該如此吧，就算沒遇到高空墜物事故，說不定也會遇到別的禍事。好人不長命，他來我們這裡開車沒多久，真是個優秀的小夥子，可惜了啊……」

◆

市局偵訊室裡，貨車司機徐恒心一副怒髮衝冠的模樣，拍著桌子叫嚷道：「昨天老子遵紀守法地在路上開著車，差點被一輛半路殺出來的計程車撞了！靠，我又沒錯，老子清清白白，你們抓我幹什麼？」

張貿和另外兩名刑警正在向他詢問事故的細節，花崇在另一間辦公室裡看了一會兒監控，轉身快步往交警分隊走去。

這個徐恒心看上去雖然凶神惡煞，地痞流氓之氣十足，但從情緒以及肢體語言上看，大概與豐學民的失蹤沒有關係。昨天那起車禍，說不定只是偶然事件，連凶手都沒有想到豐學民會突然出車禍。

花崇邊走邊想，腳步不禁慢了下來。

凶手已經盯上豐學民了，但不一定會決定立即動手，凶手也許同時還有另外的目標。而豐學民的車禍，無異於為凶手提供了一個難得的機會。車禍之後，豐學民營生的工具被拖走，凶手知道這場車禍，並尾隨著豐學民，直到某一時刻，找到了動手的契機。

花崇停在走廊上，想起康林鋒說過，豐學民是因為想打麻將，才以妻子生病為藉口，請滿瀟成代替自己上夜班。

想打麻將到連班都不願意上，這說明豐學民的麻將癮非常大。那麼昨天晚上，豐學民告訴妻子自己正在替同事上班時，很有可能在某個麻將館打牌。在這之後，他才出事。

至於是哪個麻將館……

豐學民對麻將上癮的事，其妻子不可能不知道，既然知道，就必然清楚他常去的麻將館。豐學民白天出了車禍，晚上欺騙妻子，本就處在極度心虛的狀態，害怕被妻子發現，斷然不會去熟悉的麻將館。

他選擇的，應該是離家和公司很遠，妻子和同事都不知道的麻將館！

花崇折回刑偵分隊，向重案組和技偵組的幾名隊員交待一番，這才匆匆趕去交警分隊。

「接到你們小張的請求之後，我這邊就開始查了。」交警分隊的一名隊長指著螢幕道：「昨天下午，豐學民出現在十九路和五十五路公車上，下車的位置分別是忠遠西路和鳳巢北路，他最後一次被道路監視器拍到時，是下午四點五十二分，在鳳巢北路的岔路路口。」

「謝了，兄弟。」

花崇立即打電話給重案組，讓他們重點調查鳳巢北路附近的麻將館、茶館。

交警隊長擺了擺手，表示不用客氣，又問：「還有什麼需要我們幫忙的嗎？」

花崇問：「如果有人跟蹤十九路和五十五路公車，能不能查出來？」

「這個……」交警隊長有些為難，「這個很難說，需要篩選大量影片，很耗時間。我們會儘量查。」

回刑偵分隊的路上，花崇的手機又響了，螢幕上閃動著柳至秦的名字。花崇抬眼一看，見柳至秦用側臉與肩膀夾著手機，一邊快步往前走，一邊整理手上的包包和外套。

「去哪裡？」花崇喊了一聲。

柳至秦停下腳步，轉身時，眼睛似乎閃過一道光，「花隊。」

花崇趕上去，「打電話給我幹什麼？要去哪裡？」

「溫茗鎮。」柳至秦將手機放進口袋裡，「查滿瀟成一家時，我瞭解到一些事，但網路上的資訊不全面，我想去一趟溫茗二中。」

花崇立即捕捉到關鍵字，「溫茗二中？」

「對，滿瀟成以前在溫茗二中教數學，七年前離職，離職之前帶的是高一。」柳至秦道：「當時，尹子喬十六歲，正好在溫茗二中念高一。」

花崇的神情頓時凝重起來，「尹子喬還真的和滿瀟成有關係？」

「三起割喉案的被害人都與滿瀟成有千絲萬縷的聯繫。」柳至秦眸底流動著暗影，「花隊，我們可能想錯了！從屍體狀態來看，殺害呂可和羅行善的凶手是同一人，殺害尹子喬的是另一人，但他們三人的交點都是滿瀟成！」

花崇眉心皺得極深，迅速消化著這突如其來的線索，幾秒後說：「我和你一起去。」

「不行。」柳至秦語氣裡帶著幾分平時很少展露的強勢，「你得留在這裡。凶手就在洛城，隨時有可能再次作案，你走不開。」

「那你一個人……」

「我剛才已經向陳隊彙報過了，特警分隊的兄弟會和我一起過去。」柳至秦抬起手腕，看了看時間，「他們在門口等我，我得走了。」

花崇放下心來，往他肩上一拍，「注意安全，手機不准關機。」

柳至秦的眉梢倏地往上一挑，「上次手機沒電，臨時關機，害陳隊找不到人的是你，不是我。」

其實剛才那句話一說出口，花崇就知道是搬石頭砸自己的腳了，但說出口的話又不能收回來。說之前純屬腦子一熱，特別想跟柳至秦說「不准」，但一時又想不到「不准」後面該接什麼，嘴快於腦，說完才想起，柳至秦的手機似乎從來就沒關過機。

每次他打電話給柳至秦，總能很快就接通。

暗自呼了口氣，再往旁邊看，柳至秦已經跑走了。

樓下響起越野吉普發動引擎的聲響，那聲音他再熟悉不過了——是特警分隊的車。

他抹了一把臉，好似將疲憊盡數抹去，腦中那些不合時宜的記掛立即被案情取代。

出乎意料，尹子喬的死也許不是一起獨立的案件。但如果尹子喬遇害也與滿瀟成有關，那麼三起割喉案的凶手就是同一個人？

但完全沒有相似之處的創口怎麼解釋？凶手故意為之，還是凶手根本不是同一個人？

花崇靠在牆邊，雙手放在大衣的口袋裡，擰眉沉思。

假設凶手是同一個人，為什麼要這麼做？為了誤導警方？

這不太可能，凶手思想偏激，行為極端，這種人通常不會刻意模糊自己的作案手段，凶手連屍體都沒有處理，不至於故意弄出兩種截然不同的創口。

再者，創口是凶手作案時心理狀態的具象反應，冷靜果斷與憤怒焦慮能同時出現？

花崇閉上眼，片刻後搖了搖頭，開始做另一種假設。

凶手是兩個人。

殺害呂可和羅行善的凶手毫無疑問是為了復仇洩憤，殺害尹子喬的凶手也是嗎？

他們是商量好再行動？還是純屬偶然？

滿國俊有嫌疑，如果滿國俊是凶手之一，那另一個凶手是誰？

有沒有可能，尹子喬被害其實與滿瀟成無關？那滿瀟成和尹子喬在溫茗二中的關係，又該如何理解？

無數疑點在腦中盤旋，像一群失去方向感而亂撞的飛鳥。

花崇捂住額頭，手指按壓著太陽穴，忽地想起接受柳至秦按摩時的感覺。

混亂的思緒清晰了幾分，他甩甩頭，明白其中幾個疑點將在柳至秦到達溫茗二中之後，找到答案。

◆

調查工作耗時耗力，幾小時後，重案組終於找到了豐學民昨天打牌的麻將館。

麻將館位於鳳巢南路的一條偏僻小巷裡，而豐學民下車的公車站在鳳巢北路。他竟沿著背街小路，從北路走到了南路。

「老豐不常來我這裡打牌。」

麻將館的老闆被嚇得不輕，以為自家麻將館被人舉報了，才引來這麼多警察。

花崇正在看麻將館裡的監控畫面。

和仇罕開在社區裡的茶館不同，這家麻將館雖然環境不怎麼樣，但監控設備齊全，幾乎每個角落都能拍到，還是高畫質的。

但這並不能說明這家麻將館很有良心，相反，在麻將館裡裝無死角的高畫質攝影機，普通人可能不明白其中緣由，警察可是清楚得很——老闆是個黑心商人，高畫質攝影機存在的目的，是要看清打牌者手上的牌。

當然不是每一個來打牌的人都會中招，倒楣的只有一小部分。但僅靠這一小部分人輸掉的錢，麻將館就能撈到一筆可觀的收入。

這個麻將館必須清掉，但不是現在。

快速拖動著影片，花崇問：「豐學民在你這裡有沒有熟識的牌友？」

老闆搖頭，「沒有，他每次都是一個人來，一個人走。在我這裡打牌的，基本上都是住在附近的居民，只有他是其他地方的人。有好幾次，別人都不願意和他打，嫌沒見過他，擔心他使詐。」

聽到「使詐」兩個字，花崇冷笑一聲。

老闆面色一白，連忙轉移話題，「他怎麼了嗎？」

「昨天豐學民來打牌之後，周圍有沒有出現可疑的人？」花崇問。

這問題要是拿去問旁邊小賣部的老闆娘，老闆娘肯定答不出來，小老百姓老老實實地過生活，不是誰都能當偵探的。但問麻將館，尤其是使詐麻將館的老闆，就是問對了人——畢竟打麻將是賭博的一種，巡警有時會睜一隻眼閉一隻眼，不去管；有時會搞突然襲擊，逮到大額賭博就要罰錢，但凡是開麻將館的，都得時刻警戒著。不說始終站在門口觀察，也得常常注意外面的動靜，若是有人在麻將館外徘徊不去，老闆和麻將館裡的夥計肯定能發現。

「可疑的人？」老闆想了半天，「還真的沒有，如果有，我馬上就去問了。」

影片拖到末尾，豐學民離開的時候是淩晨零點三十一分，麻將館外沒有裝攝影機，只有幾盞路燈的小路上也沒有。零點三十一分，是豐學民最後一次被監視器捕捉到。

花崇走出麻將館，一邊觀察周圍的環境，一邊推測豐學民去了哪裡。

麻將館外有三條小路，一條通往一個老社區，一條連接鳳巢南路三支路，一條延伸至另一條小路。

那條小路白天看上去沒什麼，但晚上大約會比較陰森。深更半夜，豐學民應該不會走向陰森的小路，當然更不會往陌生的老社區裡走，那麼剩下的，就只有鳳巢南路三支路。

花崇往三支路的方向看了看，瞥見一排連著的低檔旅館。

這種檔次的旅館，白天肯定會查身分證，晚上卻不一定。豐學民如果未經登記就入住，那警察系統上就難以核查。

「張貿。」

花崇朝後面喊了一聲，張貿立即跑上前來，「花隊！」

「去對面的旅館問問，看豐學民昨晚有沒有入住過。」

「這個人我知道！」興旺旅館的老闆娘一看照片就道：「他昨天半夜來敲門，最後又不肯住！」

張貿一看影片，的確是豐學民！

「後來呢？他為什麼不肯住？」張貿急聲問。

「嫌貴啊！」老闆娘一臉鄙視，「既嫌貴，又不肯掏身分證，說什麼家裡老婆疑心重，怕將來查到自己住過旅館。我靠，他一個大男人，還怕老婆查？我看啊，他就是摳門，嫌我家八十塊一晚太貴，住不起，非要找個冠冕堂皇的理由。」

張貿立即彙報給花崇，又去別的旅館打聽。但把三支路上的旅館都問遍了，也沒有第二家旅館說見過豐學民。

「奇怪。」張貿說：「那豐學民去哪裡了？就這麼憑空消失了嗎？」

花崇夾著一根菸，正在思索，口袋裡的手機震動起來，是柳至秦。

花崇的心跳突然加快。柳至秦此時打電話來，應該是查到了七年前在溫茗二中發生的事。

接起之前，他對張貿打了個手勢，示意繼續在鳳巢南路排查。

『花隊。』柳至秦的聲音聽起來比平時急，『尹子喬和滿瀟成果然有聯繫，滿瀟成是因為尹子喬還有另外一個學生，而被學校勸退！』

花崇下意識握緊了手機，一股寒意頓時從腳底浮起，職業敏感令他強行壓下了對事件本身的好奇，冷靜道：「告訴我另外那個學生的名字，既然尹子喬已經遇害，那這個人也必然處於危險中。」

柳至秦馬上明白了他的意思，毫不含糊地道：『程勉，程度的程，勉勵的勉，男性，和尹子喬同歲，聽學校的意思，他現在應該在洛城工作。』

花崇迅速將程勉的資訊寫在隨身攜帶的記事本上，撕下來，叫來一名刑警，「馬上找到這個人，他很有可能是凶手的目標。」

『這樣吧。』柳至秦道：『你現在在外面不方便吧？我這裡有程勉的照片，特警分隊的兄弟馬上傳給技偵組。』

「好。」花崇忙而不亂，安排好手邊的工作才道：「溫茗二中勸退滿瀟成的原因是什麼？」

『有學生舉報，說滿瀟成和班上的男學生談戀愛。』柳至秦頓了一下，聲調輕微改變，『花隊，這個男學生就是尹子喬。』

花崇不禁睜大眼，頓感荒唐。

『溫茗二中現在還保留著滿瀟成和尹子喬接吻的照片，拍攝的人是程勉，也是滿瀟成班上的學生。』柳至秦繼續道，『這張照片最初是在一班，也就是尹子喬和程勉所在的班級小範圍傳閱，但沒過多久，就流到了其他班，之後被學生匿名舉報到校長和教導主任那邊。』

花崇警惕道：「你確定是匿名？」

『我確定。』柳至秦說：『連校方都不知道舉報的人是誰。在那之後滿瀟成被叫去談話，半個月後離職。』

「半個月？這麼快？滿瀟成沒有解釋？」

『校方只說，滿瀟成承認親吻了尹子喬。溫茗二中對老師和學生的要求一向非常嚴格，我猜滿瀟成即便解釋，也沒有太大的意義，畢竟照片擺在那裡。』柳至秦說：『校方希望儘快消除不良的影響，勸滿瀟成主動離職，否則會把「與男學生談戀愛」的汙點記入檔案。我跟任教多年的老師打聽過，這件事對學校的影響其實不大，勸退滿瀟成就像開除一名臨時工，但是滿瀟成受到的影響非常大，雖然檔案上清清白白，但實際上，幾乎全溫茗鎮的中學教師都在背後議論他，他已經沒有辦法在溫茗鎮當老師了。』

◆

入夜，兩條消息傳來——

豐學民被發現死在麻將館旁的老社區；尹子喬的同學程勉已被找到，並被帶到市局。

與呂可、羅行善一樣，豐學民也是慘遭割喉，頸部創口淩亂無章，分佈著大片血痕，斷裂的喉管、血管暴露在外，觸目驚心。不同的是，凶手在殺害呂可和羅行善之後，沒有處理他們的屍體，就地拋擲，屍體被發現處就是命案發生處，十分容易被發現，但豐學民卻被塞進了一個深色的大號貨物袋，和一堆惡臭難聞的垃圾擠在一起。

老社區的衛生狀況不佳，有一塊專門收集生活垃圾的地方。那裡雖然擺著三個生鏽的垃圾桶，每天傍晚都有清潔車來運走垃圾，但垃圾桶四周仍是堆滿了吃剩的食物、腐爛的菜葉，還有各種使用過的、廢棄的生活用品。從垃圾裡滲出來的臭水流得到處都是，雖然已是深秋，仍引來一大片嗡嗡作響的蚊蠅。

如果老社區的居民們全都遵守規矩，將自家垃圾裝進袋子，綁緊後再丟進垃圾桶，殘湯剩水封好之後再丟棄，周圍的環境不會像現在這麼糟糕。然而居民們嫌髒，不願意靠近垃圾桶，總是隔著幾公尺遠將沒綁好的垃圾袋扔過去，像投籃似的。

部分垃圾袋根本扔不進垃圾桶，散在地上，部分垃圾袋則在半空中解體，導致垃圾桶周圍一圈全是橫七豎八的垃圾，散發著陣陣臭氣。工人們每次都得戴上數層口罩，將地上的垃圾歸攏到一起，再拖上清潔車，勞神費力。

起初還有工人不滿地抗議，在垃圾桶旁立一個「垃圾請入桶，注意素養」的告示牌，但居民們幾乎沒有一個人照做。告示牌立了沒兩天，就被壓在如山的垃圾下。工人知道抗議沒用，對上面反應也沒用，索性不說了，只能在背地裡罵——沒素養，活該一輩子住在這種破地方！

除了生活垃圾，居民們有時也會扔傢俱、衣服，貨物袋和箱子之類的東西時常出現在垃圾桶旁邊，裡面亂七八糟地塞著稀奇古怪的東西。工人們見怪不怪，但是今日一拖貨物袋，卻發現十分沉重。由於以前出現過工人硬拿貨物袋，被裡面的碎玻璃刺傷的事故，現在大家都很小心，拿不動就不再硬拿，先打開看一看，確定沒有危險再分成幾份拿。

然而這一次，貨物袋裡裝著的竟然是一具血淋淋的男屍。

徐戡和李訓等法醫科、檢驗科的隊員已經趕到，正在做精細的現場勘查。花崇臉色陰沉，一邊觀察老社區裡的結構，一邊思索豐學民為什麼會死在這裡。

麻將館外面一共有三條路，老社區與鳳巢南路三支路並不在同一個方向，豐學民明明已經選擇了三支路，並在一家旅館打聽過住宿價格，最終卻折返回到小巷，並進入老社區，直至被殺害。

豐學民折返的原因是什麼？被人誘騙？

因為什麼而被人誘騙？

花崇突然想到「創匯家園」的群租賣淫場所。曾被當成羅行善一案嫌疑人的劉企國在「創匯家園」有自己的房子，卻寧願花費幾十塊夜宿淫窩，那麼豐學民呢？

豐學民有沒有可能是在尋找旅館的過程中，突然意識到自己可以花更少的錢，享受「更好」的服務？

老社區最不易管理，沒有物業，屋主隨便將房子一租，根本不管租自家老房的人是什麼背景。洛城前幾年掃黑禁毒，不少流氓都藏在老社區的出租房裡。如今毒販基本上都被清掉了，但老社區裡藏有賣淫場所並不稀奇。而豐學民在附近的麻將館打過幾次牌，在牌桌上說不定曾經聽人說過周圍的「按摩店」。

如果豐學民的確是到老社區裡找「按摩店」，那麼凶手是一直跟蹤他，在他進入老社區之後動手的嗎？

第一現場在哪裡？在老社區的其他地方，還是就在堆放垃圾的地方？

花崇盯著地上的一點，感到幾分怪異。

假設凶手是在社區的其他地方殺了豐學民，那就地棄屍即可，扔到垃圾堆放處純屬多此一舉，而且豐學民是一名成年男性，體重不輕，凶手移動屍體位置必然會大費周章。

但假設凶手是在垃圾堆放處殺了豐學民，這就更奇怪了。豐學民進入老社區的目的是「睡覺」，為什麼會走到垃圾堆放處？

「花隊。」

身後傳來急促的腳步聲與呼喊，花崇轉身，見到一名檢驗科的隊員朝自己跑來。

「勘察得怎麼樣？那裡是第一現場還是棄屍現場？」

「第一現場！」痕檢員說：「零散的垃圾下方發現大量噴濺狀血跡，凶手就是在那裡殺了豐學民，並用貨物袋將他裝起來。」

「第一現場……」花崇低聲重複，眼中落下一片陰影。

這一塊拋擲垃圾的地方，深更半夜時雖然無人出沒，但說到底也是位於老社區。夜深人靜時，想在住宅區殺人，必然不能弄出太大的響動。

凶手極有可能像殺害呂可和羅行善一樣，使用了電擊工具，得手之後再割喉。

那疑點又繞了回去——豐學民為什麼會主動到垃圾堆放處？

這時，徐戡完成了初步屍檢，摘下口罩道：「根據屍僵程度、屍斑狀態判斷，豐學民的死亡時間在淩晨一點半左右，凶手作案手法和呂可案、羅行善案完全一樣，都是先電擊，再割斷頸動脈、喉管。」

花崇心中的疑惑更深了，快步往垃圾堆放處走去。

垃圾堆放處周邊拉著一圈封鎖線，除了痕檢員和法醫，其他警員暫時不能入內。

這次的現場比較特殊，雖然位於住宅區內，按理說會被大量群眾圍觀，但巧就巧在重案組的隊員就在附近，火速趕到將現場保護了起來。而居民們習慣遠距離拋擲垃圾，除了清理垃圾的工人，整個白天都沒有人走到垃圾桶前。

如此一來，凶手的足跡極有可能完好地保存在地上！

花崇站在封鎖線外，目光灼灼，腦子飛速轉動，整理分析著海量線索與疑點，以至於完全沒有聞到令人暈眩的惡臭，整個人像定在原地，直到一聲喊叫傳來。

李訓異常興奮，口罩都來不及拆就喊：「足跡提取完畢，一共七組新鮮足跡，我、我有預感，其中一組是凶手留下的！」

花崇眼睛一亮，心中亦是感到一振。

前面三樁割喉案，被害人身上沒有發現任何具有指向性的線索，現場也被無數雙腳破壞。天洛站旁邊的小路、「創匯家園」的樹林、呂可居所附近的巷道，這三處都是凶手精心尋找的作案地點——即便凶手可能不是同一個人。

在殺害他們之前，凶手做了充足的準備，對周圍環境有非常深入的瞭解。而在這個老社區殺死豐學民，卻是凶手準備不足的行為。

準備不足的後果，是露出馬腳。

凶手也許已經觀察過豐學民一段時間，卻找不到合適的動手時機和地點。

豐學民是計程車司機，經常將公司的車開回家。想神不知鬼不覺地殺死一個有車的壯年男性，比殺害呂可那種搭夜班公車回家的獨居女性困難。

豐學民出了車禍，車輛被拖走，不敢回家，打麻將到深夜，又獨自一人走夜路，對凶手來說，這是一個難得一遇的時機。

殺人不是一件容易的事，若是浪費掉這個時機，將來不知道什麼時候才能殺掉豐學民。而對凶手來講，豐學民與滿瀟成換了班，滿瀟成等於是替豐學民去死，所以豐學民必須死。

凶手想賭一把。老社區通常沒有監視器，即便晚上被人目擊，問題也不大。垃圾桶堆放處離幾棟大樓相對較遠，不容易被看到，而到了白天，各家各戶都會扔垃圾，人們的足跡會覆蓋掉凶手的足跡，又形成一個「無痕」現場。

但因為準備不算充分，保險起見，凶手沒有讓豐學民的屍體暴露在外，而是裝進了在桶邊撿到的貨物袋裡。若是清潔工人將豐學民的屍體運走，那再好不過。如果清潔工人發現了貨物袋裡的屍體，那也可以接受。

反正，當警察趕到的時候，凶手作案時留下的痕跡都已經像前幾次一樣被覆蓋了。

但是，由於對這個老社區的瞭解不足，凶手忽視了一點——這裡的居民扔垃圾時從不靠近。除了工人，沒有誰的足跡會覆蓋掉他的足跡，而少量幹擾足跡，根本達不到破壞現場的作用。

凶手失算了！

法醫和痕檢員們撤離時，花崇盯著垃圾桶，忽然多了一個想法。

凶手之所以會失算，是因為自己絕無隔著幾公尺遠拋擲垃圾的習慣，匆忙作案，更導致凶手想不到那裡。凶手應該是個生活相對講究，平常有遵守基本公共秩序與道德規範的人。

滿瀟成的身邊，有沒有這樣的人？

不會是滿國俊。滿國俊雖然現在過著舒適的生活，但道德素質並不高，讓滿國俊站在類似的垃圾桶附近，滿國俊會選擇像周圍的居民一樣，將垃圾袋拋擲過去。

花崇低下頭，眼睛緊緊閉上。

有個問題他始終想不通——豐學民為什麼會去垃圾堆放處？

若是凶手引誘他過去，那凶手是以什麼作為誘餌？

與現場勘查一同進行的是排查走訪，一名隊員帶來一個二十幾歲的年輕人，對方開口就道：

「我昨晚在家打遊戲，一點多的時候聽到有人在樓下跑，但我沒去窗戶旁看。沒過多久，就聽到扔垃圾的地方傳出一些奇怪的聲音。」

花崇問：「怎麼個奇怪法？」

年輕人想了想，「嘖，不太好形容，有點像有人在翻垃圾的聲音，還有拖拽的聲音。」
「那你有沒有看到什麼？」
「沒有，我在專心打遊戲，沒去窗戶旁看。」
「後來還有聽到什麼響動嗎？」
「沒有了，後來一直很安靜。我打到四點多才睡覺，沒有再聽到別的聲音。」
回市局的路上，花崇琢磨著年輕人的話。
淩晨一點多，老社區裡有人在跑動。
豐學民在零點三十一分離開麻將館，被興旺旅館的監視器拍到時是零點五十分，那麼他一點多出現在老社區是合理的。
年輕人打遊戲到淩晨四點，只聽到那一次響動，那麼當時跑動的，很有可能正是凶手和豐學民。
他們在跑什麼？是在追逐？誰追逐誰？
花崇吸了口氣，刻意讓頭腦放空。
沒一會兒，張貿打電話來，說程勉聽到「尹子喬」這個名字，半天都沒想起來是自己以前的同學，後來才說高二文理分班，自己去了文科班，尹子喬留在理科班，從那時開始就疏遠了，漸漸斷了聯繫，高中畢業之後更是再沒見過面。
警方並未對外公佈尹子喬的資訊，程勉根本不知道最近鬧得沸沸揚揚的割喉案被害者之一是自己的同學，亦不知道自己可能也已經成為了凶手的「獵物」。
聯繫到柳至秦在溫茗二中查到的事，尚未遇害的程勉說不定能提供重要線索，花崇說：「先把人留著，我馬上回去。」

張貿應了一聲，突然喊道：『花隊，別掛電話！』

「怎麼了？」

『我看到小柳哥了。』

花崇算了算時間，柳至秦確實該回來了。

『他過來了。』張貿說：『花隊，你要和小柳哥說兩句嗎？』

花崇有些無語，心想自己如果有事要跟柳至秦說，難道不會打電話嗎？

但說出口的話卻是：「你讓他接。」

那邊立即傳來張貿的大喊聲：『小柳哥！小柳哥！這裡、這裡……沒事，就花隊找你！』

很快，花崇聽到柳至秦的腳步聲，越來越近，也越來越快。

『花隊。』

柳至秦的聲音帶著些許喘息，顯然是剛回來，有些疲憊。

花崇心口一軟，「我抽屜裡有你上次買的餅乾，沒開封，快拿一些來吃。我在路上了，二十分鐘後到，你想吃什麼？我去樓下幫你買一些上來。」

電話那頭安靜了一會兒，花崇以為柳至秦在休息，又說：「累到了吧？要不要去休息室躺躺？」

柳至秦這才道：『張貿說你找我。』

「嗯？」花崇沒反應過來。

柳至秦語氣裡的疲憊不見了，取而代之的是溫和的笑意，『你找我，就是為了叮囑我吃餅乾，問我想吃什麼，叫我去休息室睡覺？』

貼著手機的耳廓瞬間熱起來，花崇咳了一聲，「看來你精神很好，根本不需要休息？」

柳至秦說：『還行。』

「那就去燒水。」花崇緊繃著的弦鬆了，「幫我泡杯熱茶。」

◆

得知尹子喬被人割了喉，程勉只是「禮貌性」地驚訝了一下，畢竟如他自己所說，久不聯繫的同學等於陌生人，況且他與尹子喬只當了一年同學，感情並不深厚。但得知尹子喬遇害可能與滿瀟成被勸退有關時，他在短暫的怔愣後，彷彿想起了什麼般，兩眼逐漸睜大，唇角開始抽動，眉毛不停顫抖，臉頰失去血色。

這是恐懼而後悔至極的表情。

花崇手邊放著一杯熱氣騰騰的茶，還有一個平板電腦。

他在平板電腦上點了點，找到滿瀟成親吻尹子喬的照片，往前一推，「這張照片是你拍的吧。」

程勉看了一眼，臉色白得更厲害，「尹子喬真的是因為滿、滿老師而被殺的？」

花崇微偏著頭，視線在程勉的眉眼處逡巡。

張貿已經查清楚，程勉高中畢業後在洛城一所教學品質一般的大學完成學業，目前在明洛區一家商場當銷售員，收入水準雖然不高，但生活規律，交際圈已經徹底脫離溫茗鎮。

「我找你來，就是想確定尹子喬的死亡和滿瀟成之間的聯繫。」花崇冷聲說：「當然，也是為了保護你。」

程勉打了個寒顫，低著頭不知道在想什麼。

花崇說：「滿瀟成已經於五年前去世了，這你是知道的吧？」

「聽說過。」程勉點頭，「但那不是事故嗎？和我們有什麼關係？」

「嗯，事故確實和你們沒有關係。」平板的光暗了下去，花崇再次將它按亮，又道：「現在我問，你答。為你自己著想，不要向我隱瞞當年的事。」

程勉舔著下唇，神情焦慮。

花崇說：「你為什麼要拍這張照片？」

「尹子喬讓我拍的。」程勉不安道：「我只是幫尹子喬一個忙而已。」

「你和尹子喬關係很好？他為什麼不讓別人幫忙，偏偏找你？」

「我……我手機像素比較高。」

花崇揚了揚下巴，「我剛才怎麼說的？」

程勉惶惑地抬起眼，「啊？」

「我說——為你自己著想，不要隱瞞當年的事。尹子喬已經遇害了，你不擔心自己的安全嗎？」

程勉倒吸一口涼氣，連忙搖頭，「我沒有隱瞞啊！」

「那你看著我的眼睛，再回答一遍，尹子喬為什麼不讓別人幫忙，偏偏找你？」

花崇的語氣並不凶狠，氣場卻極其迫人。

程勉被迫與他對視，「我」了半天，終於繳械，「我不是幫尹子喬的忙，而是、而是和他商量好要拍這張照片！」

「商量好？你們商量的是什麼？滿瀟成和尹子喬真如校方所說，是戀人關係？」

程勉用力搖頭，咽了好一陣唾沫才開口，「不是，不是！滿老師是個好人，是我們求他這樣做的……是我們害他當不了老師的。」

偵訊室的空調安靜地吹著熱風，唯有啟動升溫時發出一陣響動。

記錄員快速敲擊鍵盤，將程勉結結巴巴講述的往事，轉化為毫無溫度的文字。

七年前，滿瀟成二十四歲，在溫茗二中擔任高一一班、二班的數學老師，兼任邏輯活動課的引導老師。在整個高一，他是最年輕、人緣最好的老師，很多學生都願意與他親近，包括尹子喬、程勉這樣的問題學生。

尹子喬沒有父母管束，經常蹺課，唯一不逃的是數學課，一上課就一副好學生的模樣，一雙眼睛只盯著滿瀟成看。

滿瀟成算不上特別帥，但熱情洋溢，極有親和力，對誰都是一副笑臉，學生上課講話、分心，他也不生氣，只是讓對方下課後帶著課本來找自己，把漏掉的補回來。

一班的女生，沒有誰不喜歡滿瀟成。男生也愛跟他打成一片，將他當做兄弟、哥兒們。

但也有男生受青春期爆發的荷爾蒙驅使，將他當做傾慕的對象。

滿瀟成本來就沒比學生大幾歲，喜歡和學生們混在一起，不過平時十分注意與女生保持距離，但和男生相處起來就沒那麼多顧慮。

女生們有時會起鬨，說滿老師和哪個男生一起打籃球好配啊，滿老師為誰講解時好溫柔啊，滿老師是不是喜歡誰誰誰啊……

滿瀟成總是一笑置之，誰也不知道他心裡到底是怎麼想的。

「我和尹子喬會熟起來，是因為我們都對滿老師有點意思。」程勉苦笑一聲，「現在想來，其實都挺沒道理的，那時我們才十六歲，哪懂什麼喜歡？單單是覺得滿老師好玩，和滿老師在一起時很開心，就認為自己喜歡滿老師，沒事就跟在滿老師後面。拍照之前，就有人開玩笑，說我們和滿老師之間有點什麼。其實根本就沒什麼，但滿老師不拒絕我們的靠近，我們就得寸進尺起來。」

程勉頓了一會兒，自我確認一般，「嗯，就是得寸進尺。你要讓我回頭看，我都覺得那時的自己像個傻子。高二要文理分科，高一下學期就要確定自己要念什麼。尹子喬跟我說，今後可能不能在滿老師班上了，不如趁機跟滿老師要個『紀念』。我問他什麼『紀念』，他說讓滿老師親一下，再拍張照。」

花崇感到難以理解，「再怎麼說，滿瀟成也是老師，他怎麼會答應你們？」

程勉點頭，「但他答應了。」

花崇皺起眉，心中詫異。

和學生接吻，絕對不是一名老師應該做的事。即便只是玩笑或別的原因，也很不應該。

「滿老師就是這種人。」程勉尷尬地搓了搓手，「當時我們都以為他會答應，是因為對我們也有點意思，後來長大了，才知道根本不是，他就是個老好人，不會拒絕別人的要求。我們求他，說滿老師，分科之後我們說不定就當不了你的學生了，你就滿足我們吧。他拗不過我們，就答應了。可能、可能他也沒想那麼多吧，畢竟當年他才二十四歲，才當一年老師。」

花崇垂眸看向平板上的照片。

說是親吻，其實就是輕輕碰觸了一下，兩個人都在笑，尹子喬臉上全無陰霾，根本不是龐谷友、穆茜等人形容的樣子。

「尹子喬騙我，說好一人拍一張。但我幫尹子喬拍完後，尹子喬就不幫我拍了。」程勉續道：「滿老師也紅著臉說不拍了，感覺有違師德。當時我特別不甘心，後來滿老師被舉報投訴後，我才慶幸還好照片上的是尹子喬，不是我。」

「那張照片為什麼會流出去？」花崇問。

程勉難堪地張了張嘴，「是、是我的錯。照片在我的手機裡，傳給尹子喬之後，我沒有馬上刪除，被、被班上的女生看到了。」

「你是故意的。」花崇一語道破，「你埋怨滿瀟成不和你拍那樣的照片，也埋怨尹子喬。」

「我、我……」程勉扶住額頭，不得不承認，「我確實有嫉妒的想法。」

「匿名舉報的是你嗎？」花崇又問。

「不是我！」程勉瞪大眼，「我發誓，舉報的絕對不是我！」

花崇眯著眼看了他一會兒，「滿瀟成被舉報後，你和尹子喬什麼都沒做，就看著他被勸退？」

「我不敢。」程勉的氣勢低了下去，搖著頭說：「我和尹子喬不一樣，他沒家沒父母，我家還有一個老頭子。我父母要是知道我喜歡我們班的數學老師……」

「你拍了照，卻沒有站出來說明原委。」花崇打斷，「尹子喬呢，他幹了什麼？」

「我不知道。」程勉雙手抱頭，「照片流出後，尹子喬就和我鬧翻了。我聽說他去找過校長和教導主任，但不知道他們說了什麼。滿老師後來一直沒來上課，辭職的時候是暑假。高二分科，我才知道滿老師已經不在學校了。

至於尹子喬，在滿老師離開之後，他的性格越來越怪，我們一個文科、一個理科，連碰面都難。我心裡有愧，也不敢去問他。我猜，就算尹子喬找學校長官解釋，也沒有什麼用，畢竟全年級都看到照片了，滿老師確實吻了他。尹子喬又是一個問題學生，越解釋越說不清。」

◆

「我不知道該不該同情滿瀟成。」徐戡靠在走廊的牆壁上，無奈地抿了抿唇，「如果程勉沒有撒謊，那滿瀟成被勸退，可以說是『自作自受』。他是一名教師，心腸再軟再好，也不應接受學生提出來的無理要求。老師與學生接吻作為『紀念』，還拍下照片，別說是七年前了，就算是現在，他也毫不占理，必然會被勸退。」

花崇沒說話，想起每一個人對滿瀟成的評價似乎都是「好人、善良」。

熱心是好事，但不懂拒絕的熱心卻不是。

七年前，滿瀟成沒有拒絕尹子喬、程勉接吻的請求；五年前，滿瀟成沒有拒絕豐學民代上夜班的請求。

他真的願意嗎？真的是熱心使然？還是單單是因為不知道該以什麼方式拒絕？

這件事改變的大概不是滿瀟成一個人的人生，還有尹子喬的人生。

高一時，滿瀟成或許是尹子喬眼中的一道光亮，如果這道光一直都在，尹子喬會不會成為後來那種人見人厭、人見人欺、懦弱放縱的可憐人？

十六歲的尹子喬犯了錯，害了自己喜歡的老師，並發現自己拚盡全力也無法補救，老師還是被勸退了。

後來，老師死了。

這是否是他自甘墮落的導火線？還是他本就墮落，但滿瀟成本來可以拯救他？

這些問題現在已經無法找到答案了，連程勉的話，也難以核實真假。

如今的現實是，害滿瀟成無法再當教師的尹子喬死了，另外三名與滿瀟成喪命「有關」的人也死了，而凶手還在繼續屠戮。

李訓從檢驗科出來，大聲道：「花隊，七組足跡已經全部完成比對，其中六組來自清潔工人、死者豐學民、居民、我們自己人，只有一組陌生足跡存疑，極有可能來自凶手！我們有證據了！現在馬上進行建模，很快就能確定凶手的大致身高和體重！」

徐戡緊握住雙拳，如終於品到了一枚定心丸。花崇長吐出一口氣，正準備向檢驗科走去，忽然聽見柳至秦在後面喊自己。

「花隊，你來一下。」

「滿瀟成以前在肖潮剛的公司工作過？」

花崇盯著螢幕，冷色調的光映在他的眸子與臉頰上，將他的神情襯托出幾許冷峻。

「確切來說，是肖潮剛以前跟人合夥創辦的公司。」柳至秦站在一旁，「上次你說要查失蹤人口，肖潮剛也屬於失蹤人口吧。他這幾年和別人一起開了不少家小公司，什麼紅就跟風做什麼，創意基本上全是抄來的，任何產品都不具備核心競爭力，因此雖然他開的小公司不少，卻沒有一家實現盈利，錢都是前期拉的風投，燒完就丟。

當然，雖然業務上賺不到錢，但靠著得到的投資，肖潮剛自己的生活一直都過得挺不錯。七年前，他做的是網路遠端教育。當時滿瀟成一家人剛到洛城，滿瀟成找的第一份工作，就是在他的公司當課程顧問。」

花崇單手撐在桌沿，背脊弓著，眼神漸漸變得淩厲，「我剛才在偵訊室和程勉說的話，你都聽到了嗎？」

「嗯。」柳至秦點頭，「我一邊做事，一邊在聽。」

「程勉是否有說謊，和案件本身的關係不大，照片裡的兩名當事人現在都已經死了，他們的關係到底如學校所說是同性戀人，還是如程勉所說只是普通師生，已經沒辦法核實了，但可以肯定的是，滿瀟成確實是因為這件事無法再在溫茗鎮當老師的。」花崇說完，歎了口氣，「洛城不缺職缺，滿瀟成剛到洛城的時候只有二十四歲，可供他選擇的工作其實不少，但他還是選擇了一家線上學校，從課程顧問做起，說明他還是想做教書育人的工作。」

「沒錯，正規的中學暫時去不了，所以選擇了線上學校。」柳至秦拿過滑鼠，往下方滑動，「可惜去錯了地方。肖潮剛根本沒有紮根教育的念頭，大概也沒有心思將學校做好。這個線上學校只是他撈一筆就跑的工具，和他這些年創辦的其他小公司並無本質上的區別。滿瀟成要嘛是求職心切，要嘛是心思單純、眼界不夠，才會稀裡糊塗地掉進這個陷阱。我查到一個細節——滿瀟成入職的時候是教育職，離職的時候卻是行政職，具體職位是肖潮剛的助理。花隊，我覺得這個職位調動極不尋常。」

花崇拖來一張靠椅坐下，左手握成拳抵在下巴，嗓音低沉，「照肖潮剛妻子的說法，肖潮剛是個騙婚的雙性戀，能接受女性，但更喜歡男性，長期在外『獵豔』，男友無數。而照李立文的說法，肖潮剛在酒吧看中李立文之後，用威脅、糾纏等手段強迫李立文與自己發生關係。七年前，滿瀟成才二十四歲，大好青年一個，如果在肖潮剛公司工作的時候……」

「你看滿瀟成和李立文的對比照。」

柳至秦點開一張拼在一起的照片。

花崇盯著照片看了十幾秒，搖頭，「他們並不像。」

「不是五官，是給人的感覺。」柳至秦在螢幕前比劃了兩下，「他們的長相都說不上帥，滿瀟成比李立文稍微標緻一些。但你注意到沒？他們有一個共同點，就是沒什麼氣場，比較柔軟，容易被欺負。」

「肖潮剛就喜歡這種類型的小男生？」

「不一定，但起碼機率不低。」柳至秦道：「滿瀟成希望繼續當老師，才會選擇肖潮剛的學校。我想，滿瀟成其實是把學校當做職業規畫裡的一個跳板。他嚮往更好的崗位，而這個崗位必然與教育有關。他在線上學校只工作了四個月就辭職離開，並且是以肖潮剛的助理身分離開。為什麼？合理推測——滿瀟成滿懷希望，認為自己可以在線上學校放下過去，開始一段新的人生，未來會越來越好，而工作了一段時間，他才發現現實與自己的想像差距極大，一方面學校管理混亂，一直在燒錢，始終沒能走上正軌，另一方面，他開始被肖潮剛騷擾。」

花崇靠在椅背上，十指交疊，「從李立文和肖潮剛妻子的話來判斷，肖潮剛確實做得出騷擾下屬的事。」

「滿瀟成不是酒吧的侍者，七年前的肖潮剛肯定也沒有後來那麼放肆，他不會像對待李立文一樣對待滿瀟成，但持續的接近、引誘不會少。」柳至秦走了幾步，側身坐在桌沿，「肖潮剛公司的教育職和行政職對滿瀟成來說，有本質上的區別。滿瀟成如果只是想做行政工作，那待遇、前景更好的公司在洛城有一大把。他沒有理由主動調職，是肖潮剛將他調為了自己的助理。」

「那在這之後，肖潮剛對他的騷擾會變本加厲。」花崇順著柳至秦的思路往下推，「難說沒有提出非常過分的要……」

花崇一頓，猛地看向柳至秦，「滿瀟成是個不懂拒絕的人！」

「肖潮剛有沒有利用職務之便對滿瀟成做什麼，現在已經無法核實了，除非我們找到失蹤的肖潮剛，迫使他說出真相。」柳至秦攤開手，「但既然肖潮剛與滿瀟成有這一層關係，又已無故失蹤大半年，他很有可能已經不能『說話』了。」

花崇低下頭，用力捏著眉心，幾秒後撐起身子，左右找筆。

柳至秦將自己的筆遞過去，「用我的。」

花崇立即接過，翻開記事本，「我們來梳理一下這一連串事件。」

柳至秦站在他身邊，一手扶在他椅背上，「嗯。」

「四個被害人——尹子喬、羅行善、呂可、豐學民，一個失蹤者——肖潮剛。這五個人的共同點，是都和滿瀟成有關係。」花崇在記事本上畫出「唰唰」聲響，「他們遇害，極有可能是被一個心理偏激，甚至具有反社會人格的人報復。凶手認為，滿瀟成的悲劇始於七年前被溫茗二中勸退，如果沒有尹子喬，滿瀟成現在還會是溫茗二中的數學老師，後面的所有事都不會發生，所以尹子喬該死。」

柳至秦從抽屜裡翻出一支紅筆，在尹子喬的名字上圈了一下。

花崇明白他的意思，卻沒有立即岔開，繼續道：「按照時間線，下一個是肖潮剛。如果我們剛才的推測與事實大致吻合，那肖潮剛無疑也是造成滿瀟成悲劇的人。滿瀟成會主動離職，要不是無法再忍受，就是被逼的，他很有可能曾被肖潮剛侵犯。這件事或許對滿瀟成造成了一定的影響，以至於一直沒有找到合適的工作。對了……」

花崇抬起頭，「滿瀟成離開線上學校之後，過了多久才到計程車公司當司機？」

「四個多月。」柳至秦說：「失業四個月，母親重病住院，父親沒有固定工作，只能打零工，家裡開銷巨大，滿瀟成耗不起了。」

花崇放下筆，抄起手，「很多人為生活所迫，不得不選擇自己並不喜歡的工作。滿瀟成想當老師，最終卻成了計程車司機，箇中的辛酸，恐怕只有他自己能體會。」

「如果沒有遇到肖潮剛，如果肖潮剛的公司把網路教育當做正經事業來做，滿瀟成……」花崇搖了搖頭，突然說：「其實我不想跟著凶手的邏輯走，太極端了。」

「我來吧。」柳至秦拾起桌上的筆，把記事本也一併拿過來，在花崇旁邊的一張靠椅上坐下，翹起腿，以便放記事本，「凶手認為，肖潮剛也是一個必死的人，他甚至比尹子喬更該死。」

「這是凶手最早對他動手的原因？」花崇盯著斜上方的天花板，「但沒有找到屍體，一切還不好說。」

「接著是羅行善、呂可、豐學民。」柳至秦說：「和尹子喬、肖潮剛相比，他們可以說是在無意之中害了滿瀟成，但造成的傷害卻也是最直接、最致命的。」

「等一下。」花崇撐起身子，坐直，目光落在圈起尹子喬名字的紅線上，「羅行善、呂可、豐學民，這三人直接與高空墜物事件有關，可以這麼說，他們彼此之間的聯繫遠遠強於和尹子喬的聯繫，沒錯吧？」

「嗯，把他們五人分成三個獨立事件的話，尹子喬代表勸退事件，肖潮剛代表騷擾事件，羅行善三人代表高空墜物事件。」柳至秦眼神認真，「當然，勸退事件還包括我們剛找到的程勉。」

「徐戡肯定羅行善、呂可、豐學民死於同一人之手，而殺害尹子喬的像另一個人。凶手到底是不是同一個人？這個疑點我始終想不出答案。」

柳至秦沉默，將筆頭輕抵在喉結上。

「我傾向於凶手不是同一個人。」花崇又道：「即便我們已經找到尹子喬和滿瀟成的聯繫，我還是覺得凶手不是同一個人，因為創口的差別實在太大了，反應出來的情緒截然不同，我不信這是凶手故意偽裝出來的。」

「但兩個凶手，在同一個時間裡，以同樣的方式為同一個人復仇，這種機率實在太低了。」柳至秦道：「如果是普通的復仇，我倒是能理解，畢竟一個人同時擁有兩個肯為他復仇的親友，不算特別稀奇的事。但這顯然不是普通的復仇，凶手理由偏激、行為殘忍，因為高空墜物而向呂可等人復仇，製造一連串割喉案，這是反社會人格的表現，殺害尹子喬更是如此。滿瀟成周圍，難道有兩個具有反社會人格的親友？」

花崇半天沒說話，最後抹了把臉，聲音比之前低沉，「我們可能掉進了一個『思維盲點』。」

柳至秦的目光充滿探尋，「什麼『思維盲點』？」

「我暫時不知道，只是隱約有種不對、錯位的感覺。」花崇站起來，來回走動，「剛才我說，我傾向於凶手不是同一個人，但如果不是同一個人，後續的邏輯就說不通了。你也分析了，滿瀟成周遭不應該有兩個反社會人格的親友。說不通只有一個原因，那就是陷進了『思維盲點』。」

柳至秦想了片刻，無解，「看來我們是受到凶手『邏輯黑洞』的影響了。」

「有可能。」花崇倒不避諱這一點，繼續說：「好消息是程勉已經在我們的保護之下，現場也提取到了凶手的足跡。」

柳至秦的神情輕鬆了一些，「滿國俊的足跡比對了嗎？」

「檢驗科最早比對的就是他的足跡。不是他。」

「但他的行為很可疑。」柳至秦說：「他看起來對妻兒沒有多少感情，安然地享受著他們的喪葬禮和賠償金，不像是會為滿瀟成復仇的人。可他半夜出去幹什麼？他主動避開了公共監視器，並且緘口不言。難道說他和劉企國一樣，在外面尋歡？」

「不排除這種可能，但還有一點我很在意。」

「哪一點？」

「滿國俊對滿瀟成的感情似乎很複雜。華勇貴說，滿國俊對滿瀟成不是沒有感情，但這感情比較淡。」花崇找了張桌子靠著，「和滿國俊接觸之後，我才發覺華勇貴的描述不準確。滿國俊對滿瀟成的感情不是『淡』，是『矛盾』。我很想知道，造成這種『矛盾』的原因是什麼。」

「滿國俊六十多歲了，這一輩的人思想較為傳統，他能夠接受滿瀟成因為和學生接吻，而被勸退？」柳至秦搖頭，「我覺得他接受不了。時隔七年，他都不願意親口說出這件事，還要我們自己去溫茗鎮調查。另外，滿瀟成從肖潮剛的公司離職，他同樣語焉不詳。他也許認為，滿瀟成和男人扯上『不正當』關係，是家中極大的醜事與恥辱。」

花崇想了想，「有一定的道理。他們父子關係曾經融洽，之後因為勸退事件而彼此疏遠。滿國俊對滿瀟成有恨，但滿瀟成畢竟是他的兒子，他們一同生活了二十多年，彼此間的牽絆抹不乾淨，可無法消除的隔閡也已經產生。所以滿瀟成去世後，滿國俊顯得悲傷，卻又不至於悲痛欲絕，看在華勇貴眼裡，就是感情偏『淡』。」

柳至秦正要點頭，又聽花崇話鋒一轉，「但滿國俊為什麼對妻子向雲芳也沒多少感情？向雲芳病逝前，他別說親自照顧，就連去醫院探望的次數也不多。他不滿滿瀟成做的事，需要連向雲芳也一起恨嗎？」

柳至秦兩眼半瞇起來，低聲道：「不至於。」

「對！不至於！」花崇走來走去，突然站定，「滿國俊對病重的妻子不聞不問，心安理得地花著兒子慘死的賠償金，可以說對妻兒都非常不滿。通常情況下，會造成這種結果的有兩種可能——第一，丈夫出軌，移情別戀；第二，孩子並非親生。」

柳至秦立即排除第一種可能，「滿瀟成不是滿國俊的親生兒子？」

「你想，這是不是能解釋滿國俊現在的行為？」花崇又開始踱步，好似靜止不利於思考，「假設滿瀟成是向雲芳和另一個男人所生的孩子，向雲芳選擇了隱瞞。滿國俊在很長的一段時間裡都不知情，一直將滿瀟成當做親生兒子撫養，直到某一天，他突然得知，滿瀟成不是自己的種。」

「他會痛恨滿瀟成和向雲芳，恨誰多一點很難說。」柳至秦撐著下巴分析，「但還是那句話，已經付出的感情收不回來，他愛過妻子和兒子，加之性格並不強勢，所以愛並沒有轉變為徹頭徹尾的恨，而是愛恨交織。這就是他感情『矛盾』的根本原因？」

「婚姻中出現背叛或者欺騙的話，性格剛烈的人會選擇一刀兩斷。但更多普通家庭，會選擇在表面上維持原狀。肖潮剛家是這樣，滿瀟成家說不定也是這樣。」花崇拿起手機，一邊撥號一邊續道，「滿瀟成的ＤＮＡ樣本應該還在，能做親子鑑定。」

柳至秦看著他的側臉，腦中突然躍出一個想法。

通話並未持續太久，花崇交待完之後掛斷，回頭便與柳至秦四目相對。

短暫的凝視後，花崇笑了笑，「看來我們想到同一件事了。」

「嗯。」柳至秦別開視線，重新看向記事本，「我們最初認為，滿國俊有作案動機，為什麼？因為滿國俊是滿瀟成的父親，這是最重要的前提條件。但如果滿國俊不是滿瀟成的父親，這一切就推翻了。」

「作案的很可能是滿瀟成真正的父親。」花崇的拇指在下唇滑過，「這個人藏得很深。」

「滿國俊知道這個人是誰嗎？」柳至秦問。

「難說。」花崇道：「照理說，滿國俊恨滿瀟成和向雲芳，但到底一同生活了幾十年，他恨他們，卻不是單純的恨。可對滿瀟成的親生父親，滿國俊應該只有純粹的恨。如果他知道這個人，應該會告訴我們。」

「他始終保持沉默，不肯開口。」柳至秦走到窗邊，看向暗紅色的夜空，「既不像知道，也不像不知道。」

「人的心理是最難琢磨的。犯罪心理研究不斷增加新的特殊個例，意味著已知的案例並不能作為特別有力的依據，更不能當做範本。」花崇感到一絲夾雜著亢奮的疲憊，「普通人的心理已經夠難揣測了，更別說是涉及犯罪的心理。」

柳至秦轉身，背後映著一圈湧動的夜色，「但我的心理很好揣摩。」

花崇眼尾一挑，無奈道：「我們在說案子。」

「但案子不是讓你疲憊、脫力到思考遲鈍了嗎？」

花崇一時難以反駁。

「疲憊的時候，不如想些輕鬆的事，換換想法。以前念書的時候，你們班老師有沒有說過，國文作業做煩了，就找幾道數學題來做？」柳至秦唇角微揚，「犯罪心理不好揣摩，你可以試著揣摩我的心理。」

花崇的胸口頓時泛起一陣暖流，嘴硬道：「忙，案子一個都沒破，別添亂行嗎？」

「揣摩吧。」

柳至秦竟然上前幾步，牽住了他的手腕，然後順勢一提，按在自己心臟上。

他不經意地睜大眼，只覺得手心傳來陣陣鼓動。

柳至秦的心，在他的掌心躍動。

「你猜，我現在在想什麼？」

柳至秦的嗓音格外溫柔，手勁卻一點也不小。

花崇任由他握著，看著他眼中的自己，不領情地道：「腦子轉不動了，懶得猜。」

「那就不猜。」柳至秦笑說，「我來告訴你。」

花崇有些意外，本以為柳至秦會找理由繼續讓自己猜，沒想到會這麼乾脆地放棄。心裡居然有些失落，就好像小時候做好了準備與夥伴玩遊戲，對方卻拍拍屁股說「不玩了，我要回家吃飯了」。

可這失落沒能持續下去，因為柳至秦說完那句「我告訴你」，就身體力行，吻住了他的右眼。

他當然反射性地閉上了眼，所以這個吻準確來講，其實是落在了他的右眼眼皮上。

眼睛通常是最能感覺到身體疲憊的部位。累的時候，眼睛會痠脹、乏力、起紅血色，甚至隱隱作痛。不舒服，就想要用手揉一揉，這個簡單的動作能稍微緩解眼睛的不適。

可是男人的手有力而粗糙，哪有嘴唇柔軟。柳至秦摟著花崇的腰，吻著他的右眼，沒有放開。

花崇的喉結滾了好幾個來回，大腦突然放空，明明閉著眼睛什麼也看不見，卻好似看到了一方流光溢彩的天地。

須臾，右眼上溫熱的觸感換到了左眼。不久，唇被輕輕含住。他仍是沒有睜開眼，卻分開唇齒，欣然迎接柳至秦的侵入。

◆

夜已經很深，洛城一中的教學大樓幾乎全熄了燈，唯有「求知樓」三樓的兩扇窗戶還透著明亮的光。

那是部分高一年級數學老師的辦公室。

洛城一中是省升學中學，學生眾多，每個年級起碼有三十個班，任課教師也多，單是高一一個年級，就有三個數學老師的專用辦公室。

數學向來是高考「拉分」的重點科目，尤其是對文科生來說，「地位」極高。有的學生國文、英語、史地政都很好，唯獨數學成績較差，總分和排名一出來，單數學這一科就被別人拉開四五十分的差距，排名跟著一落千丈。

所以很多學校雖然表面不說，但都對數學老師格外重視。同樣，數學老師肩上的壓力也極大，特別是升學中學的數學老師，備課到深夜的情況並不少見。

藍靖已經火化入土，後事從簡，基本上已辦理妥當。藍佑軍請假數日，加上藍靖生病期間經常請別的老師代課，如今沒了牽掛，妻子暫時回老家療傷，自己一空下來就沉溺在悲慟中，索性趕到學校備課。

藍靖生病之前，他本來長期在高三理科升學班任教，是全校出名的數學骨幹教師。但獨生女罹患絕症，他已經沒有精力帶高三的課，遂主動要求調到高一，帶兩個普通班。

洛城一中這種學校，升學班和普通班的區別極大，升學班培養的都是衝擊名牌大學的驕子，而普通班大多是資質平平的學生。即便如此，藍佑軍還是想盡力將他們帶好。

走到「求知樓」樓下，他看到三樓的辦公室亮著燈。

這麼晚了，還會有別的老師在備課嗎？

藍佑軍忽然想到，此時在辦公室裡的可能是申儂寒，申老師。

想到申老師，他苦笑著歎了口氣。

當初，他與申老師在高三各帶兩個理科升學班，每年全市的數學單科「狀元」不是在他班上，就是在申老師的班上。可現在，他們兩人都已不再在高三任教。他是因為要照顧藍靖，申老師則是自稱「壓力過大」。

這理由說服得了別人，說服不了他。和申老師共事多年，既是對手，也是朋友，他自認為瞭解申老師。申老師不是那種扛不住高三壓力的人，不願意再帶高三，必然有別的原因。

但申老師不願意說，他自然也不會去問，就當作是「壓力過大」好了。

走到三樓的辦公室，在裡面備課的果然是申老師。

「這麼晚了，還在啊。」藍佑軍說。

申儂寒連忙站起來，「藍老師，節哀。」

藍佑軍歎了口氣，不願意多說，顫顫巍巍地往自己的座位走去。

申儂寒倒了杯熱水，放在他桌上，沒再說話，只是輕輕拍了拍他的肩膀，然後轉身回到自己的座位上。

藍佑軍下意識回過頭，毫無來由地感覺申儂寒像自己一樣，品嘗過白髮人送黑髮人的痛。

但這怎麼可能呢？他否定似的搖頭。

申儂寒雖然各方面條件都很好，但沒有結過婚，也沒有子嗣，一直孤身一人，怎麼會和自己一樣呢？

藍佑軍翻開教材，再次歎了口氣。

第六章　兩種面貌

即將破曉時，花崇大步趕去檢驗科。

就在剛才，李訓在內線電話裡說，足跡建模已經完成，凶手為男性，身高在一百七十四到一百七十八之間，體重在六十五到七十五公斤的範圍內，年齡初步估計在五十七歲左右！

這無疑是個重大突破。

花崇按捺著激動，正要加快步伐，卻聽到一陣嘈雜聲從樓下傳來，他不由得停下腳步。

「按住他！」一名警員大聲喊道。

「怎麼回事？」

張貿從一間辦公室裡跑出來。

樓下的吵鬧聲更大了，花崇正欲下樓，就看到一名警員跑了上來。

「花隊！李立文發瘋了！」

被押在偵訊室裡的李立文與數日之前相比，簡直變了一個人。

他像警惕的獸類弓著脊背，藏在額髮陰影中的雙眼刺出陰森的寒光，被拷住的雙手抓著桌沿，指甲在桌面摳動，發出令人不悅的聲響。

他似乎不懂得控制自己的呼吸，虎視眈眈地看著對面的人，肩膀隨著胸口大幅起伏，後槽牙咬得咯咯作響，喉嚨不斷發出代表威脅的「唔唔」聲。

花崇睨著他，好似透過他與李立文無異的外表，看到了另一個全然陌生的人。

李立文一直生活在社會底層，沒念過多少書，靠在夜店上班養活自己，也算是自食其力，無可指責。但他貪小便宜，戾氣非常重，熱衷於在背後罵人，且用語髒到極點。不過，李立文嘴雖髒，卻很懦弱，膽小怕事，害怕得罪人，若不是包包裡習慣放著一把刀，幾乎不具備任何攻擊性。

可現在這個和李立文長得一模一樣，甚至穿著李立文衣服的男人，與李立文卻完全相反。

李立文的戾氣透過抱怨、咒罵發洩出來，人前微笑，人後嘲諷，而這個男人的戾氣卻宣之於無聲的暴力。

就在不久前，男人打傷了一名準備不足的警員。

花崇看著他，他也看著花崇，喉嚨繼續唔唔作響，好似正在衡量自己是否有勝算。如果有，他也許會如狼一般一躍而起。

但花崇怎麼會給他逞凶的機會。

「李立文。」花崇冷冷道。

聽到這個名字，男人顫抖的肩膀一頓，眼睛旋即變得更加凶悍，兩邊鼻孔噴著氣，鼻翼快速地張合，略微泛黃的牙齒咧了出來，雙唇往上下兩個方向分開，眉心和鼻梁間擠出溝壑一般的皺褶，五官極度扭曲，幾乎皺到一起。

一個正常的人，會露出這種表情嗎？

李立文會有這種表情嗎？

裝的？

不像，李立文裝不到這種地步，況且偽裝的人最容易被眼神出賣，他們的眼中或多或少會顯出幾分躲閃。但眼前的男人似乎根本不懂躲閃為何物，目光極凶極惡，恨不得將困住自己的人撕咬成渣。

只有野獸才會有這種眼神。

花崇眯了眯眼，眼角接連跳了好幾下，心中隱約有了一個近乎荒誕的猜測。

拉開靠椅坐下，花崇的目光沒有從男人的臉上挪開，但也沒有繼續喊對方的名字。

盯著監視器的張貿說：「花隊怎麼不說話？李立文這是鬧哪一齣？他以前不是這樣啊，別是吃錯東西了吧？還是在演戲？」

「不像。」徐戡搖頭，「一個人是不是在演戲，看眼睛最容易分辨。當然微表情、肢體動作也能提供一些參考。」

「那他今天是怎麼了？」張貿不解，「前幾天沒見過他有問題啊，怎麼突然變這樣了？無故發飆，居然還敢襲警？沒正常人敢在刑偵分隊這麼放肆吧！」

徐戡看著監視器，過了幾秒才低喃道：「可能，他已經不是正常人了。」

「啊？不是正常人，那是什麼人？他別是真的瘋了吧？」

偵訊室裡的氣氛異常緊張，並且很是怪異。李立文像一枚隨時會爆炸的炸彈，另外兩名警員如臨大敵，做好了控制他的準備。唯有花崇好整以暇，甚至還將腿交疊起來。

僵持間，李立文的呼吸越來越沉重，指甲摳動桌面的聲響也更加刺耳，一雙血紅的眼睛睚眥欲裂，似乎再瞪一會兒，眼珠就將從眼眶裡掉出來。

警察警戒地提醒道：「花隊？」

花崇抬了抬右手，示意不用操心。

這個漫不經心的動作顯然刺激了李立文。李立文猛地站起，齜牙咧嘴，拳頭握得極緊，青白色的骨節好似要穿出薄薄的皮肉。

「我靠，他想幹什麼？」張貿喊道。

「他能在花隊面前幹什麼？」徐戡說，「放心吧，花隊剛才是故意激怒他。」

李立文居高臨下地瞪著花崇，花崇微揚起頭，兩簇視線交鋒，不過兩三秒，李立文就發出一聲暴怒的咆哮。

兩名警員立即衝上去，將他按住。花崇自始至終沒有站起來，直到他伏在桌上，才喊了一聲：「李立文。」

「你……」

男人嗓音嘶啞，那聲音彷彿不是從喉嚨裡發出來的，而是從胸腔中擠出。

困獸才會以這種方式發聲。

以前的李立文，罵起人來語速快如機關槍，五分鐘內不會重複。現在的李立文，卻像根本不會說話，艱難地擠著字，每一個音節都乾澀刺耳，「你、放、了、他！」

「他？」花崇問：「哪個他？」

男人咬牙切齒，斗大的汗水從臉上滑落，一邊捶著桌子一邊歇斯底里地重複：「你放了他！」

「什麼意思？」張貿傻住了，「李立文想讓我們放了誰？」

徐戡說：「恐怕是他自己。」

「他自己？」張貿驚道：「這不對啊！」

「你先告訴我，是哪個他？」花崇不緊不慢地說。

「李、立、文！」又是一聲不連貫的喊叫。

兩名警員面面相覷，和張貿一樣不解。

花崇的右手往下壓了壓，「他是李立文，那你是誰？」

「我靠！」張貿終於明白過來，「李立文裝人格分裂？」

「不是裝。」徐戡搖頭，「現在這個李立文，可能的確不是真的李立文。」

「不會吧！人格分裂是多罕見的事，被我們遇到了？」

「我們長期與犯罪分子打交道，遇到『奇葩』的機率本來就不低。」徐戡竟像是輕鬆了幾分，「李立文給我的感覺一直有點奇怪，剛和他接觸時，我還跟花隊討論過，但當時我不明白這種奇怪的感覺從何而來，現在總算有了答案。」

「李立文」呲著牙，舉止不似人類，語氣也極有特色，像一個剛學會幾句人話的野獸，「是我做的，你放了他！」

花崇皺眉，「什麼是你做的？」

「李立文」喘氣的聲音非常粗重，而且沒有規律，時緩時疾。他的嘴唇不停張開和閉攏，像想說話，又難以組織語言。

「什麼是你做的？」花崇繼續問，模仿著他的語氣，「尹、子、喬？」

「李立文」劇烈搖頭，拳頭在桌上重重砸了四五下，喑啞道：「肖、肖！」

花崇呼吸一提，「肖潮剛？」

「肖、潮剛。肖潮、剛！」

「李立文」如小孩學語一般，說完發出一陣哼哧聲。

花崇眸底暗光閃爍，「那天晚上在賓館，你代替李立文，殺了肖潮剛？」

「李立文」就像聽不懂一般，露著牙齒說：「你們，放了他。肖、潮剛、是我、殺的！」

張貿聽得瞠目結舌，「徐老師，李立文剛才說什麼？他殺了肖潮剛？他、他上次不是說，只是割傷了肖潮剛的手臂嗎？」

「他是李立文分裂出來的不健全人格，不是我們審訊過的那個李立文。人格分裂研究學中，有不同人格之間相互知曉對方存在的說法，也有彼此不知的說法。他可能知道李立文的存在，但李立文不一定知道他。」徐戡語氣淡定，但心中並不平靜。

因為與尹子喬遇害、肖潮剛失蹤這兩起案子有關係，李立文一直被扣在市局，重案組、洛安區分局暫時沒有找到他犯案的證據，而現在，他分裂出來的人格竟然自稱殺了肖潮剛。

花崇無意識地搓著手指，快速分析「李立文」的表情與話語，忽感到一線光亮照進了黑霧彌漫的邏輯死角。

真正的李立文雖然有收藏管制刀具的習慣，並且隨身帶刀，但就性格來講，沒有殺人的勇氣。「李立文」卻有。

已知的人格分裂案例中，第二人格、第三人格往往比主人格聰慧、強大，但也有相反的情況。顯然，「李立文」並非一個健全的人，他徒有人的外表，心智卻類似動物。

但他有能力殺掉肖潮剛。

上一次偵訊時，李立文說自己割傷肖潮剛之後，肖潮剛從賓館倉皇逃離，但時隔半年，賓館的監視器記錄早已清空，難以核實真假。

李立文割傷肖潮剛之後到底發生了什麼，只有當事人才知道。

或許連當事人都不知道，因為那時的李立文可能已經被「取代」。

「李立文」取代李立文的契機是什麼？是李立文陷入危機，受到傷害？還是李立文承受不住心裡的壓力？

肖潮剛企圖在賓館強迫李立文，並且在此之前已經糾纏了多日。李立文擔心丟了工作，心理狀態已經非常負面，終於在被強迫時失去對精神的掌控？

「李立文」就是在那時出現的？並立即殺了肖潮剛？

不對，對不起來。

李立文已經持刀反抗，等於是親自破除了困局。

李立文可能說了謊，他並沒有割傷肖潮剛，而是突然出現的「李立文」殺了肖潮剛。可如果「李立文」是在賓館動手，屍體是如何處理的？聲音是如何掩蓋的？

「李立文」只可能是在別的地方動手！

花崇深吸一口氣，想到另一個關鍵問題。

如果的確是「李立文」殺了肖潮剛，那這個案子就與滿瀟成毫無關係。「李立文」殺肖潮剛，只是因為李立文受到侵犯，或者說傷害，他根本不認識滿瀟成，不存在為滿瀟成報仇一說。

所以之前的推測不成立？

花崇神情凝重地看著「李立文」。

「李立文」不斷重複著「放了他」，像一頭智商低下，卻又極其執著的困獸。

意識到交流十分困難，花崇只得儘量放慢語速，「肖潮剛在哪裡？」

「李立文」怒目圓瞪，張了半天嘴才說：「河、邊。」

李立文與肖潮剛開房的賓館東邊有一塊無人開發的河壩，春夏高草叢生，秋冬荒涼敗落，因為數年前發生過幾起淹死小孩的事故，平常很少有人去那裡。

花崇立即聯繫曹瀚，讓他馬上去河壩搜尋。

「李立文」精神愈加亢奮，一邊發出「呼呼呼」的怪聲，一邊揮舞著被拷在一起的雙手，機械地重複說：「是我，放了、他！」

張貿看得毛骨悚然，起了一身雞皮疙瘩，「徐老師，他在幹什麼？」

徐戡觀察片刻，「他無法用語言表達自己，只能用肢體語言告訴我們——他是這樣捅死了肖潮剛。」

「我靠！」張貿捏著自己的手臂，「我現在相信李立文真的有第二人格了，這要是裝的，他直接當演員吧！」

「徐戡！」花崇從偵訊室裡出來，步伐很快，喊完名字還招了招手。

徐戡立刻迎上去，「怎麼了？」

「我估計李立文有人格分裂的症狀。」

「我看出來了。」

花崇頓了半秒，「馬上聯絡人幫他做精神鑑定。我去一趟河壩，你也做好出勘現場的準備。」

柳至秦已經在警車旁等了，他拉開駕駛座的門，在花崇坐進去時抬手擋了一下，然後回到自己的副駕。

「根據足跡推斷，凶手是名五旬男子，正常體型，這和我們之前根據作案工具、創口所做的側寫類似。我已經安排兄弟們排查滿瀟成的人際關係裡有類似特徵的人，相信會有發現。李立文那邊到底怎麼回事？」

花崇將車發動，簡單地把李立文的情況概述一番。

柳至秦在檢驗科跟眾人開會時，就已經聽說李立文精神出了問題，此時得知可能是人格分裂，倒也沒有特別驚訝。聞言，他思索了片刻，說：「那如果曹隊他們真的在河壩找到了肖潮剛，就證明李立文分裂出來的人格沒有撒謊。肖潮剛並非因為滿瀟成而死。」

「對，我剛才也在想這個問題。」此時正好是早上上班的尖峰時段，哪裡都塞得很，警車走走停停，花崇盯著前方的車流說：「昨天晚上，我們分析案情時，我說感覺掉進了一個『思維盲點』，但又想不通有誤的地方在哪裡，現在我好像想到了。」

柳至秦偏過頭，「因為李立文？」

「因為李立文和肖潮剛。」花崇說：「四起割喉案，殺害呂可、羅行善、豐學民的顯然是同一個人，而殺害尹子喬的凶手似乎另有其人。我們本來已經比較確定這四起案子是兩個凶手所為，相同之處只是他們都選擇了割喉這種方式。

使用銳器的殺人案中，割喉最為常見，因為它效率最高，被割喉的人鮮有生存可能。尹子喬被割喉，與另外三人被割喉並不存在必然的聯繫，是一起獨立案子。但自從我們在金蘭家園發現了凶手的作案動機，發現了滿瀟成這個人，尹子喬就被串上去了。」

前方要轉彎，花崇暫時停下，沒有繼續說。

柳至秦說：「你的意思是，尹子喬是被我們刻意串上去的？他本來不應該在凶手的『犯罪網』上？」

「嗯。」花崇道：「從凶手因為高空墜物事件殺害呂可、羅行善，就能夠看出他的想法異常偏激，並且自有一套常人難以理解的犯罪邏輯，他可能殺害任何將滿瀟成推上絕路的人。我們只能進入他的邏輯，用他的想法去猜測他的下一個目標是誰，將所有影響過滿瀟成人生的人，都列入他的『犯罪網』──我們就是在這個環節上掉進『思維盲點』，然後始終沒能走出來。

直到剛才在偵訊室面對李立文前，我一直在想我們昨晚討論過的問題。從創口來看，凶手不應該是同一個人，但他們的目的卻又是一樣的，都是為了幫滿瀟成報仇。這種事發生的機率太低了，我不信有這種巧合。但若非要說凶手是同一個人，那麼完全不同的創口又無法解釋。是我們被凶手的犯罪邏輯拖著走，不僅把尹子喬的死和滿瀟成聯繫起來，還把肖潮剛的失蹤和滿瀟成聯繫起來。但現在的事實是，殺害肖潮剛的極有可能是李立文分裂出來的人格。」

柳至秦一邊思考一邊緩慢道：「尹子喬的確是影響過滿瀟成人生的人，凶手有理由殺了他，為滿瀟成復仇，肖潮剛同理。但想要殺死他們的人並非是想為滿瀟成復仇，他們是因為別的事引來殺身之禍……」

「對！李立文剛才那一鬧，我才突然意識到這個問題。」花崇將車窗放下來透氣，右手在太陽穴捶了捶，「不進入凶手的邏輯不行，但進入過深也不行。凶手的復仇對象，集中在與高空墜物事件有關的人身上，他可能根本沒有想過要對尹子喬動手。尹子喬是因為另外一個原因，死在另一個人手上。」

「你這麼一說，我腦子好像也清晰了一些。」柳至秦說，「尹子喬這個案子在時間上，與後面三個案子比較接近，加上割喉這個手法，的確容易被放在一起考慮。這次的凶手又具有一定的反社會人格，思想偏激，要瞭解他就必須進入他的邏輯，但一旦進入，便容易被他影響。我們……可能確實被他帶歪了。」

「先確定李立文是否殺了肖潮剛。」花崇技術嫻熟地在車流中穿梭，「這個案子結束後，我打算和犯罪心理方面的專家聊一聊，聽聽他們的意見。」

柳至秦點頭，旋即又道：「不過如此一來，尹子喬一案就回到了原點。針對他的人際關係調查已經進行了好幾輪，沒有有價值的線索。」

警車被堵在離斑馬線半公里遠的地方，花崇歎息，「那就先偵破呂可三人的案子。滿瀟成確實無辜，但凶手殺害的這三人不該為滿瀟成抵命，他們也很無辜。」

搜索進行了半日，一具腐敗見骨的屍體在河壩的一處砂石坑中被找到。

由於腐敗嚴重，初步屍檢無法確定死因，更無法確認身分，必須做解剖和DNA比對。但在場的警員都明白，這只可能是肖潮剛。

經過心理干預，李立文已經「醒來」，縮頭縮腳地坐在偵訊椅上，面色蒼白，低頭不語。

花崇問：「你隱瞞了什麼？」

李立文惶恐不安地顫抖，一股勁地搖頭。

「那天在賓館，你不只割傷了肖潮剛。」

「我沒有撒謊！」李立文驚聲道：「我真的只是割傷了他！他跑了，我一個人留在浴室清理血跡，我沒有做過別的事！」

「李立文，你知道他的存在。」花崇緩聲說。

李立文睜大眼，難以置信，「你、你說什麼？誰？我知道誰的存在？」

「你不確定，但你已經意識到自己的身體偶爾會不對勁。」花崇看著他寫滿驚愕的眼睛，「我再問一遍，那天晚上你割傷了肖潮剛，在肖潮剛離開之後，你真的只是在浴室清洗血跡嗎？」

李立文咬著下唇，漸漸地，眼中浮起一片水霧。

花崇說：「你是不是想做什麼傷害自己的事？」

李立文不說話，只搖頭。

「監視器錄下了你今天早上做的事。」花崇將筆記本轉了向，「長時間留在市局，不斷接受問詢，你已經心理崩潰，用額頭撞牆面。」

花崇的講述之後，影片已經播放到「李立文」發狂襲警的畫面了。

「這不是我！這不是我！」李立文大叫起來，用力抓扯著頭髮，「我不可能做這種事！你們陷害我！你們給我吃了迷幻藥！」

「嗯，他的確不是你。」花崇說：「但你早就隱約察覺到他的存在了，不是嗎？」

李立文瘋狂搖頭。

「當你企圖傷害自己的時候，他就會出現。今天早上是，在賓館時也是。」花崇頓了頓，「當時，你站在浴室，盯著地板上的血，又看著自己手中的刀。恐懼與憤怒漸漸讓你情緒失控，變得絕望，多年被客人欺辱，積蓄在心中的壓抑一朝爆發，你想要殺掉像肖潮剛一樣的人，殺了欺辱你、看不起你、將你踩在腳下的人，但你做不到！」

李立文的眼淚像斷線的珠子，他抱著單薄的肩膀，看起來弱小又無助。

花崇接著說：「你喜歡收藏管制刀具，隨身攜帶刀具，這個愛好讓你感覺自己沒有那麼任人可欺。它與其說是你的愛好，不如說是你的毒品。但即便有了很多刀，你仍舊過著被客人肆意指使的生活。」

李立文終於哭出了聲，壓抑又悲憤。

「那天你拿起刀，知道無法殺掉肖潮剛。」花崇說：「你跪在地上，想殺了你自己。」

徐戡將屍檢及DNA比對結果送到花崇手上。死者正是半年前無故失蹤的肖潮剛，凶手使用銳器，至少在他身上戳刺了三十四刀。

看到屍骨發現現場的照片時，李立文反倒安靜下來了，不再哭泣，也不再顫抖，只是一動也不動地盯著照片，然後彎起唇角，無聲地笑了笑。

那笑容幾乎凝固在他臉上，像一副掩飾痛楚的面具。

曹瀚和另外兩名洛安區分局刑偵中隊的警員，幫李立文錄了口供。

花崇和柳至秦在單向玻璃外看了一會兒，轉身離開。

和大多數從小城鎮來到洛城的年輕人一樣，李立文曾經也心懷夢想與憧憬，想努力工作，認真賺錢，等到存夠了錢，就買一套屬於自己的房子。二手的老房子都能接受，不用多寬敞，也不用多舒適，夠自己落腳就好了。然後再加倍努力地工作，等經濟條件好一些，就找個女孩來談戀愛、結婚，三十歲之前生個可愛的孩子，男孩、女孩都行，男孩更好養，不像養女孩一樣時刻需要操心，但若要問內心，他更希望生個漂亮軟萌的女孩，像小公主般養著。

美好的白日夢並未持續太久，很快李立文就發現，在小城鎮長大、沒有學歷、沒有背景的自己根本無法在洛城找到一份稱心如意的工作。他穿著洗乾淨、熨整齊的襯衫，拿著花錢請人做好的簡歷去應聘，卻總是碰一鼻子灰，人事們看一眼他的簡歷就扔在一旁，微笑著請他離開，從來不告知為什麼不肯錄用他。

後來有一次，他偶然聽到一名人事說，「剛才那個姓李的，要文憑沒文憑，要經驗沒經驗，還是農村來的，滿嘴土話，雖然長相還行，但半點氣質都沒有。再說，我們這裡又不是鴨店，光有長相有什麼用？他這種人，居然也好意思往辦公大樓裡跑？去當個洗腳工，人家可能都嫌他的手太粗糙了。」

另外一名人事哈哈大笑，「我看啊，他當洗腳工挺好的。剛才看他那樣眼巴巴地看著我，好像真的很渴望我給他一份工作。唉，怎麼可能啊？大學生我都得看是哪個大學畢業的呢。說真的，我都想給他一個建議了——白天去餐館端盤子，晚上到洗腳城幫人按摩，一天打兩份工，完全不用動腦子，說不定拿到的工資還比在我們這裡工作高。」

李立文駐足聽了片刻，然後悄無聲息地離開，回到租住的灰暗小屋，在鏡子前將自己從頭打量一番，呆立許久，斷絕了成為一名白領的念頭。

他扔掉了為應聘而買的廉價西裝，撕了一大疊還未投出的簡歷，很快就在一家烤肉店找到第一份工作，從此開始了面對各色客人的人生。

人似乎總是傾向於記住批評、遭遇。而在服務業中，客人滿意，可能什麼都不會說，付錢後默默離開；客人不滿意，有的念叨幾句就算了，有的卻會藉機發難，將服務生叫過來就是一頓刁難。

李立文被烤夾打過臉，被飲料澆過頭，被指著鼻子罵過「滾」。

但這只是冰山一角。

當他為了生計，去酒吧、洗腳城工作時，才漸漸發現，自己真的低人一等。

有錢人可以為所欲為，他卻只能低聲下氣，為了不被辭退而竭盡全力地伏低做小。

即便如此，還是會被客人投訴、羞辱。在上一家夜店，他被迫向客人下跪，從客人腿間鑽過去，像一條狗一樣向客人作揖，然後在滿屋大笑聲中用嘴叼住客人賞賜的錢。

他被打過，結結實實的十個響亮的耳光。
他也被灌得送去醫院洗胃，落下了胃痛的毛病。
他已經記不得自己到底犯了什麼錯，要被這樣對待，只記得跪下時那種寒徹心扉的感覺。
他偶爾會去網路上發文，傾述自己對工作的不滿。可是看過貼文的網友都說，那你辭職別幹了啊，沒這份工作會死嗎，你就不能找一份滿意的工作？最討厭你這種無病呻吟、怨天怨地的人了！你可以陽光一些啊，社會有那麼多的美好，你不會自己去發現嗎？
甚至有人叫他打起精神來，去吃一頓日式自助餐就好了。
他關掉貼文，苦笑。
一頓日式自助餐？呵呵，那是他半個月的伙食費，那些不為生活發愁的網友怎麼懂他的難處？這個世界上，除了他自己，又有誰懂他的難處？
他不再上網傾述，轉在背後用極其難聽的話語罵人。他討厭裝腔作勢的男人，也討厭虛偽無知的女人，討厭倚老賣老的老人，也討厭混不講理的小孩。
慢慢地，他對周遭的一切都只剩下了厭惡。
他自知懦弱，連長相也不是硬漢派的，於是開始學硬漢收藏管制刀具。他存的錢，除了基本的生活開銷，基本上都花在了購買管制刀具上。
可是即便每天都帶著鋒利的刀出門，他還是那麼弱小，被客人欺辱之後還是只能點頭哈腰、賠罪道歉。
在燈紅酒綠的夜世界生活得越久，他就越絕望。初到洛城時，那些美好的願望全都破滅了，他買不起房，也討不到老婆，更養不起兒女。

他很鄙視那些沒幾個錢卻想生兒育女的人，進而鄙視沒錢還想要討老婆的男人。簡直是禍害下一代。

再一次被不講理的客人罵得狗血淋頭後，他回到家，越想越覺得活著沒意思，拿起一把剛買的刀，渾渾噩噩地想要結束自己的生命。

活得如此辛苦，看不到未來，不如死了算了。

但之後發生了什麼，他全無印象，好像突然昏迷過去，醒來的時候已經躺在床上。記憶有一段空白，好似被人憑空從腦中抽離了。

他看了看時間，已經是上午十一點了，而晚上下班回到家時是淩晨五點。

想要自殺，原來只是一場夢嗎？

他看向擺放管制刀具的地方，所有的刀都整整齊齊地放著，像沒有被動過一樣。

可能的確是夢吧。他想。

可是後來，同樣的夢每隔一段時間就會重複一次。

夢裡，他拿著刀，想要與這毫無意義的人生一刀兩斷。可是後面的畫面卻是一片空白，他沒有放下刀，也沒有揮向自己的要害。

他漸漸明白，事情可能不像自己想像的那麼簡單。那也許不是夢，是自己失去了意識。

無聊的時候，他偶爾也會看看閒書，曾經看過涉及「人格分裂」的凶殺案。

他不禁想，我會失去意識，是因為另一個「我」出來了嗎？

他查了一些關於「人格分裂」的資料，有些害怕，又很驚喜。他不確定自己的猜想對不對，也完全感知不到另一個「自己」的存在，不知道那是個怎樣的人。他唯一清楚的是，自己有時會缺失一段記憶。

那天在賓館，他確實割了肖潮剛一刀。肖潮剛大約是壓根沒想到他會拚死反抗，還帶著管制刀具，一時氣勢全失，只罵了幾句髒話就落荒而逃。

他大腦一片混亂，痛苦難當，恨不得立刻衝出去殺了肖潮剛，卻根本沒有殺人的勇氣。他恨自己的懦弱，更恨自己的低賤，恍惚間已經舉起了刀，可是下一秒，又什麼都不知道了。

清醒時，他渾身赤裸地站在浴室的蓮蓬頭下，而刀上、地上的血跡已經被清洗乾淨了。

可是浴室裡似乎有一股揮之不去的血腥味，並非來自地板，而是來自他的身上。

但事實上，他的身上沒有血。

他覺得疲憊至極，好像跑了很長很長一段路，又好像做了很多消耗體力的事。

從浴室出來他才看到，時間已經過了兩個多小時。

是他出現了嗎？他幹了什麼？

後來一段時間裡，肖潮剛再未出現，他想過一種可能——是不是另一個自己在那天晚上威脅過肖潮剛，所以肖潮剛才不再來酒吧？

直到警察到夜市街調查，他才知道，肖潮剛失蹤了。

他開始心驚膽戰，害怕肖潮剛的失蹤和「自己」有關，又覺得不大有可能。他想去醫院確認自己的猜想，卻害怕面對現實。

那個他，說不定只是幻覺。

最終，他什麼都沒有做。

日子和往常似乎沒有什麼不一樣，半年裡，記憶缺失的現象沒再出現過，肖潮剛也像人間蒸發一般徹底消失了。

在自我催眠下，他覺得自己就是個精神正常的人，根本不存在另一個「自己」，至於肖潮剛，或許已經死在哪裡了也說不定。

肖潮剛這樣的人，最好死了——他如此想。

可半年的寧靜被小路裡的凶殺案打破，他作為嫌疑人被帶到市局，從警察口中，他又聽到了肖潮剛的名字。

這如噩夢一般的名字。

警察們似乎在追查肖潮剛失蹤一事，而他也無法離開市局，時常被帶到偵訊室問話。

已經消退的恐懼終於像奔騰的海潮翻湧而至，他脆弱的精神瀕臨崩潰……

一死百了的想法再次撲上心頭，活著真累，與其苟且過著這可恨的一輩子，還不如早點死了投胎。

他走向牆邊，額頭重重地撞了過去。

好似沒有察覺到疼痛，因為他醒過來了。

「李立文」幾乎不具備人的思維能力，依照本能行動，像受到傷害的野獸般憤怒，想要保護李立文，卻用了完全錯誤的方式。

看著監視畫面裡，發狂襲警的「自己」、嘶吼著「放了他」的「自己」、承認殺了肖潮剛的「自己」，李立文情緒穩定地伸出手，指尖在螢幕上輕輕點了點，眼神竟然有幾分釋然。

「原來你真的在。」他輕聲說：「我終於見到你了。」

◆

「從足跡推斷年齡雖然不一定準確，但至少最近幾年，檢驗科估算出來的年齡誤差都在兩歲以內。在足跡鑑定這一塊，李訓他們算得上有經驗。」花崇挖著外送盒裡的蛋炒飯，「既然他們說凶手年齡在五十七歲左右，那這個『左右』就不會差太多。」

「如果沒遇到事故，滿瀟成今年是三十一歲。」柳至秦吃得慢一些，同樣一盒蛋炒飯，還剩下幾塊焦黃的炸雞，「從年齡上看，凶手的確可能是他的親生父親。」

花崇放下飯盒，歎了口氣。

柳至秦抬眼，「怎麼了？」

「我現在不太敢『大膽假設』了。」花崇拿起隨外賣附贈的甜豆漿，一口氣就喝了大半杯，「這次是有李立文這個案子突然提醒了我，否則……」

「『小心求證』就好。」柳至秦說：「滿瀟成和滿國俊的ＤＮＡ不是正在比對嗎？我們這次求證得這麼小心，不會再掉入『思維盲點』了。」

花崇看看時間，「結果可能快出來了。」

柳至秦趕緊加快吃飯的速度。

「別吃這麼快。」花崇掃了他一眼，「我先去，你吃完了再來就好了。」

柳至秦卻道：「等我。」

簡單的兩個字，讓花崇站起的動作一頓，又坐了回去。

柳至秦將一塊炸雞夾到花崇空空的外賣盒裡，「幫我吃一塊好嗎？」

「你剛才怎麼不說『好嗎』？」

花崇沒用筷子，兩根手指頭把炸雞拿了起來。

柳至秦笑：「等我好嗎？」

「不好。」

花崇兩口吃掉炸雞，抽出濕紙巾擦手。

「那你要走了？」柳至秦問。

花崇看了看他外賣盒裡的最後一口蛋炒飯，說：「你下次少說兩句，可能就能比我早吃完了。」

「我盡量。」

柳至秦吃完飯，掃了一眼桌子，一副也想喝甜豆漿的模樣。

「少送了一份嗎？」花崇幫忙找，自言自語：「還是被誰拿走了？」

重案組的隊員吃外賣都圍在一張大桌子上，飲料杯、外賣盒全放在一起，經常出現飲料被拿走的情況。

柳至秦看了看花崇的甜豆漿，問：「你還要喝嗎？」

裝熱飲的杯子是不透明的紙杯，看不出裡面的豆漿還有沒有剩。花崇拿起杯子一試，還剩下半杯。

「你要喝？」他問。

「嗯。」柳至秦應了一聲就伸出手想拿。

花崇的右手往旁邊一避，「你另外找根吸管。」

「哪裡還有多餘的吸管？」柳至秦說：「別人拿走我的豆漿，還會留一根吸管給我？」

花崇抿了一下嘴角，有些猶豫。

猶豫的時候，手中的甜豆漿已經被拿走了。

柳至秦咬著吸管，慢慢地喝著甜豆漿。

花崇無奈，「我喝過……」

柳至秦的一邊眉半挑，「剩下的正好給我喝。」

這時，張貿走進辦公室，看到柳至秦拿著的甜豆漿，還愣了一下。

就在不久前，重案組的外賣到了，他點的是照燒脆骨丸套餐，商家簡直反人類，搭配的飲料居然是冰可樂。

這麼冷的天，他只想喝熱飲啊！

正憤慨著，柳至秦就送了他一杯燙手的熱豆漿。

他既驚喜又感激，還有點不好意思，「小柳哥，你不喝？」

「我不喜歡甜豆漿。」柳至秦說。

「那我用冰可樂和你換？」
「不用，你拿去吧，我沒有邊吃飯邊喝飲料的習慣。」
柳至秦都這麼說了，他當然不再客氣。發現飯有點冷了，於是他拎著外賣和熱豆漿去茶水間，打算用那裡的微波爐熱一下再吃。
吃完回來，居然看到柳至秦在喝甜豆漿。
不是不喜歡甜豆漿嗎？
不是不習慣邊吃飯邊喝飲料嗎？
張貿撓撓頭，和柳至秦對上眼。
柳至秦抿唇笑了笑，旋即側過身，跟花崇說了句話。
張貿懶得看了，回到自己座位上，打算來個飯後午睡——這幾天實在太累了，他的腦子都不管用了。
花崇注意到柳至秦和張貿對視的那一眼，直覺有鬼，問：「你們在看什麼？」
「什麼看什麼？」柳至秦裝蒜，「我剛才不是在看你嗎？」
花崇給了他一記拐子。
「噯……」
柳至秦還想爭辯，內線電話就響了。
張貿接起，幾秒後大喊道：「花隊，滿瀟成和滿國俊的親子鑑定結果出來了！」

洛城一中，求知樓——

高一普通班的晚自習，向來不像高三升學班那麼緊張，不用考試，也不用講解作業。通常情況下，第一節晚自習會由各科任課老師輪流守著，學生有問題要問就去講臺，沒問題要問就寫作業，也可以彼此小聲討論，只要不影響別人就行。

第二節晚自習，老師一般不會再守在教室，不是在辦公室改作業，就是準備次日的教學內容，學生有弄不懂的問題還是可以去找老師解答。不過因為教室裡沒有老師，一些學生就懶得看書了，玩手機的玩手機，聊天的聊天，還有人乾脆溜走，男生去操場打籃球，女生去校外吃燒烤。

有讀書氣氛的只有幾個排名靠前的班。這些學生都是憑成績考入洛城一中的，剛念高一，就已經定好了衝擊名牌大學的目標。

與之相反，一年二十八班是全年級平均成績最差的普通班之一，學生幾乎全是繳高價學費進來的，家庭條件都不錯，無需寒窗苦讀也有光明前程。

不久前的期中考，二十八班表現得很糟糕，國文這種不易拉分的科目還過得去，數學和英語居然只有四分之一的人及格，且大部分及格的人都是「低空飛過」，不過班導師和部分任課老師倒是見怪不怪。

這種班在洛城一中，基本上就是被放棄的，什麼「藝術生」、「體育生」統統往這裡扔，白天上課時間的秩序都混亂不已，老師在上面講，學生在下面鬧，毫無紀律可言。到了晚上的自習時間更是一團糟，有一半的人根本不來上晚自習，另一半人即便來了，也是拖時間，混到打鐘了事。向老師請教問題這種事是絕對不存在的，沒把老師氣走都算對得起老師。

但今天晚上，一年二十八班的晚自習卻秩序井然。

教室裡沒有坐滿，還是有一些混混學生蹺課了，但在教室的學生全都認真地看著黑板，連坐在最後一排的都沒有吃零食、打瞌睡、玩手機。而講臺上，有一位拿著粉筆，正在耐心授課的老師。

申儂寒，五十八歲，鬢髮斑白，戴著一副眼鏡，雖然已經到了快退休的年紀，但精氣神不輸年輕老師，講起課來仍是幽默風趣，且有一股不怒自威的氣魄，極易吸引學生的注意力。

他是一名數學老師，能將數學講得幽默風趣的人實在不多見。

二十八班的學生最會惹事，但即便是最混帳的也服他，不敢在他的課上造次。

晚自習開始之前，數學小老師通知說晚上申老師要來講課，大家都嚇了一跳。申老師從來沒有守過晚自習，平日正常上課都請過好幾次假，怎麼會突然要占用晚自習時間上課？騙人的吧？

數學小老師說：「唉，我們班期中考的數學成績不是特別糟嗎？你及格了嗎？還有你，你才二十多分！滿分一百五，你才二十多分！申老師可能看不下去了吧。申老師是誰啊，以前高三理科升學班的『駐場』老師啊，現在帶我們這種班……唉，我們班再不行，申老師的一世英名也不能毀了啊！」

學生們哼哼唧唧，說你這個小老師不也才考了九十多分嗎？丟臉！

小老師憋了半天，「下次月考，你看我考多少分！」

四十五分鐘的晚自習，申儂寒有條不紊地講著題目，偶爾會叫一名學生回答問題，學生回答不出來，他也不說刁難的話，讓對方坐下，接著往下講。

班導師和學年主任相繼來看了兩眼，都低聲自語道：「申老師啊，不一般。」

下課鐘聲響了，申儂寒放下粉筆，溫聲道：「今天就講到這裡。」

難得認真聽講的學生們有的還沒反應過來，有人居然說：「我靠，這麼快就下課了？」

申儂寒說：「下一節晚自習我在辦公室，如果大家有任何問題，都可以來找我。」

坐在最後一排的問題學生舉起手，「申老師！」

申儂寒看過去，「嗯？」

「您怎麼突然想幫我們上晚自習了？聽完您的一堂課，我今天的遊戲任務都完成不了！」

學生們大笑。

申儂寒也笑，「過去忙別的事，疏忽了你們。從現在起，輪到我守晚自習時，我都會來。」

教室裡響起一陣哀嚎。

申儂寒拿起掛在椅背上的大衣，笑道：「你們也是我的責任，帶不好你們，我會良心不安。」

◆

在偵訊室明亮的燈光下，滿國俊的銀髮顯得格外沒有生氣。

他一雙眼睛毫無神采，像兩枚起了霧、不會轉動的老舊玻璃珠。

「你早就知道，滿瀟成其實不是你的親生兒子？」花崇問。

滿國俊沉默了很久，蒼老的雙手慢慢握在一起，鬆弛的頸部皮膚隨著喉結的抽動而起伏，像卡著一口痰的聲音從他嘴裡散出來，答非所問：「你們為什麼要告訴我真相？我沒幾年能活了，給我餘生留一些希望，不好嗎？」

花崇沒料到他會是這種反應，眉心悄然一抵。

「你不確定，你只是猜測滿瀟成不是你的親生兒子？」柳至秦追問道：「你在心裡幾乎已經確定了這個猜測，卻沒有求證？」

滿國俊如老舊玻璃珠的眼球艱難地轉了轉，「我是不是他的親生父親，和你們正在查的案子有關係嗎？他都被砸死多少年了，你們還揪著他不放。有人死了，和他有什麼關係？和我有什麼關係？我已經說過了，我得到了應有的賠償，我從來沒有想過要找誰報仇，我也不知道有誰會為他報仇。」

花崇眸光暗下來，逼視著滿國俊，幾分鐘後突然站起身，往偵訊室的門邊走去。

柳至秦回頭，「花隊？」

「我去抽根菸。」花崇說，「馬上回來。」

門關上時，柳至秦再次看向滿國俊，在對方渾濁的眼中看到許多複雜的情緒。

滿國俊對親子鑑定結果並不意外，也不憤怒，卻說出了「你們為什麼要告訴我真相」這種話。

顯然，滿國俊早就因為某些原因，猜到了滿瀟成非己所出。

這幾年，他對向雲芳、滿瀟成的態度也佐證了這一點。但他始終不願意相信，或者說，他希望這一切都是假的。

他活在懷疑中，既想求證，又不敢求證。

像李立文一樣，他害怕面對現實。

一天不知道真相，他就能欺騙自己一天，卻也在痛苦中掙扎一天。他一邊恨背叛自己的妻子和不該出生的「兒子」，一邊渴望真相不要到來。

之所以會有這種矛盾的反應，大概是因為他曾經非常疼愛滿瀟成這個「兒子」。他難以接受自己傾注了心血的孩子，是其他男人的骨肉。

如此複雜的感情與人性，會催生出什麼結果？

柳至秦十指交疊，撐住下巴，一邊凝視滿國俊，一邊往深處思考，試探著問：「你知道滿瀟成的生父是誰嗎？」

滿國俊臉上的肌肉抽搐了幾下，「不知道。」

「這個人可能與最近發生的案子有關。」柳至秦逼問，「你是不知道，還是不願意說？」

「我不知道。」滿國俊搖頭，「我什麼都不知道。」

一根菸的時間，花崇回來了。

門一開一關，灌進一陣冷風。

花崇將菸盒與打火機扔在桌上，手裡拿著滿瀟成一家的調查報告。

打火機撞擊桌面，發出不小的聲響，令滿國俊下意識朝他的方向看，但很快將目光收了回去。

「在滿瀟成工作之前，你的妻子向雲芳是你們家的經濟支柱。她在量具廠工作，是一名隊長，雖然收入不高，但勝在穩定，端的是鐵飯碗。」花崇說：「但你，四處幫人看店的錢只夠補貼家用。」

滿國俊眼神空茫，唇動了幾下，似乎想爭辯，但到底還是什麼也沒說，只是縮了縮肩膀。

「不過在和向雲芳結婚的時候，你也在量具廠工作，並且是你們工廠裡的生產模範、優秀工人代表。你的薪資比向雲芳高，職位也比她高。」花崇語氣平平，如在講述一件無關緊要的事，「你們本來可以穩穩當當地過下去，但在滿瀟成七歲的那年，你遇到了生產事故，一柄鋼刺戳穿了你的腸道。」

滿國俊垂下頭，低喃道：「是很久以前的事了，我早就不是什麼量具工人了。」

「量具廠承擔了你的治療、護理費用，但是你雖然傷癒，身體卻落下了永久病根，根本好不起來。出院之後，你已經無法勝任原來的工作。量具廠體恤你們一家，將向雲芳調到你的崗位，薪水一分不少，還加了一些補助，而你被調去看守庫房。本來這個安排對你來說是好事，工作清閒，適合調理身子，還有一筆穩定的收入。」花崇頓了頓，又道：「但你不願意。在看守庫房半年之後，你就從量具廠離開，開始去各種私人小店打零工。」

滿國俊不說話，眼珠卻一直不安地左右擺動。

花崇往前一傾，「能告訴我，你為什麼不願意留在量具廠守庫房嗎？」

滿國俊始終不語，眼珠擺動的頻率越來越高。

柳至秦看了看對峙的兩人，難得發現自己無法猜到花崇這麼問的目的是什麼。

「不願意說嗎？」花崇下巴微揚，「那我只好隨便猜了。如果猜得不對，麻煩你別太介意。」

滿國俊不安地動著身子，喉嚨發出幾個單調的音節。

那音節像是刻板的拒絕。

花崇沒有理會，「滿國俊，你曾經是個心高氣傲的人。在你們家裡，你是頂樑柱，是收入最高的人，你擁有說一不二的權力，你把自己當成一家之主。但事故讓你失去了健康，進而失去引以為傲的崗位。向雲芳不僅取代了你在工廠的地位，還取代了你在家裡的地位。」

滿國俊握著拳頭，輕聲說：「沒、沒有的事。我們、我們是一家人。」

「你們當然是一家人。你受傷之後性格大變，時常生病，去醫院簡直是家常便飯。向雲芳堅持照顧你，從來沒有忽視過你。量具廠的老員工、老長官都說你們感情很好，但你，漸漸受不了地位的變化，無法再待在工廠裡，你覺得自己成了旁人的笑話。」

「沒有。」滿國俊搖頭，「我沒有這麼想。」

「你和向雲芳是怎麼認識的？」

花崇突然轉換話題，像毫無邏輯一般。柳至秦卻知道，這種看似無邏輯的跳躍，實際上是打亂被問詢者思路的一種手段。

滿國俊愣了一會兒，不解地張開嘴，半天才說：「我們都是工人，由車間主任介、介紹認識。」

「你們交往了三年才結婚。」

「是。」

「那時候，你很愛向雲芳。」

滿國俊遲疑片刻，點頭。

花崇緩緩道：「向雲芳也很愛你。」

滿國俊眼中浮起幾縷複雜的神色，稀疏的鬍鬚顫抖得厲害，遲遲不肯說話。

柳至秦看懂了，那是苦澀、憤怒、不甘，還有無可奈何。

「向雲芳也很愛你。」花崇故意重複了一遍，又道：「你們是在家人的祝福下成婚的。」

滿國俊卻幅度很小地搖頭，乾澀低沉的笑聲格外刺耳，「愛？沒有愛，她早就背叛了我。」

花崇盯著他的眼，「不，她很愛你，否則她為什麼會在你受傷之後，不離不棄地照顧你？」

滿國俊的情緒明顯波動起來，「那是她心裡有愧！她知道她對不起我！」

看著滿國俊手上突起的經絡和眉間的慍色，柳至秦終於明白花崇為什麼要問這些「無意義」的問題了。

滿國俊不是凶手，卻行為詭異，身上可能有重要線索。但自始至終，滿國俊都擺著不配合的態度。

必須讓滿國俊開口。

過去有一些老刑警愛用行刑逼供，但如今行刑逼供被明令禁止，想要讓一個人說實話，就得另闢蹊徑。一味逼問沒有用，問一百遍「你知道滿瀟成的生父是誰嗎？」，滿國俊都只會緘默不言。

只能讓他「主動」開口，「主動」聊起這個人！

花崇看似東拉西扯，卻是在步步誘導他傾述。

一個被背叛的男人，羞於提及讓自己蒙羞的女人，還有那個女人生下的孩子。

他絕不會說自己為什麼被背叛，那簡直是自揭傷疤，但負責問詢的人若一再強調你的妻子很愛你，她對你無微不至、忠貞不渝，他很快就會出離憤怒——

不！她不愛我！她背叛了我！

只要開了口，一切都好說。

「心裡有愧？」花崇張弛有度，「你是說滿瀟成的事嗎？」

滿國俊渾然不覺自己已經被掌控，憤憤地撩起鬆垮的眼皮，「她對不起我，她一直在騙我！」

花崇有耐心地道：「滿瀟成今年三十一歲，而你和向雲芳正好是在三十一年前成婚。你說她背叛你，是因為她在和你結婚之前，就懷了別的男人的孩子？」

滿國俊的呼吸漸漸急促，胸口不斷起伏，吐出的氣有種老年人常有的腐臭味。

花崇露出探尋的神色，「結婚的時候，你不知道她已經懷有身孕？還是你不知道她肚子裡的孩子不是你的？」

「我不知道！」滿國俊猛一拍桌，激怒難抑，「她騙我！她騙了我整整十八年！」

花崇心念一轉，看向右邊，接上柳至秦的目光。

十八年。

滿國俊是在滿瀟成十八歲時，察覺到滿瀟成並非自己的孩子。共同生活的十八年，足以形成極其深厚的父子情。

如果滿國俊早就懷疑滿瀟成非己所出，那麼他即便與向雲芳維持著夫妻關係，對滿瀟成也不會有太多感情。可他直到滿瀟成成年，當他已經傾注了身為父親的所有感情時，才隱約得知真相。

換做其他人，或許也不願意面對真相。

這太殘忍了。

花崇沉下一口氣，求教似的問：「你是怎麼察覺到向雲芳騙你的？不是她主動告訴你的吧？」

滿國俊呼呼喘息，「他不像我，我生不出這種兒子！」

花崇暗自將這句話補完——他不像我，別人都說，我生不出這種兒子！

小孩像不像父母，這是上一輩人見面寒暄時最常見的閒話之一，在年輕人中頗受詬病，認為容易引起不必要的家庭紛爭，上了年紀的人卻樂此不疲。

滿國俊口中的「不像」，指的應該不是長相。

「我看不出來哪裡不像。」柳至秦已經掌握到了花崇問話的精髓，故意道：「長相不能說明問題。」

滿國俊果然更加激動，「不是長相！他們說、說……」

「說什麼？」花崇聲音輕極了。

「說我這麼沒用，這麼孬，怎麼生得出像瀟成這麼優秀的兒子！」滿國俊被刺激到打開了話匣子，喑啞地喊道：「我身體差，賺不到錢，靠女人養著。家裡沒錢讓他上補習班，也沒辦法送他去鎮裡最好的中學，但他硬是考上了師範，拿全額獎學金，還有補助，他不花家裡的錢，還老是寄錢回家……別人都說，他不可能是我的種！龍生龍，鳳生鳳，老鼠的兒子會打洞！」

「你相信了？」

「我不信！」

花崇笑了兩聲，「你這想法也真奇怪，你懷疑滿瀟成不是你的兒子，卻又不信別人的閒話，你很矛盾啊。」

滿國俊沉默了片刻，才道：「我相信。」

「怎麼又相信了？」

「滿瀟成有一點像我嗎？」滿國俊苦笑，長長地歎了口氣，「滿瀟成去念大學之後，我問過向雲芳，她、她答不出來。」

「她沒有否認？」

「她只是哭，什麼都不說。」滿國俊閉上眼，「這已經是答案了。」

花崇沒有給他神傷的時間，「也就是說，滿瀟成並非你的親生兒子——這件事是你和向雲芳之間沒有明說的『祕密』？滿瀟成知道嗎？」

「我不知道。」

「滿瀟成離世的時候，你其實很悲慟，但仇恨掩蓋了你的悲慟。」花崇說：「你對他並非沒有感情，只是感情太過矛盾。」

滿國俊陷入短暫的怔愣，「不，我恨他們母子，他們欠我！」

「你心安理得地使用他們的喪葬禮和賠償金，是認為他們欠你？」

「難道他們沒欠我？」

「那那個男人呢？」花崇終於將問題繞了回去，「他欠你更多，你卻想護著他？」

滿國俊震驚難言，整個人像僵住了一般。

這一次，連柳至秦都心生訝異。

花崇語氣不變，「如果你不是想護著他，為什麼不願意告訴我——他是誰？」

「我不知道！」滿國俊的嗓音顫抖得很厲害，「我怎麼可能護著他？我、我！」

「你想說，你恨他都來不及了？」
滿國俊僵硬地點頭。
「那你回答我兩個問題。」花崇說：「呂可和羅行善遇害時，你在哪裡？你在外過夜的原因是什麼？」
滿國俊滿臉焦慮，似乎這才意識到，自己不該跟著眼前人的思路走。
花崇往後一靠，「你想幫助他。」
「你放屁！」滿國俊爆了粗口，「我幫他殺人？我殺了他還差不多！」
「看來你很確定他就是凶手？」
滿國俊又是一驚，連忙別開目光，「是你們說……」
「我從來沒有說過，他是凶手。」
滿國俊狠狠喘了幾口氣，以身體不適為由伏在桌上，不再言語。

「不順利啊。」回到重案組辦公室，花崇靠在沙發上，「滿國俊明明知道什麼，卻硬是不說。」
「你為什麼會認為滿國俊在護著凶手？」
柳至秦拎來一張椅子，坐在對面。
「我本來只有這個猜測，剛才跟他周旋下來，才基本上肯定。」
「但有這種猜測也很不可思議啊。」柳至秦道：「滿國俊最恨的人應該就是滿瀟成的生父，也就是我們認為的凶手。」

「不考慮一個人情感的複雜性的話，確實如此。」

「複雜性？」

「滿國俊是個極端矛盾的人，他一面恨向雲芳和滿瀟成，一面又放不下對他們的感情。內心深處，他愛他們，那是他的妻子和孩子。」沙發上有個不知是誰留下來的筆蓋，花崇拿起來，捏在手中玩，「但人的憤怒都需要一個發洩口，他選擇的是冷暴力，以及大肆使用以他們死亡換來的錢。他認為這是報復，他不斷麻醉自己——這就是報復。」

柳至秦凝神思考，「滿瀟成的死，他並不是無動於衷。相反的，他非常難過？」

「我在想，他和凶手是不是有類似的想法？」花崇將筆蓋拋向空中，又接住，「他其實也想為滿瀟成復仇。」

「一邊恨著滿瀟成，一邊想殺了害死滿瀟成的人？」柳至秦皺眉，「這是不是太扭曲了？」

「不準確。」花崇搖頭，「他是想讓呂可等人去死，但他沒有勇氣親自動手。這一點和李立文很像，如果有人有能力，並且有勇氣殺了呂可他們，站在他的角度，你認為他會怎麼做？」

柳至秦不語，神情嚴肅。

滿國俊會怎麼做？冷眼旁觀，還是出一份力？

「但我現在沒有證據證明我剛才的猜測。」花崇歎息，「滿國俊晚上離開養老院，說不定還真的是像劉企國一樣，去找樂子了。另外還有一件事，向雲芳和滿瀟成的生父為什麼發生關係？後來為什麼沒有在一起？技偵組能查到的資訊有限，向雲芳也去世了兩年，目前還沒有查到一個和她曾有密切來往的人。」

「交警分隊那邊呢？」柳至秦問：「豐學民遇害那天，凶手肯定一直關注著他的行蹤，查道路監視器的話，說不定有收穫。」

「已經查過了，沒有發現可疑車輛。」

「那我們現在掌握的，就只有一組足跡。」

「為什麼不這樣想？」花崇說：「我們已經有一組足跡了，而且掌握了凶手的身高體重年齡。」

柳至秦雙手撐在腦後，自言自語：「龍生龍，鳳生鳳……」

「嗯？」花崇挑起眼角，「想說什麼？」

「滿國俊說，滿瀟成不像他。那逆向思考一下，滿瀟成會不會很像凶手？」

「你這個逆向也逆向得太過分了。」花崇笑，「怎麼個像法？你難不成想透過臉部識別，搜索凶手？」

柳至秦眼睛一亮，「說不定……」

「停停停！」花崇擺手，「父親和兒子的五官確實可能存在相似之處，但長相完全不像的父子也不是沒有，而且些微的相似根本識別不出來。再說，我們現在也沒有這種海量識別的技術。」

「說到底，關鍵是沒有技術。」柳至秦輕輕聳了聳肩。

「嘖，瞧你這表情。」

「我以後寫個程式試一試。」

花崇倒不懷疑他的本事，但在刑事偵查上，父子臉部識別極不可靠。

柳至秦又道：「其實我剛才想說的不是透過臉部識別搜索凶手，花隊，你打了岔。」

花崇心想，那是我的錯？

「我們先假設一下，滿瀟成優秀得不像滿國俊，如果他的才華像他的生父呢？」柳至秦強調：「當然，這只是假設。旁人也只是說他不像滿國俊，沒說他像別的人，但他會不會確實繼承了他生父的某種優點？」

「優點？」花崇交疊起雙腿，手肘撐在膝蓋上，「滿瀟成從肖潮剛的公司離職之後，長達四個月的時間找不到工作，最後不得不去當計程車司機。雖然行業沒有高低之分，但很顯然，滿瀟成如果能找到別的符合他學歷、經歷的工作，他不會去開計程車。也許他不太適合公司，只適合當一名教師。」

「他的亮點，在學生時代是學習，步入社會之後是教書。」柳至秦道：「假設他像他的父親，那麼……」

花崇沉思一會兒，搖頭，「這太扯了。你想說他父親也是教師？」

「我知道這很扯，但這只是我第一時間冒出來的想法，所謂的『重案靈感』吧。」柳至秦解釋道：「而且我之所以會這麼想，還是基於你對凶手的側寫。」

花崇認真道：「我？我說了什麼？」

「豐學民那個案子，凶手露出了唯一的破綻——他的腳印沒有被覆蓋，原因是什麼？他不知道那裡的居民習慣遠距離拋擲垃圾，一是因為他觀察不足，二是因為他本身沒有那種習慣，他應該是個有一定道德修養、個人素質不低的人。這是你說的。」柳至秦慢聲說，「不知道是不是因為不久前接觸過藍佑軍——就是藍靖的父親，那位在洛城一中教書的老師，你一和我說凶手的特徵，我就想到了藍佑軍。藍佑軍今年也五十多歲吧，修養、素質、道德都在中等之上，而且他是教師，大多數教師的素質本來就高於社會平均水準。但藍佑軍顯然和案子沒有關係，所以……」

「所以你覺得，凶手是個和藍佑軍有相似之處的人？」

「對。」柳至秦說：「如果針對滿瀟成的排查沒能鎖定嫌疑人，而滿國俊這邊又遲遲沒個說法，我們可以試著接觸這一類人。畢竟……」

柳至秦笑了笑，「『靈感』也是菁英刑警該有的素質。」

◆

肖潮剛失蹤案並非市局的案子，但在調查一系列割喉案的途中「順便」被偵破，重案組的眾人還是相當振奮。不過李立文人格分裂，等於患有嚴重的精神疾病。而從賓館追至河岸，最終將肖潮剛殺死的是李立文分裂出來的不健全人格，李立文有可能不用承擔刑事責任。

「簡直是當面潑了一盆冷水唷！潑得心頭涼颼颼的唷！」

曹瀚靠在重案組的小會議桌旁，吃著不知道誰買的蛋烘糕，一口就是一個，七嚼八嚼，嘴巴張得特別誇張，毫無帥哥形象，沒一會兒就把滿滿一袋吃到剩半袋。

他一擦嘴，接著說：「遇到這種凶手咧，真是沒辦法唷！費盡力氣抓到咧，一看，嘿，精神病唷，殺人不擔責唷！」

「嘖，曹隊！你暈了？這種話不能亂說，也不是所有精神病患者殺人都不用擔責啊。有人雖然患有精神病，但殺人時是清醒的——只要我們能證明他殺人時是清醒的，他就得擔責，不一定判死刑罷了。」

張貿本來對蛋烘糕不感興趣，但路過時看到曹瀚吃得這麼香，也靠在桌邊吃起來。

「如果李立文是在正常狀態下殺了肖潮剛，他一樣得承擔刑事責任。媽的，這件事壞就壞在人格分裂，分裂的那個還心智不健全，屬於在不能控制自己行為的時候殺人。走正規鑑定程序的話，八成也會認為他確實發病了。」

「真發病咧，我也不能強行說他沒發病嘛，這太沒人性唷。」曹瀚愁眉苦臉地搖搖頭，一張英俊無死角的臉，硬是擠成了滑稽的表情包，「不過他不用負刑事責任咧，肖潮剛被精神病人殺死咧，就白死唷！肖潮剛雖然是個混帳咧，但不至於死唷！」

「唉！」張貿跟著感慨，「是啊，就白死唷！」

柳至秦還沒進辦公室，就聽到熟悉的「嘛咧唷」，進屋一看，果然看見了曹瀚。

「小柳哥兒！」曹瀚用他獨特的腔調喊道：「來吃蛋烘糕唷！熱咧，不知道誰買的咧！」

柳至秦一聽「蛋烘糕」三個字，心頭一跳，特別想回曹瀚一句：你吃的蛋烘糕唷，是我買咧。

花崇早上吃蛋糕——那種秤斤賣的方磚形蜂蜜蛋糕時，吃完隨口說了句「天氣涼了，還是想吃蛋烘糕，蛋糕太冷了」，他便抽空去市局對面的巷子，在唯一一家蛋烘糕的小攤子前等了一刻鐘，才買回一袋熱氣騰騰、口味各異的蛋烘糕。

會買這麼多倒不是因為花崇胃口好、吃得多，而是他不知道花崇愛吃哪種味道，索性每樣都買了幾個，拿回來讓花崇選。

但蛋烘糕買回來，花崇卻不見了，他只能去其他科室找。哪知才離開一會兒，一袋蛋烘糕就被曹瀚和張貿吃得只剩下個位數。

柳至秦眼尾抖了抖，若無其事地走近，視線停留在裝蛋烘糕的袋子上。

曹瀚用油紙包起一個，「饞了唷？來嘛，這種奶油肉鬆味的最好吃咧，還剩一個唷。」

柳至秦接過，暗自歎了口氣，沒注意到自己又被曹瀚帶歪了，「謝謝唷。」

這聲「謝謝唷」被匆匆趕回重案組的花崇聽到了。

「唷，花隊兒回來了唷！」曹瀚揚起手，又開始「兜售」蛋烘糕，「好吃唷！要嘗一個嘛？」

蛋烘糕很小，柳至秦很快就吃完了，問：「花隊，你剛才去哪裡了？」

花崇莫名從他的話裡聽出了一絲不滿，卻又不知他在不滿什麼，一看桌上的蛋烘糕，眉梢挑了挑，「你買的？」

曹瀚連忙瞪柳至秦，「小柳哥兒，你買的咧？」

「我靠！」張貿把嘴裡的嚥下去，「我吃了七個！」

「吃吧，沒事。」柳至秦大度地笑了笑，看著花崇，「你不是說想吃嗎？」

花崇頓時明白剛才他話裡的不滿是怎麼回事了——

你去哪裡了？你說想吃蛋烘糕，我跑去幫你買了，你又不在，蛋烘糕都快被這兩個吃完了。

花崇不禁好笑，雖然知道柳至秦不會這樣說話，但暗地裡想一想也挺有趣。

他彎著唇角，上前隨便拿了一個，吃完才說：「徐戡臨時通知我，說李立文不願意接受精神鑑定。」

「啊？」張貿驚道：「他什麼意思？精神病人殺人是否需要承擔刑事責任，必須經過專業的司法鑑定！他想要賴？」

花崇搖頭，「不，他認了。」

「認了？」柳至秦抽出一張面紙，遞過去，「他承認是自己殺了肖潮剛？」

「嗯。」花崇接過面紙，在手指上擦了幾下，「他堅稱自己沒有精神病，是個正常人，之前是為了脫罪才假裝人格分裂。」

「這……」曹瀚震驚得說話都正常了，「我只聽說過正常人裝精神病患者以逃避責任，還沒聽說過精神病患者裝成正常人。」

「徐老師說，李立文應該是真的人格分裂。」張貿不解，「他另一個人格出來殺人時，他的確處於不知情狀態。」

「李立文說，這一切到這裡就夠了。」花崇吁了口氣，「他不願意多說，一直強調是自己殺了肖潮剛，也堅決不接受精神鑑定。」

張貿愣了一會兒，「稀奇。」

「打工討生活、擔驚受怕、常被羞辱的日子對他來說太辛苦了，也受夠了，被那個不健全人格『保護』的日子也太詭異了。」柳至秦說，「李立文可能希望到此為止，不再掙扎了。」

曹瀚和張貿離開後，花崇才說：「我猜，李立文是不願意接受組織的治療才這麼說。一旦精神方面的專家認定他確實具有分裂人格，殺人的是另一個人格，那他的確可以不用負刑事責任，但必須接受治療、配合研究，畢竟人格分裂非常少見。治療的過程也許不比坐牢好過，他也可能會失去那個不健全的人格。」

「他捨不得？」柳至秦一邊收拾桌子一邊問。

「他很孤獨，在洛城待了這麼多年，卻沒有交到一個朋友。他認為沒有人能理解他——除了他的另一個人格。」

「挺好的。」柳至秦的語氣聽上去有些冷漠，「肖潮剛被活活捅了三十多刀，絕大部分不在要害位置，死亡過程極其痛苦。如果李立文因為患有嚴重精神疾病而逃避刑罰，這也太令人無奈了。」

花崇看著柳至秦的側臉，突然有伸手摸一摸的衝動。

蛋烘糕不是洛城本地的小吃，街頭巷尾並不常見，早上他只是突然想到，但要說想吃嗎？其實也沒有很想吃。

但柳至秦居然就不吭一聲地，跑去買了一大袋回來。

吃到嘴裡的蛋烘糕已經沒有多少溫度，口感遠不如剛烘好的，但心頭卻軟軟麻麻的，拿過蛋烘糕的手指淺淺發熱。

反應過來時，發熱的手指已經抵在柳至秦的臉頰上了。

柳至秦回頭，瞳仁像黑色的海，又深又沉。

花崇與他對視許久，可能也沒有很久，別開目光道：「蛋烘糕，謝了。」

◆

針對滿瀟成人際關係的排查不太順利，滿家、向家的親戚不算多，但滿瀟成的朋友倒是不少，可這些人裡，沒有一個符合作案現場足跡所呈現的特徵。

至於滿瀟成的生父到底是誰，更是無人能回答。

向雲芳家的親戚堅稱向雲芳是清白的，絕對沒背叛過滿國俊。溫茗鎮量具廠的老員工也都說，滿、向兩人感情很好，不像有外人插足的樣子。

一查再查，竟然都沒得到有價值的線索。

但其中一個細節卻十分引人注意——滿國俊是O型血，向文芳是AB型，他們所生的孩子只會是A型或者B型，絕無可能是O型或者AB型，而滿瀟成正好是AB型。

滿國俊這個年紀的人，也許意識不到血型在鑑定親子關係裡的重要性，又或者他理所當然地覺得自己是O型，妻子是AB型，孩子隨母，也是AB型很正常。但向文芳是母親，是受孕的一方，不可能如男人一樣對孩子的來歷一無所知，她必然會關注孩子的血型，並為此心驚膽戰。

「凶手既然會冒險為滿瀟成復仇，說明他非常在意滿瀟成。在滿瀟成活著的時候，他不應該會對滿瀟成、向雲芳不聞不問，尤其是在滿瀟成被迫從溫茗二中辭職、向文芳生病之後。」花崇在投影機旁走來走去，「但他如果接近過他們母子，周圍的人怎麼會全無察覺？如果他在經濟上支援過他們母子，我們查不到也說不過去。」

「那就是他並沒有接近過向雲芳、滿瀟成。在為滿瀟成復仇之前，他與他們一家沒有交集。」柳至秦坐在桌上，旁邊放著一台筆記型電腦。

花崇站定，擰眉思考，「這在什麼情況下會成立？」

「他沒有接近過向雲芳母子是事實，不然一定會有人察覺。向雲芳周圍可能有人說謊，但不會所有人都說謊。」柳至秦說：「問題在於凶手是在什麼情況下，和向雲芳發生關係。他們在談戀愛嗎？向雲芳是自願的嗎？」

「可能性很低。」花崇搖頭，「向雲芳懷孕時，還沒有與滿國俊結婚。當年已經不流行什麼強制結婚了，向雲芳和滿國俊是經工廠上司介紹認識，相處得來則繼續，相處不來分了就好。如果向雲芳和另一個男人在談戀愛，並自願發生關係，她為什麼要隱瞞？為什麼要和滿國俊結婚？

還有，如果向雲芳和這個男人當時是在談戀愛，那對方不可能在向雲芳結婚之後，徹底從向雲芳的生活中消失。另外，向雲芳照顧滿國俊多年，直到患病住院。她對滿國俊有感情，並且是自由戀愛結婚。那反過來，她怎麼可能會在結婚之前和另一個男人談戀愛？正推逆推都不合邏輯。」

「那向雲芳是被迫的？她因為某種原因，被迫和人發生關係，不巧懷上了孩子？」柳至秦抄起手，「她對所有人隱瞞了真相？沒有告訴任何人自己被侵犯？」

「至少她的親人，以及滿國俊都不知道。」花崇說：「不過如果是性侵，那就更複雜了。三十多年前的性侵案，現在基本上沒有途徑可查。」

「三十多年前，一個女人在熱戀，並且即將步入婚姻殿堂時遭到性侵，她會主動說出來嗎？」柳至秦抬眸，「她不會。對她來說，這是奇恥大辱，一輩子都洗不乾淨的汙跡。如果向雲芳真的是被性侵，她極有可能會守著這個祕密，一個人承擔精神上的壓力。因為她如果說了，她的家人會怎麼看她？滿國俊會怎麼看她？她的婚還結不結得成？」

花崇蹙眉，「被性侵一個月後，向雲芳發現自己有了身孕。她本可以打掉這個孩子，但她沒有。

懷胎十月，她把孩子生了下來。」

「有兩個解釋。第一，她是一名女性，母性的本能使她不捨得打掉自己的骨肉，侵犯她的人有錯，但孩子是無辜的；第二，她與滿國俊已經交往了接近三年，那個年代雖然不像現在這麼開放，但即將結婚的情侶發生關係，不算特別稀奇的事，她抱著僥倖的心理，認為胎兒可能是滿國俊的孩子。」

柳至秦說著，拿起筆記型電腦放在腿上，手指在鍵盤上敲動，「以前，普通人難以接觸親子鑑定，確認看孩子是不是自己的血脈只有一個笨辦法，就是看血型。向雲芳可能在生下滿瀟成不久，就通過血型，得知滿瀟成不是自己與滿國俊的孩子。她一直欺瞞著滿國俊，直到滿國俊因為旁人的閒話，疑神疑鬼地逼問她真相。」

花崇沉默了一陣子，「但照你這麼說，向雲芳是被滿瀟成的生父性侵，他們在發生關係後再未聯繫，那滿瀟成的生父是怎麼知道滿瀟成是自己兒子的？更不合常理的是，他對這對母子不管不理數十年，怎麼會突然想為滿瀟成復仇？」

「通過血型呢？」柳至秦暫時忽略了後一個問題，「他雖然沒有再接觸過向雲芳母子，但一直關注著他們？滿瀟成的血型是什麼，很容易查到。他對血型有所瞭解，起碼比滿國俊瞭解，知道滿瀟成不是滿國俊的孩子，再對比自己的血型，能對上。即便沒有做過親子鑑定，他可能也有九成把握——滿瀟成是他的孩子。」

花崇走到桌邊，和柳至秦並排坐著，邊想邊說：「但最矛盾的地方我們還是沒有理清楚——他有報仇的欲望，說明他很在意滿瀟成，但既然他很在意，那過去那麼多年，他是怎麼做到對滿瀟成、向雲芳不聞不問的？他甚至沒有出現在他們身邊。」

柳至秦推翻了之前的結論，「那如果他其實就在滿瀟成身邊呢？」

花崇偏過頭，「什麼意思？」

「他在滿瀟成身邊，但因為太過自然，別人察覺不到他們的關係。」

狹小的會議室安靜下來，只剩下極其輕微的呼吸聲。

少傾，花崇忽然說：「我和你是同事，我們本來就應該時刻在一起。」

柳至秦揚起眉梢，看向花崇。

花崇迎上他的目光，「我們一起行動會引起旁人的注意嗎？他們會認為我們有別的關係嗎？」

柳至秦的喉嚨有些乾啞，明知道花崇此時說這番話不是與自己「調情」，卻仍心猿意馬。

「不會。」花崇自問自答。

柳至秦迅速將腦中不合時宜的想法趕走，「你是想說，滿瀟成的生父是他在溫茗二中的同事？他們父子兩人都是老師？」

「如果按照我們剛才的推理走，這種可能性不小。」花崇又道：「但如果以同事關係來看，滿瀟成到溫茗二中工作時已經二十三歲，前面的二十三年呢？」

柳至秦從桌上下來，微低著頭，腦中飛快過濾著各種猜測，「他曾經是滿瀟成的老師！」

「很有可能！」花崇說：「這就與你之前的那個想法對上了！」

柳至秦的神情並不輕鬆，反倒皺起了眉，「我上次覺得滿瀟成的生父是個像藍佑軍那樣的人，但是當時，我們只知道他和向雲芳發生了關係，還沒有推出『他是個強姦者』的結論。」

花崇明白，「失德的強姦者、教書育人的老師，兩個形象南轅北轍。」

「不過換一種思路想，教書育人的老師和殘忍割喉的凶手，這兩個形象也南轅北轍啊。」柳至秦低聲道。

花崇揉了揉額角，「現在排查遇到瓶頸，查無可查了，就按你的靈感來。」

柳至秦：「查教師這個群體？」

「嗯，但不能大張旗鼓地查，也不能撒大網。」花崇說：「要查就查，曾經在溫茗鎮的中學小學工作，現在在洛城工作的教師。」

「又到『小心求證』的階段了。」柳至秦小幅度地牽起唇角，「對了，關於豐學民遇害那天的事，我想到一種可能。」

「嗯？」

「交警分隊那邊不是查不到沿途的可疑車輛嗎？但豐學民去鳳巢南路打麻將是臨時起意，凶手不可能提前知道，凶手肯定跟蹤過豐學民。既然不是在地上，那就是在天上。」

「空拍機？」花崇立即反應過來。

「對，空拍機。」柳至秦朝筆記型電腦抬了抬下巴，「我正在查。」

◆

洛城一中校園內，靠西的僻靜林子後面有數排不高的房子，那是教師和家屬們的住處。

房子按照精品房屋的規格修建，價格卻十分便宜，每一名在一中工作兩年的教師都能認購，算是一中給予教師們的福利之一。當然，一中的老師大多數不缺錢，在別的社區也購置了房產，校內的就租給不願意住宿舍的學生。

但申儂寒一直住在學校裡。

前幾年，他和藍佑軍一樣，年年帶高三理科升學班，工作繁重，壓力也大，住在學校是最好的選擇。如今退下來帶高一，沒必要再老是留在學校，藍佑軍早已將學校裡的房子租出去了，租金用來支付藍靖的醫藥費。

中午放學，申儂寒在食堂用過午餐，本來想直接回辦公室，但突然有些心神不寧，轉頭往家的方向走去。

他是一中高薪挖來的骨幹教師，早就評過了職稱，一入職就有選購校內房子的資格，不必等到兩年後。他挑了頂樓，三室兩廳，一百多坪。

當時不少同事都認為他明明是單身，卻買這麼大的房子，是為了租給學生賺錢，畢竟每間臥室擺三組上下鋪的話，一間就能住六人，三間能住十八人，一年下來光是收租金，都是一筆可觀的收入。

但他一住就是十幾年，從來沒有將房子租給學生。

家裡很乾淨，不久前才請人專門打掃過，該處理的東西都處理掉了，仔細一聞，還能聞到消毒水的味道。

他換了鞋，走進客廳，掃視一番，眼神泛出幾絲冷意。

歷屆學生對他的評價都相當統一：會教書、幽默風趣、溫和耐心。甚至有老師跟他開玩笑，說申老師啊，如果再年輕個十幾歲，肯定會犯桃花。

他一笑置之。

可是風趣、溫和只是他在人前的樣子。他走到一面細長的鏡子前，凝視著鏡子中的自己，覺得看到的不是一個人，是一個面目猙獰的怪物。

持續的高密度暗查終於有了結果。

「花隊！溫茗量具廠子弟校裡，以前有個數學老師，叫申儂寒，十三年前被洛城一中挖走，今年五十八歲！」張貿在重案組沒找到人，倒是在陳爭辦公室門口堵到了花崇，一臉興奮，「我們和積案組分工合作，肖誠心這次可幫了大忙呢，說是要回報我們！我們照你和小柳哥劃定的範圍，只找到這一個符合犯罪側寫的人！你看，這是他的照片！」

花崇接過平板，看著照片上的人，有種似曾相識的感覺。

難道在哪裡見過？

「他是洛城一中的名師，帶出了一些名校生。」張貿將掌握的資訊一股腦地倒出來：「他沒有結婚，在學生中很有威信，人緣也很好。人緣好這一點和滿瀟成很像啊！滿瀟成當年在溫茗二中教書時，人緣不也很好嗎？這個申儂寒去年有個異常的工作變動，他以前和藍佑軍一樣長期帶高三，去年卻突然要求調到高一任教，重點是！」

張貿深吸一口氣，聲音一提，「他在溫茗量具廠子弟校教書時，當過滿瀟成的班導師！而且他以前只教數學，不當班導師，後來也沒有當班導師。他唯一一次當班導師，帶的就是滿瀟成！這不可能是巧合吧！」

◆

「滿瀟成？」

中儂寒與被請到偵訊室的大多數人都不同，他淡定得近乎從容不迫，神色間不見緊張，連詫異與慍色都沒有，好像從校園來到警局，只是赴一場與數學有關的學術研討會。

「記不得了，是我帶過的學生嗎？」他比滿國俊小不了多少歲，但聲音低沉溫潤，大約是因為工作的原因，十分注意保養嗓子，「我教書幾十年，教過的學生太多了，實在記不清楚。你們今天來找我，是因為這個滿……滿瀟成？」

花崇做好了打一場硬仗的準備，將數張滿瀟成的照片擺在桌上，食指在靠左第一張點了點，「想起來了嗎？」

中儂寒垂眸，身子小幅度地向前傾，片刻，抬起頭，「看起來很眼熟，有些印象。怎麼了？這個孩子……」

照片已經泛黃，被定格在畫面裡的滿瀟成穿著深藍色的籃球衣，站在籃球架下，一手托著籃球一手對鏡頭比著「V」。

「這是溫茗量具廠子弟校的籃球場，他是你唯一一次擔任班導師時所帶的學生。」花崇雙手虛攏，「你教了他三年，他是你班上的數學小老師，高考以全班第一的成績考上了師範，你對他怎麼會只是『有些印象』？據我所知，溫茗量具廠子弟校各方面的條件都比較差，每年能考上好大學的學生不多，身為班導師，你對滿瀟成這種學生不應該印象深刻嗎？」

申儂寒笑了笑，「我在溫茗鎮教書已經是十幾年前的事了。來到洛城之後，我幾乎沒有再回去溫茗鎮過。在洛城一中帶學生精神壓力比較大，加上我上了年紀，過去太久的事和人就漸漸淡忘了。警察先生，你還沒有回答，找我來是因為這個叫滿瀟成的孩子？他出了什麼事嗎？」

花崇點了一下頭，「他的確出了事，不過不是現在。五年前，他死於一場高空墜物事件。」

聞言，申儂寒輕輕抬起下巴，困惑地蹙起眉，「已經去世了？高空墜物？」

「嗯。」

花崇盯著申儂寒的瞳仁，那裡泛出來的暗色幾乎沒有任何改變。

「那真是太不幸了，年紀輕輕的。不過……」申儂寒語調一轉，「這和我有什麼關係呢？」

花崇一直試圖在申儂寒的眼睛裡找出幾分慌亂，但沒有。沒有慌亂，也沒有驚訝，一絲一毫都沒有。

但正是這種超乎尋常的鎮定，讓申儂寒更加可疑。

申儂寒是一位高中數學教師，且是重點中學裡的名師。精通數學的人，邏輯推理都差不到哪裡去。在作案之前，他必然已經推演過無數種可能性，並針對可能遇到的情況思考過對策。

謊言在腦中過濾，從口中說出時，就披上了真話的外衣。

但看起來再真實，也改不了它謊言的本質。

「說說你那次主動申請當班導師的原因是什麼。」花崇道。

「不是主動，是學校多次要求我擔任班導師。」申儂寒說，「每個學期開學前，學校長官都會找我談話，希望我兼任班導師。推脫再三，我已經沒有理由繼續拒絕，想著那就試著帶一學期吧，看能不能適應。如果適應，就繼續帶。」

「滿瀟成的班，你從高一帶到高三，應該是相當適應？」

「還好。」

「滿瀟成畢業之後，你馬上就離開了溫茗量具廠子弟校，到洛城一中就職。」

申儂寒抬起手，「水往低處流，人往高處走，洛城一中能給我更好的待遇，在洛城一中，我也更好施展抱負，那為什麼還要留在各方面條件都不好的溫茗量具廠子弟校？」

「在這之前，洛城一中已經找過你很多次了。」

「但我身為教師，有教師的道德準則需要遵守。在還沒送走一屆學生之前就跳槽，是失德。」

「好一個『失德』。」花崇冷笑，「作為教師，你沒有失德，但作為人呢？」

申儂寒終於露出一絲不悅，「警察先生，你這句話是什麼意思？」

花崇將滿瀟成的照片收到一旁，拿出一張滿國俊、向雲芳的合照，「他們兩位你認識嗎？」

這一次，申儂寒不像看到滿瀟成的照片時一樣斟酌許久，乾脆地道：「這位女士是量具廠的員工，旁邊這位是她丈夫。」

「你見過他們？」

「當然。量具廠的家屬社區就像個小型的封閉社會，有幼稚園、中小學、醫院、菜市場。只要在量具廠工作，多多少少都打過照面。」

「你和他們的關係，只是『打照面』這麼簡單？」花崇說。

申儂寒眉心擰著，但這一點蘊怒看在花崇眼中，卻像是裝腔作勢。

他不是真的憤怒，他似乎難以憤怒。

目前重案組還沒有取得關鍵證據，凶器沒有找到，足跡鑑定、DNA檢驗都需要時間。花崇跟申儂寒「繞圈」，一方面是為了擾亂對方的思維，一方面也是為了爭取時間。

「你還是沒有告訴我，今天為什麼將我叫到這裡來。」申儂寒攤開手，「你是警察，我是教師，我們都是為這個社會盡綿薄之力的一份子。我理解你們也許是有重要的案子需要破，也做好了全力配合你們的準備。但你既然向我尋求配合，總該尊重我，對吧？」

花崇架起一條腿，瞇了瞇眼，故意擺出吊兒郎當的架勢，「五年前，滿瀟成死於意外，各個責任方已經為他的死付出了代價。但一些『間接』將他推向死亡的人，卻安穩幸福地活著。」

「我不懂『間接』是什麼意思？」申儂寒道：「你所說的這場意外，我不太瞭解，回去我再上網查一查。另外，我不太清楚民事糾紛，不過既然責任方已經付出了代價，就說明後續賠償工作進行得不錯，你所說的『間接』是指？」

花崇在申儂寒眼中看到一汪平靜無瀾的湖，知道這個人「道行高深」。

「滿瀟成是計程車司機，替另一位司機上夜班，出事的時候正送一名女乘客回家，經過社區大門時，被警衛以沒有門禁卡為由攔了十來分鐘，之後被社區裡的玻璃砸中。有人認為，此事環環相扣，是他們害死了滿瀟成。」

「荒唐，無稽之談。」申儂寒搖頭，指了指自己的太陽穴，「如果有人這麼想，說明他既是個法盲，也是個邏輯混亂的人。」

「哦？是嗎？」花崇說：「那你呢？」

「我？」

「你是個邏輯混亂的人嗎？」

申儂寒沒有立即回答，只是皺著眉，與花崇對視。

片刻的安靜後，花崇說：「這個『邏輯混亂』的人，已經殺害了他認為該死的三個人。」

申儂寒的眼皮向上牽起，眼神有一瞬的凝固，「這……這簡直……」

「太不可思議了？太殘忍了？還是……」花崇頓了頓，「大快人心？」

申儂寒的頸部線條抽動，似乎終於明白過來，驚怒道：「你認為我就是這個人？」

花崇反問：「你是嗎？」

申儂寒亦問：「你有證據嗎？」

花崇故意沉默。

「沒有，對嗎？」申儂寒將視線瞥向一旁，拿過滿瀟成的照片，疊在一起，一張一張翻看，語氣有幾分斯文的無奈，「因為我是滿瀟成的數學老師、班導師，而他是我班上最出色的學生，你們就認定我會為他復仇？你們的思維……怎麼說，也太跳躍了。」

申儂寒「呵呵」笑了兩聲，聽不出嘲諷與責備，卻有種年長者的寬容，「原來最近鬧得全城皆知的凶殺案，和我有這種關係，我自己都不清楚。」

「你和滿瀟成當然不止是師生關係，不過師生關係倒是一條不錯的線索。」花崇說：「要不然你再想想，和滿瀟成還有什麼關係？和滿瀟成的母親向雲芳還有什麼關係？」

申儂寒歎氣，「我不知道你在說什麼。」

「滿瀟成是個優秀的青年，他曾經和你一樣，也是一名數學教師。」

「我的學生裡最終成為教師的有很多，數學教師也不止一位。你們憑什麼認為我與這個案子有關？」

花崇頓了一會兒，「申老師，這間辦公室叫做問詢室，不是偵訊室。偵訊室不是人人都能去，但問詢室呢，只要可能與案件沾了一丁點關係，都可能坐在你現在的位置上。他們中的絕大多數，情緒都極不穩定，要嘛悲傷，要嘛憤怒，要嘛緊張，要嘛恐懼。但你，平靜得……」

「你說的是『絕大多數』，所以也有極小的一部分人，不悲傷不憤怒不緊張，也不恐懼。」申儂寒說。

「沒錯。」花崇脖子微斜，點頭的動作多了幾分痞氣，「但這極小部分的人，最後都從這裡——問詢室，轉移到對面的偵訊室。」

申儂寒眼色一沉，但這一瞬的本能反應很快就恢復如常。

花崇卻沒有看漏，「另外，申老師，你剛才可能誤會我的意思了，你以為我想說，你平靜得就像和案件毫無關聯？」

申儂寒的眉心緊了一分。

「我是想說。」花崇緩聲道：「你平靜得，像演練了無數遍，像裝出來的一樣。」

「我接觸過不少巡警，他們都很隨和。」申儂寒說：「市局的刑警今天還是頭一次遇到。你們平時就是這樣辦案的嗎？隨便找一個人來，東拉西扯，問一些不相干的事。被問的人一緊張，就是心裡有鬼，像我一樣緊張不起來，就是裝？」

「看來你對刑警問詢這一套相當熟悉。」花崇笑道：「那我再告訴你一件事吧。凶手很聰明，也做了很多準備。前兩個案子可以說做得相當有水準，但第三個案子，他露出了馬腳。」

中儂寒不語，眸光卻一點一點沉了下去。

「是不是很意外？」花崇問。

中儂寒頭一次別開目光，這像下意識的動作，也許連他自己都沒有注意到。

他說：「犯罪的事做多了，總會有露出馬腳的一天，沒什麼好意外。」

「是啊，沒什麼好意外的。凶手敢殺人，還一殺就是三個人，說不定已經做好了落網的心理準備。」花崇的聲音低沉誘人，「是嗎？」

中儂寒卻沒有立刻中他的套，「你希望我說『是』？但警察先生，這一切真的與我無關。我對滿瀟成這位年輕人，還有三名死者的遭遇感到悲哀。」

花崇站起身，沉沉地吐出一口氣，俯視著中儂寒的眼，「你想知道，他在現場留下的痕跡是什麼嗎？」

中儂寒的眼尾在微不可見地顫抖，他沒有刻意避開花崇的視線，眸底卻隱隱有些躲閃。

旁人看不出來，但花崇能。

「是一組腳印。」花崇輕聲說，「一組清晰到能夠分析出他身高、體重、走路方式，甚至是年齡的腳印。」

中儂寒眼尾的顫抖漸漸擴散，順著皺紋，像水波一般蕩漾開來。

「沒有想到，是不是？」花崇將雙手撐在桌上，「老社區的圍觀群眾那麼多，被害者死在垃圾堆放處，而人人都得去垃圾桶旁扔垃圾，腳印疊腳印，警察趕到時，哪還提取得到凶手的足跡？」

申儂寒動作極小地咽了一口唾沫。

「凶手的個人素養值得稱道，至少他從來不會隔著幾公尺遠，像投籃一樣扔垃圾。因為不會，所以一時半會，他也不會想到那整個老社區的人，都是以毫無公共道德的方式拋擲垃圾。」花崇笑道：「申老師，這種沒有素質的行為，讓你感到不適、憤怒吧？」

申儂寒沉默了十來秒，緩慢站起身來，神情比此前鄭重、嚴肅許多，「我願意到警局來，是本著配合你們警方查案的宗旨。但現在，我倒成了嫌疑人？不好意思，你們沒有明確的證據，僅憑一些亂七八糟的臆想，就想給我定罪，恕我不再奉陪。」

說完，便往門口走去。

「站住。」花崇將雙手插在口袋裡，腰背挺直，半側過身，「我讓你走了嗎？」

申儂寒說：「怎麼？市局要強制拘留？」

花崇冷笑，扯下戴在左耳的耳塞，還刻意繞了兩圈，「你要證據嗎？已經有了。剛才我的同事已經告訴我，經初步鑑定，你的足跡與凶手留在現場的足跡大概一致。」

申儂寒的額角滲出細汗，唇線輕微顫抖，似乎正在強迫自己忍耐。

「坐下吧，申老師。」花崇力道不輕地拖開椅子，語氣帶著寒意，「當然，初步鑑定結果不足以作為定罪證據，但起碼是我將你留在這裡的理由了，不是嗎？」

申儂寒維持著風度，但回到座位上時，臉色已經煞白。

◆

「我靠！花隊！你狠啊！」張貿喊道：「足跡鑑定哪能那麼快出來！要建模、要繪圖，而且我們在中儂寒的家裡根本沒有找到符合腳印的鞋，他一定早就處理掉了！在沒有鞋的情況下做足跡鑑定最麻煩了，可能DNA檢驗結果都出來了，足跡受力分析還沒做完！你這樣就把他拘留了，凶手真的是他還好，萬一不是……」

「沒有萬一。」花崇站在飲水機旁，接連喝了兩杯涼水，「凶手只可能是他。」

張貿聳聳肩膀，小聲道：「這麼有自信的嗎？」

「幾乎所有有預謀的凶案中，凶手都會處理掉作案時所穿的衣物，而鞋子是重點。即便他們清楚現場沒有留下任何痕跡，或者確定痕跡會被覆蓋，也會這麼做。其中一些凶手，尤其是人際關係不錯的凶手，甚至會準備兩套一模一樣的衣服，處理掉作案時穿的一套，留下乾淨的一套。」花崇放下水杯，繼續說：「我早就想到中儂寒會處理掉鞋，檢驗科只能靠走路習慣、磨損習慣、力學等來做足跡鑑定，這確實需要耗費不少時間。」

「那你還把中儂寒扣下來？花隊，你這是違法的啊。」

「這個險值得冒。」花崇說：「不過我現在最擔心的還是證據鏈。」

張貿想了想，「你是說，我們現今掌握的證據鏈還不夠完整？」

「嗯。」

花崇走到自己的座位上，抓起放在上面的一個大墊子抱在懷裡。

以前，靠椅上只有一個隨椅贈送的小薄墊，又窄又硬，有等於沒有。一些警員自己買了鬆軟的墊子，花崇一是懶，二是忙，在辦公室坐靠椅的時間少之又少，所以靠椅上長期只有一個小薄墊。

然而前段時間，小薄墊不翼而飛，取而代之的是一個煙灰色的大靠枕。靠枕的手感極好，體積很大，十分貼合腰部的線條。

不用刻意問都知道是柳至秦買的。

不過花崇不喜歡靠著，一坐在座位上，就愛將墊子抱住。

柳至秦有一次說：「這墊子是拿來墊腰的，你總是抱著幹什麼？」

「我腰好，不用墊。」花崇說完拍了拍靠枕，「這麼大一個，不抱著我坐得下嗎？」

柳至秦將眼睛瞇成一條線，眼尾拉出一道細長的幅度，「腰再好，也得保養。」

花崇這才意識到，自己剛才那句「腰好」似乎還可以有其他的解讀。

但轉念一想，腰好是多光明正大的詞，為什麼非要做其他解讀？這不是故意往那方面想嗎？

「直接證據是個問題啊！」

張貿的感歎就像一個鉤子，花崇被勾了一下，很快就回過神來。

「足跡和指紋不太一樣。」花崇抱著墊子說：「指紋是為凶手定罪的直接證據，但足跡的話，雖然也是關鍵證據，但到底不如指紋，尤其是我們現在找不到凶手作案時穿的鞋子。」

張貿擔憂道：「足跡是我們唯一掌握到的證據，萬一這都不能為凶手定罪……」

「那就找其他證據。」花崇淡定得多，「申儂寒的口供也很關鍵。」

「但他嘴巴很緊啊。我剛才看監控，你都那樣騙他了，他都保持著冷靜。」

「那是因為我還沒有碰到讓他無法冷靜的事。」花崇說：「申儂寒比我想像的更理智，不過你在監視器裡看不出來，他實際上已經開始不安了。他流露出的那種情緒，就是我認定他是凶手的依據。」

張貿有些激動，「讓他無法冷靜的事？是什麼？」

「現在還不知道，不過肯定有。」花崇說著放下墊子，站起身來。

「花隊，你又要去哪裡？」張貿喊。

「繼續查案子啊。」花崇往辦公室門口走，「我就是回來喝口水，你以為我是回來打瞌睡的？」

DNA鑑定結果早於足跡鑑定結果出爐，事實與推測一致，申儂寒的確是滿瀟成的親生父親。

面對鑑定書，已經被轉移到偵訊室的申儂寒神情呆滯，眼珠一動也不動，眼皮的顫動卻越來越快。然後，他的嘴唇張開，眉間開始收攏，臉部線條抖動，雙手就像痙攣了一般。

「這……」

他好像已經不會說話，眼中突然有了淚，嗓音不再像之前那麼溫潤，整個人彷彿頓時失態。

「怎麼、怎麼可能？」他大口吸氣，好似周圍的氧氣已經不足以支撐他此時負載的情緒，「一定搞錯了，我、我沒有孩子啊！滿瀟成怎麼會是我的孩子？」

隔著一張並不寬的偵訊桌，花崇審視著申儂寒。

這一段「表演」實在精彩。木然、震驚、不信、恐懼，申儂寒這名數學名師將自己應該呈現的情緒，一點一點、循序漸進地甩了出來。

完美得無可挑剔。

花崇一句話都沒說，「欣賞」他這一連串對情緒的剖析。

剖析得越久，就越容易露出破綻。

中儂寒也許已經想到了一種極壞的可能——警方查出了他與滿瀟成的關係。為此，他準備好了一場「表演」。

畢竟即便警方確定他就是滿瀟成的親生父親，也不能由此認定他正是凶手，警方甚至不能確定他早就知道滿瀟成是自己的兒子，因為沒有證據。

他必須好好演一場戲，證明自己對滿瀟成的身世一無所知。

不過既然是「表演」，自然有時長。他準備演多久？十分鐘？一刻鐘？還是半個小時？類似的情緒爆發，至多不會超過一個小時。

那麼演完了呢？當準備好的情緒都爆發完了呢？

花崇晃了晃腳尖，任由申儂寒發揮。

許久，申儂寒右手捂著眼，肩膀劇烈顫抖，不知是不是演練好的話已經說完了，不斷重複道：「肯定是你們搞錯了。」

「搞錯？你是數學老師，難道還不信科學？」花崇清了清嗓子，終於開口，「說吧，當初你為什麼會與向雲芳發生關係？」

申儂寒在申請休息之後，講述了一個「感人」的故事。在這個故事裡，他唯一的罪孽，就是對向雲芳的滿腔深情。

◆

三十六年前，大學尚未畢業的申儂寒被分配到溫茗量具廠子弟校實習，為國高中生教數學。

那時，量具廠是溫茗鎮的經濟支柱，工人們端著鐵飯碗，備受羡慕。而在量具廠廠區內的其他崗位，如當教師、醫生、牛奶場的送奶工，也是一件值得驕傲的事，一來穩定，二來在那個貧富差異不大的年代，收入也說得過去。

溫茗量具廠的子弟校，如今已經淪為鎮裡臭名昭彰的混混中學，有能力的教師大多另謀出路，留下來的都是混吃等死的老師。學生越來越少，各個年級的班級萎縮到了三個。不過在申儂寒實習的時候，子弟校和其他中學沒有任何差別。

申儂寒躊躇滿志，想要靠出眾的能力在子弟校紮根。

那一年實習的十二名應屆畢業生中，只有兩人最終留了下來，申儂寒就是其中之一。子弟校分配了單身宿舍給他，和量具廠員工們的單身宿舍在同一棟樓。在那裡，他遇到了年長於他的向雲芳。

向雲芳不算漂亮，長得比一般女孩黑一些，性格極好，活潑熱情，喜歡和人聊天，但又很有分寸，從來不說令人難堪的話，也不會主動聊太過私人的話題。

申儂寒和向雲芳住在同一層樓。兵營式建築的每一層都有大通廊，門和窗戶都面對這條通廊，鄰居們每天進進出出，少不了打個招呼，再加上廚房、廁所都是公用的，住在同一層，感覺就像住在一個大家庭裡。

不過申儂寒和兵營式建築裡的誰都不親近。

子弟校有食堂，申儂寒的一日三餐基本上都在食堂解決，偶爾嫌食堂的菜難吃，會和同事一起在學校外面的路邊攤平攤餐費，從來沒有在宿舍的廚房裡做過飯。

但有一次，子弟校開家長會，申儂寒身為最年輕的老師，被家長們圍在走廊上，一一解答他們的問題。送走最後一名家長時已經是深夜，別說是食堂，就連街上的炒飯店都打烊了。

當然也有還開著門的飯館，但太貴了，一個人吃划不來。

申儂寒的薪資也就幾十塊，不敢破費，他就在路上買了一大袋便宜的細麵，打算回家煮一碗果腹，剩下的留著下次晚歸時再煮。

廚房就每天早中晚最熱鬧，各家各戶都擠在裡面用灶，有時還會因為灶少人多而產生小摩擦。但到了晚上，廚房就安靜了。

申儂寒拿著細麵去廚房，正好遇到炒蛋炒飯的向雲芳。

彼時，他只知道向雲芳和自己同在一層樓，還未與對方說過話。

那個年代的青年，單獨與異性見面時大多緊張而莫名喜悅。申儂寒站在廚房門口，輕輕「啊」了一聲，不知道該離開，還是進去找一個灶台煮麵。

向雲芳回過頭，對他大方地笑，「是小申啊，來做晚飯？」

申儂寒覺得自己的臉有些紅，「呃……」

「進來吧！廚房本來就是給大家用的。」向雲芳說著關掉火，「我炒好了。你來這邊的灶煮，這邊火大。」

申儂寒點點頭，將碗筷、小鍋子、麵放在桌上。

向雲芳在炒好的蛋炒飯上撒了層蔥花，回頭一看，「你的青菜和雞蛋呢？」

申儂寒在鍋裡倒好水，「我煮麵。」

「我知道你是煮麵啊。」向雲芳端起自己的碗，邊吃邊說：「煮麵怎麼能不放青菜和雞蛋呢？噢，你連佐料都沒有準備！」

申儂寒這才想起，自己忘了買鹽。

向雲芳有了興趣，走近一些，但又不至於太近，「你……吃白水煮麵啊？」

緊要關頭，申儂寒的肚子極不給面子地叫了一聲。

周遭安靜幾秒，向雲芳小聲地笑了起來，「小申，不對，應該叫你申老師。平常沒見過你來做飯，應該都是在食堂吃吧？唉，你們這些年輕小夥子家裡也不備點存糧，是不是連佐料都沒有？」

申儂寒看了看向雲芳的眼睛，立即別開視線，臉上有點燙，「我就這樣吃也可以。」

「這哪可以？」向雲芳放下碗，「你等著，我回去拿兩個雞蛋。」

申儂寒還來不及反應，向雲芳就步伐輕快地跑走了。

幾分鐘後，向雲芳提著一個塑膠袋回來。申儂寒一看，裡面不僅有雞蛋，還有綠葉蔬菜和一根香腸。

「我幫你煮吧。」向雲芳說，「你們當老師的，可不能虧待自己，腦力勞動太辛苦了，比我們在工廠裡工作八小時累多了，得儘量吃好一點。這個香腸是我媽做的，瘦多肥少，放進去煮麵提點味道……」

申儂寒站在原地，看著向雲芳洗菜、切香腸、調佐料，一種奇怪，稱得上是喜悅的情緒漸漸在心頭醞釀。

最終，他們在廚房分享了一頓簡單到近乎樸素的晚餐。

此後，申儂寒與向雲芳成了朋友。向雲芳喜歡吃糖，但以前要買糖不是那麼容易的事。申儂寒請出差的老師幫忙，買到一小袋外國的糖果送給向雲芳。向雲芳開心極了，一連為申儂寒做了好幾天宵夜。

向雲芳總說：「我家全是哥哥，我是最小的一個，如果下面還有個像你一樣的弟弟就好了。我聽別人說，弟弟疼姊姊。唉，我家那些哥哥啊，小時候光知道欺負我。」

申儂寒知道，向雲芳將自己當成弟弟。但時日一長，他便不甘心只和向雲芳做朋友，更不甘心當向雲芳的弟弟。

在細水長流的相處中，他愛上了向雲芳。

可他只是沒有任何資歷的教師，年紀比向雲芳小，收入也比向雲芳少。

子弟校是量具廠的附屬物，工人才是量具廠的主導者，教師的社會地位雖然高，但在量具廠這個小範圍裡，教師並不比工人更受人尊敬。

申儂寒覺得自己還沒有資格追求向雲芳，他想再等等，等到自己在教學這一項事業上更上一層樓，等到自己的存款能買下一套廠區房，再對向雲芳傾述愛意。

他想等，向雲芳卻到了該成婚的年紀。

某年寒假，當申儂寒帶優秀學生前往洛城參加競賽時，向雲芳與滿國俊經人介紹，走到一起。

申儂寒痛苦而懊惱，怨向雲芳沒有等自己，更怨自己沒有早早表明心意。

滿國俊是量具廠一個生產小組的隊長，更是模範員工，收入不比普通工人高多少，但在當時，收入並不是衡量一個男人可靠與否的依據。

工廠模範員工，當然是最佳的婚戀對象。

申儂寒嫉妒，卻又無可奈何。

滿國俊那時候還沒有自己的居所，住在另一棟單身宿舍。申儂寒在學校守完晚自習回家，時常看到滿國俊送向雲芳回來，兩人不是去看了電影，就是去工廠裡的燈光廣場跳了舞。向雲芳笑得很開心，而那份開心刺得申儂寒眼睛發痛。

滿國俊與向雲芳交往了三年，申儂寒也痛苦了三年。

向雲芳始終將他當成弟弟，在閒聊時告訴他自己要結婚了。

他怔了很久，連向雲芳疑惑地看著他也渾然不覺。

「小申，你怎麼了？」向雲芳問。

申儂寒回過神來，差點控制不住情緒，只能倉皇逃離。

自那以後，他開始刻意躲著向雲芳，再未踏進宿舍的廚房一步。但就在向雲芳和滿國俊即將成婚之前，他在疲憊與長期抑鬱的雙重負荷下病倒了，咳嗽數日，又發起了高燒。

向雲芳帶著一碗清淡的番茄麵，還有工廠醫院開的藥來看望他。

他燒得腦袋糊塗，衝動之下，終於對向雲芳剖白心意。

向雲芳自是震驚又羞惱，想要立刻離開，卻被他壓在床榻上。

宿舍的隔音效果極差，但那時正是工人上工、教師上課的時候，整棟單身宿舍都沒有別人。

申儂寒哭著求向雲芳，在出嫁之前滿足自己的一個心願，他幾乎是以死相逼。

向雲芳也哭了。兩人拉扯許久，申儂寒痛哭流涕，跪在地上哀求，匍匐著傾述自己這些年的愛慕。

「我知道我們不可能了，妳馬上就要嫁人。今後我發誓不會糾纏妳，只求妳答應陪我一次。」

當向雲芳低頭解開紐釦的時候，申儂寒就像看到一束救命的光，急切地撲了上去。

這荒唐而扭曲的情事沒有第三人知道。

申儂寒不知向雲芳有沒有後悔，但他在清醒之後就後悔了。

兩人的行徑在當年，是可能被判刑的。

在後悔與恐懼中，青澀的愛戀漸漸淡了。申儂寒無時無刻不害怕東窗事發，而向雲芳似乎也不輕鬆，一個月漫長得令人心驚膽戰。

突然有一天，向雲芳將申儂寒叫了出來，告訴他，自己沒有懷孕。

申儂寒長長地吐出一口氣。

向雲芳又說，那天是一時衝動，才與他做了那樣的事，她非常後悔，也非常痛苦，「今後我們不要來往了，就當做這一切根本沒有發生過。」

申儂寒心有不捨，但已經無法辯駁。

他還有自己的事業與人生，而向雲芳註定要嫁給滿國俊，能陪他胡來一場，已經滿足了他多年的妄想。除了放棄，他沒有別的選擇。

就這樣，向雲芳如期嫁給滿國俊，婚後不久生下了滿瀟成。

申儂寒遵守承諾，與向雲芳斷了往來，既沒有參加向、滿兩人的婚禮，也沒有參加滿瀟成的滿月宴。

他搬到了別的單身宿舍，把所有精力都放在教學上，連向雲芳什麼時候生下孩子都不知道。往後的多年，他漸漸有了年紀，學校的老師開始幫他介紹相親對象，他全都拒絕了。

他明白，自己還是喜歡向雲芳，向雲芳是他生命裡最特殊的女人，其他人都比不上。但向雲芳已經有了家庭，有了孩子，一家三口似乎生活得很美滿。

他告誡自己，不能打擾向雲芳，偶爾在路上遇見也只是裝作陌生人，各自別開視線。

生活變得清心寡欲，教學成了申儂寒唯一的理想。當滿瀟成念國中時，申儂寒已經成為子弟校高中部最有名的數學教師了。洛城的幾所名校開始向他拋來橄欖枝，他差一點就接下了，但一想到滿瀟成即將升入高中，便猶豫了。

滿瀟成是向雲芳的兒子，聽國中部老師的說法，滿瀟成很優秀，好好念書的話，前途無可限量。

他想，離開溫茗鎮之前，自己應該再幫向雲芳一個忙，也算是對向雲芳贖罪，此後到了洛城，便再無掛礙。

滿瀟成念高一時，申儂寒破天荒地當了一回班導師。那時滿國俊已經形如廢人，到學校為滿瀟成開家長會的是向雲芳。

申儂寒沒有讓旁人看出半點端倪，也沒有主動與向雲芳攀談。十幾年的時間過去，向雲芳操勞於工作和家庭，很是蒼老，但申儂寒卻成了學生們口中「風度翩翩」的申老師。

向雲芳什麼都沒有說，開完家長會便匆匆離開。

申儂寒對滿瀟成的感情有些複雜，既有恨，也有愛。恨是因為滿國俊，愛是因為向雲芳。好在滿瀟成的確如國中部老師所說，聰明優秀。久而久之，申儂寒便放下心裡的結，認真對待滿瀟成。滿瀟成自己也爭氣，科科優秀，最擅長數學。

申儂寒讓他當了數學小老師，在高考之前為他爭取到了加分。

向雲芳讓滿瀟成送來一雙手套，算是感激，申儂寒心下感慨萬千，沒有收下，只說是滿瀟成自己優秀，本就應該拿到加分名額。

滿瀟成畢業之後，申儂寒覺得自己已經沒有任何理由再留在溫茗鎮了。

多年前，他做了對不起向雲芳的事，如今，他將向雲芳的兒子順利送進了師範院校的大門，他已經不欠向雲芳了。

離開溫茗鎮的十幾年，申儂寒幾乎沒有再回去過。

洛城是個大城市，洗掉了他身上的最後一絲小城鎮氣息。他在洛城一中順風順水，沒花多少時間就成了專帶高三理科升學班的名師。

九年前，滿瀟成從師範院校畢業，進入溫茗二中任職。他知道，並發自內心地為對方高興。

七年前，滿瀟成被勸退。他暗自打聽過原因，只餘一聲長歎。滿瀟成自己不珍惜前途，他當然不會出手幫忙，何況他也沒有理由幫忙。

同年，向雲芳被查出罹患嚴重的心血管疾病。他同樣知道，卻仍然「袖手旁觀」。

這一家人，已經與他沒有半分關係。

後來滿瀟成出事，他是過了很久，直到向雲芳去世才知道。

一個前途無量的年輕人，最終在計程車司機的崗位上死於非命，他無話可說。

「我不知道滿瀟成是我的兒子，自始至終都不知道。向雲芳騙了我，我以為滿瀟成是她和滿國俊的孩子。」申儂寒最後道：「我承認，你給我看滿瀟成的照片時，我就認出他了。但我、但我不想說出我和向雲芳的過往。」

「這這這這！」申儂寒算是肖誠心帶人查出來的，肖誠心看完監視畫面就嚎出聲，「他這故事編得也太沒說服力了！誰會信啊？他把向雲芳當成什麼了？向雲芳對他再好，那也只是朋友之間的感情，怎麼會被他一求，就跟他『那個』？況且，當時向雲芳馬上就要和滿國俊結婚了，向雲芳圖什麼？不行不行，我不信！他就是仗著向雲芳已經去世，沒人能揭穿他的謊言！向雲芳肯定是被他以某種手段強行侵犯的！」

「這套說辭也是他早就想好的，其中不一定全是謊言。如果全是謊言，他連自己都欺騙不了。但哪些是真的，哪些是假的，只有他與向雲芳知道。」花崇本來想抽菸，拿出一根聞了聞，又放回去，「他的口供有一些邏輯上的漏洞，我可以把這些漏洞揪出來，證明他在說謊，但是即便他在侵犯向雲芳一事上撒了謊，也不能推導出他是殺害呂可等人的凶手。」

「那親子鑑定白做了？」張貿走來走去，「我們能確定申儂寒是滿瀟成的親生父親，卻不能確定是他為滿瀟成復仇？」

「別急。」花崇抬了抬手，「我們查出了申儂寒和滿瀟成的關係，對申儂寒來說必然是一件極不願意看到的事。如果不是有所準備，他剛才說不定已經招了。」

「但他沒招啊！」張貿說。

「他沒招，是因為我們查到他們的關係雖然令他恐懼，卻在他擬出來的多種可能性之中。他能接受，不至於為此自亂陣腳。」花崇道：「但在殺害豐學民時留下足跡，卻是他始料未及的。他已經慌了。」

「花隊，你是想從足跡入手，迫使他認罪嗎？」肖誠心有些愧疚，「如果我能找到他作案時穿的鞋就好了，那樣就能百分百給他定罪。但現在……唉，他家裡被清理得非常乾淨，可疑的鞋、衣物、凶器統統不見了。」

「足跡這一點，只要檢驗科完成建模，他就很難狡辯。不過我想到了另一種讓他認罪的可能。」

花崇說著，拿過親子鑑定書，自言自語道：「現在想做親子鑑定，是不是必須走正規管道？」

『難說。』徐戡在電話裡道：『一些小的機構也可以做鑑定，不一定會留下我們能查到的記錄。你問這個幹什麼？』

「我在想，申儂寒有沒有幫滿瀟成做過親子鑑定。」花崇握著手機，「他早就知道滿瀟成是自己的兒子了。是怎麼知道的？血型和出生日期合理？還是向雲芳告訴過他？或者他悄悄做過親子鑑定？滿瀟成曾經是他的學生，他要拿到滿瀟成的毛髮很容易，關鍵是他會不會想到去做親子鑑定，找不找得到可靠的機構。」

徐戡不大明白，『申儂寒是否做過親子鑑定很重要嗎？』

「重要。」花崇說：「如果沒有做過，那我這邊就還有可操作性。」

『你想怎麼操作？』

「徐老師，申儂寒有沒有弱點？」

徐戡想了一會兒，『對向雲芳的感情算不算他的弱點？他的口供我看了，怎麼說呢，半真半假吧。向雲芳同意與他發生關係這一塊我不相信，但前面他對向雲芳的感情，與後來雙方斷絕聯繫，看起來倒像是真的。向雲芳可能確實是他放不下的牽掛。』

「我認為不算。他覬覦向雲芳，這無庸置疑。不管是強迫向雲芳，還是哀求向雲芳，總之，他最終『得到』了向雲芳。但他對向雲芳的渴望，是他內心驕傲的投射，他想征服向雲芳，可惜最終失敗了。在婚姻上，他輸得一敗塗地，被滿國俊踩在腳下，但向雲芳的孩子卻是他的，滿國俊操勞半輩子養的，是他申儂寒的種。在這一點上，他贏了。」

徐戡聽得皺起眉，『這不能以輸贏來算吧？』

「對申儂寒來說，怎麼不算？」花崇續道：「如果申儂寒現在發現滿瀟成不是自己的孩子——徐老師，從心理角度分析一下，他會不會崩潰？」

徐戡沉默片刻，『會。在申儂寒風度謙和的外表下，有一顆極端扭曲的心。他這樣的人，普遍自視極高。他既然認為滿瀟成是自己的兒子，那就必須是。如果你告訴他——滿瀟成其實不是你的孩子，等同於粉碎他的自尊心。不過，』徐戩又道：『滿瀟成的確是他的兒子啊，親子鑑定結果不是都出來了嗎？』

「所以我想知道，申儂寒以前有沒有做過親子鑑定。」

徐戩猛地明白，『你想騙他？』

花崇歎了口氣，「不知道小柳哥在網路上能不能查到申儂寒的鑑定記錄，如果真的沒辦法查，那我只好賭一下了。」

◆

檢驗科通宵達旦，終於完成了複雜的足跡分析，確定命案現場的腳印可能為申儂寒留下的。

對此，申儂寒咬定：「我不是凶手。如果你們不給我看親子鑑定書，我連滿瀟成是我的骨肉都不知道，我有什麼理由去為他殺人？」

「靠！」張貿罵道：「他鑽了足跡鑑定的漏洞！足跡的排他性確實不如指紋，但人不是他殺的，還會有誰？難不成是個和他身高體重年齡相同，走路習慣也完全相同的人殺的？」

曹瀚說：「這就叫死不認帳唷！」

「不管怎麼說，這仍然是一項重要證據，現在口供很重要。」

花崇微擰著眉，踱了幾步，聽見走廊上傳來一陣熟悉的腳步聲。

不用看都知道是柳至秦。

「小柳哥兒回來了咧！」曹瀚喊道。

柳至秦快步走進辦公室，「我查到了空拍機的線索。」

電腦螢幕上是一條條單調的線條，花崇躬身站在桌邊，神態專注。

大約是視角的原因，從柳至秦的角度看去，他的眉梢挑得比平時高，有一種微怒亟待宣洩的感覺。

「民用空拍機的圈子本來沒有規範，誰都能買，誰都能玩空拍。」柳至秦很快將目光收回來，說：「不過兩年前，全國接連出現空拍機事故，函省是最早擬定並執行空拍機空拍規範的省份之一。現在能在洛城放飛的每一架空拍機都經過了實名登記，一旦進入禁飛區，就會觸發警報。」

「這條線就是一號空拍機的飛行軌跡？」花崇在螢幕上指了指，「看上去和十九路公車的路線大致一致。但豐學民是在忠遠西路下車，這架空拍機在前面三站就停下來了。」

「嗯，一號空拍機只飛到這裡，不過你看另外一條線。」柳至秦說，「二號空拍機接替了前面那一架，繼續隨十九路公車前行，直到忠遠西路。豐學民到站下車，之後換乘五十五路，又一架空拍機出現。這三條線——也就是三架空拍機，共同拍下了豐學民當天臨時決定的行程，而這三架空拍機，全部登記在中儂寒名下。這是他在豐學民遇害之前，跟蹤豐學民的鐵證。」

花崇直起身子，精神一震，「但你是怎麼查到這三架空拍機的飛行軌跡的？」

柳至秦已經兩天沒有睡覺了，紅血絲幾乎布滿眼白，整個人看起來很是疲憊，眸底卻閃著光，「利用了禁飛區的監視器。」

「但它們沒有飛入禁飛區。」花崇說著，拿出一瓶眼藥水，放在柳至秦手上，「你自己點，還是我幫你點？」

「我自己來。」柳至秦揚起臉，規規矩矩地左右各點兩滴，一閉眼，眼藥水就像眼淚一般從眼角滑出來。

花崇連忙抽出幾張面紙，本想塞在柳至秦手裡，猶豫一秒，還是親自幫柳至秦擦了擦。

「謝謝。」柳至秦眨了幾下眼，繼續解釋道：「但禁飛區的監視器不止能拍到禁飛區內。」

「你是說……」

「是不是沒有想到？」柳至秦笑了笑，「很多人都認為，禁飛區監視器拍的是飛入禁飛區的空拍機，但實際上，它們還能監控離禁飛區不遠的空拍機，不過這種監控不具連貫性，也不會報警。我做了很多技術上的拼接，入侵了其他可供利用的監控設備，才繪製出這三條線。」

花崇對這一套實在知之甚少，聽柳至秦說完，第一覺得厲害，第二感到心痛。

柳至秦與他的目光對上，見他皺著眉，眼神沉沉地問：「怎麼了？」

「你想睡覺嗎？」花崇突然問。

柳至秦沒料到會聽到這個問題，怔了片刻，「睡覺？」

「查這個不容易吧？」花崇聲音平緩，比平時多了幾分溫柔。

柳至秦笑，「還好。」

「還好，你眼睛會紅成這樣？」

「花隊。」

「嗯？」

「你是不是……有點心痛？」

花崇感到心口竄過一道電流，本能性地想反駁，話到嘴邊卻咽了下去，豁達道：「既然知道，就少讓我操心。」

柳至秦的眼皮垂下來，「唉。」

「歎什麼氣？」

「其實你比我更該休息。看你這樣忙得團團轉，我難道不心痛？」

花崇下意識看了看周圍，還好沒其他人。

「申儂寒審得怎麼樣了？」

柳至秦知道此時不是「談情」的時候，只能將話題拉回案子上。

「這個人的心理素質不是普通的好，足跡證據擺在他面前，他還不認帳，硬說自己不是凶手，沒去過鳳巢南路。」花崇搖頭，「現在找不到凶器和他作案時所穿的衣物，確實有些棘手。他還編了個故事，說當年與向雲芳發生關係，是向雲芳自願的。」

「那滿國俊呢？還是什麼都不願意說嗎？」

「不願意。他肯定有什麼事瞞著我們，而且這件事與申儂寒有關。」花崇想起了不久前計畫的事，「對了，你猜申儂寒有沒有幫自己和滿瀟成做過親子鑑定？」

「嗯？」柳至秦偏過頭，「有沒有做過有關係嗎？現在親子鑑定結果已經出……」

說到一半，柳至秦突然打住，目光炯炯地看向花崇。

花崇笑起來，抬手在柳至秦肩上拍了兩下，「還是和你交流輕鬆。我一說想法，你很快就能明白，都不用我解釋。」

「如果申儂寒是透過合法途徑做親子鑑定，那肯定會留下記錄。」柳至秦說：「不過我想，他這麼謹慎的人，不大可能去合法機構做鑑定。」

「那就沒有辦法了。」花崇長吸一口氣，「還是得磨。」

「現在只有兩種可能，第一是申儂寒沒有做過親子鑑定，第二是他做過。」柳至秦放慢語速，理著思路，「申儂寒是個非常仔細的人，第一種可能性其實不大，他應該不會在無法確定滿瀟成是他自己的孩子之前，就連殺那麼多人。至於第二種……」

「我起初也認為申儂寒必然做過親子鑑定，但你想想申儂寒和滿瀟成能密切接觸的時間段。」花崇說。

柳至秦想了想，「是滿瀟成十八歲之前。」

「對，也就是十三年前。那時想做一個親子鑑定，遠不如現在容易。而且那時候申儂寒還不是什麼名師，他只是溫茗量具廠子弟中學的一名普通教師，他去找誰做親子鑑定？」花崇說：「之後，當親子鑑定容易做時，滿瀟成已經離世了。」

「有道理。」柳至秦：「申儂寒瞭解向雲芳，認為向雲芳肚子裡的孩子如果不是滿國俊的，就一定是自己的。血型已經排除了滿國俊，而他的血型與滿瀟成對得上。加上相處下來，他發現滿瀟成身上的確有他的影子。他可能也想過要做親子鑑定，但當年沒有條件，有條件做的時候，滿瀟成又已經不在人世，他拿不到檢材。花隊，申儂寒可能真的沒做過親子鑑定，這是我們的機會！」

「其實如果他做過，我們照樣有機會。」花崇挑著一邊眉，「是不是沒想到？」

柳至秦愣了一下，「他會沒有反應！」

「對！如果他做過親子鑑定，當我將假的鑑定書拿給他時，他會沒有反應，即便有，也是裝出來的——因為他心裡非常確定，滿瀟成就是他的兒子，絕對不會假。」花崇眼睛極亮，「這正是他此前做過親子鑑定、知道滿瀟成身世的證據！也是他說謊的證據！」

柳至秦笑著搖頭。

「怎麼？」花崇問：「我說得不對？」

「不。」柳至秦道：「花隊，你太『狡猾』了，往東或者往西，都逃不出你的『算計』。」

「這是誇我還是損我？」

「當然是誇你。」

花崇在柳至秦肩上捶了兩下。

「我也逃不出你的……」柳至秦略一思索，把後面兩個字改了，溫聲道：「你的掌心。」

「嘖，肉麻。」

花崇察覺到自己的耳根有點燙，說完就朝辦公室門口走去。

「你又要去審申儂寒嗎？」柳至秦問。

「嗯。」花崇指了指休息室，「你去睡覺。」

「沒那麼虛弱。」柳至秦也跟著站起來，「我也去。」

「跟我一起？」

「不，我想跟滿國俊聊聊。你上次說滿國俊在護著兇手，我倒要看看，他現在還想怎麼護著兇手。」

◆

申儂寒盯著擺放在偵訊桌上的一架空拍機，面色蒼白。

「這一架，還有另外兩架均登記在你名下。既然你玩空拍機，應該比我更清楚現在關於空拍機的規定——它們必須由本人持身分證登記，本人使用。」花崇單手搭在桌沿，「所以申老師，你承認它們是你的嗎？」

申儂寒點頭，「是。」

「豐學民遇害之前，你操縱這三架空拍機跟蹤他，直到他抵達鳳巢南路的麻將館。」花崇將空拍機移到面前，「你本來可以開車跟蹤他，但你害怕被道路監視器拍下來，於是選擇用空拍機。你很狡猾，沒有使用同一架，如果不是我隊裡有專業人士，根本就查不到這三架空拍機。」

「它們的確是我的空拍機，這我承認。」申儂寒清了清嗓子，「但我沒有用它們監視豐學民。我用我的空拍機在禁飛區外進行空拍，沒有違規沒有違法。你說我跟蹤豐學民，有證據嗎？我再說一遍，我不是兇手。」

「看來你還很有自信。」花崇哼笑，「是因為覺得，我們無法繪製出當天它們的飛行路線嗎？我現在將其中一架擺在你面前，是擺著好玩？」

申儂寒皺著眉，眼神極沉，似乎正在思索著什麼。

「民用空拍機的控制距離有限，你這三架，在不受干擾的情況下頂多能飛離八公里。我猜，你是以騎車的方式在大路附近的小路穿梭，接力控制空拍機的吧？」見申儂寒想要狡辯，花崇揚了揚手，「它們的飛行路線現在就在我電腦上。你做得夠隱蔽，但你沒有想到，禁飛區監視器能拍攝的，不止是闖入禁飛區的空拍機。」

申儂寒眼中的光漸漸凝固，唇不由自主地張開，卻沒能吐出一個音節。

「你想不到，我也沒想到，誰叫我們都不是專業人士呢？」花崇戲謔道：「中老師，你現在是不是相當後悔倉促殺了豐學民？你根本沒有準備周全，露出的馬腳不止是命案現場的腳印。」

「這是誘供嗎？」申儂寒露出挑釁的神色，「足跡鑑定並非不能造假，有監視器拍到我當天出現在鳳巢南路嗎？你想誘使我承認那個腳印是我留下的，但我沒去過那裡，怎麼會留下腳印？」

花崇眼尾勾起，「中老師，你引以為傲的邏輯已經開始混亂了，你自己沒有發現嗎？」

申儂寒下巴一縮，眉心皺得更緊。

「你一邊堅稱那個腳印不是你留下的，一邊認為足跡鑑定能造假，這不是矛盾的嗎？」花崇靠近，「中老師，你在緊張，你已經漸漸失去了對情緒的控制。」

申儂寒沉默，不再與花崇對視。

花崇繼續道：「中老師，我這樣跟你說吧，現在我們掌握的證據，已經足以給你定罪。還有，滿國俊也在我們這裡拘留著，你不肯說，他可是什麼都抖出來了。」

申儂寒先是一驚，但這抹驚色很快變為嘲諷。

「你笑什麼？」花崇問。

「難道你們認為我和滿國俊是合作關係？」申儂寒搖頭，「警察先生，這是不是太荒唐了？」

「荒不荒唐是另一回事，你想不想知道他跟我說了什麼？」花崇笑道，「算了，我還是直接告訴……」

話音未落，偵訊室的門突然被「砰砰」砸響。

花崇的餘光瞥見申儂寒露出鬆了一口氣的表情。

「什麼事？」花崇看向門邊，又對另一名警員道：「去開門。」

門一打開，張貿立即拿著一個資料夾衝進來，滿臉焦急，「花隊！花隊！出事了！弄錯了！」

花崇厲聲道：「什麼弄錯了？」

張貿瞥了申儂寒一眼，壓低聲音道：「花隊，出來說，親子鑑定有問題。」

聞言，申儂寒立即抬起頭。

「怎麼會有問題？」

花崇從張貿手中搶過資料夾，一邊翻看一邊走到門外，旋即「砰」一聲關上門。

一扇門，一堵牆，將外面的種種聲響變得模糊不清。

偵訊室只剩下申儂寒一個人。監控器下的他，在門關上之後先是不為所動地坐著，連表情都沒有什麼變化。一刻鐘之後，他開始頻繁地抿唇，脖頸的線條輕輕扯動，眉間不斷皺起又鬆開。

他在忐忑。

剛才聽到的內容令他忐忑，他陷入了懷疑中。

花崇在走廊另一端的辦公室盯著螢幕，眸光如炬，左手抬著右手肘，右手在下巴上摩挲。

張貿緊張得不行，「這、這他媽有戲啊！」

在等待中，時間似乎被無盡拉長。申儂寒頻繁地往門邊張望，神色在不知不覺間變得焦慮。

又過了幾分鐘，他站起身來，左右走了兩步，再次坐下。

三分鐘裡，他重複了四次站起、坐下的動作。

花崇讓幾名警員去偵訊室外走動，並含糊不清地說：「這都能弄錯？鑑定中心的人在搞什麼？出了錯、發生冤案誰負責？我他媽還不想脫警服呢！」

申儂寒不知道有沒有聽清楚，臉色逐漸從蒼白變成了煞白。

他在搖頭，幅度從小到大，口中輕輕自語，不知在說什麼。

張貿心跳極快，扯了扯花崇的衣袖，「花、花隊。」

「再等一會兒。」花崇看著時間，「你去喊一聲。」

「喊什麼？」

「——我靠，那滿瀟成到底是誰的種？注意語氣。」

張貿立即跑去走廊。

花崇繼續緊盯監視器，只見申儂寒突然站了起來，雙手顫抖地扶著桌沿，眼神茫然而震驚。

那是申儂寒從來不曾顯露的表情。

花崇右手緊緊一捏，明白自己賭對了。

申儂寒沒有幫滿瀟成做過親子鑑定，他以另外的方式——比如血型、生日、感覺，也許還有一件暫不可知的事，認定了滿瀟成是自己的兒子！

申儂寒緩緩坐下，目光發直，嘴唇似乎正不受控制地發顫。

攝影機下，他額角滲出的汗非常清晰。

他的眼神在漸漸改變，由最初的茫然變得充滿怨毒與瘋狂。門外傳來的腳步聲，也沒能讓他回到為人師時那種風度翩翩的狀態。

他穿在身上的殼，彷彿已經龜裂、掉落。

花崇推開門，尷尬地清了清嗓子，「那個，申老師，我們換間辦公室說話。」

申儂寒問：「什麼意思？」

「也沒什麼意思。」花崇一改菁英刑警的模樣，「有點東西可能弄錯了。」說完朝外面喊：「張貿，過來帶申老師去問詢室。」

申儂寒的臉色更難看，手指顫抖，說話時幾乎咬著牙，「什麼弄錯了？你們把什麼弄錯了？」

花崇推卸責任，「不是我們，是檢驗中心那邊出了問題，把親子鑑定結果搞錯了。」

申儂寒像雕塑般坐著，喉結抽得厲害，聲音突然變得沙啞，「鑑、鑑定結果？」

「對，不過這對你來說是好事。」花崇事不關己地笑了笑，「檢驗中心被我們催得急，匆忙之下報了個錯誤的鑑定結果過來，說你與滿瀟成是父子關係。現在已經重新鑑定過了，你們啊，DNA對不上，他不是你的種。」

「你……」

申儂寒雙眼越瞪越大，兩手握成拳抵在桌上，五官猙獰似獸，最後一絲教師的氣場褪得乾乾淨淨，「你說什麼？」

花崇吊兒郎當，語氣輕快，說著還抬手撓了撓後腦，「說鑑定結果出錯了，滿瀟成不是你的種。既然你不是他爹，就沒動機為他復仇。嘖，白花精力查這麼多……」

「你說什麼！」

申儂寒衝了過來，不知是過於激動，還是腿腳無力，途中被桌角撞得險些踉蹌倒地。

花崇手中的資料夾被他一把搶去，夾在裡面的正是新出爐的親子鑑定書。

花崇退了兩步，靠在牆邊，雙手揣在口袋裡。

眼前的申儂寒已經不是此前的申儂寒了，他溫文爾雅的皮囊已經被徹底扯下，藏在裡面的是個偏執的、反社會的暴力分子。

但他和李立文又不一樣。李立文確實是病了，罕見地分裂出不健全人格。但申儂寒沒有，他只是極其擅長偽裝，用儒雅的外表掩蓋深淵般的內心而已。

申儂寒沉重地噴著氣，抓著親子鑑定書的雙手劇烈顫抖，幾乎拿不住，口中重複著單調的話：「不，不可能！」

花崇摸了摸鼻梁，適時道：「之前冤枉你了。這份鑑定書是檢驗中心主任簽過字的，肯定沒錯。前面那一份吧……唉，都怪我們催得急。」

申儂寒的呼吸粗得像拉風箱發出的聲音，他以一種極其機械的頻率抬起頭，咬牙切齒，「不可能。」

花崇詫異，「什麼不可能？」

「他是我的孩子！他怎麼可能不是我的孩子？」申儂寒咆哮道：「他是我的孩子！」

「但是……」花崇擰著眉，「但是你拿著的是最具權威的鑑定書。」

這時，檢驗中心的一名科員匆匆跑來，將另一個資料夾遞到花崇手上，「花隊，這是滿瀟成與滿國俊的親子鑑定結果，你看一下。」

花崇還來不及翻開，資料夾就被申儂寒奪走。

花崇眼中露出些許勝券在握的光。

半分鐘後，資料夾從申儂寒手中滑落，「啪」一聲砸在地上。

花崇撿起來，挑起眉道：「嘖，滿瀟成還真的是滿國俊的兒子啊？滿國俊算是白疑神疑鬼這麼多年了。」

申儂寒步步後退，背撞在門上，門壓向牆面，發出「匡噹」巨響。

「喲，你沒事吧？」花崇說。

「不……」申儂寒雙手抓著額頭，手背上的青筋扭曲顫抖，「他是我的孩子！他是我和雲芳的孩子！」

「嗯？不對吧。」花崇將鑑定書翻出嘩啦啦的聲響，「兩個鑑定結果都在這裡了，滿瀟成是滿國俊和向雲芳的親生兒子，和你沒有任何關係。」

「沒有任何關係」這六個字，被花崇說得充滿戲謔感，甚至帶有幾分毫不掩飾的嘲諷。

申儂寒心中竄出一簇火，語氣徹底改變，「你懂個屁！」

花崇心知，他已經失控了。

他看似掌控著一切，運籌帷幄，用縝密的邏輯推理事先想好無數種可能。他編了一個足以以假亂真的故事，演練出驚慌失措的情緒。面對第一份親子鑑定書——也就是真正的親子鑑定書時，他那激烈的情緒爆發居然是層層遞進的，每一種表情變換都經過精密的計算。

他連慌張與震驚都符合邏輯。

他已經做到了這種地步。

可他到底不是真正掌控著一切，沒人能掌控一切。他的弱點在於他那極其強大，又極其脆弱的自尊心。

他堅信滿瀟成是他的孩子，但如今的「事實」卻是他大錯特錯，錯了數十年！滿瀟成與他毫無關係，庸碌無為的滿國俊，才是滿瀟成的親生父親！自尊的高塔轟然倒塌，竟無一寸餘地。

但如果讓他緩一口氣，他很快就會發現這是充滿漏洞的陷阱，冷靜的人絕對不會往下跳。花崇不給他緩氣、冷靜的時間，「你沒事吧？」

申儂寒睚眥欲裂，就像根本沒聽到一般：「他像我！他從小就像我！他的父親這麼可能是滿國俊！」

「從小就像你？」花崇不解，「你以前就覺得滿瀟成像你？是他在子弟校念中學的時候嗎？」

「他就是我的孩子，我看著他長大！」申儂寒眼中淨是瘋狂的色澤，「我對比過血型，算過時間，他只可能是我的孩子！而且雲芳……」

嘶吼到這裡，申儂寒眼神一凝，「雲芳騙我？她騙我？」

「向雲芳騙你什麼？」

花崇就像個好奇而耐心的傾聽者，不帶任何攻擊性，甚至連存在感都極弱。

申儂寒砸著額頭，喃喃自語：「她最清楚孩子是誰的，她最清楚……」

花崇輕聲問：「是她親口告訴你，滿瀟成是你的兒子？」

申儂寒發出一個含糊的音節，頭微微點了點，這個動作像是無意識做出來的。

花崇緊接著問：「你早就知道滿瀟成是你的兒子？」

申儂寒陷在巨大的震驚與憤怒中，一方面不相信滿瀟成是滿國俊的種，一方面又痛恨向雲芳欺騙自己。這兩種矛盾的情緒瘋狂地啃噬著他的神智，使他難以察覺到，自己正在陷阱裡越陷越深。

他再一次點頭，「瀟成就是我的孩子，雲芳怎麼會騙我？」

花崇無聲地長吸一口氣，「所以你要為他復仇，殺死那些將他逼上絕路的人？」

申儂寒看向花崇，兩眼像沒有聚焦一般。

片刻，他乾笑了兩聲，整個人順著門向下滑。

周圍陷入緊張至極的安靜，空氣幾乎不再流動。

花崇俯視著他，正在猶豫該不該再刺激他一下時——

「他們不該死嗎？」申儂寒忽然揚起頭，瞳仁中的暴戾、陰鷙傾瀉而出，「你說，他們不該死嗎？」

花崇心中一定，盯著眼前的殺人魔，「是你殺了他們？」

申儂寒答非所問，「我為自己的孩子報仇，有什麼錯？」

花崇蹲下來，手中的親子鑑定書一搖一晃，「申老師，那你現在後悔嗎？滿瀟成根本不是你的兒子。」

申儂寒怒目圓瞪，右手死死按住前額，混亂地自語：「雲芳不會騙我……他們都該死……瀟成是我的孩子……我是為自己的孩子報仇……賤女人……不可能，不可能……」

花崇神色肅然，「申儂寒，你終於承認人都是你殺的了。」

申儂寒怔怔地將視線挪到花崇臉上，漸漸有了焦點。

他似乎不明白剛才發生了什麼，嘴張了半天。

花崇拍拍鑑定書，「向雲芳告訴過你，滿瀟成是你的兒子？」

申儂寒的聲音淬滿狠毒的恨，「你、你騙我？」

「我騙你？」花崇冷聲道：「即便沒有你的口供，我現在掌握的證據依舊能讓你得到法律的制裁。我迫使你認罪，是因為你必須給被你殺害的人一個交代！」

申儂寒急促地喘息，風度全失，朝花崇的面門猛地唾了一口。

花崇俐落地偏頭一躲，旋即站起。

一組警員衝了上來，將申儂寒控制住。

花崇迎著他陰森的目光，「申儂寒，你犯下的罪，不止這三樁殺人案。」

柳至秦撥弄了一下耳機，再次看向沉默不語的滿國俊，「申儂寒已經認罪了。」

滿國俊臉上的皺紋頓時輕顫起來，乾裂的唇分開，眼中全是不信。

「申儂寒承認先後殺死了羅行善、呂可、豐學民三人，目的是為滿瀟成報仇。」柳至秦說：「我們在命案現場提取到的足跡也證明是他留下的，此外，其他證據也在逐步收集……」

「不是他！」滿國俊捏緊拳頭，乾啞的聲音給人一種極不舒服的感覺，「不是他，你們、你們抓錯人了！」

「不是他？你知道些什麼？」柳至秦兩手指尖交疊，「我記得上一次問你的時候，你說不知道滿瀟成的生父是誰，更不知道是誰殺了呂可等人，也不願意配合我們調查。但現在，你都不問一下申儂寒是誰？你這麼輕易就斷言我們抓錯了人？」

滿國俊從眼皮底下看著柳至秦，眼珠不停轉動。

他已經亂了陣腳，不知道該說什麼，好像說什麼都是錯。和申儂寒比起來，他「單純」多了，無法進行太深的思考，有一些反應是早就演練好的，而一旦超出「演練好」的範疇，他就只能選擇沉默。

但現在，他似乎已經無法再緘默不語。

「你撒了謊，其實你認識申儂寒，並且知道他就是滿瀟成的親生父親。」柳至秦慢慢說：「你只是沒有做過親子鑑定，但你什麼都知道。」

滿國俊搖頭，重複道：「你們抓錯人了，他不是凶手，人不是他殺的！他怎麼會認罪？」

柳至秦歎了口氣，「你怕他認罪嗎？呂可和羅行善遇害時，你行蹤成謎。你去哪裡了？是為了幫申儂寒犯案？」

滿國俊像無法理解一般，眼中卻漸漸泛起眼淚。

「我家隊長說，你在護著凶手——也就是滿瀟成的親生父親。我起初不相信，但現在看來，你的確在護著他。連他自己都承認罪行了，你還在幫他打掩護。」柳至秦語氣涼薄，「不過我還是想不通，你為什麼要幫他？畢竟當年，他曾經破壞過你和向雲芳的家庭。畢竟……」

柳至秦頓了頓，聲音變得更加冷酷，「畢竟你省吃儉用撫養的兒子，是別人的……」

「瀟成不是別人的。」

滿國俊嗓音哽咽，濁淚從眼角滑落。

柳至秦等著他接下來的話。

但他低下頭，抬手在臉上抹了抹，再次陷入沉默。

許久，他眼中哀光盡露，問：「申儂寒，說、說了什麼？」

柳至秦起身出門，很快取來一個平板。

平板上播放著申儂寒認罪時的錄影，滿國俊看了幾秒，無助地擺手，像再也沒了依靠的老人。

儘管他已經過了數年無依無靠的生活。

「我不該相信他。」滿國俊突然慘笑起來，不停搖頭，「他根本不能幫瀟成報仇。」

「你們果然認識。」

事已至此，滿國俊大約知道已經沒有什麼好爭取的了，終於點了點頭，「是啊，認識，怎麼會不認識。」

中儂寒輕扯著手銬，冷笑的聲音充斥著偵訊室。

偽裝已經被撕下，戴了幾十年的面具摔得粉碎，精心謀劃的局被識破，再裝下去已經沒有任何意義了。

◆

但他雖認罪，卻不認為自己有罪。

「既然『父債子還』是天經地義的事，那『子仇父報』不該同理？瀟成是我的兒子，他被人害得那麼慘，好好一個人被活生生砸死，如果無法幫他報仇，我的良心怎麼能得到安寧？」

中儂寒說著平舉雙手，在胸口處砸了砸，手銬發出「匡啷」的聲響。

「那三個害死他的人，沒有得到任何懲罰，居然還被你們警方保護了起來。他們已經忘記瀟成了吧？我觀察了他們五年，我一直在給他們機會。但是他們呢？除了呂可，誰哪怕有一絲懺悔，一絲不安？」

中儂寒說著搖頭，「呂可也沒懺悔多久，搬個家就過起了新生活。他們都有新生活，我兒子有嗎？他們都覺得自己是無辜的，可我兒子難道就該死？」

花崇莫名想到一句在別處看到的話——雪崩時，每一片雪花都認為自己是無辜的。

中儂寒咬牙道：「他們都是雪花。他們認為自己無辜，但雪崩的時候，哪有一片雪花是真正無辜的？他們每一個都是罪人，一人出一把力，一步一步把我兒子推向死亡。瀟成不是因為高空墜物而意外亡故，他是被這些『無辜』的人圍剿而死！」

「糟糕！」徐戡盯著監視器，神色嚴肅，「申儂寒在詭辯。他沒有想到足跡、空拍機會成為自己落網的重要證據，更沒有想到自己會掉入花隊布下的陷阱，但他在作案之前，就想到了最壞的結局——敗露，他為此做了準備！」

張貿一驚，「他說的這些都是事先想好的？」

「對！他在爭取同情，將自己擺在弱勢父親的角度，把『雪花』那一套都搬了出來。」徐戡皺起眉，「他心理非常扭曲，思維卻相對縝密，我懷疑他會爭取精神鑑定。」

「我靠！李立文那個真的精神病寧願認罪，也不願意接受鑑定，申儂寒這個正常人……」

「大概這就是真正的精神病患者，和偽裝的精神病患者之間的區別。」徐戡歎氣，「不過還好花隊在裡面。」

「圍剿而死？」花崇輕哼一聲，「你倒是很會說。那按照你的『雪花』理論，一步步把滿瀟成逼上絕路的可不止他們三人，你這麼快就收手了？」

「你是說他在溫茗二中的事吧？」申儂寒垂下眼眸，「是啊，那些害他不能繼續當老師的人也該死，還有那些不肯給予他一份工作的人也……」

花崇打斷，「但最該死的，難道不是你？」

申儂寒一怔。

「不好意思，借用一下你所謂的『圍剿』。」花崇說：「你認為滿瀟成的悲劇是無數『雪花』組成的『雪崩』，但你有沒有想過，始作俑者是誰？」

申儂寒不語，偵訊室只剩下呼吸的聲響。

「難道不是你？」花崇厲聲道。

申儂寒猛地抬首，驚懼交加，「你、你說什麼？」

「滿瀟成為什麼會出生？為什麼會在出生之後經歷這麼多的苦，最終慘死在玻璃下，你難道不知道？」花崇擲地有聲，「是你插足了向雲芳的婚姻，你強迫向雲芳與你發生關係，才有了滿瀟成！申儂寒，你沒有資格怪別的『雪花』，你才是最有罪的那片『雪花』！」

申儂寒瞠目結舌，汗水從額角滑了下來。

「我靠！」張貿說：「花隊怎麼也開始詭辯了？照這意思，滿瀟成出生就是錯誤？但有哪個人出生就是錯誤呢？」

「你沒發現花隊是故意這麼說的嗎？」徐戡笑了笑，「申儂寒要拋出『雪花』理論，認為滿瀟成是被『雪花』們圍剿至死。花隊就把這個範圍擴大，將所有導致滿瀟成死亡的事件都歸整進去，歸到最後，罪魁禍首就成了申儂寒——如果申儂寒不強迫向雲芳，那麼滿瀟成根本不會出生，更不會有那一場慘烈的死亡。」

張貿揉了揉猛跳的太陽穴，「還是花隊厲害，如果嫌疑人跟我繞圈，我百分之三十會被他繞進去，百分之七十不允許他繼續繞。花隊這是看似被繞進去了，卻以嫌疑人的理論打擊嫌疑人。」

「你……你……」申儂寒肩膀顫抖，手銬被震出細小的響動，「你這是無、無稽之談！」

「怎麼？同樣的道理用在別人身上，就是正義之舉，用在你自己身上，就成了無稽之談？你這雙重標準玩得真好。」花崇冷笑，「如果不是你強迫向雲芳，世上根本不會有滿瀟成這個人！」

申儂寒兩眼放出寒光，怒氣勃然地瞪著花崇。

「他的節奏被花隊打亂了。」徐戡抱起雙臂，「他本來想將花隊拉到他計畫好的軌道上，上演一齣悲情戲碼，中途卻被花隊拿走了主導權。他已經『脫軌』了，只能被花隊牽著鼻子走。」

張貿緊盯著監控畫面，「我什麼時候能像花隊一樣？」

「如果我是你，我寧願殺了我自己。」花崇又道：「你才是滿瀟成一生悲劇的根源，你殺了再多『雪花』，都抹不掉你身上的罪孽！最該死的是你！當年在溫茗量具廠單身宿舍，向雲芳根本沒有答應你，是你強迫她與你發生了關係！你們此後再無聯繫，是因為她直到離世，都沒有原諒你！」

中儂寒痛苦地喘息起來，雙眼越瞪越大，血絲像要爆出眼眶。

他近乎竭斯底里地道，「荒唐！」

「荒唐？」花崇淡淡道：「中儂寒，做盡荒唐事的是你，你沒有資格指責別人。直到現在，你還在為自己犯過的罪狡辯。你對向雲芳求而不得，玷汙了她，還要編出一個故事來詆毀她，抬升你自己。你知不知道，你講的那個故事漏洞百出？你引以為傲的邏輯，在你自以為是的驕傲下，簡直不堪一擊。她一個年輕的女孩，因為無法反抗而被你侵犯，如今還要被你說成是『主動解開釦子』。

你空談『良心』，你有良心嗎？對，她也有錯，她錯在選擇隱忍，錯在一個人守住這個祕密，錯在欺騙她的丈夫滿國俊。但三十多年前，她沒勇氣承認自己被你侵犯，不是讓你現在肆意往自己臉上貼金的理由！中儂寒，你因為自己的欲望，強暴了一名即將成婚的女性，沒有誰比你更荒唐！」

「我沒有！她是自願的！她是自願的！」中儂寒咆哮起來，「我沒有強暴她，她願意和我……

如果不願意，她以前為什麼對我那麼好？她做了好菜會送給我，我加班太晚，她會請我吃宵夜，她受了委屈會和我說，她、她還會囑咐我天涼要加衣服！如果她對我沒有感覺，她不會這麼對我！我只是遲了一步，比滿國俊遲了一步而已！」

「嘖，看來這個申老師不僅心理扭曲，還有臆想症。」張貿說：「向雲芳和他走得近一些，他就認為對方對他有意思。要真的是這樣，我們局裡的警花都對我有意思。」

「自我意識過剩。」徐戡搖了搖頭，「其實像申儂寒這樣的人，現在比起過去，只多不少。」

「嗯？」張貿偏過頭。

「一些自我意識過剩的男人，在求而不得的情況下，輕則選擇跟蹤、騷擾，在各種場合秀存在感，影響女方的生活，重則強暴，甚至奸殺。」徐戡道：「他們和申儂寒一樣，而申儂寒是這個群體裡行為最惡劣的一群人。他們甚至自有一個道德評判體系，認為自己做的一切都沒有錯，都是合理的。直到不得不直面刑罰，他們還會為自己狡辯——她們對我有意思，她們是自願的。」

「我呸！」張貿罵道：「一群變態。」

「你就算沒有遲那一步，向雲芳也不會選擇你。」花崇靠在椅背上，「你得明白，如果如你所說，她真的對你有感覺，怎麼會在你出差時就接受了滿國俊的追求？」

申儂寒抖得更加厲害。

「不過向雲芳已經去世了，三十多年前到底發生了什麼，現在只有你一個人知道。你硬不承認強暴，我也不能將你怎麼樣。」花崇語氣一變，「不過你為了幫滿瀟成報仇殺害三人是證據確鑿，難逃刑罰。我無法讓你對向雲芳贖罪，起碼得讓你向那三名被你殺害的人贖罪。」

聞言，申儂寒五官一僵，像是聽到了什麼不可思議的話。

「贖罪？」幾秒後，他喃喃道：「雲芳已經原諒我了，我還有什麼罪？」

「他是什麼意思？」張貿問，「向雲芳已經原諒他了？他們不是根本沒有交集了嗎？」

徐戡看了看監視器裡的花崇，顯然花崇也在思考。

「不知道。」徐戡說，「難道他和向雲芳後來還發生過什麼事？」

花崇的腦中快速轉動，問了個看似離題的問題，「你怎麼是查到羅行善這三人與高空墜物事件的關聯的？」

申儂寒怪聲怪氣地大笑，情緒像被挑了起來，「雲芳告訴我的。他們不是我一個人殺的，是我和雲芳一起殺的！是我和雲芳聯手！」

答案出乎意料，花崇沒有立即說話。

申儂寒卻越來越激動，「雲芳想他們死，他們就必須死！這是我能為雲芳做的最後一件事了！哈哈！哈哈哈！」

「你在洛城見過向雲芳？」花崇問。

過了許久，申儂寒才收住笑聲，堪堪點了點頭，「這麼多年，她終於和我一條心了。我只能查到瀟成那天晚上是送一個女護理師回家，卻不知道這個女護理師是誰。呵呵呵，如果不是雲芳，我不知道還要花多長的時間，才能幫我的瀟成報仇。」

「她找過你？」

「她寫信給我。」申儂寒虛著眼，似乎看向很遙遠的地方，不知不覺間，講了些許過去的事，「她說過再也不想見到我，我遵守了。連她那個沒用的丈夫成了廢人，連她生病來洛城住院，連我們的兒子去世，我都沒去打擾她。是她找上我……」

申儂寒說著停下，雙手捂住上半張臉。

「她希望我能為她殺掉三個人，其中一人就是那個女護理師。」申儂寒道：「我才知道，原來害死我兒子的不止女護理師一人。」

花崇在心裡衡量申儂寒所言的真假。

「她說她日子不多了，如果我能為她完成這個心願，她就原諒我對她做過的事。」申儂寒猙獰地笑道：「我已經完成了，她原諒我了，你們別想騙我！」

「你這是承認當年強迫向雲芳的事了？」花崇說：「她一直很恨你，沒有原諒你，直到要你答應為滿瀟成復仇。」

申儂寒失語。

「撒謊需要圓謊，圓謊需要思考。而撒的謊多了，要圓就沒那麼容易。」花崇站起來，「你是數學老師，你的邏輯思維確實強於一般人。但你撒的謊實在太多了，它們彼此相悖，邏輯上已經亂了套，連為自己維持著怎樣的『人物設定』都搞不清楚了。申老師，那個在講臺上溫和儒雅、侃侃而談的人不是你，現在這個扭曲、瘋狂的連環殺手才是你。」

半分鐘後，申儂寒像終於繳械一般，眼中露出殘忍的光，「人是我殺的，我承認。雲芳是被我強迫的，我也承認。但我不後悔，這一輩子走下來，我不是輸家。我睡了我愛的女人，讓她幫我生了孩子，她的丈夫為我撫養孩子，而我事業有成，風光無限。唯一不幸的是，我的孩子被人害死，我與她白髮人送黑髮人。不過……」

中儂寒陰森森地道：「我用自己的手報仇了。我的女人恨了我一輩子，又能怎樣？到最後，她不是還是得來求我？她的丈夫就更慘了，明知道瀟成不是他的種，卻一個屁都不肯放，到頭來，還要配合我，為我拖延時間。」

「滿國俊什麼都說了。」柳至秦回到重案組，很是無奈，「他和中儂寒有個約定——當中儂寒準備作案時，他就離開養老院，造成行跡不明的假象，將警方的注意力吸引到他身上，所以我們才會查到他六次外出。呂可和羅行善遇害時，他正好無法證明自己在哪裡。而豐學民遇害時，他沒有外出，因為那是中儂寒臨時決定的行動，還來不及通知他配合。」

「他們是透過什麼聯絡的？技偵組排查過他們的通訊記錄，一無所獲。」徐戡說。

「信。」柳至秦道：「最簡單，也最容易被我們忽視的辦法。他們這個年紀的人，的確可能還保有寫信的習慣。」

「但滿國俊為什麼要配合中儂寒？他不是早就察覺到瀟成不是他的孩子了嗎？他恨瀟成，也恨向雲芳，他最後都那樣對向雲芳了，直到現在還在揮霍瀟成的死亡撫恤金，他為什麼還要當中儂寒的幫手？」

柳至秦搖頭，「他恨瀟成，但也愛瀟成。花隊說他對瀟成的感情很複雜，但我現在覺得，從某種意義上來說，他對瀟成的愛其實很純粹。」

張貿聽不懂了，徐戡若有所思地看向一旁。

「即便知道滿瀟成不是自己的孩子，知道自己被妻子欺騙，還是沒有辦法放下那一份作為父親的愛。畢竟在知道真相的時候，他已經撫養了滿瀟成十八年。」

「所以他就去幫申儂寒？這太不理智了！他不會感到痛苦嗎？」

「怎麼不會？」這次接話的卻是徐戡，「但有時候，為人父母，本來就無法完全保持理智。」

「其實滿國俊比申儂寒還要瘋狂，除了呂可三人，他還想殺掉肖潮剛。」柳至秦從花崇的抽屜裡拿出一根菸，想點，卻沒找到打火機，只得捏在手中把玩，「肖潮剛侵犯過滿瀟成，我們的推測沒有錯，滿瀟成正是因為無法忍受，才從肖潮剛的公司離開。這件事是滿國俊心中的刺。」

「但肖潮剛不是早就死了嗎？被李立文殺死了。」

「滿國俊不知道。」柳至秦說：「他始終不願意說出申儂寒，就是因為申儂寒還沒有解決掉肖潮剛。他恨申儂寒，卻知道只有申儂寒才能殺掉肖潮剛，他沒有別的選擇，只能拖時間。但現在申儂寒已經認罪，他最後一點希望也失去了。」

「申儂寒沒有想過要殺死肖潮剛。」花崇回來了，將記事本扔在桌上，「『殺死肖潮剛』只是申儂寒控制滿國俊的籌碼。滿國俊頭腦簡單，老實了一輩子，申儂寒知道只要肖潮剛不死，滿國俊就會一直『保護』自己。」

「辛苦了。」柳至秦倒了杯水，「我剛剛看監視器，向雲芳也參與其中？」

花崇接過杯子，「向雲芳參與或者不參與，都無法改變這個案子的性質。申儂寒說信件藏在洛城一中的圖書檔案館，我已經安排人手去查了。」

「這三個人真是……」張貿斟酌了一會兒，「真是一言難盡啊。向雲芳不敢說出真相，恨了申儂寒一輩子，最後卻不得不求申儂寒為兒子復仇。滿國俊恨向雲芳和滿瀟成，卻無法拋棄家庭，也放不下對妻兒的感情，最後成了申儂寒的幫凶。

申儂寒是最分裂的一個，我現在都不明白他到底愛不愛向雲芳和滿瀟成。說他愛吧，那他的愛也太扭曲了，先是強暴向雲芳，然後在滿瀟成活著的時候不伸出援手，等到滿瀟成死了，才想起自己是個父親，然後瘋狂復仇，這他媽的……」

「你可別說他精神有問題。」徐戡道：「他現在恐怕巴不得自己精神有問題。」

「想聽聽他的歪理嗎？」花崇將杯中的水喝完，「申儂寒說，正是因為過去沒能盡到父親的責任，所以才要殺了羅行善三人。」

張貿罵道：「我靠！」

「『這是我唯一能為瀟成做的事了，做完這件事，雲芳也會原諒我』——這是申儂寒的原話。」花崇說。

◆

在洛城一中的圖書檔案館，警員們找到了申儂寒所說的信。

信件一共有四封，被鎖在申儂寒專用的小櫃子裡。信上寫滿一個悲痛欲絕母親的哀傷，字裡行間皆是老來喪子的痛楚。她求申儂寒為滿瀟成報仇，發誓滿瀟成是申儂寒的骨肉。

——你怨我不原諒你，可是我怎麼原諒你呢？我在即將嫁人之前被你玷汙，我的人生被你徹底改變了，我跨不過心裡那道坎。

——我的日子已經不多了，我沒有能力殺掉那些害死瀟成的人。他小時候，我不敢與他太過親近，因為看到他，我就會想起你對我做過的事。這些年我始終在後悔，後悔生下他，後悔沒有忍下心打掉他。而現在，他無辜慘死，我卻重病纏身，連幫他報仇的能力都沒有。我不配為人母，但你可以！瀟成是你的兒子，他的生命是你給的。你不是一直希望我原諒你嗎？你幫他報仇！只要你幫他報了仇，我就原諒你！下輩子我向雲芳做牛做馬服侍你！

——必要時，你可以找滿國俊幫忙。你別認為我在開玩笑。滿國俊恨我，也恨瀟成，更恨你。但我看得出來，他對瀟成仍有感情，他也想幫瀟成復仇。只是他生而懦弱，橫遭打擊後更加懦弱，他沒有勇氣。去找他吧，他會是一個好幫手。

——小申，謝謝你。

——只要你殺了那些人，我就原諒你，我只能指望你了！

信件已經被移交給檢驗科做筆跡鑑定，看過內容的眾人皆唏噓不已。

零星的言語，加上申儂寒、滿國俊兩人的口供，已經足以勾勒出向雲芳痛苦而壓抑的一輩子。

申儂寒當初的所作所為可以說是毀了向雲芳——這個普通女工人的一生。

如果沒有申儂寒，向雲芳會像所有待嫁姑娘一樣，幸福地等待戀人滿國俊來迎娶自己。熱熱鬧鬧的婚禮結束之後，一同住進工廠分派的小房子。向雲芳懷上小孩，滿國俊更努力工作，當小孩出生之後，一家三口過著與一般雙薪家庭無異的生活。

夫妻之間可能會因為一點雞毛蒜皮的小事吵架，朝八晚六，循規蹈矩，不富裕，但也不用為柴米油鹽發愁。孩子調皮，在家裡鬧得雞飛狗跳，但入夜之後，一家人會圍在一張桌上共進晚餐，倒也其樂融融。

可這看似平凡、普通人皆可擁有的一切，全都成了向雲芳可望不可及的美夢。

她好心好意為生病的朋友送飯送藥，卻在嫁人之前遭遇飛來橫禍。

她被糟蹋的地方是在單身男性的家中，並且對方是被她當成弟弟照顧的朋友。

申儂寒是一名教師，是「人類靈魂的工程師」。

教師怎麼會犯錯？

她能求助嗎？她能將這件事說出來嗎？

後果是什麼？

別說是在三十多年前，就算是現在，也必然會有人對她指指點點。

「看！就是那個女人，嫁人之前被糟蹋了啊！婆家的臉往哪裡放啊？被糟蹋的女人還能娶回家嗎？我看啊，這婚還是別結了吧，真討厭！」

「嘖嘖嘖，她說是被糟蹋，你就信啊？我看就是偷情，就是賤！如果她是個良家婦女，從來不到外面亂來，會遇到這種事嗎？那一棟單身宿舍住了那麼多人，怎麼沒有其他家的女孩被糟蹋呢？就她被糟蹋？不懂得自愛，難道還能怪別人？我聽說啊，她當時是主動去申老師家裡！一個女人，跑去一個男老師的家裡幹什麼？說沒鬼我都不信。一個男的和一個女的單獨待在一起，那可不是有意思嗎！反正我不信她是被糟蹋的，肯定是自己空虛了，自願的。」

「對對對！肯定是她自願的，結束後又反悔了，或者什麼條件沒談好，才突然鬧這一齣。唉，這申老師也夠倒楣的，遇到這個不懂得自愛的瘋子。人家都去他家裡引誘他了，他不給點反應也不正常啊，但這反應一給，就出事了。唉，這樣一來，我看他連老師都當不成了吧？可惜可惜，前途都被向雲芳毀了。」

「你們知道嗎？如果女人真心要反抗，是絕對反抗得了的，我家幾個嬸嬸阿姨都這麼說！這個向雲芳啊，我們退一萬步講，就算確實是申老師圖謀不軌，她也沒有鐵了心反抗。這種女人的心思我最懂了！」

「最慘的還是她婆家。我要是她婆婆，絕對不會讓我兒子娶她，太丟人了，祖宗都會被氣到醒來！」

「滿國俊也應該不願意了吧？那麼好的一個男人，踏實、勤奮，連續當了好幾年模範員工，願意和他交往的女人多的是。我要是他，我馬上就把向雲芳退了。誰甘心娶個不乾淨的老婆回家呢，是吧？」

「女人啊，還是守本分好。向雲芳平時就不怎麼自愛，我經常看到她和男的聊天，聊得非常高興。」

「她啊，就是賤，不自愛，活該！」

無法面對旁人的冷眼與惡語，更無法想像滿國俊知道真相後會怎樣。向雲芳不敢傾述，不敢表露出一絲失常，只祈禱不要懷上孩子。

如果沒有孩子，申儂寒也不再來糾纏，她就能假裝什麼都沒有發生。

但一個月之後，她發現自己的生理期沒來。

她恐懼到了極致，又捨不得將孩子打掉。再怎麼說，那是長在她身體裡的、她的血肉。

萬一孩子是國俊的呢——這是她最後的希望。

可孩子出生之後，她最後的希望也落空了。

當年的人們根本沒有聽說過什麼親子鑑定，連查血型都是很稀奇的事。她不敢問工廠醫院裡認識的醫生和護理師，只敢自己悄悄地查，翻了很多書，最終發現，孩子的血型與滿國俊對不起來。

對得上的，是申儂寒。

這個孩子，是申儂寒留給她的孽債。

她就像跌入了萬丈深淵，被愧疚、害怕鞭笞得遍體鱗傷。

有很多瞬間，她甚至想掐死繈褓中的嬰兒。

每個夜晚，她都在安靜地哭泣。

申儂寒沒有繼續纏著她——玉石俱焚誰都不想，申儂寒還有事業，比她更不願意讓祕密曝光。

她將一切埋在心裡，揹上了極重的心理負擔。因為自知對不起滿國俊，對不起整個滿家，她待滿國俊幾乎百依百順，包攬了一切家務，全心全意伺候對方。

滿國俊算得上是個好丈夫，心疼她，想要與她分擔家務，她也不肯，滿國俊只好將省下來的精力花在兒子滿瀟成身上。

向雲芳有時會無法面對滿瀟成，卻又渴望親近滿瀟成。滿瀟成差不多是被滿國俊帶大的，很親滿國俊，勝於向雲芳。

不過滿瀟成比很多同齡的孩子都懂事，成績優秀，從不亂花錢，回家就幫忙做家務。每一年向雲芳生日的時候，他都會摟住向雲芳，說一聲「媽媽生日快樂，我和爸爸愛妳」。

兒子的每一句「愛」，都像一記砸在頭顱的悶拳。

每一天，向雲芳都活在惶惑不安中，一方面內疚就快將她壓垮，一方面她又害怕滿國俊知道滿瀟成非己所出。

但日子還在往前走，生活再艱難也得過下去。

不是誰都有勇氣與過去決裂，不是誰都有勇氣選擇死亡和放棄。

說到底，她只是一個弱小、孤獨、普通的妻子與母親。

後來，滿國俊受了重傷，不得不從職位上退下來，她接了滿國俊的班，一肩扛著繁重的工作，一肩扛著整個家庭。

受傷之後，滿國俊性情大變，她更是事事順著滿國俊，不讓滿國俊做一點家務，更不讓滿國俊受氣。量具廠裡的員工都說，她與滿國俊簡直是模範夫妻。

但真的是這樣嗎？

模範夫妻的生活不該是甜蜜幸福的嗎？為什麼她的人生只有壓抑與痛苦？

愛情禁不起蹉跎，她照顧了滿國俊一輩子，不是因為愛，是因為愧。而對申儂寒，她自始至終只有恨，避之唯恐不及。

可是唯一的兒子慘死，身為母親的那種悲痛與絕望，竟然將她對申儂寒的恨壓了下去。

——求求你，替我們的兒子報仇。

——報了仇，我就原諒你。

在最後一封信裡，向雲芳對申儂寒說了謝謝。

「難以想像她這一生是怎麼度過的，太可憐了。」柳至秦搖了搖頭，「守著一個令她感到恥辱、害怕的祕密過了幾十年，最終重病纏身，白髮人送黑髮人，還要求那個毀了她一輩子的男人幫她完成心願。」

「申儂寒還自詡正義，到現在都不認為自己做錯了。」花崇道：「他們三人裡，他是罪孽最深的一個，卻過了幾十年好日子。」

「這麼說，其實滿國俊也很慘啊。」張貿直歎息，「他是最無辜的了吧？被向雲芳騙了那麼多年，放不下對兒子的感情，最後為了報仇，居然忍著屈辱與仇恨，與申儂寒同流合汙。申儂寒還用肖潮剛控制他，他再恨申儂寒，也不得不為申儂寒爭取時間，唉！」

「申儂寒承諾要殺四個人，但最後一個人其實不是肖潮剛，是滿國俊。」花崇說：「這個人太陰險了，滿國俊那種老實人怎麼鬥得過。」

「對了。」柳至秦問：「豐學民遇害的那次，申儂寒到底是怎麼把他引誘到垃圾堆放處的？」

「申儂寒交待，那天他確實沒有做好殺死豐學民的準備。」花崇點了根菸，用兩根手指夾著，「跟蹤是跟蹤了，但他還想找到更好的機會。看到豐學民往旅館走去，他幾乎已經放棄作案，但豐學民弄丟了錢包，不得不返回小巷中。」

「中儂寒撿到了錢包？」

「沒有，他只是看到豐學民在沿途尋找，像丟失了東西。」花崇吐出煙霧，嗓音有些沙啞，「他認為這是一個機會，於是將自己的錢包放在地上，假裝拾起。」

「豐學民上當了。」柳至秦已經能想像到當時的情形，「中儂寒撿起錢包後跑向老社區，豐學民一路追趕，直到垃圾堆放處。那個打遊戲的男生聽到的跑動聲正是來自他們，然後中儂寒用電擊器將豐學民放倒。」

張貿一臉感慨，「這麼說來，是豐學民命裡該有這一劫啊。他那錢包早不丟晚不丟，偏偏就在那天晚上丟了。第二天我們就查到他與滿瀟成的關係了，我們會把他保護起來，如果他白天沒有出車禍，晚上沒有去鳳巢南路打麻將，沒有丟掉錢包，就不會被殺害。」

「話不能這麼說，沒有人命裡『該』有一劫。他是被犯罪分子盯上了，不是活該他倒楣。」柳至秦說：「況且，世上的事本來就是一環扣一環，滿瀟成的意外不也是這樣嗎？羅行善、呂可、豐學民，誰從既定事實中缺席，那塊落下的玻璃都不會砸在滿瀟成身上。」

花崇抽完菸，呼了口氣，偏過頭道：「小柳哥。」

「嗯？」

「吃飯去，吃完回來繼續幹活。尹子喬還在等我們找到殺害他的凶手。」

◆

市局對面的巷子裡，老闆們很會做生意，同樣的門面，夏天和冬天賣的卻是不一樣的東西。夏天賣小龍蝦的餐廳，現在已經賣起了羊肉湯鍋。夏天賣冰粉涼蝦的小攤販，現在在賣糖炒板栗。而賣蛋烘糕的老闆還沒收攤，笑呵呵地招攬生意。

花崇都走到一家羊肉湯鍋館的門口了，聞到蛋烘糕的香味，望去一眼，腳步為之一轉。

「花隊？」柳至秦回過頭。

「你是在那一攤買的蛋烘糕？」花崇指了指。

柳至秦看到了，「嗯，你現在想吃？」

「你買給我的，不都被曹瀚和張貿吃了嗎？」花崇笑，「我只吃到一個。」

柳至秦會意過來，「我這就去幫你買。」

「小夥子，我記得你！怎麼樣，我老黃家的蛋烘糕，吃過就忘不了吧？哈哈哈，跟你說，整個洛城啊，就我這家最正宗，別家的，嘖，都沒我這裡好吃！」老闆是個五十幾歲的胖大叔，話特別多，「這次要幾十個？又是全部都來幾個嗎？」

柳至秦摸摸鼻梁，「幾十個還是算了吧，吃不了這麼多。」

「嘿！怎麼吃不了？你上次不就吃了幾十個嗎？」老闆拉起袖子，「你們年輕人操勞，工作辛苦，壓力也大，還是該多吃一些。我這蛋烘糕啊，遠近都說好，女人吃了變美，男人吃了變帥！」

「來四個吧。」花崇聽不下去了，說完看向柳至秦，「我們一人兩個。」

「好。」柳至秦問：「味道你選。」

「一人兩個的話，那就兩個奶油肉鬆，兩個牛肉豇豆？」老闆說：「這兩種是我家的招牌，一種甜一種鹹，先吃鹹再吃甜，生活美滿似神仙。」

花崇偏過頭，低聲笑：「聽他說話我有點尷尬。」

柳至秦也低聲道：「我也是。」

「我都不尷尬了，你們尷尬什麼？」老闆居然聽到了，「有鹹有甜的生活，不就是神仙一樣的日子嗎？我們這些小老百姓啊，也不圖什麼飛黃騰達，什麼一夜暴富，平平穩穩就好。你們看我推著車賣蛋烘糕，一天其實賺不了多少錢，但我靠這個手藝，養活了我們一家。你們說，我該不該覺得幸福？」

花崇和柳至秦還沒回答，老闆就已經自答了：「該嘛！哈哈哈！」

聽著老闆爽朗的笑聲，看著老闆笑出皺紋的臉，花崇心中忽地輕鬆了許多。

身在刑偵分隊重案組，必然與扭曲、罪惡為伴。正常的人不會被帶到重案組的偵訊室，被押到那裡的幾乎都是心理變態、行為凶殘的犯罪者。

重案刑警的工作，就是和這些人打交道，剖析他們險惡的內心，甚至將自己代入他們的角色，感受他們犯罪前後的心理狀態，與他們博弈，每一分每一秒都是激烈的交鋒。

找到申儂寒這個人，找到他的犯罪證據已經令人倍感疲憊，偵訊的過程更是一場不得不打的硬仗，邏輯推理、臨場應變，一樣都不能少。申儂寒太狡猾，最初冷靜得如機器一般，想要撕下他的皮囊，就要利用他的邏輯。但利用他邏輯的同時，極易被拉入他的軌道。交鋒時堪稱步步為營，如履薄冰，還要有一絲運氣。

從偵訊室出來時，花崇看似平靜，其實大腦已經陷入了短暫的空白。連日與案子打交道，身心俱疲都在其次，心理受到的影響才更加可怕。

——這是個不乾淨的世界。

——這是個人人都在犯罪的世界。

可是走出市局，卻遇到了樂觀開朗的蛋烘糕老闆。單單因為自食其力，用辛苦賺來的錢養活了一家人，老闆就笑得那麼開心，還拿蛋烘糕編了一句打油詩。

深秋的夜，老闆的笑容就像一簇燃燒得旺盛的火。

花崇輕輕甩了甩頭，聽覺驀地變得格外清晰。周圍充斥著鮮活的市井氣息，有人追逐打鬧著跑過，有人低聲笑著說出甜言蜜語，有人坐在路邊一邊喝啤酒一邊吹牛……

這個世界上的大多數人，都沒有犯罪，沒有害人，像蛋烘糕老闆一樣平凡地討著生活，曬著平凡的幸福。

這些人值得被保護。

指尖傳來觸感，花崇回眸，見到柳至秦正看著自己。

「其實我家有四種招牌。」老闆又聊開了，「除了奶油肉鬆、牛肉豇豆，還有榨菜海帶絲、紅糖肉鬆。不過你們只要兩種口味，那就幫你們做賣得最好的兩種好了！」

「等等！」花崇說，「那就一樣做一個吧。」

老闆抬眼，「但你們有兩個人，蛋烘糕小，沒辦法分著吃。」

「嗯。」花崇點頭，「您做吧，四種招牌口味，一樣一個。」

柳至秦站在一旁，不出聲地微笑。

幾分鐘後，蛋烘糕做好了。

新鮮出爐的蛋烘糕最是美味，熱氣騰騰，外皮鬆軟熱糯，內餡的香味滲進蛋皮，咬一口就是滿嘴香。

花崇卻沒有急著吃，提著紙袋走進羊肉湯鍋館，叫好了鍋，把四個蛋烘糕一一分成兩半。

「來，嘗嘗。」

分好之後，他先將紅糖肉鬆味的遞給柳至秦，自己將另一半放進嘴裡。

柳至秦接過，卻沒立刻吃，笑道：「剛才你說四種招牌口味都要時，我還以為你會咬掉一半，另一半給我。」

花崇差點被噎到，挑著眉梢說：「我有這麼……」

「嗯？怎麼？」

「這麼……」花崇一時結巴，竟不知道「這麼」之後應該接什麼。

我有這麼噁心？

我有這麼變態？

與柳至秦分享食物這種事，怎麼可以用「噁心」、「變態」來形容？

花崇略微皺眉，直到將半個牛肉豇豆蛋烘糕放到嘴裡，也沒想到該說什麼。

柳至秦很自覺地把剩下另一半拿走，說：「你把申儂寒逼到退無可退的地步，倒是輸在了一個蛋烘糕上。」

「我這是用腦過度了。」花崇爭辯。

「你是想說『噁心』和『變態』吧？」柳至秦幾乎不費吹灰之力，就看穿了他的心裡話，「但你又想，一起吃蛋烘糕，根本不噁心，也不變態啊，所以你不知道後面該接什麼了。」

花崇將奶油肉鬆蛋烘糕遞到柳至秦嘴邊，「吃。」

我還堵不住你的嘴？

柳至秦從善如流，銜走嘴邊的蛋烘糕，眼睛笑出彎彎的幅度。

花崇手指上沾到了一些奶油，沒想太多，收回之後反射性地碰了一下。

碰完才意識到，自己的指尖剛才弄到柳至秦的嘴唇了。

柳至秦目光溫柔，閃著笑意，沒有拆穿，只說：「謝謝花隊。」

這時，羊肉湯鍋端上來了，白色的霧氣短暫地隔絕了彼此的視線。

霧氣散開的時候，柳至秦突然說：「花隊。」

花崇剛拿起筷子，聞言抬頭，「嗯？」

柳至秦的眸光深得像要將眼前人吸入瞳仁中。

「上次我是不是問過你——在這一切事情都結束之後，你能考慮和我在一起嗎？」

花崇心口輕輕一震，眼尾向上揚起。

他沒有避開柳至秦的視線，反倒更專注地看著這個與自己淵源極深的男人。

「現在我有點後悔了。」柳至秦認真道，「我不想等到一切都結束，我等不及了。」

花崇的手指顫了顫，筷子被悄然放在碗上。

柳至秦說：「我現在就想和你在一起，花隊，你願意嗎？」

——下集待續

番外　平行世界　其四（完）

晚上特警隊有訓練，隊長雖然讓花崇晚上再去，但吃過午飯之後，花崇就提前去了。忙碌能讓他暫時放下煩惱，他很慶幸自己可以馬上投入工作。

特警隊這次辦的特訓強度很高，而且有和軍隊特種兵的對抗演習。後半段是全封閉，演習地點都不在首都。徹底結束時已是秋天，一拿回手機，安擇的第一反應是打給安岷，花崇也開機了，聽見一聲洪亮的「岷岷」，手指頓在螢幕上。

上次之後，他和柳至秦就沒再聯繫過了，休息時安擇都開他玩笑，說不知道他和岷岷什麼時候那麼好了，接機都是岷岷去接的，他都要把岷岷拐跑了。

他接不下去，就敷衍地換了話題。

全封閉之後，手機就被沒收了。現在安擇在開開心心地和柳至秦聊天，他卻在點開微信之前猶豫了。

柳至秦曾留言給他嗎？

他還是點開微信了，震動不停，一排紅點，最上面的是「小柳哥」。

花崇胸口緊了一下。

柳至秦傳來的多是圖片，簡單地配著字。

『今天研究了一下清蒸鱸魚，先給你看看，回來後吃。』

『炒腰花，我自己切的。』

『煎雞胸肉配蘑菇，減脂的時候可以吃。』

最近一條是昨晚傳來的，第一條是半個月前。花崇點開日曆，是他的手機被沒收後的第三天。

柳至秦不提那天的事，用這些精美的圖片邀請他在演習結束後，去嘗嘗自己的手藝。

花崇說不出是什麼滋味，若換一個人傳這些給他，他可能會覺得是騷擾，但柳至秦就不會。

「後天回去後，一起吃飯吧！」安擇打完電話，「你、我還有岷岷。唉，累死了，吃烤鴨怎麼樣？」

花崇遲疑了一會兒，「你們去吧，我有點事。」

安擇不信：「約飯你都不去？」

花崇：「你們吃得開心點。」

安擇察覺到不對勁了，湊到花崇跟前，「我說，你和岷岷不是吵架了吧？」

花崇立刻戒備起來，「沒。」

「那你們在彆扭什麼？尤其是你！」安擇說：「前陣子我就覺得奇怪了，你們都好到讓他去接你了，我跟你聊他，你還敷衍我。」

花崇：「……」

被看出來了啊。

「剛剛我跟他說你又出風頭了，他就只會嗯。我說後天和你吃飯，他說看你。」安擇越說越覺得自己推理得沒錯，「他本來就有點彆扭，但你什麼時候彆扭過了？你們不對勁，肯定吵架了！」

花崇這時只能否認，但安擇手一揮：「我雖然是他哥，但我不護短，說吧，為了什麼吵架？他不對，我回去就去念他。」

花崇頭大，不得不把聊天記錄拿給安擇看，「真的沒事。他還傳菜色給我看，問我吃不吃。」

安擇看完，「我靠！這小子怎麼不做給我吃！你果然把我弟弟拐走了！」

花崇：「……」

回去之前，花崇左思右想，還是回了柳至秦。

『剛拿到手機，你會的也太多了，有空我去嘗嘗。』

過了大約半小時，柳至秦才回：『後天你要和我們吃飯嗎？』

花崇在想要怎麼回的時候，上方出現好幾次「對方正在輸入」，但都沒有新訊息進來。

他和柳至秦的事得解決，但他不太想將安擇當作橋樑，於是說：『我就不去了。』

柳至秦比安擇乾脆得多：『嗯。』

花崇鬆一口氣的同時，又感到無奈、愧疚。

他不知道自己所謂的不傷害，是不是已經傷害到柳至秦了。他瞭解的柳至秦是個很驕傲的人，確實如安擇所說，有點小彆扭，而這樣的人向他低頭了，趕在他看不到手機的時候，傳照片給他，邀請他吃飯。他就算再直，也看得出這是柳至秦怕當場被他拒絕。

可他不是恣意妄為的小孩子，任何一段感情的發生，他都要為之負責。他仍然不確定自己的心意，那就不能放任它開始。

安擇果然約安岷去吃烤鴨了，安岷全程沒問到花崇，安擇主動提，他也會及時轉移話題，搞得安擇十分鬱悶：他真不明白，兩個吵架的人，為什麼還會傳菜色的照片？

可能沒有收到照片的他，才是最菜的那一個？

◆

天氣越來越涼，花崇出了幾次不算大的任務，這幾次任務的作戰強度並不高，但屬於多警種配合的綜合任務，他意外展露了刑偵方面的天賦，刑偵隊有意將他調過去，但特警隊死活不肯。

花崇夾在中間，倒也沒有左右為難，他對自己的定位仍是特警，但接觸新領域也不是壞事。特別行動隊不同於地方的最大特性就是綜合行動，一次任務派單一警種的可能性反而很小，將來特警刑警合作時，他多參與就是了。

刑偵隊那邊無法硬把他拉過去，卻在熱鬧上做文章，現在全特別行動隊都知道花崇是刑偵隊的「外掛」了。而訊息戰小組偏偏和所有單位聯繫最為緊密，柳至秦在為刑偵隊提醒網路安全保障和情報線索時，時常聽見刑警們提到花崇。

他人口中的花崇，和與他待在一起的花崇又不一樣。

近來他們聯繫不多，花崇沒手機的時候，他可以肆無忌憚地傳訊息給花崇，不用在發了之後因為擔心花崇會不會回而焦慮。花崇拿回手機後，他每傳一次，其後的等待都是一種痛苦。

這樣的痛苦已經影響到了他的工作。

花崇也是，收到訊息後得花很長的時間斟酌怎麼回覆，無法再像柳至秦將紙捅破前那樣秒回。

剛入冬時，花崇有個任務需要和訊息戰小組配合，來的正好是柳至秦。他不知道這是訊息戰小組上級的安排，還是柳至秦主動為之，開會前他主動跟柳至秦打招呼，柳至秦的反應很淡，只低沉地「嗯」了一聲。

但是行動真正開始後，柳至秦又變成了在莎城陪伴他、保護他的「附身幽靈」，所有情報、路線精准無誤，柳至秦像一個完美的守護神，用看不見的重劍為他劈開一道坦途。

行動收尾，犯罪分子被一網打盡，花崇和柳至秦的通訊卻還沒有結束。

花崇作為經驗豐富的刑警，太知道此時應該說一句「感謝支援，總部見」，但通訊器裡有極輕的呼吸聲傳來，彷彿有溫度，烘得他的耳根滾滾發燙。

他不想這麼公式化地和柳至秦說話，他也知道，柳至秦靜默不語，不是想要聽到他的「感謝支援」。

「你……」

『我……』

兩人同時開口，又在聽見對方有話要說時同時沉默。

花崇覺得柳至秦的呼吸比剛才重了些，半分鐘後，他清了一下嗓子，「小柳哥，謝謝。」

柳至秦：『嗯。』

花崇：「我這趟回去可以休息幾天，上個月你傳給我的紅燒肉，我到現在都還記著，你有空的話……」

他是經過了反覆思量才說出這番話，他覺得他們不能再這麼不清不楚下去了，得找個時間好好談一次。

但柳至秦卻突然打斷，語氣冷沉：『抱歉，我馬上有個任務，明天就要走了。』

花崇一怔，「啊，是嗎……」

『嗯。』

「沒事，那就等你回來。」

『嗯。』

柳至秦話少的時候，是真的吐不出幾個句子來，花崇默默歎氣，「那你注意安全，我們下次再找時間。」

回到首都，花崇沒刻意去打聽柳至秦出什麼任務了，很多工作都有保密等級，大家都很清楚紀律。

但一周過去，花崇頭一次明確感受到，柳至秦不在自己身邊了。

自從在莎城和柳至秦見面後，他就多了個時不時看手機的習慣，因為柳至秦喜歡傳訊息給他，很多本來無聊的事，他們聊來聊去也覺得好玩。

再到後來，柳至秦跟他告白，他擔心收到柳至秦的訊息，看手機的頻率卻變得更高了。

而現在，他徹底不用為怎麼回覆柳至秦傷腦筋了，最後一條訊息還停留在上次任務之前——柳至秦「失聯」了。

花崇自幼父母離異，父親在新的家庭和他之間選擇了前者，他在最叛逆的年紀離開家。過早獨立讓他吃了不少苦頭，卻也在真正成熟之後，多了灑脫、果斷的品性。

男人喜歡男人，以前他覺得不會發生在自己身上。但當它真的發生了，他也沒有盲目地排斥，冷靜地思考自己對柳至秦到底是什麼樣的感情。

他會和柳至秦傳無聊的訊息，會讓柳至秦提前踏入自己的新住處，允許柳至秦添置他並不感興趣的居家小玩意。

這只是對朋友弟弟的縱容嗎？恐怕不是。

他讓柳至秦來機場接他，很不客氣地去柳至秦家吃晚飯，在結束一項任務後，他不想立即結束通話。更重要的是，他很享受和柳至秦並肩作戰的感覺，他曾多次想起莎城通訊恢復時，柳至秦的聲音傳來的那一瞬。

即便他不想承認，它也是特別的——柳至秦是特別的。

而現在，他正因為柳至秦出保密任務而擔心，明知道不可能會收到柳至秦的訊息，卻反覆拿起手機。

他已經不用再梳理了，就算還不清楚男人和男人應該怎麼談戀愛，但好歹，他可以答應柳至秦試一試。

獨處的時間是個謙遜的心理大師，潛移默化之間，能幫陷在困局裡的人看清自己的內心。

花崇想，不知道當初的小安岷是不是也和他一樣，這樣安靜地下了個僅屬於自己的決心。

『小柳哥，回來後聯繫我，說好的紅燒肉不要忘了。』

訊息發送完畢，花崇長長地吐了口氣。

但一周後，寒風淩冽的一天，他收到的不是柳至秦的回覆，而是特警隊的緊急行動令！

特別行動隊和另外兩國的刑警展開聯合緝毒，在北方圍剿國際販毒組織，訊息戰小組在其中發揮了至關重要的作用。然而在行動的末尾，由於K國情報走漏，導致深入敵方的多名情報隊員、臥底被困，其中就包括訊息戰小組的四名成員！

根據販毒組織公開的影片，已有九名K國警察被處決，被逼到絕境的毒販根本喪心病狂，救援必須爭分奪秒！

北方國境線以外的密林此時已是一片林海雪原，花崇身著特殊作戰服，全身被裹得嚴嚴實實，墨鏡的後面，是一雙鋒利如鷹隼，明明充斥著憤怒和殺意，卻極為平靜的眼睛。

他和他率領的小組像一群本就屬於這片臨海的動物，動作極快，卻沒有聲息，單靠手勢傳達彼此的意思。

為了營救訊息戰小組，特警隊這次幾乎是傾巢出動，多支小組已經撕開了沉默的林海。一小時之前，特警隊得到確切情報，毒販們囚禁大量警察的窩點就在D區域，而花崇的小組距離D區域最近。

來不及等大隊趕來了，花崇當機立斷，準備突襲。

時間分秒過去，又有新的屠殺影片被傳回三國聯合行動指揮部。毒販大約格外仇視K國警察，這次被殺害的又是身穿K國制服的人。

沉默中，有人一拳捶向牆壁，一位K國上級已經滿眼血絲。

鏡頭調轉，毒販手中的步槍抵在一名平頭警察的後心。他很高，臉上和身上的制服沾滿血汙，看不清樣貌，但他的上級知道他是誰，當即倒吸一口氣。

柳至秦抬起黏著血的眼皮，看向鏡頭，毒販在嘰嘰哇哇說著聽不懂的話。他眼中的靜默像一柄刀，即便是在這生死一線的時刻，也只有鄙夷，沒有分毫恐懼。

毒販揮起槍托，重重砸在他肩上，他踉蹌倒下，手下意識地在胸口位置抓了抓。

花崇看見隱藏在前方的雙層建築了，周圍拉著電網，恐怕電網內外還埋有炸藥，頂樓有手持步槍的毒販在來回巡邏。

花崇下令就地停下。他匍匐在雪地上，用狙擊槍的光學瞄準儀觀察頂樓和四周樹林的情況。

那幾個巡邏的毒販對他構不成威脅，他擔心的是對方有狙擊手。

他自己就是經驗老道的狙擊手，知道突襲想要成功，必須先解決掉對方的狙擊手。

突然，房子裡傳來槍聲，且不只一聲。

這是又有人被殺害了。

花崇咬緊了後槽牙，一滴冷汗從他額角流下。他用力閉了一下眼，盡力冷靜下來。

他不知道死的是誰，但越是在這樣的時刻，他越得保持絕對的清醒。裡面的同僚是否能獲救，他帶領的小組能不能零傷亡，都取決於他這個隊長在千鈞一髮時的決斷。

再睜開眼時，他的瞳孔裡倒映著銳不可擋的寒芒。

光學瞄準儀無聲地轉動，像一隻隱形的巨眼。屋頂沒有狙擊手，但在一棵白雪覆蓋的樹上，他發現了一簇不同尋常的「積雪」。

那是狙擊手在雪中隱藏自己的吉利服，距離夠遠時極難被發現，但他看見了！

花崇向隊友打出分開潛行的手勢，自己在原地靜默地拉開保險。

狙擊手埋伏了很久，注意力分散，沒能發現潛行的特警。花崇也沒有急著開槍，等副隊長已經逼近電網時，才開始預壓扳機。

那狙擊手也不是尋常之人，終於發現有人靠近，極其敏銳的感知力令他瞬間鎖定那支瞄準他的槍口。

但是，已經來不及了！

就在他猛然扣下扳機時，花崇的子彈已經出膛，精准地射入他的眉心，而他的子彈卻擦過花崇右邊的空氣，沒入白雪之中。

並非他射術不如花崇，但狙擊講求極致的精准。扳機預壓，最後一刻隨著呼吸徹底扣下，和瞄準後倉促扣動扳機的精准度有天壤之別。

斃命的狙擊手從樹上倒下，拖著一條長長的血線。而槍聲響起的一刻，突擊已然開始。

花崇打得毒販措手不及，狙擊手的陣亡讓他們亂了陣腳，直到這時，此處為首的毒販還以為救援特警最快還要兩小時才能趕到。

他做好了將他們全部炸死的準備，但在花崇的狙擊掩護下，一名拆彈專家已經拆掉了總裝置。

槍聲不絕，突擊手衝入建築內，花崇無比想緊隨其後，但他此時擔任的是狙擊手，是最不能亂的那一個。他像一隻雪豹，敏捷地躍上枝頭，在視野相對最佳的制高點為隊友們提供火力壓制。

屋內的情況逐漸被特警們控制，但撤退到二樓角落的毒販準備在殺死被困警察後自殺。

花崇一眨不眨地尋找角度。現在隊友們無法立刻衝進房間，能迅速解決掉剩餘毒販的，反而是他這個遠處的狙擊手。

心跳如雷，手卻必須穩，忽然，他瞳光一定！

瞄準儀裡，晃過了那道他熟悉的身影——是柳至秦！而在更後面，毒販馬上就要對柳至秦開槍了！

砰——

子彈穿透寒風，彈道甚至經過了穿越玻璃的誤差計算，像是撕開了整個世界一般，強悍地射入毒販的脖頸。

這一刻，柳至秦忽然看向窗外，眉眼間浮現驚訝。

自從被關在這裡，他的表情從未像現在這麼豐富。

他並不知道是誰，但他好像就是知道是誰開的槍！

最後的據點失守，毒販更亂了。柳至秦和其餘警察掙脫束縛，控制了不久前還用槍抵著他們頭顱的毒販。

突擊隊員破門而入，終於完全制服毒販。

槍聲停歇之後，花崇有片刻的空白，他仍舊維持著在樹上舉槍瞄準的姿勢，眼睛透過瞄準儀看著房間裡的柳至秦。

他看得很專注，但其實完全沒在思考，大腦變成了一個簡單的記憶體，記錄著看見的那個人。

柳至秦臉上有很多血，沾著汙泥，衣服更是髒得看不出本色。他比記憶裡瘦了，下巴和脖頸的線條更加俐落。

柳至秦的眼皮上有血，汙血下的雙眼，竟比過去更加明亮。

這雙眼睛，正穿過破裂的窗戶，穿過霜雪滿枝，朝他看來。

花崇就是在這時回過神來，狠狠吸入一口冷空氣。

——柳至秦居然在看他，他們的視線交纏在一起！

但這麼遠的距離，且不說柳至秦並不是狙擊手，就算是，在不借助工具的情況下也看不到他。只有他能在光學瞄準儀中看清柳至秦。

面對毒販時的憤怒和殺意在此時漸漸消散，不得不樹立起來的堅硬鎧甲漸漸融化。

他又看了一會兒，不明白柳至秦是怎麼準確地將視線送過來的。但柳至秦還在看，他就願意維持著這個並不舒服的姿勢，繼續和柳至秦對視。

直到遠方傳來武裝直升機的聲音，隊友在後面叫柳至秦，柳至秦轉身離開窗邊，他才從這場只有他一個人能看清的對視裡抽離。

他不知道的是，當他掛著狙擊步槍，從樹上跳入雪地，與趕來的其他小組會合時，柳至秦又走到窗邊看向原來的方向，看了半分鐘才再次離開。

建築前的空地上擺著毒販們的屍體，犧牲的Ｋ國警察被小心地抬出來，送上直升機，重傷隊員已經先一步被送往最近的醫院了，趕來的隊醫正在幫輕傷者做緊急治療。

花崇匆匆跑到輕傷者中——他看見柳至秦一身的血，雖然應該沒有大礙，但受輕傷是必然的，可環視了一圈，他卻沒有看見柳至秦。

當他要繼續往前時，身後傳來熟悉的聲音，輕微低沉，和在莎城的殘垣中聽見的一樣。

「花隊。」

他立即轉身，隔著來往的隊友還有被抬出去的毒販屍體，看見了柳至秦。

在他眼裡，世界好像成了以無數慢鏡頭組成的畫面。

空間、空間裡的人像一條條冷色調的流光，有熱烈的生命，也有冷寂的死亡。他們站在流光的兩岸，隔著千千萬，心臟卻像在同一處脈動。

他穿越國境線，深入茫茫雪原，救回了一個對自己至關重要的人。

流光錚然碎去，世界恢復成本來的樣子，柳至秦還站在原地，花崇已經大步向他走去。在他瞳孔悄然震顫的一刻，用力地抱住了他。

柳至秦將雙手分開，懸在花崇背上，有個往下垂的動作，卻沒有放下去。

毒販在他身後倒下時，他的第一反應就是——開槍的是花崇。

這是毫無根據的判斷，甚至根本算不上判斷，只是他的一廂情願。

如果營救者及時趕到，那麼他希望，那個營救他的人是花崇。

花崇的這個擁抱告訴他，那並不是他的一廂情願。

就像在激烈的奔跑後終於越過終點，情緒如潮，漫過他的胸膛和喉嚨，快要將他淹沒。

他的手臂終於環住花崇，抱得小心翼翼。

「你傷到哪裡了？」

花崇心裡終於踏實了，牢牢地抓住柳至秦的手臂，推開仔細打量。

柳至秦一瞬不瞬地看著他，嗓音乾澀，「沒有，只有皮肉傷。」

他的嘴唇乾裂，有兩道帶血的傷口，花崇放開他的手臂，緩緩抬到他的臉側，不是沒有猶豫，卻還是捏住了他的下巴。

他僵住了，喉結起伏兩下。

花崇的指尖終於碰觸到他嘴唇上的傷口，很輕地摩娑。

他的眼神從最初的驚訝變成茫然，又變得像燃燒的黑冰。他用力抓住花崇的手，將它從自己嘴唇上挪開。

他看上去強勢，掌心卻在發抖。

肌膚相觸，這顫意當然傳遞給了花崇。

「花隊。」柳至秦的強硬下藏著委屈和彆扭，「不要這樣碰我。」

花崇收回手，慶幸自己在這次行動之前已經釐清了想法。他看著柳至秦的眼睛，盡可能讓作戰之後的亢奮平息下去，「為什麼不要？」

柳至秦沉默。

沉默是另一種憤怒。

他想，你明明知道為什麼，為什麼要問出來？

隊友之間肝膽相照，捨命相護，但剛才的動作，其中暗藏的繾綣已經超越了隊友的範疇。

不是那樣的關係，就不要越過那條橫亙的線！

花崇沒有回答，卻握住柳至秦的手腕，「跟我來。」

從特警們身邊穿過，花崇牽著柳至秦上到頂樓。

頂樓有成堆的積雪，毒販們新鮮的血液在上面冷卻，變成塊狀汙濁。視野之中，是一層又一層白色的松林。

「你剛才說，不要碰你。」

花崇的指尖再次壓住柳至秦的嘴唇，比在樓下時靠得更近。花崇又進一步，將柳至秦抵在生鏽的鐵欄上，一搓積雪從鐵欄上紛紛飄落。

「告訴我，為什麼不能？」

鐵欄發出輕微的嘎吱聲，花崇戴著戰術手套的左手穩穩握了上去，將柳至秦圈在自己和鐵欄之間。

柳至秦克制到了極點，冷冷的語氣裡灌滿了叫囂的火，「你忘了嗎？我說過，我想要你，但你一直躲著我，逃避、不接受我。」呼吸的白霧在兩人間彌散，「既然不接受，我們就只是普通的隊友，不能……」

傷害自己的話戛然而止，柳至秦雙目睜大，光在瞳孔深處縮成細小的一點。

同樣乾裂，卻不至於有傷口的唇含住了他的唇，溫熱，凶猛。

花崇在吻他！

這個吻粗糙而緊迫，沒有技巧和浪漫可言，但花崇卻把自己不多的溫柔全放在了這個吻裡。他閉著眼，扣著柳至秦的後腦，不讓他逃，也不讓自己逃。

柳至秦在短暫的斷片後，終於明白這是花崇的回應，是在硝煙中奔赴而來，給予他的答案。

即便從小精通於推演、預算，他也想像不到花崇會在這個時刻，以這樣的方式回應他。

而花崇根本不知道，在冰天雪地的戰場上，這個吻有多浪漫！

柳至秦不願再被動，雙手捧住花崇的臉，深吻，掠奪。

直升機攪起雪塵，離開這片蘊蓄罪行的林海。艙內的光線陰暗，天光從狹小的舷窗照進來。在不起眼的角落裡，花崇握著柳至秦的手。上機之前，他跟隊醫要了酒精等藥劑，親自幫柳至秦檢查、上藥，現在柳至秦臉上的血汙已經洗掉了，多日未刮的鬍子為這張臉畫上了一絲滄桑和成熟，看起來還滿有味道的。

刮鬍刀這種東西，特警們可沒有隨身攜帶。

花崇看了柳至秦好幾次，想伸手摸一摸。其實他捏柳至秦下巴時就已經摸過了，但那時的心情和現在不同。

直升機在空中搖擺，柳至秦在慣性中倒向花崇，花崇趁機一把摸過去。

柳至秦看著他。

「就摸摸。」花崇咳了聲，「不介意吧？」

柳至秦重新坐好，「會刺嗎？」

花崇說：「有點。回去刮掉？」

柳至秦點頭：「嗯。」

兩人都沉默下來。過了一會兒，柳至秦問：「能幫我嗎？」

花崇還沒反應過來，「啊？」

柳至秦說：「幫我刮一下。」

花崇笑道：「好啊！」

又是片刻沉默，柳至秦輕聲問：「我們，算是在一起了嗎？」

軍用機場就在前方，直升機迎著豔紅的落日降落，不久後，他們就將乘坐軍機回國。

夕陽將艙內染紅，那些光暈沉澱在花崇眼中。

他認真地看著柳至秦，認真地說：「當然。」

——番外　平行世界／完

高寶書版集團
gobooks.com.tw

FH042

心毒4 case004：圍剿

作　　者　初禾
繪　　者　MN
編　　輯　陳凱筠
設　　計　林檎
排　　版　彭立瑋
企　　劃　黃子晏

發 行 人　朱凱蕾
出　　版　朧月書版股份有限公司
Hazy Moon Publishing Co., Ltd
地　　址　臺北市內湖區洲子街88號3樓
網　　址　www.gobooks.com.tw
電　　話　(02) 27992788
電　　郵　readers@gobooks.com.tw（讀者服務部）
傳　　真　出版部　(02) 27990909　行銷部 (02) 27993088
郵政劃撥　19394552
戶　　名　朧月書版股份有限公司
發　　行　朧月書版股份有限公司 / Print in Taiwan
初版日期　2022年9月

國家圖書館出版品預行編目(CIP)資料

心毒4 case004：圍剿 / 初禾著.-- 初版. -- 臺北市：朧月書版股份有限公司出版：英屬維京群島高寶國際有限公司臺灣分公司發行, 2022.09-
面；　公分. --

ISBN 978-626-96376-4-5(第四冊：平裝). --

857.7　　111012324

GOBOOKS & SITAK GROUP ©